O PRÍNCIPE CORVO

OBRAS DA AUTORA PUBLICADAS PELA EDITORA RECORD

Trilogia dos Príncipes
O Príncipe Corvo
O Príncipe Leopardo
O Príncipe Serpente

Série A Lenda dos Quatro Soldados
O gosto da tentação
O sabor do pecado
As garras do desejo

ELIZABETH HOYT

O PRÍNCIPE CORVO

LIVRO UM

Tradução de
Ana Resende

6ª edição

2021

CIP-BRASIL. CATALOGAÇÃO NA PUBLICAÇÃO
SINDICATO NACIONAL DOS EDITORES DE LIVROS, RJ

H849p Hoyt, Elizabeth, 1970-
6ª ed. O Príncipe Corvo / Elizabeth Hoyt; tradução de Ana Resende. – 6ª ed. –
Rio de Janeiro: Record, 2021.
350 p.

Tradução de: The Raven Prince
Continua com: O Príncipe Leopardo
ISBN: 978-85-01-10981-1

1. Romance americano. I. Resende, Ana. II. Título.

17-40517

CDD: 813
CDU: 821.111(73)-3

Título em inglês:
The Raven Prince

Copyright © 2006 by Nancy M. Finney

Trecho de *O Príncipe Leopardo* copyright © 2007 by Nancy M. Finney

Texto revisado segundo o novo Acordo Ortográfico da Língua Portuguesa.

Todos os direitos reservados. Proibida a reprodução, no todo ou em parte, através de quaisquer meios. Os direitos morais da autora foram assegurados.

Direitos exclusivos de publicação em língua portuguesa somente para o Brasil adquiridos pela
EDITORA RECORD LTDA.
Rua Argentina, 171 – Rio de Janeiro, RJ – 20921-380 – Tel.: (21) 2585-2000,
que se reserva a propriedade literária desta tradução.

Impresso no Brasil

ISBN 978-85-01-10981-1

Seja um leitor preferencial Record.
Cadastre-se no site www.record.com.br e receba informações sobre nossos lançamentos e nossas promoções.

EDITORA AFILIADA

Atendimento e venda direta ao leitor:
sac@record.com.br

*Para FRED, meu marido,
minha torta de mirtilo selvagem — doce, ácida
e sempre reconfortante.*

Agradecimentos

Agradeço à minha agente, Susannah Taylor, por seu bom humor e pelo apoio incondicional; à minha editora, Devi Pillai, por seu maravilhoso entusiasmo e excelente gosto; e à minha parceira crítica, Jade Lee, que me encheu de chocolate nos momentos cruciais e repetia sem parar: "Acredite!"

Capítulo Um

"Era uma vez, numa terra muito distante,
um conde empobrecido e suas três filhas..."

— O Príncipe Corvo

LITTLE BATTLEFORD, INGLATERRA
MARÇO DE 1760

A combinação de um cavalo a galope em disparada, uma estrada enlameada cheia de curvas e uma dama a pé nunca é muito boa. Mesmo na melhor das circunstâncias, as chances de as coisas darem certo são lamentavelmente baixas. Mas acrescente a essa situação um cão — um cão imenso — e, Anna Wren refletiu, o desastre se torna inevitável.

O cavalo em questão desviou subitamente ao ver Anna em seu caminho. O mastim, correndo ao lado do cavalo, reagiu passando por baixo do focinho do outro animal, e isso, por sua vez, fez o cavalo empinar. Cascos do tamanho de pires balançaram no ar e, inevitavelmente, o enorme cavaleiro perdeu o equilíbrio. O homem caiu aos pés dela como um gavião que se lançasse do céu, talvez de modo menos gracioso. Braços e pernas compridos se abriram com a queda, ele perdeu a chibata e o tricórnio, e aterrissou com um borrifo espetacular numa poça de lama. Uma parede de água suja se ergueu e a encharcou.

Todos, até mesmo o cão, ficaram imóveis.

Idiota, pensou Anna, mas não foi isso que ela disse. Viúvas respeitáveis, de certa idade — 31 anos dali a dois meses —, não lançam epítetos, por mais apropriados que sejam, a cavalheiros. Não. De modo algum.

Em vez disso, o que se ouviu foi:

— Espero que o senhor não tenha se machucado na queda. Posso ajudá-lo a se levantar? — Ela sorriu através dos dentes semicerrados para o homem encharcado.

Ele não retribuiu o gracejo.

— Que diabos a senhora estava fazendo no meio da estrada, sua tola?

O homem se ergueu da poça de lama e se agigantou diante de Anna daquele modo irritante como fazem os cavalheiros para parecerem importantes quando percebem que fizeram papel de bobo. A água suja pingando no rosto pálido, marcado pela varíola, transformava-o numa visão terrível. Cílios negros amontoavam-se de modo exuberante em torno dos olhos de obsidiana, mas isso dificilmente faria esquecer o nariz e o queixo largos ou os lábios finos e descorados.

— Sinto muito. — O sorriso de Anna não vacilou. — Eu estava indo para casa. Naturalmente, se soubesse que o senhor precisaria de toda a extensão da estrada...

Mas pelo visto a pergunta dele havia sido retórica. O homem se afastou, batendo os pés e dispensando Anna e sua explicação. Ele ignorou o chapéu e a chibata e foi atrás do cavalo, xingando-o em voz baixa e monótona, mas estranhamente tranquilizadora.

O cão se sentou para observar o espetáculo.

O cavalo, um animal magrelo, de pelagem castanha, tinha manchas claras peculiares na pelagem que lhe davam uma infeliz aparência malhada. Ele revirou os olhos para o homem e se afastou com passos hesitantes.

— Muito bem. Pode esquivar-se por aí como uma virgem ao ter os seios apalpados pela primeira vez, seu pedaço revoltante de couro carcomido pelos vermes — murmurou o homem para o animal. — Quando eu puser as mãos em você, seu filho bastardo de um camelo doente e de uma égua paralítica, vou torcer seu maldito pescoço, vou sim.

O cavalo girou as orelhas de cores diferentes para ouvir melhor a voz amorosa de barítono e deu um passo incerto para a frente. Anna se solidarizou com o animal. A voz do homem feio era como uma pena passada ao longo de seu pé: irritante e, ao mesmo tempo, hipnotizante. Ela se perguntou se ele também falava dessa maneira quando fazia amor com uma mulher. Esperava que as palavras fossem outras.

O homem se aproximou o suficiente do cavalo assustado para segurar-lhe as rédeas. Por um minuto, ele ficou parado, murmurando obscenidades; depois, montou no animal com um movimento elegante. Suas coxas musculosas, indecentemente reveladas pela camurça úmida, apertaram a barriga do cavalo enquanto ele virava o focinho.

O homem inclinou a cabeça descoberta para Anna.

— Madame, tenha um bom dia.

E, sem olhar para trás, afastou-se pela estrada, com o cão correndo ao seu lado. Em um instante, ele estava fora do campo de visão. Em outro, o barulho dos cascos já havia silenciado.

Anna baixou o olhar.

Sua cesta estava na poça, e seu conteúdo — as compras matinais — estava todo espalhado na estrada. Ela provavelmente a deixou cair quando se desviou do cavalo que se aproximava. Agora as gemas amarelas de meia dúzia de ovos escorriam para a água enlameada, e um arenque a fitava de maneira sinistra, como se a culpasse por aquela aterrissagem indigna. Ela pegou o peixe e o limpou, esfregando-o com as mãos. Pelo menos, ele poderia ser salvo. O vestido cinza, porém, pingava lamentavelmente, embora sua cor não fosse tão diferente da lama que o cobria. Anna puxou as saias para afastá-las das pernas, antes de suspirar e soltá-las. Examinou a estrada em ambas as direções. Os galhos vazios das árvores acima de sua cabeça se agitaram com o vento. A pequena estrada permanecia deserta.

Anna respirou fundo e falou as palavras proibidas diante de Deus e de sua alma eterna:

— Filho da mãe!

Ela prendeu a respiração e esperou que um raio ou, mais provavelmente, uma pontada de culpa a atingisse. Nada aconteceu, e isso deveria deixá-la inquieta. Afinal, damas não devem xingar cavalheiros, não importa qual seja a provocação.

E, acima de tudo, ela era uma dama respeitável, não era?

Quando enfim chegou mancando ao seu chalé, as saias já tinham secado e formado uma confusão rígida. No verão, as flores exuberantes que enchiam o minúsculo jardim principal o tornavam alegre, mas, nessa época do ano, o jardim era praticamente lama. Antes que ela pudesse alcançá-lo, a porta se abriu. Uma mulher pequena, com cachos cinzentos nas têmporas, observava do batente.

— Ora, aí está você. — A mulher acenou com uma colher de pau suja de molho e, sem querer, lançou gotas na própria bochecha. — Fanny e eu fizemos ensopado de cordeiro, e eu acho que o molho dela melhorou um bocado. Agora mal dá pra ver os grumos. — Ela se inclinou e murmurou: — Mas ainda estamos trabalhando nos bolinhos. Receio que eles tenham uma textura bastante incomum.

Anna deu um sorriso cansado para a sogra.

— Tenho certeza de que o ensopado estará maravilhoso.

Ela entrou no vestíbulo abarrotado e pôs a cesta no chão.

A outra mulher sorriu, mas em seguida franziu o cenho quando Anna passou por ela.

— Querida, um odor peculiar vem do... — Ela se calou e fitou o topo da cabeça de Anna. — Por que você está usando folhas úmidas em seu chapéu?

Anna fez uma careta e ergueu a mão para tocar o chapéu.

— Infelizmente, tive um ligeiro contratempo na estrada.

— Um contratempo? — Em sua agitação, Mãe Wren deixou a colher cair. — Você está machucada? Meu Deus, parece que seu vestido chafurdou em um chiqueiro.

— Estou bem, só um pouquinho molhada.

— Ora, temos que botar você em roupas secas agora mesmo, querida. E seu cabelo... Fanny! — Mãe Wren se interrompeu e gritou em direção à cozinha. — Temos que lavar. Seu cabelo, é o que quero dizer. Venha, deixe-me ajudá-la a subir os degraus. Fanny!

Uma garota com as mãos e os cotovelos avermelhados e uma massa de cabelos cor de cenoura em cima da cabeça entrou cautelosamente no vestíbulo.

— O que foi?

Mãe Wren parou nos degraus atrás de Anna e se inclinou por cima do corrimão.

— Quantas vezes eu já lhe disse para falar: "Sim, senhora?". Você nunca vai trabalhar numa casa-grande se não falar de forma adequada.

Fanny ficou ali, piscando para as duas mulheres, com a boca entreaberta.

Mãe Wren suspirou.

— Vá colocar uma panela de água no fogo. A Srta. Anna vai lavar o cabelo.

A garota correu para a cozinha; depois, esticou a cabeça para fora.

— Sim, senhorinha.

O topo dos degraus íngremes dava para um minúsculo patamar. À esquerda, ficava o quarto da mulher mais velha; à direita, o de Anna. Ela entrou no pequeno cômodo e foi direto para o espelho que pendia sobre a penteadeira.

— Esta cidade está cada vez pior — arfou a sogra atrás dela. — Os respingos de uma carruagem acertaram em você? Esses cocheiros de carruagens postais são simplesmente irresponsáveis. Acham que a estrada inteira é só deles.

— Difícil não concordar com a senhora — retrucou Anna enquanto examinava o próprio reflexo. Uma guirlanda desbotada de flores de macieira secas pendia da beirada do espelho; uma lembrança de seu casamento. — Mas, nesse caso, era um único cavaleiro. — Seu cabelo parecia um ninho de rato e ainda havia manchas de lama na testa.

— Pior ainda, esses cavalheiros a cavalo — resmungou a mulher idosa. — Ora, creio que alguns deles não são nem capazes de controlar seus animais. Terrivelmente perigosos. Eles são uma ameaça para mulheres e crianças.

— Hum. — Anna tirou o xale, batendo a canela numa cadeira ao se mover.

Olhou ao redor do pequeno cômodo. Fora ali que ela e Peter haviam passado os quatro anos de seu casamento. Ela pendurou o xale e o chapéu no gancho em que o casaco de Peter costumava ficar. A cadeira na qual antigamente ele empilhava os pesados livros de direito agora era sua mesinha de cabeceira. E até mesmo a escova de cabelo com uns poucos fios ruivos presos nas cerdas havia muito fora guardada.

— Pelo menos você salvou o arenque. — Mãe Wren ainda estava aborrecida. — Embora eu não creia que um mergulho na lama tenha melhorado seu sabor.

— De forma alguma — retrucou Anna, distraída. Seus olhos se voltaram para a guirlanda, que estava se desmanchando. Não era de admirar, pois sua viuvez tinha seis anos. Coisa horrorosa. Ficaria melhor na pilha de lixo da horta. Ela iria descartá-la mais tarde.

— Isso, querida, deixe-me ajudar. — Mãe Wren começou a abrir o vestido na parte de baixo. — Vamos ter que limpá-lo com uma esponja imediatamente. Tem um bocado de lama na bainha. Talvez, se eu aplicasse um novo debrum... — Sua voz ficou abafada quando ela se abaixou. — Ah, isso me faz lembrar uma coisa: você vendeu minha renda para a modista?

Anna empurrou o vestido para baixo e o tirou.

— Sim, ela gostou bastante da renda. Falou que era a mais delicada que já tinha visto.

— Bem, eu faço renda há quase quarenta anos. — Mãe Wren tentou parecer modesta e limpou a garganta: — E quanto ela pagou?

Anna se encolheu.

— Um xelim e seis pences.

Ela esticou a mão para pegar um robe puído.

— Mas eu trabalhei cinco meses nela — disse, sem ar, Mãe Wren.

— Eu sei. — Anna suspirou e soltou o cabelo. — E, como eu disse, a modista considerou seu trabalho da melhor qualidade. Mas renda não dá muito lucro.

— Vai dar assim que ela aplicá-la num gorro ou num vestido — resmungou Mãe Wren.

Anna fez uma careta em solidariedade. Ela tirou a toalha de banho de um gancho debaixo das calhas, e as duas mulheres desceram os degraus em silêncio.

Na cozinha, Fanny esperava com uma chaleira com água. Ramos de ervas secas pendiam de vigas escuras deixando o ar perfumado. A antiga lareira de tijolos ocupava uma parede inteira. Do lado oposto, uma janela com cortina dava para a horta nos fundos. Uma plantação de alface avançava numa fileira verde e amarela pelo minúsculo pedaço de terra, e nabos e rabanetes já estavam maduros havia uma semana.

Mãe Wren pôs uma bacia lascada sobre a mesa da cozinha. Desgastada pelos muitos anos de esfregadas diárias, a mesa se destacava no meio do cômodo. À noite, elas a encostavam na parede para que a pequena criada pudesse estender um colchonete de palha diante do fogo.

Fanny trouxe a chaleira com água. Anna se inclinou sobre a bacia, e Mãe Wren derramou a água morna sobre sua cabeça. Anna ensaboou o cabelo, respirou fundo e disse:

— Infelizmente teremos que fazer alguma coisa quanto à nossa situação financeira.

— Ah, não diga que haverá mais economia, querida — resmungou Mãe Wren. — Nós já deixamos de comer carne fresca, a não ser a de cordeiro, às terças e quintas. E faz séculos que nenhuma de nós tem um vestido novo.

Anna percebeu que a sogra não havia mencionado as despesas com Fanny. Embora a garota supostamente fosse sua criada-e-cozinheira, na verdade era um impulso de caridade de ambas as partes. O único parente de Fanny, seu avô, morrera quando a menina tinha 10 anos. Na época, falou-se muito na aldeia em mandá-la para um abrigo, mas Anna interveio e, desde então, Fanny estava com elas. Mãe Wren tinha esperança de conseguir treiná-la para trabalhar numa casa-grande, mas até agora seu progresso fora lento.

— A senhora tem se saído muito bem com as economias que temos feito — elogiou Anna enquanto espalhava a fina espuma em sua cabeça. — Mas os investimentos que Peter nos deixou não estão indo tão bem quanto antes. Nossa renda diminuiu muito desde que ele morreu.

— É uma pena que ele nos tenha deixado tão pouco — falou Mãe Wren.

Anna suspirou.

— Ele não pretendia deixar uma soma tão pequena. Era jovem quando foi acometido pela febre. Tenho certeza de que, se ele estivesse vivo, teria feito render substancialmente as economias.

Na verdade, Peter havia melhorado suas finanças desde a morte do pai, pouco antes de seu casamento. O pai era advogado, mas alguns investimentos imprudentes o deixaram endividado. Após o casamento, Peter vendeu a casa na qual tinha crescido para pagar as dívidas e se mudou, com a esposa e a mãe viúva, para um chalé bem menor. Ele trabalhava como advogado quando ficou doente, vindo a morrer 15 dias depois. E deixou a administração da pequena família por conta de Anna.

— Pode enxaguar, por favor.

A água fria desceu-lhe pela nuca e pela cabeça. Ela se certificou de que o sabão havia saído e, em seguida, espremeu o excesso de água do cabelo. Enrolou um pano ao redor da cabeça e ergueu o olhar.

— Acho que eu deveria procurar um emprego.

— Ah, querida, certamente que não. — Mãe Wren sentou-se pesadamente numa cadeira na cozinha. — Damas não trabalham.

Anna sentiu sua boca se contorcer.

— A senhora prefere que eu continue sendo uma dama e nos deixe morrer de fome?

Mãe Wren hesitou. Ela parecia realmente refletir sobre a questão.

— Não responda — pediu Anna. — De qualquer forma, não vamos passar fome. No entanto, temos que encontrar um meio de trazer algum dinheiro para essa casa.

— Talvez se eu fizesse mais renda. Ou... ou eu poderia parar totalmente de comer carne — sugeriu a sogra, um pouco nervosa.

— Não quero que a senhora tenha que fazer isso. Além do mais, papai fez de tudo para que eu tivesse uma boa educação.

Mãe Wren se animou.

— Seu pai foi o melhor vigário que Little Battleford já teve. Que sua alma descanse em paz! E deixou *bem* claro para todos suas opiniões sobre a educação das crianças.

— Hum. — Anna tirou o pano da cabeça e começou a pentear o cabelo molhado. — Ele fez questão que eu aprendesse a ler, escrever e fazer contas. Eu até sei um pouco de latim e grego. Estou pensando em procurar um emprego como governanta ou acompanhante amanhã.

— A velha Sra. Lester é quase cega. Certamente o genro dela pode contratar você para ler... — Mãe Wren se deteve.

Ao mesmo tempo, Anna percebeu um cheiro acre no ar.

— Fanny!

A pequena criada, que estava prestando atenção na conversa entre as patroas, soltou um gritinho e correu até a panela do ensopado no fogo. Anna resmungou.

Outro jantar queimado.

FELIX HOPPLE FEZ uma pausa diante da porta da biblioteca do conde de Swartingham para avaliar sua aparência. A peruca, com dois cachos grandes bem enrolados de cada lado, fora empoada recentemente num tom vistoso de lavanda. Sua estrutura física — bastante esbelta para um homem de sua idade — era destacada por um colete cor de ameixa com um padrão de folhas de videira amarelas na barra. E sua calça, com listras alternadas em verde e laranja, era bela sem ostentação. Sua toalete era perfeita. Não havia razão para ele hesitar do lado de fora da porta.

O homem suspirou. O conde tinha uma tendência desconcertante a rosnar. Como administrador da propriedade da Abadia de Ravenhill, Felix tinha ouvido aquele rosnado preocupante algumas vezes nas últimas duas semanas. Isso fazia com que ele se sentisse como um daqueles infelizes nativos sobre os quais se lia em registros de viagem, que viviam nas sombras de imensos e ameaçadores vulcões. E vulcões que, a qualquer momento, podem entrar em erupção. Felix não compreendia por que Lorde Swartingham havia escolhido residir na abadia depois de anos de feliz ausência, mas tinha a desagradável sensação de que o conde pretendia permanecer ali por muito, muito tempo.

O administrador passou uma das mãos pelo colete e se recordou de que, embora o assunto sobre o qual ele estivesse prestes a discutir com o conde não fosse agradável, não poderia, de modo algum, ser interpretado como culpa sua. Sentindo-se preparado, portanto, acenou com a cabeça e bateu à porta da biblioteca.

Fez-se uma pausa e, em seguida, uma voz segura e grave falou:
— Entre.

A biblioteca ficava na ala oeste da mansão, e o sol do fim da tarde atravessava as largas janelas que ocupavam quase toda a parede externa. Era de esperar que isso transformasse a biblioteca num cômodo alegre, acolhedor, mas, de alguma forma, os raios de luz eram engolidos pelo espaço cavernoso assim que entravam, deixando a maior parte do ambiente nas sombras. O teto — dois andares acima — era coberto pela escuridão.

O conde estava sentado atrás de uma imensa mesa barroca, que teria transformado em anão um homem mais baixo. Perto dele, o fogo tentava parecer alegre, mas fracassava terrivelmente. Um cão malhado, gigantesco, esparramava-se na frente da lareira, como se estivesse morto. Felix se encolheu. O cão era mestiço: um pouco de mastim e, talvez, um pouco de cão-lobo. O resultado era um animal feio, de aparência maldosa, que ele se esforçava para evitar.

Ele pigarreou.

— Eu poderia ter um segundo, milorde?

Lorde Swartingham levantou os olhos do papel em sua mão.

— O que foi agora, Hopple? Entre, entre, homem. Sente-se enquanto termino isso. Vou lhe dar atenção em um minuto.

Felix se dirigiu a uma das poltronas diante da mesa de mogno e afundou nela, mantendo um olho no cão. Ele usou aquele tempo de espera para estudar o patrão e ter uma ideia do seu humor. O conde fez cara feia para a página que tinha diante de si; as marcas de varíola o tornavam particularmente pouco atraente. Claro, isso não era necessariamente um mau sinal. O conde tinha o hábito de fazer cara feia.

Lorde Swartingham colocou o papel de lado e tirou os óculos de leitura em formato de meia-lua, jogando seu considerável peso de volta à cadeira e fazendo-a ranger. Felix se encolheu em solidariedade.

— Então, Hopple?

— Milorde, tenho algumas notícias desagradáveis que espero que o senhor não leve tão a mal — disse ele sorrindo cautelosamente.

O conde olhou por cima do grande nariz sem comentar nada.

Felix puxou os punhos da camisa.

— O novo secretário, Sr. Tootleham, recebeu a notícia de uma emergência familiar que o forçou a entregar sua demissão bastante rápido.

A expressão do conde ainda não se havia modificado, embora ele tivesse começado a tamborilar no braço da cadeira.

Felix falou mais rapidamente:

— Parece que os pais do Sr. Tootleham, em Londres, estão acamados por uma febre e precisam de ajuda. É uma doença virulenta, com suores e purgação, mui-muito contagiosa.

O conde ergueu uma das sobrancelhas escuras.

— Na-na verdade, os dois irmãos, as três irmãs, a avó idosa, uma tia e o gato da família pegaram a doença e estão totalmente incapazes de se cuidar sozinhos. — Felix fez uma pausa e olhou para o conde.

Silêncio.

O administrador fez um esforço corajoso para não balbuciar.

— O gato? — Lorde Swartingham rosnou baixinho.

Felix começou a gaguejar uma resposta, mas foi interrompido por uma obscenidade berrada pelo patrão. Ele se abaixou com o recém-praticado desembaraço enquanto o conde pegava uma jarra de porcelana e a lançava, por cima da cabeça do administrador, na porta. Ela bateu com uma pancada feia e um tinido de lascas caindo. O cão simplesmente suspirou, pelo visto já bastante acostumado com a maneira estranha com que Lorde Swartingham dava vazão à sua frustração.

Lorde Swartingham respirou pesadamente e dardejou Felix com os olhos negros como carvão.

— Tenho certeza de que você encontrou um substituto.

No mesmo instante, a gravata do outro homem pareceu apertada. Ele passou um dedo pela beirada superior.

— Er... na verdade, milorde, embora, é claro, eu tenha procurado com mui-muita diligência e, com efeito, embora quase todas as aldeias próximas tenham sido vasculhadas, eu não... — Ele engoliu em seco e corajosamente olhou nos olhos do patrão. — Infelizmente ainda não encontrei um secretário.

Lorde Swartingham não se moveu.

— Eu preciso de um secretário para transcrever meu manuscrito para a série de palestras da Sociedade Agrária daqui a quatro semanas — declarou ele, de modo assustador. — De preferência, alguém que fique mais de dois dias. Encontre essa pessoa. — Ele agarrou outra folha de papel e voltou à leitura.

A audiência havia terminado.

— Sim, milorde. — Nervoso, Felix levantou-se de um salto e se apressou em direção à porta. — Vou começar a procurar agora mesmo, milorde.

Lorde Swartingham esperou até que ele tivesse praticamente alcançado a porta, antes de bradar:

— Hopple!

Prestes a escapar, Felix retirou a mão da maçaneta com ar culpado.

— Milorde?

— Você tem até depois de amanhã pela manhã.

Felix fitou a cabeça abaixada do patrão e engoliu em seco, sentindo-se como Hércules deve ter se sentido ao ver as cavalariças do rei Augias.

— Sim, milorde.

EDWARD DE RAAF, quinto conde de Swartingham, terminou de ler o relatório de sua propriedade no norte de Yorkshire e o atirou na pilha de papéis, junto com os óculos. A claridade que entrava pela janela diminuía rapidamente e, em breve, desapareceria. Ele se ergueu da cadeira e caminhou para olhar para fora. O cão se ergueu, esticou-se e foi até ele silenciosamente, parando ao seu lado e dando cabeçadas em sua mão. Distraído, Edward afagou as orelhas do animal.

Esse era o segundo secretário a partir na calada da noite em poucos meses. Dava até para pensar que Edward era um dragão. Cada um de seus secretários estava mais para rato do que para homem. Basta ter um temperamento forte, elevar a voz e eles saem em disparada. Se ao menos um deles tivesse metade da coragem da mulher que ele quase havia atropelado ontem... Seus lábios se contorceram. Ele ouviu a resposta sarcástica quando perguntou o motivo de ela estar na estrada. Não, aquela senhora não arredou o pé quando ele cuspiu fogo nela. Uma pena que seus secretários não fossem capazes de fazer o mesmo.

Ele olhou fixamente pela janela escura. E então havia essa outra perturbação... irritante. A casa de sua infância não era como ele lembrava.

Ele agora era um homem. A verdade era essa. Quando vira a Abadia de Ravenhill pela última vez, era um jovem de luto pela perda da família. Nas duas décadas seguintes, havia perambulado das propriedades no norte para a casa em Londres, mas, por alguma razão, apesar do tempo, os dois lugares nunca haviam sido um lar. Ele se afastava precisamente porque a abadia nunca seria a mesma de quando a família morava ali. Esperava alguma mudança, mas não estava preparado para essa tristeza. Nem para a terrível sensação de solidão. O tremendo vazio dos cômodos o derrotava, zombando de Edward com o riso e a claridade dos quais ele se recordava.

A família da qual ele se lembrava.

A única razão pela qual Edward insistiu em abrir a mansão era a esperança de trazer para cá a noiva — sua possível noiva, dependendo do sucesso da negociação do contrato nupcial. Ele não iria repetir os erros do primeiro e breve casamento e se estabelecer em outro lugar. Na época, tentara alegrar a jovem esposa permanecendo em Yorkshire, seu lar. Não tinha funcionado. Anos depois de sua morte prematura, ele havia chegado à conclusão de que ela não teria sido feliz em parte alguma que tivessem escolhido morar.

Edward se afastou da janela e foi até as portas da biblioteca. Ele começaria como queria; seguiria adiante e moraria na abadia; faria dela um lar novamente. Era a sede do condado e o local onde ele pretendia replantar sua árvore genealógica. E, quando o casamento desse frutos, quando os corredores voltassem a ecoar com a risada de crianças, a Abadia de Ravenhill iria parecer viva de novo.

Capítulo Dois

"Ora, todas as três filhas do duque eram igualmente belas. A mais velha tinha cabelos da cor do piche mais escuro, que brilhavam com reflexos preto-azulados; a segunda tinha cachos flamejantes que emolduravam sua pele branca e leitosa; e a mais nova era dourada, tanto na face como nas formas, por isso dava a impressão de ter sido banhada na luz do sol. Mas, das três donzelas, somente a mais jovem fora abençoada com a bondade de seu pai. Seu nome era Aurea..."

— O Príncipe Corvo

Quem teria imaginado que houvesse tamanha escassez de empregos para damas distintas em Little Battleford? Ao sair de casa pela manhã, Anna sabia que não seria fácil arrumar trabalho, mas ela tinha alguma esperança. Tudo de que precisava era uma família com crianças iletradas à procura de uma governanta ou uma senhora idosa buscando uma enroladora de lã. Sem dúvida, isso não era pedir muito, não é?

Evidentemente que era.

Já era lá pelo meio da tarde. Seus pés doíam de tanto caminhar para cima e para baixo por estradas cheias de lama, e ela ainda não tinha um emprego. A velha Sra. Lester não era amante de literatura, e seu genro era parcimonioso demais para contratar uma acompanhante, de qualquer forma. Anna visitou algumas outras damas, sugerindo que ela poderia estar disponível para um trabalho, apenas para descobrir que ou elas não podiam pagar por uma acompanhante ou simplesmente não queriam uma.

Então ela foi à casa de Felicity Clearwater.

Felicity era a terceira esposa do escudeiro Clearwater, um homem cerca de trinta anos mais velho do que ela. O escudeiro era o principal proprietário de terras no condado, depois do conde de Swartingham. Como sua esposa, Felicity claramente se considerava a figura social mais importante de Little Battleford e muito acima da humilde família Wren. Mas tinha duas meninas com idade adequada para se ter uma governanta, e, por isso, Anna lhe fez uma visita. Ela havia passado uma penosa meia hora tateando como um gato que caminha sobre seixos pontiagudos. Quando Felicity compreendeu a razão da visita, passou a mão bem-cuidada sobre o penteado já imaculado, depois delicadamente perguntou sobre o conhecimento musical de Anna.

O vicariato nunca tivera uma harpa quando a família de Anna o havia ocupado. Um fato que Felicity sabia muito bem, pois ela os visitara em diversas ocasiões quando era garota.

Anna respirou fundo.

— Infelizmente, eu não tenho nenhuma habilidade musical, mas sei um pouco de latim e grego.

Felicity abriu o leque e deu uma risadinha discreta atrás dele.

— Ah, me perdoe — dissera ela ao se recuperar. — Mas minhas meninas não vão aprender uma coisa tão masculina quanto latim ou grego. É um tanto inapropriado para uma dama, você não acha?

Anna trincou os dentes, mas conseguiu sorrir até Felicity sugerir que ela tentasse a cozinha para ver se a cozinheira precisava de uma nova copeira. A partir daí, as coisas foram ladeira abaixo.

Anna suspirou. Ela poderia muito bem acabar como copeira ou coisa pior, mas não trabalhando para Felicity. Estava na hora de voltar para casa.

Ao passar pela esquina do ferreiro, ela mal teve tempo de evitar uma colisão com o Sr. Felix Hopple, que corria na direção oposta. Foi derrapando até parar a alguns centímetros do peito do administrador de Ravenhill. Um pacote de agulhas, um pedaço de fio para bordar amarelo e um saco de chá para Mãe Wren escorregaram de sua cesta até o chão.

— Ah, me desculpe, Sra. Wren — arfou o homenzinho ao se abaixar para pegar os objetos. — Infelizmente, eu não estava prestando atenção e não vi para onde meus pés me levavam.

— Está tudo bem. — Anna fitou o colete listrado cor de violeta e escarlate que o homem usava e piscou. *Meu Deus.* — Ouvi dizer que o conde finalmente está residindo em Ravenhill. O senhor deve estar muito ocupado.

Todas as fofoqueiras da aldeia estavam agitadas com o reaparecimento do misterioso conde na vizinhança depois de tantos anos, e Anna estava tão curiosa assim como qualquer pessoa. Na verdade, começava a se perguntar sobre a identidade do cavalheiro feio que praticamente a atropelara na véspera...

O Sr. Hopple soltou um suspiro.

— Infelizmente sim. — Ele pegou um lenço e enxugou o suor da sobrancelha. — Estou à procura de um novo secretário para o conde. Não é uma busca fácil. O último que entrevistei deixou o papel todo manchado, e não tenho muita certeza sobre sua habilidade de soletrar.

— Isso seria um problema para um secretário — murmurou Anna.

— De fato.

— Se o senhor não encontrar ninguém hoje, lembre-se de que haverá um bocado de homens na igreja no domingo de manhã — disse Anna. — Talvez possa encontrar alguém por lá.

— Infelizmente não terei essa chance. O conde declarou que precisa de um novo secretário até amanhã de manhã.

— Tão cedo assim? — Anna o encarou. — Isso é muito pouco tempo.

Um pensamento lhe veio à mente.

O administrador estava tentando, sem sucesso, limpar a lama do pacote de agulhas.

— Sr. Hopple — disse ela lentamente —, o conde mencionou a necessidade de um secretário do *sexo masculino*?

— Bem, não — retrucou Felix, distraído e ainda envolvido com o pacote. — O conde simplesmente me disse para contratar outro secretário, mas qual... — No mesmo instante, ele parou.

Anna endireitou o chapéu de palha e abriu um sorriso determinado.

— Para falar a verdade, ultimamente andei pensando sobre quanto tempo eu tenho de sobra. O senhor talvez não saiba, mas tenho uma caligrafia ótima. E sei soletrar.

— A senhora não está sugerindo...? — O Sr. Hopple estava espantado, um pouco como um halibute fisgado numa peruca lavanda.

— Sim, estou sugerindo isso, sim. — Anna assentiu. — Acho que será perfeito. Devo me apresentar em Ravenhill às nove ou às dez horas de amanhã?

— Er... nove horas. O conde acorda cedo. M-mas, realmente, Sra. Wren... — gaguejou Felix.

— Sim, realmente, Sr. Hopple. Pronto. Está tudo acertado. Eu o verei amanhã, às nove da manhã. — Anna deu um tapinha no ombro do pobre homem. Ele não parecia nada bem. Ela se virou para ir embora, mas parou ao se lembrar de uma questão muito importante. — Mais uma coisa: qual é o salário que o conde está oferecendo?

— O salário? — O Sr. Hopple piscou. — Bem, er, o conde pagava três libras por mês para o último secretário. Está bom assim?

— Três libras. — Os lábios de Anna se moveram enquanto ela repetia silenciosamente as palavras. De repente, o dia em Little Battleford se tornou glorioso. — Está ótimo.

— SEM DÚVIDA, muitas das câmaras superiores vão precisar ser arejadas e talvez pintadas também. Você anotou isso, Hopple? — Edward desceu com um único pulo os três últimos degraus da entrada da Abadia de Ravenhill e caminhou até os estábulos, com o sol de fim de tarde quente em suas costas. O cão, como sempre, o seguia de perto.

Não se ouviu resposta.

— Hopple? Hopple! — Ele deu meia-volta e olhou para trás, então suas botas esmagaram o cascalho.

— Um momento, milorde. — O administrador começava a descer os degraus e parecia sem fôlego. — Estou chegando... em... um... momento.

Edward esperou, batendo os pés, até Hopple se aproximar, e seguiu contornando a parte de trás da construção. Ali o cascalho dava lugar a paralelepípedos desgastados no pátio. — Você anotou o que falei sobre as câmaras superiores?

— Er, as câmaras superiores, milorde? — O homenzinho ofegou enquanto examinava as anotações em sua mão.

— Mande a governanta arejar os quartos — repetiu Edward lentamente. — Veja se precisam de pintura. Tente me acompanhar, homem.

— Sim, milorde — murmurou Hopple, rabiscando alguma coisa.

— Imagino que você tenha encontrado um secretário.

— Er, bem... — O administrador olhou fixamente as próprias anotações.

— Eu falei que precisava de alguém até amanhã de manhã.

— Sim, de fato, milorde, e, na verdade, eu tenho u-uma pessoa que, creio, pode muito bem...

Edward parou diante das imensas portas duplas dos estábulos.

— Hopple, você tem ou não um secretário para mim?

O administrador parecia alarmado.

— Sim, milorde. Acho que se poderia dizer que encontrei um secretário.

— Então por que não disse logo? — Edward franziu o cenho. — Tem alguma coisa errada com o homem?

— N-não, milorde. — Hopple alisou o horroroso colete roxo. — O secretário, creio, será bem satisfatório como um, bem, como um secretário. — Seus olhos estavam fixos no cata-vento de couro de cavalo em cima do telhado do estábulo.

Edward se flagrou inspecionando o cata-vento, que rangia e lentamente se virava. Ele afastou o olhar do objeto e baixou os olhos. O cão estava sentado ao seu lado, com a cabeça inclinada, e também fitava o objeto.

Edward balançou a cabeça.

— Bom. Não estarei aqui amanhã de manhã quando ele chegar. — Os dois saíram do sol de fim de tarde e foram para a sombra dos estábulos. O cachorro trotava à frente dos homens, farejando os cantos. — Então você vai precisar entregar-lhe o manuscrito e dar instruções gerais sobre suas tarefas. — Ele se virou. Fora imaginação sua ou Hopple parecia aliviado?

— Muito bom, milorde — disse o administrador.

— Viajo para Londres amanhã cedo e passarei o restante da semana lá. Quando eu voltar, ele deverá ter transcrito os papéis que deixei.

— Sem dúvida, milorde. — Definitivamente, o administrador sorria. Edward o encarou e bufou.

— Estou ansioso para conhecer o novo secretário quando voltar.

O sorriso de Hopple se esvaiu.

A ABADIA DE Ravenhill era um lugar um tanto assustador, pensou Anna, no trajeto até a mansão, na manhã seguinte. A caminhada da aldeia até a propriedade era de quase cinco quilômetros, e suas panturrilhas começavam a doer. Por sorte, o sol brilhava. Velhos carvalhos bordejavam o caminho, uma grande mudança em comparação com os campos abertos ao longo da estrada de Little Battleford. As árvores eram tão antigas que dois cavaleiros poderiam passar lado a lado pelos espaços entre elas.

Ela contornou a esquina, arfou e parou. Narcisos salpicavam a relva verde e macia debaixo das árvores. Os galhos acima tinham apenas uma penugem de folhas novas, e a luz do sol as atravessava sem encontrar obstáculos. Cada narciso amarelo brilhava, translúcido e perfeito, criando uma frágil terra encantada.

Que tipo de homem ficaria longe disso por quase duas décadas?

Anna se lembrou das histórias sobre a grande epidemia de varíola que havia dizimado Little Battleford anos antes de seus pais se mudarem para o vicariato. Ela sabia que a família do atual conde morrera por causa da doença. Mesmo assim, será que ele não teria ao menos feito uma visita nesse intervalo?

Ela balançou a cabeça e continuou. Pouco depois do campo de narcisos, o bosque se abria, e ela pôde ver Ravenhill claramente. Era uma construção em pedra cinzenta, de estilo clássico, com quatro andares de altura. Uma única entrada central no primeiro andar dominava a fachada. E dela desciam até o rés do chão duas escadas em curva idênticas. Num mar de campos abertos, a abadia era uma ilha, solitária e arrogante.

Anna começou a percorrer o longo caminho até a Abadia de Ravenhill e, quanto mais ela se aproximava, mais sua confiança diminuía. Aquela entrada principal era simplesmente imponente demais. Ela hesitou por um instante ao se aproximar da abadia, depois mudou de direção na esquina. Pouco depois da curva, ela viu a entrada dos criados. Essa porta também era comprida e dupla, mas, pelo menos, ela não tinha de subir degraus de granito para alcançá-la. Respirando fundo, Anna agarrou a grande maçaneta de latão e entrou direto numa imensa cozinha.

Uma mulher grandalhona com cabelos louros quase brancos estava parada junto a uma imensa mesa central. Ela sovava uma massa, e seus braços estavam enfiados até os cotovelos numa tigela de cerâmica do tamanho de uma chaleira. Mechas de cabelo caíam do coque no topo de sua cabeça e grudavam em suas bochechas vermelhas e suadas. As únicas outras pessoas no cômodo eram a copeira e um engraxate. Os três se viraram para olhar para ela.

A mulher de cabelos louros — sem dúvida, a cozinheira? — estendeu os braços cheios de farinha.

— Sim?

Anna ergueu o queixo.

— Bom dia. Sou a nova secretária do conde, a Sra. Wren. A senhora sabe onde posso encontrar o Sr. Hopple?

Sem tirar os olhos de Anna, a cozinheira gritou para o garoto:

— Você aí, Danny. Vai atrás do Sr. Hopple e diga a ele que a Sra. Wren está aqui na cozinha. Anda rápido, agora.

Danny saiu em disparada da cozinha, e a mulher se voltou para a massa.

Anna ficou parada, esperando.

A copeira ao lado da imensa lareira a encarava, coçando, indiferente, o próprio braço. Anna sorriu, e a garota rapidamente desviou o olhar.

— Nunca ouvi falar numa mulher secretária antes. — A cozinheira mantinha os olhos nas mãos e trabalhava a massa com destreza. Habilmente, ela atirou todo o conteúdo da tigela sobre a mesa e a girou para formar uma bola, e os músculos de seus braços se flexionaram. — A senhora já conheceu o conde, então?

— Nunca fomos apresentados — explicou Anna. — Eu conversei sobre a vaga com o Sr. Hopple, e ele não tinha objeções sobre eu me tornar a secretária do conde. — Pelo menos, o Sr. Hopple não havia *mencionado* nenhuma objeção, acrescentou ela mentalmente.

A cozinheira rosnou sem erguer o olhar.

— Melhor assim. — Rapidamente ela separou pedaços de massa do tamanho de nozes e fez bolinhas com eles. Formou-se uma pilha. — Bertha, pega aquela bandeja.

A copeira trouxe uma bandeja de ferro fundido e arrumou as bolas em fileiras.

— Ele me dá calafrios, isso sim, quando grita — murmurou ela.

A cozinheira olhou para a criada com cara de poucos amigos.

— O som do pio das corujas te dá calafrios. O conde é um cavalheiro elegante. Paga pra todos um salário decente e dá folgas regulares, isso sim.

Bertha mordeu o lábio inferior enquanto posicionava cuidadosamente cada bola.

— Ele tem uma língua afiada terrível. Vai ver que foi por isso que o Sr. Tootleham foi embora tão... — Ela pareceu notar que a cozinheira a fitava de cara feia e, no mesmo instante, calou a boca.

A entrada do Sr. Hopple rompeu um silêncio constrangedor. Ele usava um chamativo colete violeta, todo bordado com cerejas escarlate.

— Bom dia, bom dia, Sra. Wren. — Ele lançou um rápido olhar à cozinheira e à copeira e baixou a voz. — A senhora tem certeza, er, sobre isso?

— Claro, Sr. Hopple. — Anna sorriu para o administrador de um jeito que, ela esperava, parecia confiante. — Estou ansiosa para conhecer o conde.

Ela ouviu a cozinheira dar um muxoxo atrás de si.

— Ah. — O Sr. Hopple tossiu. — Quanto a isso, o conde viajou a Londres para tratar de negócios. Ele costuma passar algum tempo lá, sabe — disse, em tom de confidência. — Encontra-se com outros eruditos com certa frequência. O conde é praticamente uma autoridade em questões agrícolas.

A decepção a dominou.

— Devo esperar que ele retorne? — perguntou ela.

— Não, não. Não é necessário — falou o Sr. Hopple. — O conde deixou alguns papéis para a senhora transcrever na biblioteca. Vou leva-la até lá, está bem?

Anna assentiu e seguiu o administrador para fora da cozinha e pela escada até o corredor principal. O chão de parquete cor-de-rosa e preto era lindamente decorado, embora fosse um pouco difícil de distinguir sob pouca luz. Eles alcançaram a entrada principal, e ela viu a grandiosa escadaria. Meu Deus, era imensa. Os degraus conduziam a um patamar do tamanho de sua cozinha e, em seguida, se dividiam em duas escadas que se curvavam e levavam aos escuros andares superiores. Como diabos um homem poderia viver numa casa assim, mesmo que tivesse um exército de criados?

Anna se deu conta de que o Sr. Hopple estava falando com ela.

— O último secretário e, claro, o secretário antes dele trabalhavam no próprio escritório debaixo da escada — explicou o homenzinho. — Mas o cômodo lá é bastante lúgubre. Não é nem um pouco adequado a uma dama. Então eu pensei que seria melhor se a senhora se instalasse na biblioteca em que o conde trabalha. A menos — questionou o Sr. Hopple apressadamente — que a senhora prefira ter um cômodo só seu.

O administrador virou-se para a biblioteca e segurou a porta para Anna. Ela entrou e subitamente parou, forçando o Sr. Hopple a dar a volta por ela.

— Não, não. A biblioteca vai servir muito bem.

Anna ficou impressionada com a calma em sua voz. Tantos livros. Estavam em fileiras em três lados da sala, contornando a lareira, e as pilhas iam até o teto abobadado. Devia haver mil livros naquele cômodo. Via-se, no canto, uma escada de rodinhas um tanto frágil, cujo único objetivo aparentemente era deixar os exemplares ao alcance das mãos. Imagine ter todos esses livros e poder lê-los sempre que quisesse.

O Sr. Hopple a conduziu a um canto do cômodo cavernoso onde navia uma imensa mesa de mogno. Em frente a ela, a alguns passos de distância, uma mesa menor, de pau-rosa.

— Aqui estamos, Sra. Wren — disse ele entusiasticamente. — Eu arrumei tudo que acho que a senhora vai precisar: papel, penas, tinta, limpadores, mata-borrão e areia. Esse é o manuscrito que o conde gostaria que fosse copiado. — Ele indicou uma pilha de uns dez centímetros de papéis bagunçados. — Tem uma campainha de corda no canto extremo, e tenho certeza de que a cozinheira ficaria feliz em mandar chá ou qualquer outro refresco que a senhora queira. Há mais alguma coisa de que precise?

— Ah, não. Está tudo ótimo. — Anna juntou as mãos à frente do corpo e tentou não parecer impressionada.

— Não? Bem, me avise se precisar de mais papel ou de qualquer outra coisa. — O Sr. Hopple sorriu e fechou a porta atrás de si.

Ela se sentou à mesa pequena e elegante e, reverentemente, passou um dedo sobre a ornamentação envernizada. Uma peça de mobília tão bonita... Ela suspirou e pegou a primeira página do manuscrito. Uma caligrafia firme, bastante inclinada para a direita, cobria a página. Aqui e ali, algumas frases eram riscadas e alternativas eram rabiscadas ao longo das margens com muitas setas apontando onde deveriam entrar.

Anna começou a copiar. Sua caligrafia corria pequena e caprichada. De vez em quando, ela fazia uma pausa para decifrar alguma palavra. A caligrafia do conde era verdadeiramente atroz. Após algum tempo, ela começou a se acostumar às curvas dos Ys e aos traços dos Rs.

Pouco depois do meio-dia, Anna pôs a pena de lado e tentou tirar a tinta das pontas dos dedos. Em seguida, levantou-se devagar e puxou a campainha no canto. Tudo estava silencioso, mas provavelmente um sino soou em algum lugar para chamar alguém que lhe trouxesse uma xícara de chá. Ela olhou a fileira de livros perto da campainha. Eram tomos pesados, gravados com nomes em latim. Curiosa, ela retirou um. Ao fazer isso, um livro fino caiu no chão com uma pancada. Anna rapidamente se abaixou para pegá-lo e, ao mesmo tempo, olhou, com expressão culpada, para a porta. Ninguém havia respondido ao seu chamado por enquanto.

Ela se voltou para o livro em suas mãos. Estava encadernado em marroquim vermelho, era macio ao toque e não trazia título. O único adorno era uma pena dourada, gravada no canto inferior direito da capa. Ela franziu o cenho e guardou de volta sua primeira escolha. Em seguida, cuidadosamente, abriu o livro de couro vermelho. Dentro dele, na guarda, estava escrito com letra infantil: *Elizabeth Jane de Raaf, seu livro.*

— Sim, senhora?

Anna quase deixou o livro vermelho cair ao ouvir a voz da jovem criada. Rapidamente ela o recolocou na prateleira e sorriu para a garota.

— Será que a senhora poderia me trazer uma xícara de chá?

— Sim, senhora. — A criada fez um gesto afirmativo com a cabeça e saiu sem dizer mais nada.

Anna voltou a olhar o livro de Elizabeth, mas decidiu que circunspecção era a melhor das virtudes e voltou para sua mesa, a fim de aguardar o chá.

Às cinco da tarde, o Sr. Hopple entrou às pressas na biblioteca.

— Como foi seu primeiro dia? Nada muito árduo, espero? — Ele ergueu a pilha de papéis transcritos e olhou as primeiras páginas. — Parece muito bom. O conde ficará feliz em enviá-los para as prensas. — Ele parecia aliviado.

Anna se perguntou se o homem teria passado o dia preocupado com suas habilidades. Ela pegou suas coisas e, com uma última inspeção na mesa de trabalho, para garantir que tudo estava em ordem, deu boa-noite ao Sr. Hopple e foi para casa.

No instante em que Anna chegou ao pequeno chalé, Mãe Wren se apressou e a bombardeou com perguntas ansiosas. Fanny também a observava, como se trabalhar para o conde fosse algo terrivelmente sofisticado.

— Mas eu nem sequer o vi. — Anna protestou, em vão.

Os dias seguintes passaram rápido, e a pilha de páginas transcritas crescia progressivamente. Domingo foi um dia de descanso bem-vindo.

Quando Anna voltou na segunda-feira, a abadia tinha uma atmosfera de agitação. O conde finalmente havia retornado de Londres. A cozinheira nem sequer ergueu os olhos da sopa que estava mexendo quando Anna entrou na cozinha, e o Sr. Hopple não estava lá para cumprimentá-la como de hábito.

Anna foi até a biblioteca sozinha, esperando finalmente encontrar seu patrão.

Mas o cômodo estava vazio.

Ah, paciência. Anna soltou um suspiro de decepção e pousou a cesta com o almoço sobre a escrivaninha de pau-rosa. Ela começou a trabalhar, e o tempo passou, marcado apenas pelo som da pena arranhando a folha. Depois de algum tempo, ela sentiu alguém no cômodo e ergueu o olhar. Anna perdeu o fôlego.

Um cão imenso estava parado ao lado da mesa, somente a alguns passos de distância. O animal entrara sem fazer qualquer barulho.

Anna se manteve imóvel enquanto tentava pensar. Ela não tinha medo de cães. Quando era pequena, tivera um dócil e pequeno terrier. Mas esse animal era o maior que ela já tinha visto. E infelizmente também parecia familiar. Ela o vira não fazia nem uma semana, correndo ao lado do homem feio que tinha caído do cavalo na estrada. E, se o animal estava ali agora... *ai, Deus.* Anna se pôs de pé, mas o cão andou em sua direção, e ela pensou duas vezes antes de sair correndo da biblioteca. Em vez disso, deu um suspiro e lentamente voltou a se sentar. Os dois se encararam. Ela esticou a mão, com a palma virada para baixo, para o cão farejar. O animal seguiu o movimento da mão com o olhar, mas desprezou aquele gesto.

— Bem — disse Anna baixinho —, se você não vai se mexer, senhor, eu posso, pelo menos, continuar com o meu trabalho.

Ela pegou a pena novamente, tentando ignorar o animal imenso ao lado. Depois de algum tempo, o cão se sentou, mas ainda a observava. Quando o relógio na cornija bateu doze horas, ela pousou mais uma vez a pena e esfregou a mão. Cautelosamente, esticou os braços acima da cabeça, certificando-se de se mover devagar.

— Talvez você queira um pouco do almoço? — murmurou ela para o animal.

Anna abriu a pequena cesta coberta com um pano, que trazia todas as manhãs. Ela pensou em pedir um pouco de chá para tomar junto com a refeição, mas não tinha certeza se o cão a deixaria se afastar da mesa.

— E, se ninguém vier me ver — murmurou ela para o cão —, ficarei colada nessa cadeira a tarde toda por culpa sua.

A cesta continha pão e manteiga, uma maçã e um pedaço de queijo, enrolados num pano. Ela ofereceu a casca do pão ao cão, mas ele nem sequer a cheirou.

— Você é exigente, não é? — Ela mastigou o pão. — Suponho que esteja acostumado a jantar faisão e tomar champanhe.

O cão permaneceu no mesmo lugar.

Anna terminou o pão e começou a comer a maçã, sob o olhar atento do animal. Sem dúvida, se ele fosse perigoso, não andaria livremente pela abadia, não é? Ela guardou o queijo para o final. Ao desembrulhá-lo, inspirou o aroma pungente. No momento, queijo era um luxo. Ela passou a língua pelos lábios.

O cão aproveitou aquele momento para esticar o pescoço e farejar.

Anna fez uma pausa com o bocado de queijo a caminho da boca. Primeiro, ela olhou para o queijo; depois, de volta para o cão. Seus olhos eram de um marrom líquido. Ele colocou uma pata pesada em seu colo.

Ela suspirou.

— O senhor quer um pouco de queijo, milorde? — Ela partiu um pedaço e o ofereceu ao cão.

O queijo desapareceu de uma só vez e deixou uma trilha de saliva na palma da mão de Anna. O rabo grosso do cachorro roçava o tapete, e ele a fitava com ansiedade.

Anna ergueu as sobrancelhas com a expressão séria.

— O senhor é um farsante.

Ela alimentou o monstro com o restante do queijo. Somente então ele se dignou a deixá-la afagar suas orelhas. Anna fazia carinho na imensa cabeça e dizia quanto ele era belo e imponente quando ouviu o som de botas no corredor. Ergueu o olhar e viu o conde de Swartingham parado na porta, com os olhos quentes de obsidiana sobre ela.

Capítulo Três

> *"Um príncipe poderoso, um homem que não temia nem Deus nem os mortais, governava as terras a leste do duque. O príncipe era um homem cruel e ambicioso. Ele invejava a fertilidade das terras do duque e a felicidade de seu povo. Um dia, o príncipe reuniu uma força de homens e arrasou o pequeno ducado, saqueando a terra e seu povo, até que o exército se encontrou do lado de fora das muralhas do castelo do duque. O velho duque subiu no topo das ameias e contemplou um mar de guerreiros, que se estendia das pedras de seu castelo até o horizonte. Como ele poderia derrotar um exército tão poderoso? O duque chorou por seu povo e por suas filhas, que certamente seriam violentadas e mortas. Mas, quando ele estava em seu desespero, ouviu um grasnido:*
> *— Não chore, duque. Nem tudo está perdido..."*
>
> — O Príncipe Corvo

Edward parou ao entrar na biblioteca e piscou. Uma mulher estava sentada à mesa de seu secretário.

Ele conteve um desejo instintivo de dar um passo para trás e checar novamente a porta. Em vez disso, estreitou os olhos e inspecionou aquela intrusa. Ela era uma coisinha pequena vestida de marrom, e seu cabelo estava escondido em um gorro com babados horroroso. Ela mantinha as costas tão eretas que nem sequer tocavam a cadeira, e se assemelhava a todas as outras damas da sociedade, mas com parcos meios, a não ser pelo fato de que estava afagando — *afagando*, pelo amor de Deus — o brutamontes do seu cão. A cabeça do animal estava arqueada; a língua pendia para fora da boca como se ele fosse um idiota apatetado, de olhos semicerrados, em êxtase.

Edward fez cara feia para ele.

— Quem é você? — perguntou ele, mais rispidamente do que gostaria.

A boca da mulher assumiu uma expressão afetada, atraindo os olhos do conde para ela. Era a boca mais sexy que ele já vira numa mulher. Era grande, o lábio superior era mais cheio que o inferior, com um dos cantos inclinado.

— Eu sou Anna Wren, milorde. Qual é o nome do seu cachorro?

— Eu não sei. — Ele cruzou o recinto, tomando cuidado para não se mover abruptamente.

— Mas... — A mulher franziu as sobrancelhas. — O cão não é seu?

O homem fitou o cão e pareceu momentaneamente hipnotizado. Os dedos elegantes dela afagavam o pelo do animal.

— Ele me segue e dorme ao lado da minha cama. — Edward deu de ombros. — Mas, que eu saiba, não tem nome.

Ele parou diante da escrivaninha de pau-rosa. Ela teria de passar por ele para escapar do cômodo.

As sobrancelhas de Anna Wren baixaram em desaprovação.

— Mas ele deve ter um nome. Como o senhor o chama?

— Em geral, eu não chamo.

Era uma mulher sem atrativos. Tinha um nariz comprido e fino, olhos castanhos e cabelo castanho — pelo menos os fios que ele conseguia ver. Nada nela era extraordinário. Exceto a boca.

A ponta da língua dela umedeceu aquele canto.

Edward sentiu o pênis levantar-se e endurecer, e torceu para que ela não percebesse e que sua mentalidade virginal não a deixasse chocada. Uma mulher sem graça, que ele nem conhecia, o deixara excitado.

O cão deve ter ficado cansado daquela conversa e escapou da mão de Anna Wren, deitando-se, com um suspiro, perto da lareira.

— Você pode dar um nome para ele, se precisar. — Edward deu de ombros mais uma vez e apoiou as pontas dos dedos da mão direita na mesa.

O olhar avaliador que ela lhe dirigiu despertou uma lembrança. Os olhos dele se estreitaram.

— Você é a mulher que assustou meu cavalo na estrada, outro dia.

— Sim. — Ela lançou-lhe um olhar de doçura suspeita. — Sinto muito que o senhor tenha caído do cavalo.

Impertinente.

— Eu não *caí*. Eu fui derrubado.

— Verdade?

Ele quase retrucou aquela fala, mas ela lhe estendeu um maço de papéis.

— O senhor gostaria de ver o que transcrevi hoje?

— Hum — resmungou ele evasivamente.

Ele retirou os óculos do bolso e os apoiou no nariz. Precisou de um momento para se concentrar na folha em sua mão, mas, quando o fez, Edward reconheceu a caligrafia da nova secretária. Na noite anterior, havia lido as páginas transcritas, e, embora tivesse aprovado o capricho da escrita, achara curioso que os traços fossem efeminados.

Edward fitou a pequena Anna Wren por cima dos óculos e deu um muxoxo. Não *efeminados*. *Femininos*. O que explicava os comentários evasivos de Hopple.

Ele leu mais algumas frases antes que outro pensamento o atingisse. Edward lançou um olhar agudo à mão da mulher e viu que ela não usava aliança. Rá. Todos os homens das proximidades provavelmente tinham medo de cortejá-la.

— A senhora é solteira?

Ela pareceu assustada.

— Sou viúva, milorde.

— Ah. — Então ela havia sido cortejada e casada, mas não mais. Nenhum homem a protegia agora.

Imediatamente após aquele pensamento, ele se achou ridículo por ter ideias predatórias em relação a uma mulher tão apagada. Exceto por aquela boca... Ele mudou de posição, pouco à vontade, e trouxe seus pensamentos de volta à folha que segurava. Não havia borrões nem erros de ortografia que pudesse ver. Exatamente o que ele teria esperado de uma pequena viúva morena. Edward sorriu por dentro.

Rá. Um erro. Ele olhou de cara feia para a viúva por cima dos óculos.

— Essa palavra deveria ser *composteira*, não *compostura*. A senhora não consegue ler a minha letra?

A Sra. Wren respirou fundo, como se fortalecesse a própria paciência, o que fez seu busto farto se expandir.

— Na verdade, milorde, não, nem sempre consigo.

— Humph — resmungou ele, um pouco decepcionado pelo fato de ela não ter discutido. A mulher provavelmente teria de respirar fundo várias vezes se estivesse furiosa.

Ele terminou de ler os papéis e os jogou em sua mesa, na qual deslizaram para o lado. Ela franziu a testa para a pilha torta de papéis e se inclinou para pegar uma folha que havia flutuado até o chão.

— Seu trabalho parece muito bom. — Edward passou por trás dela. — Mais tarde vou trabalhar aqui enquanto a senhora termina de transcrever o manuscrito.

Ele esticou o braço ao redor dela para dar um peteleco num pedaço de fiapo da mesa. Por um momento, pôde sentir o calor do corpo dela e o leve odor de rosas que seu calor exalava. Ele a sentiu enrijecer.

O conde se esticou.

— Amanhã vou precisar que a senhora trabalhe comigo nas questões relativas à propriedade. Espero que isso seja possível.

— Sim, claro, milorde.

Edward sentiu que ela se contorcia para vê-lo, mas ele já estava indo na direção da porta.

— Muito bem. Tenho negócios para resolver antes de começar meu trabalho aqui.

Ele fez uma pausa quando chegou à porta.

— Ah, Sra. Wren?

Ela ergueu as sobrancelhas.

— Sim, milorde?

— Não deixe a abadia antes do meu retorno. — Edward seguiu para o corredor, determinado a encontrar e interrogar o administrador.

NA BIBLIOTECA, ANNA estreitou os olhos para as costas do conde. Que homem autoritário! Até de costas ele parecia arrogante, com os ombros largos muito retos e a cabeça inclinada de modo imperioso.

Ela considerou as últimas palavras dele e se virou, com a testa franzida, confusa, para o cão esparramado diante da lareira.

— Por que ele pensa que vou embora?

O mastim abriu um dos olhos, mas parecia saber que era uma pergunta retórica e o fechou de novo. Anna suspirou e balançou a cabeça; em seguida, retirou uma folha de papel não usada da pilha. Afinal de contas, ela era secretária dele; tinha de aprender a suportar aquele conde orgulhoso. E, sem dúvida, sempre manter seus pensamentos apenas para si.

Três horas depois, Anna praticamente havia acabado de transcrever as páginas e sentia cãibra no ombro por causa do esforço. O conde ainda não havia retornado, apesar da ameaça. Ela suspirou e flexionou a mão direita; em seguida, parou. Talvez devesse caminhar pelo cômodo. O cão ergueu o olhar e se levantou para acompanhá-la. Preguiçosamente, ela passou os dedos ao longo de uma prateleira de livros. Eram tomos de um tamanho maior do que o normal, exemplares de geografia, a julgar pelos títulos nas lombadas. Os livros por certo eram maiores do que aquele com encadernação vermelha que ela vira na semana anterior. Anna parou, não tivera coragem de examinar o pequeno exemplar desde que fora interrompida pela criada, mas agora a curiosidade a levava para a prateleira perto da campainha.

Lá estava, aninhado junto aos companheiros mais altos, exatamente como ela o havia deixado. O livro fino e vermelho parecia chamá-la.

Anna o pegou e abriu na página que trazia o título. As letras impressas eram ornamentadas e difíceis de ler: *O Príncipe Corvo*. Não se via o nome do autor. Ela ergueu as sobrancelhas e folheou algumas páginas até chegar à ilustração de um gigantesco corvo negro, muito maior do que os pássaros comuns. Ele estava parado sobre uma muralha de pedra ao lado de um homem de barba branca e comprida e com uma expressão cansada. Anna franziu o cenho. A cabeça do corvo estava inclinada, como se ele soubesse algo que o velho não sabia, e seu bico estava aberto, como se pudesse...

— O que a senhora tem aí?

A voz grave do conde a assustou de tal forma que Anna deixou o livro cair. Como um homem tão grande se movia tão silenciosamente? Ele cruzou o tapete, sem se importar com a trilha de lama que deixava para trás, e pegou o livro aos pés dela. Seu rosto ficou impassível ao ver a capa. Ela não podia dizer o que ele estava pensando.

Então, o conde ergueu o olhar.

— Pensei em pedir o chá — disse ele, prosaicamente. E tocou a campainha.

O grande cão empurrou o focinho na mão livre do dono. Lorde Swartingham esfregou a cabeça do animal, deu meia-volta e guardou o livro na gaveta de sua mesa.

Anna pigarreou.

— Eu estava apenas olhando. Espero que o senhor não se importe...

Mas o conde fez um gesto com a mão para que ela se calasse quando uma criada apareceu na porta e ele ordenou:

— Bitsy, peça à cozinheira que arrume uma bandeja com um pouco de pão, chá e o que mais ela tiver. — Ele olhou para Anna, aparentemente depois de pensar mais um pouco. — Veja se ela tem algum bolo ou biscoito, está bem?

Ele não havia perguntado se Anna gostava de doces, mas, por sorte, ela gostava. A criada fez que sim com a cabeça e se apressou em sair do recinto.

Anna comprimiu os lábios.

— Eu realmente não pretendia...

— Não tem problema — interrompeu ele. O conde estava sentado à mesa, pegando tinta e penas de maneira aleatória. — Pode dar uma olhada, se quiser. Todos esses livros deveriam ter alguma serventia. Embora eu tenha minhas dúvidas de que exista alguma coisa interessante neles. Em geral, histórias entediantes, se me lembro bem, ainda por cima, devem estar mofados.

Ele parou e examinou uma folha que estava sobre a mesa. Anna abriu a boca para tentar se explicar novamente, mas se distraiu ao notar que o conde acariciava a pena enquanto lia. Suas mãos eram grandes e bronzeadas, mais do que as mãos de um cavaleiro deveriam ser. Pelos negros cresciam no dorso. E a ideia de que provavelmente ele tinha pelos no peito também surgiu em sua mente. Ela se esticou e pigarreou.

O conde ergueu o olhar.

— O senhor acha que Duque é um bom nome? — quis saber ela.

O rosto de Lorde Swartingham ficou inexpressivo por um segundo antes de ele entender o que ela perguntava. Ele considerou a resposta enquanto fitava o cachorro.

— Acho que não. Ele seria hierarquicamente superior a mim.

A chegada de três criadas carregando pesadas bandejas salvou Anna de ter que responder. Elas arrumaram o serviço de chá numa mesa perto da janela e então se retiraram. O conde fez um gesto, apontando para o canapé num dos lados, ao mesmo tempo que se sentava numa cadeira, no outro.

— Devo servir? — perguntou Anna.

— Por favor. — Ele assentiu com a cabeça.

Anna serviu o chá. Acreditou sentir o conde observando-a enquanto ela prosseguia com o ritual, mas, ao erguer os olhos, viu que ele fitava a própria xícara. A quantidade de comida era intimidadora. Havia pão e manteiga, três geleias diferentes, presunto frio fatiado, torta de pombo, um pouco de queijo, dois pudins diferentes, pequenos bolos com cobertura e frutas secas. Ela serviu um prato para o conde com um pouco de cada coisa, lembrando-se de como os homens podiam ficar famintos após se exercitarem; em seguida, escolheu alguns poucos pedaços de fruta e um bolo para si mesma. Pelo visto, o conde não gostava de conversar durante a refeição e, metodicamente, devorou a comida em seu prato.

Anna o observou enquanto beliscava o bolo de limão.

Ele se espreguiçou na cadeira, com uma perna dobrada sobre o joelho, a outra com a metade esticada debaixo da mesa. Os olhos dela acompanharam toda a extensão das botas de montaria salpicadas de lama e das coxas musculosas até o quadril esbelto, por cima da barriga lisa até o peito que se alargava e os ombros muito largos para um homem tão magro. Seu olhar foi direto para o rosto dele. Os olhos escuros brilharam para ela.

Ela corou e pigarreou.

— O seu cão é tão... — Ela fitou o animal feio. — *incomum*. Acho que nunca vi um cachorro assim. Onde o senhor o conseguiu?

Ele bufou.

— A pergunta deveria ser "onde ele me conseguiu?".

— Como assim?

O conde suspirou e se remexeu na cadeira.

— Ele apareceu numa noite, um ano atrás, do lado de fora da minha propriedade ao norte de Yorkshire. Eu o encontrei na estrada. Ele estava muito magro, com mordidas de pulgas, e tinha uma corda enrolada no pescoço e nas patas dianteiras. Eu cortei a corda, e o maldito animal me seguiu até em casa. — Lorde Swartingham fez cara feia para o cão ao lado da cadeira.

O animal balançou o rabo alegremente. O conde jogou um pedaço de massa da torta, que o cão abocanhou no ar.

— Desde então, não consigo me livrar dele.

Anna apertou os lábios para disfarçar um sorriso. Quando ergueu os olhos, achou que o conde estava fitando sua boca. Ai, meu Deus! Será que tinha glacê no rosto? Ela rapidamente limpou os lábios com um dedo.

— Ele deve ser muito leal depois de o senhor tê-lo resgatado.
Edward resmungou.

— É mais provável que ele seja leal aos restos de comida que ganha aqui. — O conde ergueu-se abruptamente e tocou a campainha para que as coisas fossem retiradas. O cão seguiu seus passos. Ao que tudo indicava, o chá tinha acabado.

O restante do dia transcorreu de forma agradável.

O conde não era um escritor silencioso. Ele resmungava para si mesmo e passava a mão pelo cabelo até as mechas saírem do lugar e caírem em desalinho em torno das bochechas. Algumas vezes, ele se erguia de um salto e caminhava pelo cômodo antes de retornar à mesa e escrever furiosamente. O cão parecia acostumado ao estilo do conde e roncava perto da lareira, sem cerimônia.

Quando o relógio do corredor bateu cinco horas, Anna começou a arrumar a cesta.

O conde franziu o cenho.

— A senhora já está indo?

Anna parou.

— Já são cinco horas, milorde.

Ele pareceu surpreso, então olhou para o lado de fora através das janelas escurecidas.

— É verdade.

Lorde Swartingham se pôs de pé e esperou até que ela terminasse, e então a acompanhou até a porta. Anna estava muito consciente da presença dele ao seu lado enquanto caminhavam pelo corredor. A cabeça dela não chegava nem à altura do seu ombro, recordando-a de como ele era grande.

O conde fez cara feia quando viu a entrada das carruagens vazia do lado de fora.

— Onde está a sua carruagem?

— Eu não tenho uma — respondeu ela, um tanto sarcasticamente.
— Vim caminhando da aldeia.

— Ah, claro — disse ele. — Espere aqui. Vou pedir que tragam a minha carruagem.

Anna começou a protestar, mas ele desceu os degraus correndo e foi para os estábulos, deixando-a na companhia do cão. O animal resmungou e se sentou. Ela afagou suas orelhas. Os dois esperaram em silêncio, ouvindo o vento balançar a copa das árvores. O cão subitamente esticou as orelhas e se pôs de pé.

A carruagem dobrou a esquina com um estrondo e parou diante dos degraus principais. O conde desceu e segurou a porta para Anna. Ansioso, o mastim desceu os degraus na frente dela.

Lorde Swartingham franziu o cenho para o animal.

— Você, não.

O cão baixou a cabeça e ficou parado ao lado do dono. Anna pôs a mão enluvada na mão do conde quando ele a ajudou a subir na carruagem. Por um momento, dedos masculinos e fortes apertaram os dela; então, eles os soltaram para que ela se sentasse no banco de couro vermelho.

O conde se inclinou para dentro da carruagem.

— Você não precisa trazer almoço amanhã. Vai fazer a refeição comigo.

Ele fez um sinal para o cocheiro antes que ela pudesse lhe agradecer, e a carruagem balançou e partiu. Anna esticou o pescoço e olhou para trás. O conde ainda estava parado diante dos degraus com o imenso cão. Por alguma razão, aquela visão a encheu de uma solidão melancólica. Anna balançou a cabeça e virou-se para a frente, censurando a si mesma. O conde não precisava de sua compaixão.

EDWARD OBSERVOU a carruagem fazer uma curva. Ele tinha a inquietante sensação de que não deveria perder a pequena viúva de vista. Sua presença ao lado dele na biblioteca naquela tarde fora estranhamente tranquilizadora. Ele riu de si mesmo. Anna Wren não era para ele. Ela era de uma classe diferente e, além do mais, era uma respeitável viúva da aldeia. Não se tratava de uma dama sofisticada da sociedade que poderia considerar um caso fora do matrimônio.

— Venha. — Ele bateu na própria coxa, chamando seu cão.

O animal o seguiu de volta à biblioteca. O cômodo estava frio e tristonho novamente. Por alguma razão, ele parecera mais acolhedor quando a Sra. Wren estava sentada ali. Ele passou por trás da escrivaninha de pau-rosa e notou um lenço no chão. Era branco, com flores bordadas num dos cantos. Violetas, talvez. Era difícil dizer, pois estavam um pouco tortas. Edward levou o tecido ao rosto e inspirou seu perfume. Tinha cheiro de rosas.

Ele apertou o lenço e foi até as janelas escuras. A viagem para Londres tinha sido boa. Sir Richard Gerard havia aceitado a corte para a filha. Gerard era apenas um baronete, mas sua família era antiga e confiável. A mãe dera à luz sete filhos, e cinco haviam chegado à idade adulta. Além disso, Gerard possuía uma pequena propriedade fronteiriça à dele no norte de Yorkshire. O homem hesitara em acrescentar a terra ao dote da filha mais velha, mas Edward tinha certeza de que, no tempo certo, ele mudaria de ideia. Afinal, Gerard ganharia um conde como genro. Ele havia tirado a sorte grande. E quanto à garota...

Os pensamentos de Edward foram interrompidos, e, por um terrível momento, ele não conseguiu se lembrar do nome dela. Então veio à sua mente: Sylvia. Claro, Sylvia. Ele não havia passado muito tempo a sós com ela, mas se certificara de que o casamento lhe agradava. Ele lhe perguntara diretamente se as cicatrizes de varíola lhe provocavam alguma sensação desagradável. Ela dissera que não. Edward fechou a mão num punho. Será que ela dissera a verdade? Outras haviam mentido sobre as cicatrizes, ele já havia sido enganado no passado. A garota podia muito bem estar lhe dizendo o que ele queria ouvir, e o conde não descobriria seu desprezo até ser tarde demais. Mas que alternativa ele tinha? Permanecer solteiro e sem filhos pelo resto da vida por medo de uma possível mentira? Esse destino era impensável.

Edward passou um dedo pela face e sentiu o linho macio contra a pele. Ele ainda segurava o lenço. Fitou-o por um momento, esfregando o tecido com o polegar; então dobrou o pano com cuidado e o colocou sobre a mesa.

Ele saiu do cômodo, e o cão o acompanhou.

A CHEGADA DE Anna numa grande carruagem causou agitação na casa da família Wren. Ela conseguiu ver o rosto pálido de Fanny espiando através das cortinas da sala de estar quando o cocheiro parou os cavalos do lado de fora do chalé. Ela esperou que o lacaio baixasse os degraus e então desceu da carruagem, constrangida.

— Obrigada. — Ela sorriu para o jovem lacaio. — E agradeço ao senhor também, John Cocheiro. Desculpe por dar tanto trabalho.

— Não foi trabalho algum, senhora. — O cocheiro tocou as pontas dos dedos na aba do chapéu redondo. — Ficamos felizes por trazê-la até sua casa em segurança.

O lacaio pulou na parte de trás da carruagem, e, com um aceno para Anna, John Cocheiro estalou a língua e fez os cavalos andarem. A carruagem mal se afastara quando Mãe Wren e Fanny saíram correndo da casa para bombardeá-la com perguntas.

— O conde me mandou para casa em sua carruagem — explicou Anna enquanto abria caminho para dentro de casa.

— Meu Deus, que homem gentil! — exclamou a sogra.

Anna pensou no modo como o conde lhe ordenara que voltasse de carruagem.

— Bastante. — Ela retirou o xale e o gorro.

— Então você conheceu o conde em pessoa, senhorinha? — perguntou Fanny.

Anna sorriu para a garota e acenou com a cabeça.

— Eu nunca vi um conde, senhorinha. Como ele é?

— Ele é apenas um homem como outro qualquer — retrucou Anna.

Mas ela não tinha tanta certeza das próprias palavras. Se o conde era como qualquer outro homem, então por que ela sentia a estranha vontade de fazê-lo discutir? Nenhum dos outros homens que ela conhecia a deixava com vontade de desafiá-los.

— Ouvi dizer que ele tem cicatrizes horríveis no rosto por causa da varíola.

— Fanny, querida — exclamou Mãe Wren —, nosso interior é mais importante que nossa casca.

Todas elas refletiram sobre isso por um instante. Fanny franzia a sobrancelha enquanto pensava sobre o assunto.

Mãe Wren pigarreou.

— Ouvi dizer que as cicatrizes cruzam a metade superior do rosto dele.

Anna disfarçou um sorriso.

— O conde tem, sim, cicatrizes de varíola no rosto, mas não são muito perceptíveis, na verdade. Além disso, ele tem uma bela cabeleira escura e grossa e lindos olhos escuros, e sua voz é muito atraente, bonita até, especialmente quando ele fala baixo. E é muito alto, tem ombros musculosos e largos. — Ela parou abruptamente.

Mãe Wren a fitou de maneira estranha.

Anna tirou as luvas.

— O jantar está pronto?

— Jantar? Ah, sim. O jantar deve estar pronto. — Mãe Wren enxotou Fanny para a cozinha. — Temos *pudding* e uma deliciosa galinha assada que Fanny conseguiu por um bom preço na fazenda da família Brown. Ela tem praticado seus talentos de barganha, sabe? Pensamos que seria bom fazer uma surpresa para comemorar o seu emprego.

— Que beleza! — Anna subiu os degraus. — Vou lavar as mãos.

Mãe Wren tocou seu braço.

— Você tem certeza do que está fazendo, querida? — perguntou ela em voz baixa. — Algumas vezes, damas de certa idade arrumam, bem, umas *ideias* sobre cavalheiros. — Ela fez uma pausa e falou, apressada: — Ele não é da nossa classe, sabe? Isso causaria apenas dor.

Anna baixou os olhos para a mão frágil e idosa em seu braço. Então, deliberadamente, sorriu e ergueu o olhar.

— Eu sei muito bem que qualquer ato de natureza pessoal entre mim e o Lorde Swartingham seria impróprio. Não precisa se preocupar.

A mulher idosa olhou nos olhos dela por mais um momento antes de afagar o braço da nora.

— Não demore muito, querida. Nós ainda não queimamos o jantar.

Capítulo Quatro

"O duque se virou e viu um imenso corvo empoleirado na muralha do castelo. A ave saltou para mais perto e inclinou a cabeça.

— Eu vou ajudá-lo a derrotar o príncipe, se o senhor me der uma de suas filhas como esposa.

— Como ousa?! — O velho duque estremeceu de indignação. — O senhor me insulta ao sugerir que eu sequer pensaria em casar uma de minhas filhas com uma ave suja.

— Belas palavras, meu amigo — disse o corvo. — Não seja tão rápido. Em um momento, você perderá tanto suas filhas quanto a vida.

O duque encarou o corvo e viu que não se tratava de uma ave comum. Ele usava uma corrente de ouro ao redor do pescoço, e um pingente de rubi no formato de uma pequena mas perfeita coroa pendia da corrente. Ele olhou novamente para o exército ameaçador nos portões e, ao ver que pouco tinha a perder, concordou com a barganha profana..."

— O Príncipe Corvo

— O senhor já considerou o nome Docinho? — perguntou Anna ao pegar um pouco de doce de maçã com a colher.

Ela e o conde estavam sentados numa extremidade da imensa mesa da sala de jantar. Pela fina camada de poeira no mogno da outra ponta da mesa, ela deduziu que o cômodo não devia ser muito usado. Será que o conde jantava ali? Ainda assim, a sala de jantar ficava aberta todos os dias para que eles almoçassem ali. Naquela semana, Anna havia aprendido que o conde não era muito afeito a conversas. Depois de muitos dias de resmungos e respostas monossilábicas, provocar alguma reação no patrão se tornara um tipo de jogo.

Lorde Swartingham fez uma pausa no ato de cortar um pedaço de bife e torta de rins.

— Docinho?

Seus olhos fitavam a boca de Anna, e ela se deu conta de que lambera os lábios.

— Sim. O senhor não acha que Docinho é um nome adorável?

Os dois baixaram os olhos até o cachorro ao lado da cadeira do conde. Ele mastigava um osso, e suas presas afiadas reluziam.

— Acho que Docinho pode não ser muito adequado à personalidade dele — respondeu Lorde Swartingham, pousando a fatia de torta no prato.

— Humm. Talvez tenha razão — murmurou Anna, pensativa. — Ainda assim, o senhor não ofereceu uma alternativa.

O conde cortou vigorosamente um pedaço de carne.

— Porque estou satisfeito em deixar o animal continuar sem nome.

— O senhor não teve cães quando era garoto?

— Eu? — Ele a encarou como se Anna tivesse lhe perguntado se tivera duas cabeças quando era garoto. — Não.

— Nenhum animal de estimação?

Ele franziu o cenho para a torta.

— Bem, havia o cachorrinho da minha mãe...

— Aí está! — exclamou Anna, triunfante.

— Mas era um pug, e um animal extremamente irritadiço.

— Mesmo assim...

— Costumava rosnar e mordia todo mundo, menos mamãe — murmurou o conde, aparentemente para si mesmo. — Ninguém gostava dele. Certa vez, mordeu um lacaio. Meu pai teve que dar um xelim ao pobre-diabo.

— E o pug tinha nome?

— Pimpolho. — O conde acenou com a cabeça e deu uma mordida na torta. — Mas Sammy o chamava de Trambolho. E também lhe dava bala de goma, só para ver se o doce ficava preso no céu da boca dele.

— Sammy era o seu irmão? — perguntou Anna, achando graça.

Lorde Swartingham tinha levado uma taça de vinho aos lábios e parou por uma fração de segundo antes de beber.

— Sim. — Ele pousou a taça precisamente ao lado do prato. — Vou ter que verificar vários problemas na propriedade hoje à tarde.

O sorriso de Anna desapareceu. A brincadeira deles aparentemente chegara ao fim.

Ele prosseguiu:

— Amanhã, vou precisar que a senhora me acompanhe a cavalo. Hopple quer me mostrar alguns campos com problemas de drenagem, e eu gostaria que a senhora tomasse notas para nós enquanto discutimos possíveis soluções. — O conde ergueu o olhar. — A senhora tem traje de montaria, não tem?

Anna tamborilou na xícara de chá.

— Para falar a verdade, nunca cavalguei.

— Nunca? — As sobrancelhas do conde se ergueram.

— Não temos cavalos.

— Não. Imagino que não. — Ele franziu o cenho para a torta em seu prato, como se a culpasse pela falta de vestimenta adequada. — A senhora tem algum vestido adequado para cavalgar?

Mentalmente, Anna analisou o parco guarda-roupa.

— Eu poderia modificar uma roupa antiga.

— Excelente. Vista-a amanhã, e eu lhe darei uma lição básica de cavalgada. Não deve ser muito difícil. Não vamos muito longe.

— Ah, mas, milorde, não quero lhe dar trabalho. Posso pedir a um dos cavalariços que me ajude — protestou Anna.

— Não. — Ele a olhou com expressão severa. — Eu vou ensiná-la a cavalgar.

Que homem autoritário! Ela deu um muxoxo e se controlou para não responder. Em vez disso, tomou um gole do chá.

O conde terminou a torta com mais duas garfadas e empurrou a cadeira para trás.

— Eu a verei antes de a senhora ir embora, Sra. Wren. — Murmurando um "Venha", ele saiu do cômodo, e o cão ainda sem nome o acompanhou.

Anna observou os dois. Será que estava irritada porque o conde lhe dava ordens da mesma forma que ao cão? Ou comovida por ele ter insistido em ensiná-la pessoalmente a cavalgar? Ela deu de ombros e terminou de tomar o que sobrara de seu chá.

Ao entrar na biblioteca, ela foi para a mesa e começou a escrever. Após um tempo, esticou a mão para pegar uma folha em branco e descobriu que não havia nenhuma. Droga! Anna se levantou para tocar a campainha e pedir mais papel, mas então se lembrou da pilha na gaveta lateral do conde. Ela se esgueirou atrás da mesa dele e abriu a gaveta. Ali, no topo de uma pilha de folhas em branco, estava o livro de couro vermelho. Anna o afastou e pegou algumas folhas. Ao fazer isso, um pedaço de papel flutuou até o chão. Ela se abaixou para pegá-lo e viu que era uma carta ou uma conta. Uma marca curiosa estava gravada no topo. Pareciam ser dois homens e uma mulher, mas ela não conseguiu distinguir o que os pequenos vultos estavam fazendo. Ela virou a carta em sua mão de um lado para o outro, estudando-a.

O fogo estalou no canto.

De repente, Anna compreendeu e quase deixou o papel cair. Uma ninfa e dois sátiros participavam de um ato que não parecia fisicamente possível. Ela inclinou a cabeça para o lado. Evidentemente, *era* possível. As palavras *Grotto de Aphrodite* estavam gravadas em letras ornadas debaixo da rude ilustração. O papel era uma conta pela estada de duas noites em uma casa, e era possível imaginar o tipo de casa pela ilustraçãozinha escandalosa no topo da página. Quem imaginaria que bordéis mandavam cobranças mensais da mesma forma que um alfaiate?

Anna sentiu o estômago revirar. Lorde Swartingham devia frequentar esse lugar, pois a conta estava em sua mesa. Ela se sentou pesadamente e cobriu a boca com a mão. Por que a descoberta das paixões mais vulgares do patrão a incomodava tanto? O conde era um homem maduro que perdera a mulher havia muitos anos. Ninguém com algum conhecimento mundano imaginaria que ele iria permanecer celibatário pelo resto da vida. Ela alisou a folha nojenta em seu colo. Mas a ideia de que ele participava de tais atividades com alguma bela mulher lhe trouxe um estranho aperto no peito.

Raiva. Anna sentiu raiva. A sociedade poderia não esperar o celibato do conde, mas certamente esperava isso dela. Ele, por ser homem, poderia ir a casas de má reputação e aprontar por toda a noite com criaturas sedutoras e sofisticadas. Enquanto ela, por ser mulher, deveria ser casta sem nem ao menos pensar em olhos escuros e peitos cabeludos. Simplesmente não era justo. Nem um pouco justo.

Ela refletiu sobre a maldita carta por mais um instante. Depois, colocou-a de volta com cuidado na gaveta da mesa debaixo do papel em branco. Estava prestes a fechar a gaveta, mas parou, fitando o livro do corvo. Anna apertou os lábios e, movida a um impulso, afanou o livro. Ela o enfiou na gaveta do meio da própria mesa e voltou ao trabalho. O restante da tarde se arrastou. O conde não retornou dos campos, como prometera.

Horas depois, na carruagem sacolejante para casa, Anna tamborilou com uma das unhas no vidro da janela e observou os campos se transformarem em estradas cheias de lama da aldeia. As almofadas de couro tinham cheiro de mofo, por causa da umidade. Ela avistou uma rua familiar enquanto faziam uma curva e, abruptamente, se levantou e bateu no teto da carruagem. John Cocheiro freou os cavalos, e a carruagem parou com um solavanco. Anna desceu e agradeceu ao cocheiro. Ela estava numa região com casas que eram mais novas e um pouco mais grandiosas do que o próprio chalé. A terceira casa a contar da alameda era feita de tijolos vermelhos com a beirada branca. Ela bateu à porta.

Em um instante, uma criada foi verificar quem era.

Anna sorriu para a garota.

— Olá, Meg. A Sra. Fairchild está em casa?

— Boa tarde, Sra. Wren. — A garota de cabelos pretos sorriu, animada. — A patroa vai ficar contente de ver a senhora. Pode esperar na sala de estar enquanto digo a ela que está aqui.

Meg seguiu na frente até a pequena sala de estar com paredes de um amarelo vivo. Um gato de pelagem vermelha estava esticado no tapete, tomando banho de sol na luz que diminuía e entrava pelas janelas. No canapé, via-se um cesto com itens de costura, com as linhas para fora, bagunçadas. Anna se inclinou para cumprimentar o gato enquanto esperava.

Passos soaram nos degraus da escada, e Rebecca Fairchild apareceu na porta.

— Que vergonha! Faz tanto tempo que você veio nos visitar que eu já estava começando a achar que tinha me abandonado em meu momento de mais necessidade.

A outra mulher contradisse de imediato aquelas palavras, correndo e abraçando Anna. Sua barriga tornou o abraço difícil, pois estava redonda e pesada, impulsionando Rebecca como as velas de um barco.

Anna retribuiu o abraço da amiga ardorosamente.

— Desculpe-me. Você tem razão. Tenho sido relapsa nas minhas visitas. Como está?

— Gorda. Não, é verdade — disse Rebecca por cima do protesto de Anna. — Até James, aquele homem querido, parou de se oferecer para me carregar escadaria acima. — Ela se sentou um tanto abruptamente no canapé e, por pouco, não acertou o cesto de costura. — O cavalheirismo morreu. Mas você tem que me contar sobre seu trabalho na abadia.

— Você ficou sabendo? — Anna pegou uma das cadeiras na frente da amiga.

— Se eu fiquei sabendo? Não ouvi falar de outra coisa. — Rebecca baixou a voz de maneira teatral. — O moreno e misterioso conde de

Swartingham empregou a jovem viúva Wren com propósitos desconhecidos e, diariamente, se tranca com ela numa sala para seus próprios fins nefastos.

Anna se encolheu.

— Estou apenas transcrevendo os manuscritos dele.

Rebecca dispensou essa explicação mundana com um gesto das mãos quando Meg entrou com uma bandeja de chá.

— Não me diga isso. Você percebe que é uma das poucas que realmente conhece o homem? Segundo as fofoqueiras da aldeia, ele se esconde em sua mansão sinistra apenas para privá-las da oportunidade de examiná-lo. O conde é de fato tão repulsivo quanto dizem os rumores?

— Ah, não! — Anna sentiu uma onda de raiva. Não é possível que estivessem dizendo que Lorde Swartingham era repulsivo por causa de umas poucas cicatrizes. — Claro que ele não é bonito, mas também não é feio. — De qualquer forma, ele era um bocado atraente para ela, murmurou uma pequena voz em seu interior. Anna franziu a testa e baixou os olhos para as mãos. Quando foi que tinha parado de notar as cicatrizes dele e começado a se concentrar no homem debaixo delas?

— Que pena! — Rebecca pareceu decepcionada ao ouvir a informação de que o conde não era um ogro horrendo. — Quero ouvir sobre os segredos obscuros dele e as tentativas de seduzir você.

Meg saiu sem fazer barulho.

Anna deu uma risada.

— Ele pode até ter segredos obscuros — sua voz falhou quando ela se lembrou da conta —, mas é improvável que tente me seduzir.

— Claro que ele não vai fazer isso enquanto você estiver usando esse chapéu horroroso. — Rebecca gesticulou com o bule para a peça ofensiva. — Não sei por que você usa isso. Nem é tão velha assim.

— As viúvas devem usar chapéu. — Anna tocou o gorro de musselina, constrangida. — Além disso, eu não quero que ele me seduza.

— Por que não?

— Porque... — Anna se interrompeu.

Ela se deu conta — de modo horrível — que sua mente, não conseguia pensar numa única razão pela qual não queria que o conde a seduzisse. Ela enfiou um biscoito na boca e mastigou devagar. Felizmente, Rebecca não havia notado o silêncio súbito e agora falava sobre penteados que, segundo ela, ficariam melhor na amiga.

— Rebecca — interrompeu-a Anna —, você acha que todos os homens precisam de mais de uma mulher?

Rebecca, que estava servindo-se uma segunda xícara de chá, ergueu o olhar para a amiga de maneira exageradamente solidária.

Anna sentiu-se corar.

— Quero dizer...

— Não, querida, eu sei o que você quer dizer. — Rebecca pousou o bule devagar. — Não posso falar por todos os homens, mas tenho certeza de que James tem sido fiel. E, sinceramente, se ele fosse infiel, eu acho que faria isso agora. — Ela afagou a barriga e pegou outro biscoito.

Anna não conseguia ficar parada por nem mais um minuto. Ela se levantou subitamente e começou a examinar as quinquilharias na cornija.

— Me desculpe. Sei que James nunca...

— Fico feliz que você saiba. — Rebecca deu um muxoxo delicado. — Você devia ter ouvido o conselho que Felicity Clearwater me deu sobre o que esperar de um marido quando se está grávida. De acordo com ela, todo marido está simplesmente esperando... — Ela se interrompeu no mesmo instante.

Anna pegou uma pastora de porcelana e tocou o dourado em seu gorro. Ela não conseguia vê-la muito bem. Seus olhos estavam embaçados.

— Agora sou eu quem peço desculpas — disse Rebecca.

Anna não ergueu o olhar. Ela sempre havia se perguntado se Rebecca sabia. Agora, tinha a resposta. E fechou os olhos.

— Acho que qualquer homem que faz pouco-caso dos votos matrimoniais — ela ouviu Rebecca dizer — é uma vergonha.

Anna recolocou a pastora na cornija.

— E a esposa? Ela não seria culpada, em parte, quando ele sai de casa atrás de satisfação?

— Não, querida — retrucou Rebecca. — Não creio que a esposa seja culpada de forma alguma.

No mesmo instante, Anna se sentiu mais leve. Ela tentou sorrir, embora temesse parecer um pouco vacilante.

— Você é a melhor amiga que eu poderia ter, Rebecca.

— Ora, claro que sou. — A outra mulher sorriu como uma gata satisfeita consigo mesma e muito prenha. — E, para provar isso, vou pedir a Meg que nos traga uns bolos com recheio e cobertura. Deliciosos, minha querida!

NA MANHÃ SEGUINTE, Anna chegou à abadia usando um antigo vestido de lã azul. Ela ficou acordada até bem depois da meia-noite ampliando a saia, mas tinha esperança de que agora poderia sentar-se em um cavalo de forma recatada. O conde já estava caminhando na frente da entrada da abadia, aparentemente esperando por ela. Ele usava calça de camurça com botas de montaria marrons que iam até o meio das coxas. Elas estavam um tanto gastas e sem brilho, e Anna se perguntou, não pela primeira vez, sobre o valete do conde.

— Olá, Sra. Wren. — Ele observou a saia dela. — Sim, vai servir muito bem. — Sem esperar resposta, ele contornou a abadia em direção aos estábulos.

Anna trotou para acompanhá-lo.

O cavalo baio já estava selado e ocupado mostrando os dentes para um cavalariço. O garoto segurava o freio do cavalo o mais longe possível e parecia cauteloso. Em contraste, uma égua roliça castanha estava parada placidamente perto do bloco de montagem. O cão emergiu de trás dos estábulos e veio saltando até Anna. Ele derrapou até parar diante dela e tentou tardiamente recuperar um pouco de sua dignidade.

— Eu vi você, sabia? — murmurou ela para o cão, e esfregou suas orelhas, cumprimentando-o.

— Se já acabou de brincar com esse animal, Sra. Wren... — Lorde Swartingham franziu o cenho olhando para o cão.

Anna se endireitou.

— Estou pronta.

Ele indicou o bloco de montagem, e Anna se aproximou, hesitante. Ela conhecia a teoria de montar um cavalo com a sela de amazona, mas a realidade era um pouco mais complicada. Ela conseguiu colocar um pé no estribo, mas teve dificuldade em se erguer para passar a outra perna por cima da parte mais alta da sela.

— A senhora me permite? — O conde estava atrás dela. Ela podia sentir a respiração quente, o leve odor de café em sua bochecha quando ele se curvou por cima dela.

Anna acenou com a cabeça, muda.

O conde pôs as mãos grandes ao redor da cintura dela e a ergueu sem esforço visível. Delicadamente, ele a ajeitou na sela e manteve o estribo firme para o pé dela. Anna sentiu-se enrubescer quando baixou os olhos para a cabeça inclinada do conde. Ele tinha deixado o chapéu com o cavalariço, e ela pôde ver algumas mechas prateadas no seu rabicho. Será que o cabelo dele era macio ou duro? Sua mão enluvada se ergueu e, como se agisse por conta própria, tocou levemente os fios. No mesmo instante, ela retirou a mão, mas aparentemente o conde sentiu alguma coisa. Ele ergueu os olhos e a encarou pelo que pareceu uma eternidade. Anna observou as pálpebras baixarem e um leve rubor invadir suas bochechas.

Então, ele se esticou e pegou o freio do cavalo.

— Essa égua é muito mansa — falou. — Acho que a senhora não vai ter problema com ela, desde que não haja ratos por aí.

Ela o encarou sem compreender.

— Ratos?

O conde acenou com a cabeça.

— Ela tem medo de ratos.

— Eu não a culpo — murmurou Anna. Então, cautelosamente, ela afagou a crina da égua, sentindo o pelo rígido sob os dedos.

— O nome dela é Daisy — disse Lorde Swartingham. — Posso conduzi-la um pouco pelo pátio para que a senhora se acostume com ela?

Anna fez que sim com a cabeça.

O conde estalou a língua, e a égua balançou para a frente. Anna segurou um bocado da crina. Seu corpo inteiro se retesou com a sensação nada familiar de se mover tão longe do solo. Daisy balançou a cabeça.

Lorde Swartingham olhou para as mãos de Anna.

— Ela pode sentir seu medo. Não é verdade, meu docinho?

Anna, alertada pelas últimas palavras, soltou a crina do cavalo.

— Bom. Deixe seu corpo relaxar. — A voz dele a envolveu e a abraçou em seu calor. — A égua responde melhor a um toque gentil. Ela quer ser acariciada e amada, não quer, minha belezinha?

Eles caminharam ao redor do pátio, e a voz grave do conde encantou o cavalo. Alguma coisa dentro de Anna parecia aquecer e derreter enquanto o ouvia, como se ela também estivesse encantada. Ele dava instruções simples sobre como segurar os arreios e se sentar. No fim de meia hora, ela se sentiu bem mais confiante na sela.

Lorde Swartingham montou seu cavalo e começou uma caminhada pela entrada. O cão trotou ao lado deles, às vezes desaparecendo na grama alta que margeava a entrada e reaparecendo alguns minutos depois. Quando eles alcançaram a estrada, o conde deixou que o cavalo baio fosse à frente, galopando pela estrada por uma curta distância e depois voltando, para gastar energia. A pequena égua observou o cavalo mais velho sem qualquer sinal de que quisesse disparar numa corrida. Anna ergueu o rosto na direção do sol. Sentia muita falta do seu calor depois do longo inverno. Ela entreviu um lampejo de amarelo-claro debaixo dos arbustos que ladeavam a estrada.

— Veja, prímulas. Acho que essas são as primeiras do ano, não são?

O conde olhou para onde ela apontava.

— Aquelas flores amarelas? Nunca as vi antes.

— Tentei plantá-las no meu jardim, mas elas não gostam de ser transplantadas — explicou Anna. — Mas eu tenho algumas tulipas.

Já vi os adoráveis narcisos no bosque da abadia. O senhor também tem tulipas, milorde?

Ele pareceu um pouco confuso com a pergunta.

— Talvez ainda tenha tulipas nos jardins. Lembro que minha mãe as colhia, mas não vou aos jardins há tanto tempo...

Anna esperou, mas ele não disse mais nada.

— Nem todo mundo gosta de jardinagem, claro — comentou ela, para ser educada.

— Minha mãe adorava jardinagem. — O conde desviou o olhar para a estrada. — Ela plantou os narcisos que a senhora viu e reformou os grandes jardins murados atrás da abadia. Quando ela morreu... — A expressão dele era triste. — Quando todos morreram, havia outras coisas, mais importantes, para serem resolvidas. E agora os jardins passaram tanto tempo negligenciados que é preciso pôr tudo abaixo.

— Ah, claro que não! — Anna flagrou a sobrancelha erguida do conde e baixou a voz: — Quero dizer, um bom jardim sempre pode ser restaurado.

Ele franziu o cenho.

— E qual seria o motivo para isso?

Anna estava perplexa.

— Um jardim sempre nos dá um motivo.

Ele arqueou uma das sobrancelhas, desconfiado.

— Minha mãe tinha um jardim adorável quando eu era criança no vicariato — emendou Anna. — Havia açafrão, narcisos e tulipas na primavera, e, depois, cravinas, dedaleiras e flox, com amores-perfeitos o ano todo.

Enquanto ela falava, Lorde Swartingham observava atentamente seu rosto.

— Agora no meu chalé, tenho malvas-rosas, claro, e muitas outras flores que a minha mãe plantava. Eu queria ter mais espaço para acrescentar umas rosas — ponderou ela. — Mas rosas são caras e precisam de um bocado de espaço. Infelizmente, não posso justificar uma despesa assim, pois a horta vem em primeiro lugar.

— Talvez a senhora pudesse me ajudar com os jardins da abadia no fim da primavera — sugeriu o conde. Ele virou o focinho do cavalo baio e começou a percorrer uma trilha menor de terra batida.

Anna se concentrou em virar a égua. Ao erguer o olhar, ela viu o campo inundado. O Sr. Hopple já estava lá, conversando com um agricultor que trajava bata de lã e chapéu de palha. O homem tinha dificuldade de encará-lo. Seus olhos ficavam baixando para o incrível colete cor-de-rosa que o administrador usava. Havia um bordado preto na barra. Quando Anna se aproximou, viu que o bordado parecia representar pequenos porcos pretos.

— Bom dia, Hopple. Sr. Grundle. — O conde acenou com a cabeça para o administrador e o agricultor. Seus olhos foram para o colete. — Que roupa interessante, Hopple. Não sei se já tinha visto algo assim antes. — O tom do conde soava grave.

O Sr. Hopple sorriu e passou uma das mãos pelo colete.

— Ora, obrigado, milorde. Eu mandei fazer numa pequena loja em Londres, na minha última viagem.

O conde passou a perna comprida por cima do cavalo e desceu. Entregou os arreios para o Sr. Hopple e foi até a égua de Anna. Gentilmente, segurou na cintura dela e a ergueu. Por um instante, as pontas de seus seios roçaram na frente de seu casaco, e ela sentiu os dedos largos lhe apertarem. Então, ela estava livre, e ele se virou para o administrador e o agricultor.

Passaram a manhã caminhando pelo campo, examinando o problema da água. A certa altura, o conde ficou até os joelhos na água enlameada e investigou uma fonte suspeita da cheia. Anna tomava notas no pequeno caderno que recebera dele. Ela ficou contente por haver escolhido uma saia velha para vestir, pois em breve a bainha ficaria toda suja.

— Como o senhor pretende drenar o campo? — perguntou Anna quando cavalgavam de volta à abadia.

— Temos que cavar uma vala do lado norte. — Lorde Swartingham estreitou os olhos, pensativo. — Isso pode ser um problema, porque a terra naquela parte se estende até a propriedade dos Clearwater, e, por uma questão de cortesia, eu tenho que enviar Hopple e pedir permissão. O agricultor já perdeu a plantação de ervilhas, e, se o campo não ficar arável logo, vai perder também o trigo... — Ele se interrompeu e lançou um olhar sarcástico para ela. — Me perdoe. A senhora não deve estar interessada nesse assunto.

— Na verdade, estou, milorde. — Anna se esticou na sela e então pegou apressadamente a crina de Daisy quando a égua se esquivou. — Fiquei muito absorta em seus escritos sobre a administração da terra. Se compreendo corretamente suas teorias, o agricultor deveria intercalar uma plantação de trigo com uma de feijão ou ervilha, e então com uma de beterraba e assim por diante. Se esse é o caso, o agricultor não deveria plantar beterraba em vez de trigo?

— Na maioria dos casos, você estaria certa, mas, neste caso...

Anna ouviu a voz grave do conde falando sobre grãos e legumes. Será que agricultura sempre tinha sido fascinante e ela nunca percebera isso? Por alguma razão, achava que não.

UMA HORA DEPOIS, Edward se viu falando sem parar sobre vários meios de drenar o campo durante o almoço com a Sra. Wren. Sem dúvida, o tema era muito interessante, mas ele nunca tivera a oportunidade de conversar com uma mulher sobre tais assuntos masculinos antes. Na verdade, ele mal tivera a oportunidade de conversar com mulheres, desde a morte da mãe e da irmã. Naturalmente, ele havia flertado quando era jovem, e sabia como manter conversas sociais leves. Mas trocar ideias com uma mulher como se fazia com um homem era uma experiência nova. E ele gostava de conversar com a pequena Sra. Wren. Ela o ouvia com a cabeça inclinada para um lado, o sol entrava pela janela da sala de jantar e, gentilmente, iluminava a curva de sua bochecha. Tanta atenção assim era algo sedutor.

Algumas vezes, ela dava um risinho torto em resposta ao que ele dizia. Edward estava fascinado por aquele sorriso. Uma das beiradas dos lábios rosados sempre se inclinava para cima mais do que a outra. Ele se flagrou olhando para a boca daquela mulher, torcendo para ver novamente aquele sorriso, fantasiando sobre seu gosto. Edward virou a cabeça e fechou os olhos. A excitação pressionava a parte da frente de sua calça e o apertava de maneira desconfortável. Ele descobrira que tinha esse problema constantemente na companhia da nova secretária.

Jesus! Ele tinha mais de 30 anos e não era um garotinho para ficar pensando no sorriso de uma mulher. A situação seria ridícula se seu pênis não doesse tanto.

No mesmo instante, Edward se deu conta de que a Sra. Wren estava lhe fazendo uma pergunta.

— O quê?

— Eu perguntei se o senhor estava bem, milorde — disse ela, e parecia preocupada.

— Bem. Muito bem. — Ele respirou fundo e desejou, irritado, que ela o chamasse pelo nome. Ansiava por ouvi-la dizer *Edward*. Mas não. Seria altamente inadequado que ela o chamasse pelo nome de batismo.

Ele recompôs os pensamentos dispersos.

— Devíamos voltar ao trabalho. — Edward se pôs de pé e saiu do cômodo, sentindo como se estivesse fugindo de monstros que cuspiam fogo, e não de uma pequena viúva sem graça.

Quando o relógio bateu cinco horas, Anna arrumou a pequena pilha de transcrições que havia feito durante a tarde e olhou para o conde. Ele estava sentado, fitando de cara feia o papel em sua frente. Ela pigarreou.

Ele ergueu o olhar.

— Já está na hora?

Anna fez que sim com a cabeça.

Edward se pôs de pé e esperou que ela recolhesse suas coisas. O cão os acompanhou porta afora, mas então saltou os degraus até a entrada. O animal farejou com atenção alguma coisa no chão e rolou alegremente, esfregando a cabeça e o pescoço no que quer que fosse.

Lorde Swartingham suspirou.

— Vou pedir a um dos cavalariços que o lave antes que ele volte a entrar na abadia.

— Hum — murmurou Anna pensativamente. — O que o senhor acha de Adônis?

O conde lhe lançou um olhar tão cheio de horror que ela se esforçou para não rir.

— Não, suponho que não — murmurou ela.

O cão se ergueu de sua brincadeira e se balançou, abanando uma das orelhas. Ele trotou de volta e tentou parecer solene com a orelha ainda do avesso.

— Autocontrole, amigão. — O conde ajeitou a orelha do cão.

Ao ver isso, Anna deu uma risadinha. Ele a encarou, e ela pensou ter visto sua boca se contorcer. A carruagem veio na direção dos dois, e ela entrou com a ajuda dele. O cão sabia agora que não podia ir e simplesmente ficou olhando, melancólico.

Anna recostou-se e observou o cenário familiar passando. À medida que a carruagem ia se aproximando dos arredores da cidade, ela viu uma pilha de roupas na vala do acostamento. Curiosa, inclinou-se para fora da janela, para poder ver melhor. O embrulho se moveu, e uma cabeça com cabelos finos, castanho-claros, se ergueu e virou na direção do som da carruagem.

— Pare! John Cocheiro, pare agora! — Anna bateu no teto da carruagem com o punho fechado.

A carruagem diminuiu a velocidade até parar, e ela abriu a porta.

— O que foi, senhora?

Anna viu o rosto confuso de Tom, o lacaio, quando passou pela parte de trás da carruagem, segurando as saias com uma das mãos. Ela chegou ao local onde vira as roupas e olhou para baixo.

Na vala, havia uma jovem.

Capítulo Cinco

"No momento em que o duque aceitou a barganha, o corvo se lançou no ar com um movimento poderoso das asas. Ao mesmo tempo, um exército mágico surgiu do torreão do castelo. Primeiro, vieram dez mil homens, cada um armado com um escudo e uma espada. Depois, seguiram-se dez mil arqueiros, que traziam arcos longos e mortais e aljavas cheias. Finalmente, dez mil homens a cavalo avançaram, e os animais rangiam os dentes, prontos para a batalha. O corvo voou até a frente do exército e encontrou as tropas do príncipe com um estrondo como o de um trovão. Nuvens de poeira cobriram as duas forças, de tal modo que nada se via. Ouviam-se apenas os terríveis gritos dos homens na guerra. E, quando finalmente a poeira baixou, não restava vestígio do exército do príncipe, a não ser por umas poucas ferraduras que jaziam na terra...

— O Príncipe Corvo

A mulher estava deitada de lado na vala, com ambas as pernas encolhidas, como se tentasse se aquecer. Ela apertava um xale sujo em torno dos ombros lamentavelmente magros. O vestido por baixo do xale já fora de um tom de rosa vivo, mas agora estava sujo de fuligem. Os olhos estavam fechados num rosto que parecia amarelado e pouco saudável.

Com uma das mãos, Anna segurou a saia e usou a outra mão para se equilibrar no barranco enquanto descia até a mulher doente. Ela notou um cheiro ruim ao se aproximar.

— A senhora está machucada? — Ela tocou o rosto pálido.

A mulher gemeu, e seus grandes olhos se abriram e deixaram Anna assustada. Atrás dela, o cocheiro e o lacaio deslizaram pelo pequeno declive com uma pancada.

John Cocheiro teve ânsia de vômito.

— Vamos embora, Sra. Wren. Isto aqui não é para alguém como a senhora.

Anna virou-se para o cocheiro, espantada. Ele desviou o olhar e observou os cavalos. Ela olhou para Tom, que examinava as pedras a seus pés.

— A dama está doente ou ferida, John. — Anna franziu o cenho. — Nós temos que pedir ajuda para ela.

— Sim, senhora, vamos mandar alguém que possa cuidar dela — disse John. — É melhor voltar para a carruagem e ir para casa agora, Sra. Wren.

— Mas eu não posso deixar esta dama aqui.

— Ela não é uma dama, se a senhora entende o que quero dizer. — John cuspiu para o lado. — Não é adequado que a senhora se preocupe com ela.

Anna baixou o olhar para aquela mulher que havia puxado para seus braços. Agora, ela se dava conta do que não tinha visto antes: a exibição imprópria de pele no decote do vestido da mulher e a natureza espalhafatosa do tecido. Ela franziu a testa, pensativa. Será que já havia conhecido uma prostituta antes? Ela achava que não. Tais pessoas viviam em um mundo diferente daquele das pobres viúvas do interior. Um mundo que sua comunidade explicitamente proibia de se misturar com o dela. Anna deveria fazer o que John sugeria e deixar a pobre mulher. Afinal, era o que todos esperavam dela.

John Cocheiro oferecia a mão para ajudá-la a subir. Anna fitou o braço dele. Sua vida sempre havia sido restrita assim, com seus limites tão estreitos que às vezes pareciam uma corda bamba? Será que ela nada mais era do que sua posição na sociedade?

Não, não era. Anna levantou o queixo.

— Ainda assim, John, eu me preocupo com esta mulher. Por favor, leve-a até a carruagem com a ajuda de Tom. Nós temos que levá-la para o meu chalé e chamar o Dr. Billings.

Os dois homens não pareciam felizes com a situação, mas, sob o olhar determinado de Anna, carregaram a mulher magra até a carruagem. Anna entrou primeiro e então se virou para ajudar a ajeitar a mulher no assento. Ela segurou a desconhecida contra si mesma com os dois braços, para evitar que ela caísse durante a viagem. Quando a carruagem parou, Anna cuidadosamente a deitou no banco e desceu. John ainda estava no assento do cocheiro e olhava para a frente com uma sobrancelha franzida.

Anna pôs as mãos nos quadris.

— John, desça e ajude Tom a levá-la para o chalé.

John resmungou, mas desceu.

— O que foi, Anna? — Mãe Wren tinha vindo até a porta.

— Uma infeliz dama que eu encontrei no acostamento. — Anna observava os dois homens retirarem a mulher da carruagem. — Tragam-na para o chalé, por favor.

Mãe Wren deixou o caminho livre enquanto os homens lutavam para levar a mulher inconsciente porta adentro.

— Onde vamos acomodá-la, senhora? — arfou Tom.

— Acho que no meu quarto, no andar de cima.

Anna ganhou um olhar de desaprovação de John, mas o ignorou. Eles subiram a escada com a mulher.

— Qual é o problema dessa senhora? — perguntou Mãe Wren.

— Não sei. Acredito que esteja doente — respondeu Anna. — Pensei que seria melhor trazê-la para cá.

Os homens desceram os degraus estreitos batendo os pés e saíram.

— Não se esqueçam de parar no Dr. Billings — gritou Anna.

Irritado, John Cocheiro acenou com a mão por cima do ombro para dizer que tinha ouvido. Em um instante, a carruagem havia partido, fazendo barulho. A essa altura, Fanny estava parada, de olhos arregalados, no corredor.

— Você poderia pôr a chaleira no fogo para o chá, Fanny? — pediu Anna. Ela puxou Mãe Wren para um canto assim que Fanny correu para a cozinha. — John e Tom disseram que a pobre mulher não é totalmente respeitável. Vou mandá-la para outro lugar se a senhora disser que devo fazer isso. — Ela fitou a sogra com ansiedade.

Mãe Wren ergueu as sobrancelhas.

— Você está dizendo que ela é uma meretriz? — Diante do olhar assustado de Anna, ela sorriu e afagou a mão da nora. — É muito difícil chegar à minha idade sem ouvir essa palavra ao menos uma vez, querida.

— Não, suponho que a senhora esteja certa — retrucou Anna. — E sim, John e Tom disseram que ela é uma meretriz.

Mãe Wren suspirou.

— Você sabe que seria melhor mandá-la embora.

— Sim, sem dúvida. — Anna ergueu o queixo.

— Mas... — Mãe Wren ergueu as mãos. — Se é seu desejo cuidar dela aqui, não vou impedir que faça isso.

Anna soltou um suspiro de alívio e correu escadaria acima para ver a paciente.

Um quarto de hora depois, ouviu-se uma batida forte à porta. Anna desceu as escadas a tempo de ver Mãe Wren alisar as saias e atender.

Dr. Billings, com uma peruca branca na altura do queixo, estava parado do lado de fora.

— Um bom dia para as senhoras, Sra. Wren, Sra. Wren.

— E para o senhor também, Dr. Billings — respondeu Mãe Wren pelas duas mulheres.

Anna levou o médico até o quarto.

Dr. Billings teve de se curvar ao entrar no cômodo. Ele era um cavalheiro alto e emaciado, com uma leve corcunda permanente. A ponta do nariz ossudo estava sempre avermelhada, mesmo no verão.

— Então, o que temos aqui?

— Uma mulher que encontrei em perigo, Dr. Billings — explicou Anna. — O senhor poderia ver se ela está doente ou ferida?

Ele pigarreou.

— Se a senhora me deixar a sós com esta pessoa, Sra. Wren, vou me empenhar em examiná-la.

Era evidente que John dissera ao médico que tipo de mulher eles haviam encontrado.

— Acho que vou ficar, se o senhor não se importa, Dr. Billings — objetou Anna.

Obviamente, o médico se importava, mas não conseguia pensar em nenhuma razão para mandar Anna embora. Apesar de sua opinião sobre a paciente, o Dr. Billings foi minucioso e gentil em seu exame. Ele olhou sua garganta e pediu a Anna que se virasse para que ele pudesse examinar o peito da enferma.

Então ele puxou as cobertas de volta e suspirou.

— Creio que seria melhor discutirmos isso lá embaixo.

— Claro. — Anna seguiu na frente para o andar de baixo, parando para pedir a Fanny que levasse um pouco de chá para a sala de estar. Então ela indicou a única poltrona para o médico e sentou-se diante dele, na beirada do minúsculo canapé, apertando as mãos no colo. Será que a mulher estava morrendo?

— Ela está muito doente — começou o Dr. Billings.

Anna se inclinou para a frente.

— Sim?

O médico evitou os olhos dela.

— Está com febre, talvez infecção nos pulmões. E vai precisar de repouso para se recuperar. — Ele hesitou e então, aparentemente, viu a tensão no rosto de Anna. — Ah, não é nada grave, eu lhe garanto, Sra. Wren. Ela vai se recuperar. Só precisa de tempo para se curar.

— Fico muito aliviada. — Anna sorriu. — Pensei, pelo seu jeito, que fosse uma doença fatal.

— De fato, não é.

— Graças a Deus!

O Dr. Billings esfregou o dedo na lateral do nariz fino.

— Vou mandar alguns homens para cá imediatamente quando eu chegar à minha casa. Ela vai precisar ser levada para o abrigo, a fim de receber cuidados, claro.

Anna franziu a testa.

— Mas eu pensei que o senhor tivesse entendido, Dr. Billings. Nós queremos cuidar dela aqui no chalé.

Uma mancha vermelha surgiu no rosto do médico.

— Que besteira! É totalmente inadequado para a senhora e a Sra. Wren já de mais idade cuidarem de uma mulher assim.

Ela travou o queixo.

— Eu já conversei com a minha sogra, e nós duas concordamos que vamos cuidar daquela dama em nossa casa.

Agora, o rosto do Dr. Billings estava completamente vermelho.

— Isso está fora de questão.

— Doutor...

Mas o médico a interrompeu.

— Ela é uma prostituta!

Anna esqueceu o que ia dizer e fechou a boca. Ela encarou o médico e viu a verdade em seu semblante: era assim que a maioria das pessoas em Little Battleford iria reagir.

Ela respirou fundo.

— Nós decidimos cuidar da mulher. Sua profissão não altera esse fato.

— A senhora deve compreender, Sra. Wren — resmungou o médico. — É impossível para a senhora cuidar dessa criatura.

— Sua condição não é contagiosa, é?

— Não, não, provavelmente não mais — admitiu ele.

— Bem, então não há razão para não cuidarmos dela. — Anna sorriu teimosamente.

Foi nesse momento que Fanny entrou trazendo o chá. Anna serviu uma xícara para o doutor e outra para si mesma, tentando manter-se o mais serena possível. Ela não estava acostumada a discutir com cavalheiros, e achou muito difícil permanecer decidida e não pedir desculpas. Era uma sensação um tanto inquietante saber que o médico discordava dela; que, na verdade, ele a desaprovava. Ao mesmo tempo, não conseguia reprimir uma sensação clandestina. Como era empolgante falar o que pensava sem se importar com a opinião de um homem! Realmente, ela deveria ficar envergonhada diante dessa ideia, mas não conseguia se arrepender. Não. De forma alguma.

Os dois tomaram o chá em um silêncio carregado, o bom doutor aparentemente tendo concluído que não conseguiria fazê-la mudar de ideia. Depois de terminar sua xícara, o Dr. Billings retirou uma pequena garrafa marrom da maleta e a entregou a Anna, com instruções sobre como administrar o medicamento. Então, o médico colocou o chapéu na cabeça e enrolou um cachecol lavanda ao redor do pescoço algumas vezes.

Ele parou na porta enquanto Anna o acompanhava até a saída.

— Se mudar de ideia, Sra. Wren, por favor, me chame. Vou encontrar um lugar apropriado para essa jovem.

— Obrigada — murmurou Anna. E fechou a porta atrás do médico, inclinando-se nela, deixando seus ombros caírem.

Mãe Wren entrou no vestíbulo e avaliou a nora.

— O que ela tem, minha querida?

— Febre e infecção nos pulmões. — Anna olhou para ela com expressão de cansaço. — Talvez fosse melhor a senhora e Fanny ficarem com amigos até isso acabar.

Mãe Wren ergueu as sobrancelhas.

— Quem cuidaria dela durante o dia, enquanto você estiver em Ravenhill?

Anna a fitou, subitamente aflita.

— Eu tinha me esquecido disso.

Mãe Wren balançou a cabeça.

— É mesmo necessário criar toda essa confusão, minha querida?

— Me desculpe. — Anna baixou os olhos e percebeu uma mancha de grama em suas saias. Aquilo não ia sair. Manchas de grama nunca saíam. — Eu não tinha a intenção de envolvê-la nessa confusão.

— Então por que não aceitar a ajuda do doutor? É tão mais fácil simplesmente fazer o que as pessoas esperam de você, Anna.

— Pode ser mais fácil, mas não é necessariamente a coisa certa a fazer, mãe. A senhora entende isso, não é? — Ela encarou a sogra com expressão de súplica, tentando encontrar palavras para explicar sua atitude. Suas ações haviam feito sentido quando ela encarava o rosto doente da mulher na vala. Agora, com Mãe Wren esperando tão pacientemente, era difícil explicar seu raciocínio. — Eu sempre fiz o que esperavam de mim, não fiz? Fosse ou não a coisa certa a fazer.

A mulher mais velha franziu o cenho.

— Mas você nunca fez nada errado...

— Mas essa não é a questão, é? — Anna mordeu os lábios e descobriu, para seu horror, que estava à beira das lágrimas. — Se eu nunca saí do papel que me foi atribuído desde que nasci, nunca me pus à prova. Sempre tive muito medo da opinião das outras pessoas, acho. Sempre fui covarde. Se aquela mulher precisa de mim, por que não ajudá-la... por ela... e por mim?

— Tudo que eu sei é que isso vai trazer um bocado de problemas. — Mãe Wren balançou a cabeça mais uma vez e suspirou.

Anna foi até a cozinha, e as duas mulheres prepararam um caldo de carne. Anna levou a comida e o pequeno frasco marrom de remédio escadaria acima até seu quarto. Silenciosamente, abriu a porta e espiou. A mulher se mexeu bem devagar e tentou se erguer.

Anna pousou tudo o que havia trazido em um canto e cruzou o cômodo até ela.

— Não tente se levantar.

Ao ouvir a voz da anfitriã, os olhos da mulher se abriram rapidamente, e ela olhou ao redor, agitada.

— Q-q-quem é...?

— Meu nome é Anna Wren. Você está na minha casa.

Anna se apressou em trazer o caldo de carne para a mulher. Ela passou um braço ao redor da hóspede, gentilmente ajudando-a a se sentar. A mulher tomou o líquido, engolindo-o com dificuldade. Depois de beber metade da sopeira, seus olhos começaram a se fechar novamente. Anna ajudou a mulher a se deitar e pegou a xícara e a colher.

A mulher a segurou com uma mão trêmula enquanto ela se virava para sair.

— Minha irmã — murmurou ela.

Anna franziu a testa.

— Você quer que eu avise sua irmã?

A mulher assentiu com a cabeça.

— Espere — pediu Anna. — Deixe-me pegar papel e lápis para anotar o endereço dela. — Ela se apressou até a pequena penteadeira e abriu a última gaveta. Debaixo de uma pilha de lençóis velhos, havia uma caixa de nogueira com lápis e papéis, que havia pertencido a Peter. Anna a pegou e sentou-se na cadeira ao lado da cama, com a caixa em seu colo. — A quem devo endereçar a carta?

A hóspede sussurrou o nome da irmã e seu endereço em Londres, e Anna anotou tudo com um lápis num pedaço de papel. Então a mulher se recostou, exausta, no travesseiro.

Hesitante, Anna tocou sua mão.

— Você pode me dizer seu nome?

— Pearl — murmurou ela, sem abrir os olhos.

Anna levou a caixa de Peter, fechando a porta delicadamente atrás de si. Ela desceu os degraus correndo e foi para a sala de estar escrever uma carta à irmã de Pearl, a Srta. Coral Smythe.

A caixa com lápis e papéis era retangular. Podia-se colocá-la no colo e usá-la como uma mesa portátil. No topo, via-se uma tampa com dobradiça que se abria e revelava uma caixa menor para penas, um frasco de tinta que cabia ao lado dela, papéis e outras coisas usadas para correspondência. Anna hesitou. A caixa era um objeto lindo, mas ela não tocava naquilo desde a morte do marido. Fora um objeto pessoal dele. Ela se sentia praticamente uma invasora ao usá-la, sobretudo porque os dois não estavam muito próximos no fim da vida dele. Ela balançou a cabeça e abriu a caixa.

Anna escreveu cuidadosamente, mas precisou de vários rascunhos para preparar a carta. Por fim, concluiu satisfeita a missiva e a pôs de lado para levá-la à estalagem de Little Battleford no dia seguinte. Ela estava guardando a caixa com as penas quando notou algo preso na parte de trás. A caixa com as penas não encaixava. Ela abriu completamente a tampa e balançou o objeto. Então, tateou a parte de trás com a mão. Havia uma coisa redonda e fria ali dentro. Anna deu um puxão, e o objeto se soltou. Quando ela retirou a mão, um pequeno relicário dourado se aninhou em sua palma. A tampa era ornada com belos arabescos e, na parte de trás, via-se um alfinete para que uma dama pudesse usá-lo como broche. Anna apertou a delicada peça de ouro na emenda. O relicário se abriu.

Estava vazio.

Anna fechou as duas partes de novo e passou o polegar pensativamente sobre a gravura. O relicário não era dela. Na verdade, nunca o vira antes. Anna sentiu uma vontade súbita de jogá-lo longe. Como ele ousava? Mesmo após sua morte, como ele ousava atormentá-la desse modo? Será que ela já não tinha suportado o suficiente quando ele estava vivo? E agora encontrava esta coisinha desprezível à sua espera tantos anos depois!

Anna ergueu o braço, com o relicário na mão. Lágrimas embaçavam sua visão.

Então, ela respirou fundo. Peter estava em seu túmulo havia mais de seis anos. Ela estava viva, e ele há muito tempo se transformara em pó. Ela inspirou mais uma vez e abriu os dedos. O relicário reluzia inocentemente em sua palma.

Com cuidado, Anna o colocou no bolso.

O DIA SEGUINTE era domingo.

A igreja de Little Battleford era uma pequena construção de pedra cinzenta com um campanário inclinado. Erigida em algum momento da Idade Média, era fria e tinha terríveis correntes de ar nos meses de inverno. Anna passara muitos domingos torcendo para que a homilia terminasse antes que o tijolo quente que ela trouxera de casa esfriasse e seus dedos congelassem por completo.

Ouviu-se um súbito murmúrio quando as mulheres da família Wren entraram na igreja. Muitos olhares rapidamente se desviaram e confirmaram a suspeita de Anna de que ela era o assunto da discussão, mas cumprimentou seus vizinhos sem qualquer sinal de que sabia que era o centro das atenções. Rebecca acenou do banco da frente. Ela estava sentada ao lado do marido, James, um homem grande e louro com uma barriga um tanto avantajada. Mãe Wren e Anna se apertaram ao lado deles no banco.

— Você certamente tem tido uma vida agitada nos últimos dias — murmurou Rebecca.

— Sério? — Anna se ocupou com suas luvas e a Bíblia.

— Mmm-hmm — murmurou Rebecca. — Eu não tinha ideia de que você estava considerando a profissão mais antiga do mundo.

Isso despertou a atenção de Anna.

— O quê?

— Na verdade, não a acusaram de nada ainda, mas alguns estão perto disso. — Rebecca sorriu para a senhora atrás delas, que se inclinara para a frente.

A mulher recuou abruptamente e fungou.

A amiga prosseguiu:

— As fofoqueiras da cidade não se divertiam tanto desde que a esposa do moleiro teve o bebê dez meses após a morte dele.

O vigário entrou, e a congregação fez silêncio quando o serviço começou. Como era de esperar, a homilia foi sobre os pecados de Jezebel, embora o pobre vigário Jones não parecesse estar satisfeito com o discurso. Bastou Anna olhar para as costas empertigadas da Sra. Jones, sentada no banco da frente, para adivinhar quem havia sugerido o tema. Finalmente, o serviço se aproximou de um fim lúgubre, e todos se levantaram para sair da igreja.

— Não sei por que deixaram-lhe as palmas das mãos e os pés — falou James quando a congregação começou a se levantar.

Rebecca ergueu o olhar para o marido com amorosa exasperação.

— Do que está falando, querido?

— Jezebel — resmungou James. — Os cães não comeram as palmas das mãos nem as solas dos pés dela. Por quê? Cães não costumam ser tão específicos assim em relação à comida, segundo minha experiência.

Rebecca revirou os olhos e afagou o braço do marido.

— Não se preocupe com isso, querido. Talvez eles tivessem cães diferentes naquela época.

James não pareceu satisfeito com a explicação, mas reagiu à cutucada gentil da esposa e seguiu em direção à porta. Anna ficou emocionada ao ver que Mãe Wren e Rebecca se colocaram a seu lado enquanto James ficava para trás.

No fim das contas, porém, ela não precisou de tão leal barricada. Pois, embora tivesse recebido alguns olhares de censura e uma cara virada, nem todas as senhoras de Little Battleford a desaprovavam. Na verdade, muitas das jovens mulheres estavam com tanta inveja do novo cargo de Anna como secretária de Lorde Swartingham que, a seus olhos, isso parecia transcender a problemática acolhida de uma prostituta.

Anna já tinha quase atravessado o corredor formado pelos aldeões do lado de fora da igreja e começava a relaxar quando ouviu uma voz exageradamente delicada em seu ombro.

— Sra. Wren, quero que saiba quanto a considero corajosa.

Felicity Clearwater segurava sua pequena capa de forma indiferente em uma das mãos para melhor exibir o vestido elegante. Buquês azuis e alaranjados desciam sobre um fundo de prímulas amarelo. A saia se abria na frente e revelava uma anágua de brocado, e todo o conjunto pendia sobre amplas saias.

Por um momento, Anna pensou melancolicamente em como seria bom usar um vestido tão elegante quanto o de Felicity; então, Mãe Wren parou ao lado dela.

— Anna não pensou nem um segundo sequer em si mesma quando trouxe a pobre mulher para casa.

Os olhos de Felicity se arregalaram.

— Ah, obviamente. Ora, para suportar o desprezo da aldeia inteira, para não falar da admoestação do púlpito que ela acaba de receber, Anna não deve ter pensado em nada.

— Não creio que eu deva levar muito a sério as lições sobre Jezebel — declarou Anna, de pronto. — Afinal, elas poderiam se aplicar a outras mulheres nesta aldeia também.

Por alguma razão, a resposta um tanto franca fez a outra mulher ficar tensa.

— Eu nada sei sobre isso. — Os dedos de Felicity correram cegamente pelo seu cabelo, como aranhas. — Ao contrário de você, ninguém poderia me julgar pelas companhias que tenho. — Com um sorriso forçado, Felicity saiu de forma majestosa antes que Anna pudesse pensar em uma resposta adequada.

— Cobra. — Os olhos de Rebecca se estreitaram de modo semelhante aos de um réptil.

De volta ao chalé, Anna passou o restante do dia cerzindo meias, talento no qual se havia tornado especialista por necessidade. Depois do jantar, ela se esgueirou até o quarto de Pearl e encontrou a mulher bem melhor. Anna ajudou-a a sentar e a comer um pouco de mingau com leite ralo. Pearl era uma mulher muito bonita, apesar de sua aparência sofrida.

A hóspede mexeu num cacho do cabelo claro por alguns minutos antes de finalmente abrir a boca:

— Por que você me acolheu?

Anna ficou surpresa.

— Você estava caída na beira da estrada eu não podia deixá-la lá.

— Você sabe que tipo de mulher eu sou, não sabe?

— Bem...

— Eu sou uma mulher de vida fácil. — Pearl torceu a boca em desafio ao pronunciar a última palavra.

— Achamos que você pudesse ser — retrucou Anna.
— Bem, agora você sabe.
— Mas não vejo que diferença isso poderia fazer.

Pearl pareceu surpresa. Anna aproveitou a oportunidade para enfiar um pouco mais de mingau na boca aberta.

— Espere aí. Você não é um daqueles tipos religiosos, é? — Os olhos de Pearl se estreitaram com desconfiança.

Anna fez uma pausa com a colher no ar.

— O quê?

Pearl torceu agitadamente o lençol que cobria suas pernas.

— Uma daquelas senhoras religiosas que pegam mulheres como eu para reformar. Ouvi dizer que elas só lhe dão pão e água, e obrigam as mulheres a costurar até os dedos sangrarem e elas se arrependerem.

Anna baixou o olhar para o mingau leitoso na tigela.

— Isto não é pão e água, é?

Pearl corou.

— Não, senhora. Suponho que não.

— Vamos lhe dar algo mais substancial quando você estiver melhor, prometo.

Pearl ainda parecia insegura, então Anna emendou:

— Você pode ir embora quando quiser. Mandei uma carta para sua irmã. Talvez ela chegue logo.

— É mesmo. — Pearl parecia aliviada. — Eu me lembro de dizer o endereço dela.

Anna se levantou.

— Tente não se preocupar; apenas durma bem.

— Está bem. — A testa de Pearl ainda estava franzida.

Anna suspirou.

— Boa noite.

— Boa noite, senhora.

Anna levou a tigela de mingau e a colher de volta para o andar de baixo e as lavou. Estava muito escuro na hora em que ela se retirou para o pequeno colchonete arrumado no quarto da sogra.

Ela dormiu sem sonhar e só acordou quando Mãe Wren, delicadamente, sacudiu seu ombro.

— Anna. É melhor você se levantar, querida, se quiser chegar a Ravenhill na hora.

Somente então, Anna se perguntou o que o conde pensaria de sua hóspede.

NA MANHÃ DE segunda-feira, Anna entrou na biblioteca da abadia com certa cautela. Ela havia percorrido todo o trajeto desde o chalé temendo o confronto com Lorde Swartingham, torcendo para que ele fosse mais razoável do que o médico havia sido. No entanto, o conde parecia normal — rosto franzido, mal-humorado e com o cabelo e a gravata em desalinho. Ele a cumprimentou, resmungando que havia encontrado um erro em um dos trechos que ela transcrevera no dia anterior. Anna soltou um suspiro grato de alívio e se ajeitou para trabalhar.

No entanto, após o almoço, a maré de sorte dela acabou.

Lorde Swartingham fizera uma breve viagem à cidade para conversar com o vigário a respeito de financiar uma reforma na abadia. Seu retorno foi anunciado pela batida da porta da frente contra a parede.

— SRA. WREN!

Anna se encolheu ao ouvir o berro e a subsequente pancada da porta. O cão perto do fogo ergueu a cabeça.

— Maldição! Onde está essa mulher?

Anna revirou os olhos. Ela estava na biblioteca, onde sempre ficava. Onde ele achava que ela poderia estar?

Passos pesados foram ouvidos no corredor; então, o vulto alto do conde escureceu a entrada.

— Que história é essa sobre uma refugiada inapropriada em sua casa, Sra. Wren? O médico mal podia esperar para me contar sobre sua loucura. — Ele foi em direção à escrivaninha de pau-rosa e apoiou os braços na frente dela.

Anna ergueu a cabeça e tentou olhar para ele por cima do nariz, o que era uma proeza, pois o conde empregava sua grande altura para se agigantar acima dela.

— Encontrei uma infeliz que estava precisando de ajuda, milorde, e naturalmente a levei para minha casa, para que pudesse cuidar dela até que estivesse recuperada.

Ele a olhou com cara feia.

— Uma rameira infeliz, a senhora quer dizer. Ficou louca?

Ele estava muito mais zangado do que ela havia imaginado.

— O nome dela é Pearl.

— Ah, ótimo. — Ele se afastou da mesa dela energicamente. — A senhora está íntima dessa criatura.

— Eu só queria registrar que se trata de uma mulher, e não de uma criatura.

— Semântica. — O conde fez um gesto de mão. — A senhora não se importa com sua reputação?

— Minha reputação está fora de questão.

— Está fora de questão? *Está fora de questão?* — Ele deu meia-volta com violência em um ímpeto e começou a caminhar pelo tapete diante da mesa.

O cão abaixou as orelhas e a cabeça, seguindo com os olhos os movimentos de seu dono.

— Eu queria que o senhor não repetisse as minhas palavras — resmungou Anna. Ela podia sentir o rubor subindo por sua face e desejou poder controlar isso. Não queria parecer fraca diante do conde.

Lorde Swartingham, no outro extremo do cômodo, pareceu não ouvir o que ela disse.

— A sua reputação é a única questão. A senhora deve ser uma mulher respeitável. Um deslize como esse pode deixar seu nome mais sujo que um chiqueiro.

Ora! Anna empertigou-se em sua cadeira.

— O senhor está questionando a minha reputação, Lorde Swartingham?

Ele ficou imóvel e se virou para ela com uma expressão de ultraje.

— Não seja boba. Claro que não estou questionando sua reputação.

— Não está?

— Rá! Eu...

Mas Anna o interrompeu.

— Se eu sou uma mulher respeitável, sem dúvida o senhor pode confiar no meu bom senso. — Ela podia sentir a própria raiva aumentando, uma grande pressão em sua cabeça, que ameaçava explodir. — Como uma dama respeitável, considero meu dever ajudar os menos afortunados.

— Não use sofismas comigo. — Ele apontou um dedo para ela, do outro lado do cômodo. — Sua posição na aldeia ficará desmoralizada se prosseguir com essa história.

— Posso lidar com algumas críticas — ela cruzou os braços —, mas acho que dificilmente ficarei desmoralizada por um ato de caridade cristã.

O conde emitiu um som deselegante.

— Os cristãos na aldeia serão os primeiros a expor a senhora ao ridículo.

— Eu...

— A senhora é extremamente vulnerável. Uma viúva jovem, atraente...

— Trabalhando para um homem solteiro — observou Anna, delicadamente. — Por certo minha virtude está em perigo iminente.

— Eu não disse isso.

— Não. Mas outras pessoas disseram.

— É exatamente o que eu quero dizer — gritou o conde, na certeza de que, se berrasse alto o suficiente, isso lhe daria razão. — A senhora não pode se associar a essa mulher!

Aquilo era simplesmente demais. Os olhos de Anna se estreitaram.

— Eu não posso me associar a ela?

O conde cruzou os braços à frente do peito.

— Exatamente...

— Eu não posso me associar a ela? — repetiu Anna acima da voz dele, dessa vez ainda mais alto.

Lorde Swartingham parecia incomodado pelo seu tom de voz. Como de fato deveria estar.

— E quanto a todos os homens que a fizeram ser quem é ao se *associarem* a ela? — perguntou Anna. — Ninguém se preocupa com a reputação dos homens que frequentam locais onde há meretrizes.

— Não acredito que a senhora esteja falando tais coisas — balbuciou ele, ultrajado.

A pressão na cabeça de Anna se fora, substituída por uma onda de liberdade vertiginosa.

— Bem, estou falando dessas coisas. E sei que homens fazem mais do que falar sobre isso. Ora, um homem pode visitar uma cortesã regularmente, todos os dias da semana até, e ainda ser perfeitamente respeitável. Mas a pobre garota que se envolver no mesmo ato é considerada suja.

O conde parecia ter perdido a capacidade de falar e ficou bufando.

Anna não conseguiu impedir que um rio de palavras jorrasse de sua boca.

— E suspeito que não são somente as classes baixas que visitam tais mulheres. Creio que homens e, na verdade, *cavalheiros* da sociedade frequentam casas de má reputação. — Os lábios de Anna tremiam incontrolavelmente. — Na verdade, parece hipocrisia um homem usar uma meretriz, mas não ajudar uma delas em seu momento de necessidade. — Ela parou e piscou para espantar as lágrimas. Não iria chorar.

Os bufos se transformaram em um grande rugido.

— *Meu Deus, mulher!*

— Acho que devo ir para casa agora — conseguiu dizer Anna pouco antes de sair correndo da biblioteca.

Meu Deus, o que ela havia feito? Ela perdeu a paciência com um homem, discutira com seu patrão. E, nesse processo, sem dúvida, tinha destruído a chance de continuar trabalhando como secretária do conde.

Capítulo Seis

"Os habitantes do castelo dançaram e gritaram de alegria. O inimigo fora derrotado, e eles nada mais tinham a temer. Porém, em meio à comemoração, o corvo voltou voando e pousou diante do duque.

— Eu cumpri minha promessa e derrotei o príncipe. Agora me dê o que é meu.

Mas qual das filhas seria sua esposa? A mais velha gritou que não queria desperdiçar sua beleza com uma ave nojenta. A segunda retrucou que, agora que o exército do príncipe malvado fora derrotado, por que deveriam cumprir o combinado? Somente a mais jovem, Aurea, concordou em manter a palavra de honra de seu pai. Naquela mesma noite, na mais estranha cerimônia já vista, Aurea desposou o corvo. E, assim que foram pronunciados casados, o corvo pediu à esposa que subisse em suas costas e voou com ela agarrada nele..."

— O Príncipe Corvo

Edward observou Anna ir embora com um misto de raiva e perplexidade. O que havia acabado de acontecer? Quando foi que ele perdera o controle da situação?

Ele deu meia-volta e pegou dois bibelôs de porcelana e uma caixa de rapé da cornija e os jogou na parede em rápida sucessão. Cada peça explodiu com o impacto, mas isso não ajudou. O que dera naquela mulher? Ele tinha meramente sugerido — de modo firme, claro — que era inadequado que ela abrigasse na própria casa uma pessoa de má reputação, e, por alguma razão, aquilo se voltara contra ele.

O que diabos havia acontecido?

Edward foi até o corredor, onde um lacaio que parecia assustado fitava a porta principal.

— Não fique aí parado, homem. — O lacaio deu um pulo e girou ao ouvir o rosnado de Edward. — Vá e mande John Cocheiro pegar a carruagem e ir atrás da Sra. Wren. Aquela mulher tola provavelmente vai caminhar todo o trajeto de volta até a aldeia apenas para me irritar.

— Milorde. — O lacaio fez uma mesura e saiu correndo.

Edward enfiou as duas mãos no cabelo e puxou o suficiente para sentir que desfizera seu rabicho. *Mulheres!* Ao lado dele, o cachorro ganiu.

Hopple espiou de um canto, como um rato que saísse de seu buraco para ver se a tempestade havia passado. Ele pigarreou.

— As mulheres não são nada sensatas algumas vezes, não é, milorde?

— Ora, cale a boca, Hopple. — Edward deixou o corredor, batendo os pés.

Os PÁSSAROS TINHAM acabado sua alegre cacofonia na manhã seguinte, quando as batidas à porta principal do chalé começaram. Primeiro, Anna pensou que o barulho fizesse parte de um sonho confuso, mas então seus olhos se abriram, turvos, e o sonho se dissipou.

Infelizmente, o barulho, não.

Anna engatinhou para fora do colchão e pegou seu robe azul da cor do céu. Amarrando-o a seu redor, ela desceu descalça os degraus frios, bocejando tanto que sua mandíbula estalou. O visitante estava frenético a essa altura. Fosse lá quem fosse, não tinha muita paciência. E, para ser sincera, a única pessoa que ela conhecia que tinha tal temperamento era...

— Lorde Swartingham!

Um dos braços musculosos do conde se apoiara na verga da porta, acima da cabeça de Anna; o outro braço se erguia, preparado para outra pancada. Rapidamente, ele baixou o punho. O cão estava parado ao seu lado e abanava o rabo.

— Sra. Wren. — Ele a encarou. — A senhora ainda não se vestiu?

Anna baixou o olhar para o robe amassado e pés descalços.

— Evidentemente que não, milorde.

O cão passou pelas pernas do conde e enfiou o focinho na mão dela.

— Por que não? — perguntou ele.

— Porque é cedo demais para isso! — O cão se aninhou em Anna enquanto ela o afagava.

Lorde Swartingham observou o absorto animal de cara feia.

— Pilantra — rosnou ele.

— Como é que é?

O conde virou-se para ela.

— Não a senhora, o cachorro.

— Quem é, Anna? — Mãe Wren estava parada na escada e fitava o andar de baixo com ansiedade. Fanny estava parada no corredor.

— É o conde de Swartingham, mãe — respondeu Anna, como se fosse comum homens nobres aparecerem naquela casa antes do café da manhã. Ela se virou novamente para ele e falou, com mais formalidade: — Permita-me apresentar minha sogra, a Sra. Wren. Mãe, este é o Lorde Edward de Raaf, conde de Swartingham.

Mãe Wren, num roupão cor-de-rosa, cheio de babados, fez uma mesura perigosa nos degraus.

— Como vai o senhor?

— É um prazer conhecê-la, sem dúvida, senhora — resmungou o homem na porta.

— Ele já comeu o desjejum? — perguntou Mãe Wren a Anna.

— Não sei. — Anna se virou para Lorde Swartingham, cujas bochechas com cicatrizes estavam ruborizadas. — O senhor já comeu o desjejum?

— Eu... — Estranhamente, o conde parecia não saber o que dizer. Ele franziu o cenho com mais força.

— Por favor, convide-o a entrar, Anna — insistiu Mãe Wren.

— O senhor gostaria de se juntar a nós para o café da manhã, milorde? — perguntou Anna docemente.

O conde fez que sim com a cabeça. Ainda com o cenho franzido, ele se abaixou para evitar a verga e entrou no chalé.

Mãe Wren desceu correndo a escada, com fitas fúcsia flutuando atrás de si.

— Fico muito feliz por conhecê-lo, milorde. Fanny, vá colocar a chaleira no fogo.

Fanny soltou um gritinho e disparou para a cozinha. Mãe Wren empurrou o convidado para a minúscula sala de estar, e Anna notou que o cômodo parecia ter reduzido de tamanho quando ele entrou. O conde sentou-se cauteloso na única poltrona, enquanto as senhoras ficaram com o canapé. O cão alegremente deu a volta no cômodo, enfiando o focinho nos cantos até o conde chamá-lo para se sentar com um rosnado.

Mãe Wren abriu um largo sorriso.

— Anna deve ter se enganado quando disse que o senhor a demitira.

— O quê? — Ele apertou os braços da poltrona.

— Ela achou que o senhor não teria mais necessidade de uma secretária.

— Mãe — murmurou Anna.

— Foi isso que você disse, querida.

Os olhos do conde estavam fixos em Anna.

— Ela estava enganada. Ela ainda é minha secretária.

— Ah, que bom! — Mãe Wren estava radiante. — Ela ficou muito chateada ontem à noite, quando pensou que não tinha mais emprego.

— Mãe...

A mulher mais velha se inclinou para a frente, com ar confidencial, como se Anna tivesse desaparecido do cômodo.

— Ora, os olhos dela estavam bem vermelhos quando ela chegou na carruagem. Acho que pode ter andado chorando.

— *Mãe!*

A Sra. Wren virou seu olhar inocente para a nora.

— Ora, eles estavam vermelhos, querida.

— Estavam mesmo? — murmurou o conde. Seus olhos de ébano reluziram.

Felizmente, Fanny a salvou de responder a pergunta ao entrar com a bandeja do café. Aliviada, Anna percebeu que a garota havia pensado em fazer ovos poché e algumas torradas para acompanhar o mingau de sempre. Ela até encontrou um pedaço de presunto. Anna deu um aceno de aprovação para a pequena criada, que sorriu para ela, animada.

Depois que o conde se serviu de uma quantidade verdadeiramente impressionante de ovos poché — por sorte, Fanny tinha ido à feira na véspera —, levantou-se e agradeceu à Mãe Wren pelo café da manhã. Mãe Wren sorriu para ele, encantada, e Anna se perguntou quanto tempo se passaria até que a aldeia toda soubesse que elas haviam recebido o conde de Swartingham em seus robes.

— A senhora pode se vestir para cavalgar, Sra. Wren? — perguntou o conde. — Meu cavalo e Daisy estão esperando lá fora.

— Claro, milorde. — Anna pediu licença e foi se trocar em seu quarto.

Alguns minutos depois, ela desceu correndo os degraus e encontrou o conde à sua espera, no jardim da frente. Ele contemplava a terra molhada ao lado da porta, onde cachos de jacinto-uva e narcisos amarelos floresciam alegremente. Ele ergueu o olhar quando ela saiu de casa e, por um instante, havia, nos olhos dele, uma expressão que a fez perder o fôlego. Anna baixou o olhar para calçar as luvas e sentiu suas bochechas arderem.

— Bem na hora — disse ele. — Estamos mais atrasados do que eu havia planejado.

Anna ignorou sua rispidez e ficou de pé ao lado da égua, esperando que ele a ajudasse a montar. O conde avançou e passou as mãos grandes ao redor de sua cintura antes de botá-la na sela. Ele ficou parado, olhando para ela de uma altura mais baixa por um momento, o vento brincando com um cacho do cabelo escuro, examinando o rosto de Anna. Ela retribuiu o olhar, e todos os pensamentos sumiram de sua mente. Então, ele se virou para o próprio cavalo e montou nele.

O dia estava claro. Anna não se lembrava de ter ouvido barulho de chuva à noite, mas notou algumas evidências. Havia poças na alameda, e as árvores e cercas pelas quais passavam ainda pingavam. O conde guiou os cavalos da aldeia para o campo.

— Aonde estamos indo? — perguntou ela.

— As ovelhas do Sr. Durbin começaram a parir, e eu quero ver como as fêmeas estão se saindo. — Ele pigarreou. — Suponho que deveria ter lhe avisado antes sobre o passeio de hoje.

Anna continuou olhando para a frente, mostrando indiferença.

Ele tossiu.

— Eu poderia ter feito isso se a senhora não tivesse ido embora tão precipitadamente ontem à tarde.

Ela arqueou uma sobrancelha, mas não respondeu.

Fez-se uma longa calmaria, interrompida somente pelo latido ansioso do cão quando incitava um coelho a sair do arbusto ao longo da alameda.

Então, o conde tentou novamente.

— Ouvi algumas pessoas dizerem que meu temperamento é um tanto... — Ele fez uma pausa, aparentemente em busca de uma palavra.

Anna o ajudou.

— Selvagem?

Ele estreitou os olhos e a fitou.

— Feroz?

Ele franziu o cenho e abriu a boca.

Ela foi mais rápida.

— Bárbaro?

O conde a interrompeu antes que Anna pudesse acrescentar mais alguma coisa à lista.

— Sim, bem, vamos simplesmente dizer que isso intimida algumas pessoas. — Ele hesitou. — Eu não queria intimidá-la, Sra. Wren.

— Não intimidou.

Ele a encarou na mesma hora. Não disse mais nada, mas sua expressão se iluminou. Depois de um minuto, ele esporeou o cavalo baio para um galope ao longo da alameda suja de lama, lançando no ar grandes torrões de terra. O cão saiu correndo atrás dela com a língua pendendo da lateral da boca.

Anna sorriu sem motivo e ergueu o rosto para a brisa da manhã.

Os dois seguiram pela alameda até chegarem a um pasto bordejado por um córrego. O conde se abaixou para abrir o portão, e eles seguiram em frente. À medida que se aproximavam da curva, Anna viu cinco homens reunidos perto do riacho com alguns cães pastores dando voltas ao redor deles.

Um dos homens, um senhor idoso com cabelos grisalhos, ergueu os olhos quando eles se aproximaram.

— Milorde! Ora, isto aqui está uma confusão.

— Durbin. — O conde acenou com a cabeça para o fazendeiro e desmontou do cavalo. Ele se aproximou para ajudar Anna a descer. — Qual é o problema? — perguntou, olhando para trás.

— Ovelhas no riacho. — Durbin cuspiu para o lado. — Novelos de lã idiotas. Devem ter seguido umas às outras pela margem e agora não conseguem sair. E três delas ainda estão prenhas.

— Ah. — O conde se aproximou do riacho, e Anna o acompanhou. Agora ela podia ver as cinco ovelhas pegas pela correnteza. Os pobres animais estavam presos nos detritos por um turbilhão de água. A margem tinha quase um metro e meio de profundidade naquele ponto específico e estava escorregadia com a lama.

Lorde Swartingham balançou a cabeça.

— Não tem outro jeito a não ser o uso da força bruta.

— Era o que eu estava pensando aqui com meus botões. — O fazendeiro fez que sim com a cabeça ao ver a própria ideia confirmada.

Dois homens, junto com o conde, deitaram-se na margem do riacho e estenderem o braço para baixo a fim de puxar as ovelhas. Isso, com o incentivo extra dos cães pastores atormentando-as, fez com que quatro delas subissem na margem enlameada. Elas cambalearam, balindo em confusão. A quinta, porém, estava fora do alcance dos homens na margem. Ela estava presa ou era estúpida demais para sair do riacho por conta própria. Prostrada na lateral, ela baliu, infeliz, na água.

— Meu Deus! Aquela ali está bem presa. — O fazendeiro Durbin suspirou e enxugou a testa com a bainha da bata.

— Por que não mandamos a velha Bess lá embaixo para dar uma ajuda, pai? — O filho mais velho do fazendeiro afagou as orelhas de uma cadela preta e branca.

— Não, rapaz. Não quero perder Bess na água. Ali é muito fundo para ela. Um de nós vai ter que ir atrás da bobona.

— Eu vou, Durbin. — O conde se afastou dos homens e tirou o casaco. Ele o jogou para Anna, que mal conseguiu segurá-lo antes de cair no chão. Em seguida, foi o colete, e então o homem retirou a fina camisa pela cabeça. Ele se sentou na margem para arrancar as botas.

Anna tentou não olhar a cena. Não via homens seminus com frequência. Na verdade, ela não conseguia se lembrar de já ter visto um homem sem camisa em público. Havia marcas de varíola espalhadas por seu torso, mas ela estava mais interessada em outras coisas. Sua imaginação estava correta. O conde realmente tinha pelos no peito. Muitos, na verdade. Redemoinhos escuros cobriam seu peito e iam afunilando até a barriga rija. Os pelos se estreitavam para uma fina faixa que cruzava o umbigo liso e, então, desapareciam sob a calça.

O conde ficou de pé, ainda de meias, e desceu meio escorregando pela margem íngreme para dentro da água. O riacho enlameado girava ao redor de seu quadril à media que ele caminhava na direção da ovelha apavorada. Ele se inclinou por cima do animal para alcançar suas patas e segurá-lo. Os ombros largos dele reluziam com suor, rajados de lama.

Um grito irrompeu dos homens que observavam. A ovelha estava livre, mas, em sua pressa para escapar do riacho, ela esbarrou no conde, que caiu em um gêiser de água enlameada. Anna arfou e começou a correr. O cão de Lorde Swartingham correu de um lado para outro na margem, latindo, agitado. O conde emergiu do riacho como um Netuno maltrapilho, com água escorrendo em camadas pelo tronco. Ele sorria, apesar do cabelo grudado na cabeça; a fita que o prendia ficara perdida no riacho.

O cão ainda latia em desaprovação a todo aquele procedimento. Enquanto isso, o fazendeiro e seus parentes cambaleavam, dando gargalhadas de tanto rir. Faltava pouco para todos rolarem no chão com tamanho divertimento. Anna suspirou. Aparentemente, um aristocrata quase se afogando era a coisa mais divertida que os homens já tinham visto. Às vezes, era difícil entender os homens.

— Ei! Milorde! O senhor sempre tem problema para segurar garotas? — gritou um dos homens.

— Não, rapaz, ela simplesmente não gostou da mão dele em sua bunda. — O fazendeiro fez um gesto explícito que, mais uma vez, fez os homens caírem na gargalhada.

O conde riu, mas acenou com a cabeça para Anna. Lembrados de sua presença, os homens pararam com as brincadeiras, embora continuassem a abafar as risadas. O conde ergueu ambas as mãos para limpar a água do rosto.

Anna ficou sem fôlego com aquela visão. Com as mãos na nuca, espremendo a água do cabelo, seus músculos ficaram ressaltados. O peito e os braços flexionados brilhavam sob o sol, e os pelos escuros sob o braço, úmidos, se enrolaram. Fios de água suja, misturada com o sangue da ovelha, desciam pelo peito e pelos braços. A calça baixa grudava no quadril e nas coxas, contornando o volume de sua masculinidade. Ele parecia um pagão.

Ela estremeceu.

O conde caminhou com dificuldade até a margem e a escalou com a ajuda dos filhos do fazendeiro. Anna se sacudiu e correu com as roupas.

Ele usou a camisa fina como toalha e depois jogou o casaco sobre o peito nu.

— Bem, Durbin, espero que você me chame da próxima vez que não conseguir lidar com uma fêmea.

— Sim, milorde. — O fazendeiro deu um tapinha nas costas de Lorde Swartingham. — Obrigado por nos ajudar. Não me lembro da última vez que vi um mergulho tão bonito.

O comentário fez os homens rirem novamente, e levou algum tempo até o conde e Anna conseguirem sair. No momento em que montaram, o corpo do conde tremia de frio, mas ele não demonstrava sinais de pressa.

— O senhor vai pegar um resfriado terrível, milorde — disse Anna. — Por favor, vá para a abadia na minha frente. O senhor pode ir muito mais rápido sem mim e sem Daisy para atrasá-lo.

— Estou muito bem, Sra. Wren — respondeu ele com os dentes trincados para evitar batê-los. — Além do mais, não quero me privar de sua doce companhia nem por um instante sequer.

Anna o olhou de cara feia, pois sabia que ele estava sendo sarcástico.

— O senhor não tem que provar quanto é viril pegando malária.

— Então a senhora me considera viril, Sra. Wren? — Ele sorriu como um garotinho. — Eu estava começando a pensar que tinha lutado contra uma ovelha fedida à toa.

Anna tentou, mas era impossível evitar um sorriso.

— Não sabia que proprietários de terras ajudavam tanto seus arrendatários — comentou ela. — Sem dúvida não é comum.

— Ah, certamente não é comum — retrucou ele. — Suponho que a maioria dos nobres fique sentada em Londres enquanto sua bunda cresce e seus administradores cuidam de suas propriedades.

— Então por que o senhor prefere entrar em riachos enlameados atrás de ovelhas?

O conde sacudiu os ombros úmidos.

— Meu pai me ensinou que um bom proprietário de terras conhece seus arrendatários e sabe o que eles estão fazendo. E eu também estou mais envolvido por causa dos meus estudos agrícolas. — Ele deu de ombros de novo e sorriu para ela um tanto ironicamente. — E gosto de lutar com ovelhas e tudo o mais.

Anna retribuiu o sorriso.

— Seu pai também lutava com ovelhas?

Fez-se silêncio e ela temeu, por um momento, ter feito uma pergunta pessoal demais.

— Não, eu não me lembro de vê-lo ficar assim tão sujo. — Lorde Swartingham observou a estrada à sua frente. — Mas ele não se importava em caminhar num campo inundado na primavera ou supervisionar a colheita no outono. E sempre me levava junto para conhecer as pessoas e a terra.

— Ele deve ter sido um pai maravilhoso — murmurou ela. *Para ter criado um filho tão maravilhoso.*

— Sim. Se para os meus filhos eu for apenas metade do que ele foi para mim, ficarei satisfeito. — Ele a encarou com curiosidade. — A senhora não teve filhos de seu casamento?

Anna baixou o olhar para as mãos. Eram dois punhos cerrados sobre os arreios.

— Não. Fomos casados por quatro anos, mas não foi a vontade de Deus que tivéssemos filhos.

— Sinto muito. — Parecia haver um arrependimento sincero nos olhos do conde.

— Eu também, milorde. — *Todos os dias.*

Os dois ficaram em silêncio até avistarem a Abadia de Ravenhill.

QUANDO ANNA CHEGOU à sua casa naquela noite, Pearl estava sentada na cama e tomava sopa com a ajuda de Fanny. A hóspede ainda estava magra, mas seu cabelo tinha sido penteado para trás e preso com um pedaço de fita, e ela usava um dos vestidos velhos da pequena criada. Anna assumiu a tarefa e mandou Fanny descer para terminar o jantar.

— Eu esqueci de lhe agradecer, senhora — disse Pearl, timidamente.

— Está tudo bem. — Anna sorriu. — Só espero que você se sinta melhor logo.

A outra mulher suspirou.

— Ah, eu preciso apenas de um pouco de descanso.

— Você é de perto ou estava viajando quando adoeceu? — Anna ofereceu um pouco de carne.

Pearl mastigou lentamente e engoliu a comida.

— Não, senhora. Eu estava tentando voltar para Londres, onde moro. Um senhor me trouxe para cá numa bela carruagem, prometendo me dar moradia por aqui.

Anna ergueu as sobrancelhas.

— Eu pensei que ele iria me botar num pequeno chalé. — Pearl alisou o lençol sob seus dedos. — Estou ficando velha, sabe? Não posso trabalhar muito mais.

Anna permaneceu em silêncio.

— Mas foi um golpe — disse Pearl. — Ele me queria apenas para uma festa com alguns amigos.

Anna pensou em algo para dizer.

— Sinto muito que não fosse um emprego permanente.

— Pois é. E isso nem foi o pior. Ele queria que eu o divertisse e também a seus dois amigos. — A boca de Pearl fez um movimento para baixo.

Dois amigos?

— Você quer dizer que deveria, hum, entreter três cavalheiros ao mesmo tempo? — perguntou Anna em voz baixa.

Pearl fez um muxoxo e assentiu com a cabeça.

— Sim. Os três juntos ou um depois do outro. — Ela deve ter notado o choque de Anna. — Alguns desses cavalheiros finos gostam de fazer isso juntos, para se exibirem uns pros outros. Mas, muitas vezes, a garota acaba machucada.

Meu Deus! Anna fitou Pearl, horrorizada.

— Mas, na verdade, isso não importa — emendou Pearl. — Eu fui embora.

Anna conseguiu apenas assentir com a cabeça.

— Então comecei a me sentir mal no trajeto de volta, na carruagem. Devo ter desmaiado, porque, quando dei por mim, minha bolsa havia sumido e eu tive de caminhar, porque o cocheiro não ia me deixar voltar sem meu dinheiro. — Pearl balançou a cabeça. — Com certeza, eu estaria morta se a senhora não tivesse me encontrado.

Anna baixou o olhar para as palmas das mãos.

— Posso lhe fazer uma pergunta, Pearl?

— Claro. Vá em frente. — A outra mulher colocou as mãos uma sobre a outra no colo e fez que sim com a cabeça. — Pode me perguntar o que quiser.

— Você já ouviu falar de um lugar chamado Grotto de Aphrodite?

Pearl encostou a cabeça de volta no travesseiro e encarou Anna com curiosidade.

— Não pensei que uma dama como a senhora conhecesse lugares assim.

Anna evitou o olhar de Pearl.

— Ouvi alguns cavalheiros comentando. Não creio que soubessem que eram ouvidos.

— Creio que não — concordou Pearl. — Ora, o Grotto de Aphrodite é um prostíbulo caro. As garotas que trabalham lá têm uma vida fácil, com certeza. Claro, já ouvi dizer que algumas damas de alta sociedade vão lá com os rostos cobertos por máscaras para fingirem ser o que eu sou.

Anna arregalou os olhos.

— Você quer dizer...?

— Elas escolhem um cavalheiro que as agrada no recinto no primeiro andar e passam a noite com eles. — Pearl assentiu como se isso fosse algo óbvio. — Ou o tempo que quiserem. Algumas até alugam um quarto e instruem madame a mandar subir um homem com alguma característica específica. Pode ser um sujeito baixo, louro ou alto, de cabelos vermelhos.

— Parece um pouco como escolher um cavalo. — Anna franziu o nariz.

Pearl deu o primeiro sorriso que ela já vira.

— Isso é espirituoso, senhora. Como escolher um garanhão. — Ela deu uma risada. — Eu não me importaria de ser quem escolhe, para variar, em vez de os cavalheiros sempre ficarem com essa opção.

Anna sorriu um pouco sem graça ao se recordar da vida dura da profissão de Pearl.

— Mas por que um cavalheiro se submeteria a tal arranjo?

— Os homens gostam porque sabem que vão passar a noite com uma dama de verdade. — A outra mulher deu de ombros. — Se é que podemos chamá-la de dama.

Anna piscou e então se sacudiu.

— Estou atrapalhando o seu descanso. Melhor eu ir preparar o meu jantar.

— Muito bem, então. — Pearl bocejou. — Obrigada novamente.

Durante todo o jantar naquela noite, Anna ficou distraída. O comentário de Pearl de que seria bom escolher de vez em quando não saía de sua mente. Ela cutucou, um tanto distraída, a torta de carne. Era verdade, mesmo em seu nível social, que eram os homens que escolhiam, na maioria das vezes. Uma jovem dama esperava ser visitada por um cavalheiro, embora tal homem pudesse decidir quais jovens queria cortejar. Depois de casados, uma mulher respeitável aguardava obedientemente o marido no leito nupcial. O homem era quem fazia as propostas nas relações matrimoniais. Ou não, dependendo do caso. Pelo menos, havia sido assim no casamento de Anna. Ela certamente nunca tinha deixado Peter saber que poderia ter as próprias necessidades ou que talvez não estivesse satisfeita com o que acontecia na cama.

Mais tarde naquela noite, enquanto Anna se preparava para dormir, ela não conseguia parar de imaginar Lorde Swartingham no Grotto de Aphrodite, como Pearl descrevera. O conde sendo visto e escolhido por alguma dama ousada da aristocracia. O conde passando a noite nos braços de uma mulher mascarada. Aqueles pensamentos fizeram seu peito doer, mesmo quando ela adormeceu.

E então Anna estava no Grotto de Aphrodite.

Ela usava uma máscara e buscava o conde. Homens de todas as descrições: velhos, jovens, bonitos e feios, centenas deles, lotavam uma sala. Freneticamente, ela empurrou a massa, à procura de um par singular de olhos escuros e brilhantes, ficando mais desesperada quanto mais se demorava em sua busca. Finalmente ela o viu do outro lado do salão e começou a correr em sua direção. Mas, como acontece em tais pesadelos, quanto mais rápido Anna corria, mais lenta ficava. Cada passo parecia levar uma eternidade. Enquanto ela se esforçava, viu outra mulher mascarada chamá-lo. Sem nem sequer notá-la, o conde deu meia-volta e seguiu a outra mulher para fora do salão.

Anna acordou no escuro; seu coração batia forte e sua pele estava gelada. Ficou deitada, absolutamente imóvel, lembrando-se do sonho e ouvindo a própria respiração entrecortada.

Não tardou para ela perceber que chorava.

Capítulo Sete

"O imenso corvo voou com a nova esposa em suas costas durante dois dias e duas noites, até que, no terceiro dia, eles chegaram aos campos dourados com grãos maduros.

— Quem é o dono desses campos? — perguntou Aurea, olhando para baixo.

— Seu marido — retrucou o corvo.

Eles chegaram a uma campina infinita, cheia de bois gordos, sua pele reluzindo ao sol.

— Quem é o dono desse gado? — perguntou Aurea.

— Seu marido — retrucou o corvo.

Então uma vasta floresta esmeralda se estendia abaixo deles, cobrindo as montanhas até onde os olhos podiam ver.

— Quem é o dono dessa floresta? — perguntou Aurea.

— Seu marido — grasnou o corvo..."

— O Príncipe Corvo

Anna caminhou até Ravenhill na manhã seguinte, sentindo-se cansada e tristonha depois de uma noite inquieta. Ela parou por um momento e admirou o mar de jacintos florescendo debaixo das árvores que ladeavam a entrada. Os pontinhos azuis brilhavam sob a luz do sol, como moedas recém-cunhadas. Normalmente, a visão de qualquer flor trazia leveza ao seu coração, mas, naquele dia, isso não aconteceu. Ela suspirou e continuou seu trajeto até fazer uma curva e parar repentinamente. Lorde Swartingham, caminhando pesadamente em suas habituais botas salpicadas de lama, vinha dos estábulos e ainda não a vira.

Ele soltou um grito terrível.

— CÃO!

Pela primeira vez naquele dia, Anna sorriu. Evidentemente, o conde não conseguia encontrar o cão sempre presente e foi obrigado a rosnar seu nome genérico.

Ela foi até ele.

— Não vejo por que ele atenderia a um chamado assim.

Lorde Swartingham deu meia-volta ao ouvir a voz dela.

— Eu acredito que lhe dei a tarefa de nomear o vira-lata, Sra. Wren.

Anna olhou para ele com os olhos arregalados.

— Eu lhe dei três opções, milorde.

— E todas estavam fora de cogitação, como a senhora sabe muito bem. — Ele sorriu malignamente. — Creio que lhe dei tempo suficiente para arrumar um nome. A senhora vai inventar um agora.

Ela achou graça pela óbvia intenção de deixá-la numa situação difícil.

— Bolota?

— Juvenil demais.

— Tibério?

— Imperial demais.

— Otelo?

— Assassino demais. — Lorde Swartingham cruzou os braços. — Ora, ora, Sra. Wren. Uma mulher com a sua inteligência pode fazer melhor do que isso.

— Que tal Jock, então?

— Não serve.

— Por que não? — retrucou Anna, de forma impertinente. — Eu gosto do nome Jock.

— Jock. — O conde pareceu rolar o nome em sua língua.

— Aposto que o cão virá se eu chamá-lo por esse nome.

— Rá. — Ele olhou para ela com aquele ar superior que todos os homens assumem ao lidar com mulheres ingênuas. — Pode tentar.

— Muito bem, vou tentar. — Anna ergueu o queixo. — E, se ele vier, o senhor deve me levar para um passeio pelos jardins da abadia.

Lorde Swartingham ergueu as sobrancelhas.

— E se ele não vier?

— Não sei. — Ela não havia pensado nisso. — Pode escolher o seu prêmio.

Ele fez um muxoxo e contemplou o terreno aos seus pés.

— Acho que é uma tradição em apostas entre uma mulher e um homem que o cavalheiro peça para tomar liberdades com a dama.

Anna respirou fundo e, em seguida, teve dificuldade para soltar o ar. Sob as sobrancelhas dele, seus olhos escuros reluziram para ela.

— Um beijo, talvez?

Ai, Deus. Provavelmente, ela se precipitara. Anna soltou o ar num suspiro e endireitou os ombros.

— Muito bem.

Ele acenou com uma mão lânguida.

— Pode chamar.

Anna pigarreou.

— Jock!

Nada.

— *Jock!*

Lorde Swartingham começou a dar uma risadinha.

Anna respirou fundo e soltou um grito bastante indigno para uma dama.

— JOCK!

Ambos ficaram atentos à chegada do cachorro. Nada.

Lentamente, o conde girou para encará-la, e, em meio ao silêncio, o barulho das botas no cascalho parecia bem alto. Os dois estavam parados a apenas alguns passos de distância um do outro. Ele se adiantou, e seus belos e grandes olhos estavam fixos no rosto dela.

Anna podia sentir o sangue pulsando em seu peito. Ela lambeu os lábios.

O olhar do conde baixou para a boca de Anna, e as narinas dele incharam. Ele deu outro passo, e agora os dois estavam bem próximos. Como se fosse um sonho, ela viu as mãos dele se erguerem e segurarem seus braços, sentiu a pressão dos grandes dedos através da capa e do vestido.

Anna começou a tremer.

Ele inclinou a cabeça de cabelos escuros na direção da cabeça dela, e a respiração quente roçou seus lábios. Ela fechou os olhos.

E ouviu o barulho do cão no pátio.

Anna abriu os olhos. Lorde Swartingham parecia paralisado. Lentamente, ele virou a cabeça, ainda a alguns centímetros dela, e fitou o cão. O animal parecia sorrir para ele, com a língua pendendo da boca, arfando.

— Merda — xingou baixinho o conde.

Droga, pensou Anna.

No mesmo instante, ele a soltou, deu um passo para trás e lhe deu as costas. Então passou as duas mãos pelo cabelo, balançando os ombros. Ela o ouviu respirar fundo, mas sua voz ainda estava rouca quando ele falou:

— Parece que a senhora ganhou a aposta.

— Sim, milorde. — Ela esperava soar suficientemente despreocupada, como se estivesse acostumada a quase beijar cavalheiros ao ar livre e não estivesse com dificuldade para recuperar o fôlego. Como se não quisesse desesperadamente que o cão tivesse ficado bem, bem longe.

— Será um prazer lhe mostrar os jardins — resmungou o conde —, tal como estão, após o almoço. Talvez a senhora possa trabalhar na biblioteca até lá?

— O senhor não vem para a biblioteca também? — Ela tentou disfarçar a decepção.

O conde ainda não se virara para ela.

— Descobri que há questões que precisam da minha atenção na propriedade.

— Claro — murmurou Anna.

Lorde Swartingham finalmente a encarou. Ela notou que suas pálpebras ainda estavam pesadas e quase fantasiou que ele olhava para seu busto.

— Vejo a senhora no almoço.

Ela acenou com a cabeça, e o conde estalou os dedos para o cão. Ao passar por ela, Anna pensou tê-lo ouvido resmungar alguma coisa para o animal. Soava mais como *idiota* do que como *Jock*.

Meu Deus, o que eu estava pensando? Edward caminhava, irritado, ao redor da abadia.

Deliberadamente, ele deixara a Sra. Wren numa situação difícil. Não havia como ela negar seus rudes avanços. Como se uma mulher tão sensível pudesse querer um beijo de um homem marcado pela varíola. Mas Edward não havia pensado nas cicatrizes quando a segurou em seus braços. Ele não tinha pensado em nada. Agira por puro instinto: o prazer de tocar os próprios lábios naquela boca bonita e sensual. Seu pênis estava duro, dolorosamente ereto, segundos após simplesmente pensar nisso. Por um instante, pensou ser impossível soltar a Sra. Wren quando o cão apareceu, e então foi forçado a virar as costas para evitar que ela visse sua situação. Ele ainda não havia relaxado.

— E o que você estava fazendo, Jock? — rosnou Edward para o mastim alegremente distraído. — Você precisa escolher melhor a hora de aparecer, rapaz, se quiser continuar devorando os restos da cozinha da abadia.

Jock deu ao dono um adorável sorriso de cão. Uma orelha estava virada para fora, e Edward a ajeitou distraidamente.

— Um minuto antes ou um minuto depois, de preferência depois, teria sido um momento melhor para vir com seus pulos.

Ele suspirou. Não podia deixar esse desejo incontrolável continuar. Ele gostava daquela mulher, pelo amor de Deus. Ela era inteligente e não tinha medo do temperamento dele. E fazia perguntas sobre seus estudos agrícolas. Percorria as plantações em meio à lama e ao esterco sem reclamar. Ela até parecia gostar dessas saídas. E, algumas vezes, quando Anna o fitava, com a cabeça inclinada para o lado e toda a atenção concentrada apenas nele, algo parecia se revirar em seu peito.

Edward franziu o cenho e chutou um seixo na trilha.

Era injusto e constrangedor sujeitar a Sra. Wren aos seus avanços brutais. Ele não deveria estar lutando contra pensamentos acerca daqueles seios macios, perguntando-se se seus mamilos eram rosados ou se tinham uma tonalidade mais escura. Contemplando se os mamilos iriam intumescer imediatamente quando ele os tocasse ou se esperariam timidamente para sentir sua língua.

Diabos.

Edward riu e rosnou ao mesmo tempo. Seu pênis estava novamente duro e latejava ao pensar em Anna. Seu corpo não ficava tão fora de controle desde que ele se tornara um rapaz com a voz grave.

Ele chutou outro seixo e parou no caminho, com as mãos no quadril, levantando novamente a cabeça para o céu.

Não adiantava. Edward girou a cabeça de novo contra os ombros, tentando aliviar a tensão. Ele teria de fazer uma viagem a Londres em breve e passar uma ou até duas noites no Grotto de Aphrodite. Talvez depois disso ele conseguisse ficar na presença da secretária sem ter pensamentos libidinosos invadindo sua mente.

Ele esmagou o seixo que estivera chutando na lama ao girar e voltar para os estábulos. A ideia de ir a Londres se tornara uma tarefa. Ele não estava ansioso por passar a noite na cama de uma cortesã. Em vez disso, sentia-se incomodado. Incomodado e desejando uma mulher que não podia ter.

Depois, naquela tarde, Anna estava lendo *O Príncipe Corvo* quando começaram as batidas. Ela avançara somente até a terceira página, que descrevia uma batalha mágica entre um príncipe mau e um imenso corvo. Era um estranho conto de fadas, mas soava cativante, e ela precisou de um minuto para reconhecer o som da aldrava da porta principal. Nunca o ouvira antes. A maioria dos visitantes da abadia vinha pela entrada dos criados.

Anna voltou a guardar o livro em sua mesa e pegou uma pena quando ouviu o som de passos rápidos, provavelmente do lacaio no corredor para atender à porta. Um murmúrio vago de vozes, uma delas feminina; depois, saltos femininos caminhando na direção da biblioteca. O lacaio abriu a porta com vigor, e Felicity Clearwater entrou.

Anna se levantou.

— Posso ajudar?

— Ah, não se levante! Não quero atrapalhar seus afazeres. — Felicity girou uma das mãos na direção de Anna enquanto inspecionava a escada frágil de ferro no canto. — Vim apenas para entregar um convite da minha *soirée* de primavera a Lorde Swartingham. — Ela passou a ponta do dedo enluvado sobre o corrimão de ferro e franziu o nariz para a poeira cor de ferrugem que subiu.

— Ele não está no momento — disse Anna.

— Não? Então devo confiá-lo a você. — Felicity foi calmamente até a mesa e retirou um envelope extremamente decorado do bolso. — Você vai dar isto... — Ela estendeu o envelope, mas parou de falar ao olhar para Anna.

— Sim? — Constrangida, Anna passou uma das mãos pelo cabelo. Será que tinha uma mancha no rosto? Alguma coisa presa entre os dentes? Parecia que Felicity se transformara numa estátua. Certamente sujeira alguma justificava tal choque.

O papel velino na mão de Felicity tremeu e caiu em cima da mesa. Ela desviou o olhar, e o momento passou.

Anna piscou. Talvez ela tivesse imaginado coisas.

— Certifique-se de que Lorde Swartingham receba meu convite, está bem? — pediu Felicity. — Tenho certeza de que ele não vai querer perder o evento social mais importante da região. — Ela esboçou um sorriso para Anna e saiu pela porta.

Distraidamente, Anna abaixou a mão para o pescoço e sentiu o metal frio sob sua palma. E franziu o cenho ao lembrar. De manhã, enquanto se vestia, achou que o fichu em seu pescoço era um tanto sem graça. Ela havia revirado a minúscula caixa que continha sua pequena coleção de joias, mas o único broche que encontrou era grande demais. Então, seus dedos tocaram no relicário que ela havia encontrado na caixa de Peter. Dessa vez, tinha sentido somente uma pontada ao ver o objeto. Talvez ele estivesse perdendo o poder de machucá-la, e ela pensou, *Ora, por que não?*, e desafiadoramente colocou-o no pescoço.

Anna tocou o badulaque em seu pescoço. Era frio e duro sob sua mão, e ela desejou não haver cedido ao impulso matinal.

Droga! Droga! Droga! Felicity olhava sem notar a paisagem enquanto sua carruagem se afastava da Abadia de Ravenhill. Ela não havia suportado 11 anos de apalpadas e cutucadas de um homem velho o suficiente para ser seu avô para pôr tudo a perder agora.

Era de esperar que o desejo de Reginald Clearwater por herdeiros estivesse satisfeito com os quatro filhos adultos que as duas primeiras esposas tinham dado à luz, sem mencionar as seis filhas. Afinal, a antecessora de Felicity havia morrido dando à luz o rebento mais jovem. Mas não, Reginald era obcecado com a própria potência e a tarefa de fazer filhos na esposa. Algumas vezes, durante as visitas matrimoniais, duas vezes por semana, ela se perguntava se tudo aquilo valia a pena. O homem tivera três esposas e ainda não tinha talento algum na cama.

Felicity soltou um muxoxo.

Mas, apesar dessa desvantagem, ela adorava ser a esposa do escudeiro. Clearwater Hall era a maior casa do condado, atrás apenas da Abadia de Ravenhill, e ela recebia uma generosa mesada para roupas e tinha a própria carruagem.

Felicity mal podia esperar pelas joias lindas — e muito caras — que ganhava em todos os seus aniversários. E os lojistas da região praticamente se ajoelhavam quando ela os visitava. No fim das contas, era uma vida que valia a pena ser preservada.

O que a trouxe de volta ao problema de Anna Wren.

Felicity tocou seu cabelo, passando a mão nele, à procura de mechas fora de lugar. Há quanto tempo Anna sabia? Era impossível que o relicário fosse um acidente. Coincidências dessa magnitude simplesmente não aconteciam, o que significava que aquela mulher desprezível a estava achincalhando depois de tanto tempo. A carta de Felicity a Peter fora escrita no calor da paixão e era muito, muito perigosa. Ela a havia colocado no relicário que ele lhe dera e o devolvera a Peter, sem imaginar que o amante guardaria o ridículo objeto. E então ele tinha morrido, e ela ficara tensa, à espera de que Anna batesse à sua porta com aquela evidência. Mas o relicário não apareceu, e ela imaginou que ele o tivesse vendido ou enterrado — junto com a carta em seu interior — antes de morrer.

Homens! Que criaturas inúteis eles eram — com exceção das óbvias vantagens.

Felicity tamborilou no parapeito. As únicas razões para Anna lhe mostrar o relicário agora eram vingança ou chantagem. Ela fez uma careta e passou a língua pelos dentes da frente, sentindo suas pontas. Finos, lisos e afiados. Muito afiados. Se a pequena Anna Wren pensava que poderia assustar Felicity Clearwater, ela estava prestes a descobrir como estava errada.

— Acredito que tenho que pagar uma aposta, Sra. Wren — anunciou o conde ao entrar na biblioteca no fim daquela tarde.

O sol que entrava pelas janelas delineava os fios prateados no cabelo de Lorde Swartingham. Suas botas estavam novamente enlameadas.

Anna pousou a pena e estendeu a mão para Jock, que havia acompanhado o dono até a sala.

— Eu estava começando a pensar que o senhor tinha esquecido a dívida de hoje de manhã, milorde.

Ele arqueou uma sobrancelha arrogante.

— A senhora está duvidando da minha honra?

— Se estivesse, o senhor me desafiaria para um duelo?

Ele emitiu um som pouco elegante.

— Não. A senhora provavelmente ganharia se eu fizesse isso. Minha pontaria não é das melhores, e minha esgrima precisa de prática.

Anna ergueu o queixo com a expressão arrogante.

— Então, talvez o senhor devesse tomar cuidado com o que fala para mim.

Um canto da boca de Lorde Swartingham se ergueu.

— A senhora quer ver o jardim ou prefere continuar trocando ofensas aqui?

— Não vejo por que não podemos fazer as duas coisas — murmurou ela e pegou seu xale.

Anna lhe deu o braço, e os dois saíram da biblioteca. Jock os seguia; orelhas em pé diante da perspectiva de um passeio. O conde a conduziu pela porta principal e dobrou a esquina da abadia, passando pelos estábulos. Ali, os paralelepípedos davam lugar à grama aparada. Eles passaram por uma cerca viva baixa, que delimitava uma horta ao lado da entrada dos criados. Alguém já tinha plantado alho-poró. Delicados tufos verdes ladeavam uma vala que mais tarde ficaria cheia, conforme as plantas cresciam. Além da horta, via-se um gramado inclinado, no fim do qual havia um jardim murado maior. Eles seguiram o declive numa trilha de ardósia cinzenta. À medida que iam se aproximando, Anna viu que a hera praticamente obscurecia os tijolos vermelhos e antigos das paredes. Havia uma porta de madeira escondida, com vinhas marrons penduradas.

Lorde Swartingham pegou a maçaneta de ferro enferrujado e puxou. A porta rangeu e abriu um centímetro, então parou. Ele resmungou alguma coisa e olhou para ela.

Anna sorriu encorajadoramente.

Ele fechou as duas mãos na maçaneta e firmou os pés antes de puxar com força. Nada aconteceu por um segundo e, então, a porta cedeu com um gemido. Jock passou correndo pela abertura para o jardim. O conde ficou de lado e gesticulou para ela.

Anna abaixou a cabeça para espiar o interior.

E viu uma selva. O jardim parecia ter a forma de um imenso retângulo. Ou, pelo menos, esse fora seu desenho a certa altura. Uma trilha de tijolos, que pouco se distinguia sob os destroços, percorria o interior das paredes e se conectava a uma vereda central em formato de cruz, que dividia o jardim em quatro retângulos menores. Na parede oposta, via-se outra porta, quase oculta pelo esqueleto de uma trepadeira. Talvez houvesse um segundo jardim ou uma série de jardins mais adiante.

— Minha avó desenhou os planos originais para esses canteiros — explicou o conde atrás dela. De alguma maneira, eles tinham passado pela porta, embora Anna não se lembrasse de ter caminhado. — E minha mãe os ampliou e deu continuidade ao trabalho.

— Deve ter sido muito bonito antigamente. — Ela passou por cima de uma rachadura na trilha, onde alguns dos tijolos estavam fora do lugar. Será que a árvore no canto era uma pereira?

— Não sobrou muito do trabalho dela, não é? — retrucou ele. Ela podia ouvi-lo chutando alguma coisa. — Suponho que seria simplesmente melhor botar as paredes abaixo e aplainar o local.

Anna fez um movimento brusco com a cabeça na direção dele.

— Ah, não, milorde. O senhor não deve fazer isso.

Ele franziu o cenho ao ouvir o protesto.

— Por que não?

— Tem muita coisa aqui que pode ser salva.

O conde examinou o jardim descuidado e a trilha destruída com evidente ceticismo.

— Não vejo uma única coisa digna de ser salva.

Ela lançou-lhe um olhar exasperado.

— Ora, veja as treliças nas paredes.

Ele girou até o ponto para o qual Anna apontava.

Ela começou a procurar um caminho até a parede e tropeçou numa pedra escondida pelas ervas e se esticou, mas bateu o dedo do pé novamente. Braços fortes a pegaram por trás e a ergueram com facilidade. Com dois passos compridos, Lorde Swartingham estava junto à parede.

Ele a colocou no chão.

— Era isto que a senhora queria ver?

— Sim. — Anna, sem fôlego, observou-o de esguelha.

Ele fitou a treliça com uma expressão triste.

— Obrigada. — Ela se virou para a árvore patética contra a parede e imediatamente se distraiu. — Creio que seja uma macieira ou talvez uma pereira. O senhor pode ver onde plantaram em torno das paredes do jardim. E este aqui está brotando.

O conde obedientemente examinou o galho indicado e resmungou.

— E, na verdade, tudo que as plantas precisam é de uma boa poda — tagarelou ela. — O senhor poderia fazer sua própria sidra.

— Nunca gostei muito de sidra.

Anna baixou as sobrancelhas para ele.

— Ou a cozinheira poderia fazer geleia de maçã.

O conde arqueou uma das sobrancelhas.

Ela quase defendeu os méritos da geleia de maçã, mas então espiou uma flor escondida entre as ervas.

— O senhor acha que é uma violeta, ou talvez uma pervinca?

A flor estava a dois passos da beirada de um dos canteiros. Anna se inclinou para olhar mais de perto, colocando uma das mãos no solo para se equilibrar.

— Ou talvez um miosótis, embora elas normalmente floresçam em grupos grandes. — Com cuidado, Anna colheu a flor. — Não. Que bobagem a minha! Olhe as folhas.

Lorde Swartingham estava parado, imóvel, atrás dela.

— Acho que pode ser um tipo de jacinto. — Ela se esticou e se virou para consultá-lo.

— Ah? — A palavra saiu num barítono gutural.

Anna piscou ao ouvir a voz.

— Sim e, claro, onde tem um, tem mais.

— Do quê?

Ela estreitou os olhos, desconfiada.

— O senhor não está me escutando, não é?

Ele balançou a cabeça.

— Não.

O conde a observava fixamente, de tal modo que a respiração de Anna se acelerou. Ela podia sentir o rosto esquentar. Naquela tranquilidade, a brisa brincalhona soprou um fino cacho de cabelo em sua boca. Ele esticou a mão bem devagar e retirou-o com as pontas dos dedos. Os calos na mão de Lorde Swartingham roçaram a pele delicada de seus lábios, e ela fechou os olhos, cheia de desejo. Com cuidado, ele ajeitou o cacho de volta no penteado, e sua mão desceu pela têmpora dela.

Ela sentiu a respiração do conde acariciar seus lábios. *Ah, por favor.*

E então ele baixou a mão.

Anna abriu os olhos e se deparou com o olhar de obsidiana. Ela esticou a mão para protestar — ou talvez tocar o rosto dele, não sabia ao certo, mas isso não importava. Lorde Swartingham já dera meia-volta e se afastara alguns passos dela. Anna não pensou que ele tivesse sequer notado o próprio gesto interrompido.

Ele virou a cabeça de modo que ela somente pudesse ver seu rosto de perfil.

— Perdoe-me.

— Pelo quê? — Ela tentou sorrir. — Eu...

Ele fez um gesto com a mão para cima e para baixo.

— Viajarei para Londres amanhã. Infelizmente, tenho negócios lá que não podem esperar.

Anna cerrou os punhos.

— A senhora pode continuar admirando o jardim, se quiser. Tenho que voltar para os meus escritos. — Ele se afastou rapidamente, e suas botas esmagaram os tijolos quebrados.

Anna abriu os punhos e sentiu a flor esmagada escorregar de seus dedos.

Ela olhou ao redor do jardim destruído. Havia tantas coisas a fazer. Aquele trecho ali precisava ser capinado; o canteiro aqui precisava de plantas. Nenhum jardim está realmente morto quando um jardineiro de verdade sabe como cuidar dele. Ora, o lugar precisava apenas de um pouco de cuidado, de um pouco de amor...

Um véu de lágrimas obscureceu seus olhos. Ela limpou o rosto, irritada, com uma mão trêmula. Esquecera o lenço em casa. As lágrimas encheram seus olhos e rolaram para o queixo. Droga. Ela teria de usar a manga para limpar. Que tipo de dama esquece o lenço? Um tipo muito patético, obviamente. O tipo que nenhum homem tem vontade de beijar. Ela esfregou o rosto com a parte interna do braço, mas as lágrimas não paravam de brotar. Como se ela tivesse acreditado naquela bobagem sobre trabalho em Londres. Anna era uma mulher madura. Sabia onde o conde pretendia trabalhar. Naquele bordel nojento.

Ela prendeu a respiração num soluço. Ele ia a Londres, para a cama de outra mulher.

Capítulo Oito

"O corvo voou com Aurea por mais um dia e por mais uma noite, e tudo que ela viu nesse período pertencia a ele. Aurea tentou compreender tamanha riqueza, tamanho poder, mas isso estava além de sua compreensão. Seu pai tinha somente comandado uma pequena porção das pessoas e terras que esta ave parecia possuir. Finalmente, na quarta noite, ela viu um grande castelo, feito de mármore branco e ouro. O sol poente que se refletia era tão brilhante que fazia seus olhos arderem.

— Quem é o dono desse castelo? — murmurou Aurea, e um temor sem nome encheu seu coração.

O corvo virou a imensa cabeça e a fitou com um olho preto cintilante.

— Seu marido! — grasnou ele..."

— O Príncipe Corvo

Naquela noite, Anna se arrastou para casa sozinha. Depois de se esforçar para se acalmar, no jardim destruído, voltara para a biblioteca a fim de trabalhar. Não precisava ter se preocupado. Lorde Swartingham não aparecera durante o restante da tarde, e, quando ela reunia suas coisas no fim do dia, um jovem lacaio trouxera um pequeno cartão dobrado. Era breve e objetivo. O conde sairia muito cedo pela manhã e por isso não a veria antes de ir. Ele lamentava o fato.

Como o conde não estava por perto para protestar, Anna foi para casa a pé, em vez de pegar a carruagem, em parte por rebeldia, em parte porque precisava de algum tempo sozinha para pensar e se recompor. Ela não poderia voltar para casa com o rosto tristonho e os olhos vermelhos. Não, a menos que quisesse ser interrogada durante metade da noite por Mãe Wren.

Quando Anna finalmente alcançou os arredores da cidade, seus pés doíam. Ela se acostumara ao luxo da carruagem. Seguiu com dificuldade, pegou a estrada que levava ao seu chalé e parou. Uma carruagem escarlate e preta com borda dourada estava parada diante de sua porta. O cocheiro e dois lacaios apoiados no veículo usavam libré preta com debrum escarlate e dourado. Ao lado do veículo, um grupo de meninos pequenos pulava, interrogando os lacaios. Anna não podia culpá-los — parecia que um membro da realeza a visitava. Ela se esgueirou em torno da carruagem e entrou no chalé.

Lá dentro, Mãe Wren e Pearl tomavam chá na sala de estar com uma terceira mulher que Anna nunca tinha visto. A mulher era muito jovem, mal chegara aos 20 anos. O cabelo empoado de branco estava penteado num estilo enganosamente simples, destacando estranhos olhos verde-claros. Ela usava um vestido preto. Preto indicava luto, mas Anna nunca vira um vestido de luto como este. Uma cascata de tecido escuro descia ao redor da mulher sentada, e a sobressaia puxada para trás revelava um bordado escarlate na anágua abaixo. Os pontos aparentes se repetiam no decote quadrado e baixo e nas três camadas de renda que saíam das meias-mangas. Ela parecia destoar tanto na pequena sala quanto um pavão num galinheiro.

Mãe Wren ergueu o olhar, animada, quando Anna entrou.

— Querida, esta é Coral Smythe, a irmã caçula de Pearl. Estamos tomando chá agora. — Ela fez um gesto com a xícara e quase derramou a bebida no colo de Pearl. — Minha nora, Anna Wren.

— Como vai, Sra. Wren? — cumprimentou Coral com uma voz rouca e grave que parecia vir de um homem, e não de uma mulher exótica.

— Prazer em conhecê-la — murmurou Anna ao aceitar uma xícara de chá.

— Temos que ir embora logo se quisermos chegar a Londres antes do anoitecer — disse Pearl.

— Você já está recuperada para a viagem, irmã? — Coral não demonstrava emoção, mas observava Pearl atentamente.

— Vocês não vão passar a noite conosco, Srta. Smythe? — perguntou Mãe Wren. — Depois Pearl poderá partir descansada pela manhã.

Os lábios de Coral se curvaram num esboço de sorriso.

— Eu não gostaria de ser um inconveniente, Sra. Wren.

— Ah, não é inconveniência alguma. Está quase escuro lá fora, e não seria seguro para duas jovens damas viajarem neste momento. — Mãe Wren acenou com a cabeça na direção da janela, que, de fato, estava praticamente preta.

— Obrigada. — Coral inclinou a cabeça.

Depois que terminaram o chá, Anna levou Coral até o quarto que Pearl ocupava para que a nova hóspede pudesse se lavar antes do jantar. Ela levara alguns lençóis e água fresca para a bacia e estava se virando para sair quando Coral a deteve.

— Sra. Wren, eu gostaria de lhe agradecer. — Coral observava Anna com olhos verde-claros impenetráveis. Sua expressão não combinava com suas palavras.

— Não foi nada, Srta. Smythe — retrucou Anna. — Nós dificilmente poderíamos mandá-las para a estalagem.

— Claro que poderiam. — Os lábios de Coral se contorceram numa careta irônica. — Mas não é disso que estou falando. Quero agradecer por ajudar Pearl. Ela me contou como estava doente. Se a senhora não a tivesse trazido para casa e cuidado dela, minha irmã teria morrido.

Anna deu de ombros, sem graça.

— Outra pessoa teria passado por lá em um minuto e...

— E a teria deixado lá — completou Coral. — Não me diga que alguém faria o mesmo que a senhora. Ninguém o fez.

Anna não sabia o que dizer. Por mais que quisesse protestar contra a visão cínica que Coral tinha da humanidade, ela sabia que a outra mulher tinha razão.

— Minha irmã caminhava pelas ruas para pôr comida em minha boca quando éramos mais novas — emendou Coral. — Ficamos órfãs quando Pearl tinha menos de 15 anos, e pouco depois ela foi dispensada de seu emprego como criada numa casa elegante. Ela poderia ter simplesmente me deixado num abrigo. Sem mim, seria mais fácil para ela arrumar outro emprego respeitável, talvez casado e constituído família. — Os lábios de Coral se estreitaram. — Em vez disso, ela divertia homens.

Anna se encolheu, tentando imaginar uma vida assim tão triste. Uma total falta de opções.

— Eu tentei convencer Pearl a me deixar ajudá-la agora. — Coral virou a cabeça para o outro lado. — Mas a senhora não iria querer ouvir nossa história. Basta dizer que ela é a única criatura na face da Terra que eu amo.

Anna ficou em silêncio.

— Se houver alguma coisa que eu possa fazer pela senhora, Sra. Wren... — Os olhos estranhos de Coral se fixaram nela. — Basta que a senhora peça.

— Seu agradecimento é o bastante — disse Anna por fim. — Fiquei feliz por ajudar sua irmã.

— Vejo que a senhora não acreditou na seriedade da minha oferta. Mas tenha-a em mente. Eu faria qualquer coisa ao meu alcance pela senhora. Qualquer coisa.

Anna fez que sim com a cabeça e se precipitou para fora do cômodo. *Qualquer coisa...* Ela fez uma pausa na porta e se virou impulsivamente, antes que tivesse tempo de reconsiderar.

— A senhora já ouviu falar de um estabelecimento chamado Grotto de Aphrodite?

— Sim. — A expressão de Coral se tornou obscura. — Sim, e conheço a proprietária, a própria Aphrodite. Posso lhe arrumar uma noite ou todas as noites de uma semana no Grotto de Aphrodite, se a senhora quiser.

Ela deu um passo na direção de Anna.

— Posso lhe arrumar uma noite com um amante experiente ou um estudante virginal. — Os olhos de Coral se arregalaram e pareceram arder. — Famosos libertinos ou catadores de rua. Um homem muito especial ou dez completos estranhos. Negros, ruivos, asiáticos, homens com os quais a senhora sonhou apenas no escuro da noite, sozinha em sua cama, metida embaixo das cobertas. Não importa o que queira. Não importa o que deseje. Não importa o que cobice. A senhora precisa apenas me pedir.

Anna olhou para Coral como um ratinho hipnotizado diante de uma cobra particularmente bonita.

Ela começou a gaguejar uma recusa, mas Coral fez um gesto com a mão.

— Pense mais um pouco e me responda amanhã. Agora, se a senhora não se incomodar, eu gostaria de ficar sozinha.

Anna se encontrou no corredor, do lado de fora do quarto. Ela balançou a cabeça. Será que o diabo poderia assumir a forma de uma mulher?

Porque, sem dúvida, a tentação fora posta diante dela.

Anna desceu lentamente as escadas, com a sedutora oferta guardada na mente. Tentou esquecer o assunto, mas, para seu horror, descobriu que simplesmente não podia. E, quanto mais ela pensava no Grotto de Aphrodite, mais aceitável aquela ideia se tornava.

Durante a noite, Anna mudou várias vezes de ideia sobre a oferta ultrajante de Coral. Ela acordava de sonhos nebulosos e ameaçadores e ficava deitada, refletindo, mas depois adormecia de novo e caía num mundo onde Lorde Swartingham estava sempre se afastando, e ela, inutilmente, corria atrás dele. Quase de manhã, desistiu de fingir que dormia e deitou-se de barriga para cima, fitando o teto ainda escuro. Ela juntou as mãos debaixo do queixo como uma garotinha e pediu a Deus que a deixasse resistir a essa terrível proposta. Uma mulher virtuosa não deveria ter problema para resistir, ela estava certa disso. Uma verdadeira dama nunca pensaria em se esgueirar para os antros de Londres a fim de seduzir um homem que havia deixado bem claro que não estava interessado nela.

Quando Anna abriu os olhos de novo, já era dia. Ela se levantou e lavou o rosto e o pescoço com a água fria da bacia, depois se vestiu e se esgueirou em silêncio pela porta, para não acordar a sogra.

Ela saiu para o jardim. Ao contrário do jardim do conde, o dela era pequeno e organizado. A maioria dos açafrões já havia florescido, mas restavam alguns narcisos tardios. Ela se curvou para retirar um narciso que havia parado de florescer. A visão das tulipas em flor momentaneamente trouxe a paz de volta à sua alma. Então, Anna lembrou que o conde viajaria para Londres naquele mesmo dia e fechou os olhos com força para bloquear o pensamento.

Foi quando ouviu um passo atrás de si.

— Já se decidiu, Sra. Wren?

Ela girou e viu um adorável Mefistófeles com olhos verde-claros. Coral sorriu para ela.

Anna começou a balançar a cabeça, mas então se ouviu dizer:

— Aceito sua oferta.

O sorriso de Coral se abriu numa curva perfeita, mas sem alegria.

— Ótimo. Você pode nos acompanhar de volta para Londres em minha carruagem. — Ela deu uma risada baixinha. — Isso será interessante.

A mulher entrou novamente no chalé antes que Anna pudesse pensar em uma resposta.

—Ôa, calma — murmurou Edward para o cavalo baio.

Ele segurou sua cabeça e, pacientemente, esperou que o cavalo pisoteasse e ajeitasse o freio na boca. O animal costumava ser mal-humorado pela manhã, e ele o havia selado mais cedo que o normal. O céu estava apenas começando a clarear a leste.

— Ôa, seu velho bastardo — murmurou ele.

Pela primeira vez, ocorreu-lhe que o cavalo com quem falava não tinha nome. Há quanto tempo ele era dono do cavalo baio? Meia dúzia de anos já, pelo menos, e nunca se importara em lhe dar um nome. Anna Wren o reprovaria se soubesse disso.

Edward se encolheu quando enfim montou. Esse era exatamente o motivo pelo qual ele estava fazendo a viagem: tirar da cabeça a viúva. Ele havia escolhido aquietar um pouco — o corpo e a mente — ao viajar para Londres. Sua bagagem e o valete seguiram na carruagem. Mas, como se quisesse estragar o plano, o recém-nomeado Jock começou a pular assim que o cavalo saiu dos estábulos. O cão correu pela porta à frente dele; havia passado a última meia hora desaparecido. Agora, seu traseiro estava coberto de lama malcheirosa.

Edward segurou os arreios do cavalo e suspirou. Ele planejava visitar a noiva e sua família nessa viagem e concluir as negociações do noivado. Um mestiço fedorento e gigantesco não ajudaria sua causa com a família Gerard.

— Fique, Jock.

O cão se sentou e o encarou com olhos grandes, castanhos e apenas ligeiramente avermelhados. Seu rabo varria o paralelepípedo atrás dele.

— Sinto muito, meu velho. — Edward se inclinou para afagar as orelhas do animal. O cavalo nervoso recuou alguns passos, rompendo o contato. — Você vai ter que ficar aqui dessa vez.

O cão inclinou a cabeça.

Edward sentiu uma onda de indesejada melancolia. O cão não pertencia à sua vida, assim como a dama.

— De guarda, Jock. Tome conta dela por mim, garoto. — Ele deu um meio-sorriso e achou graça do próprio capricho. Jock não era um cão de guarda treinado. E, de qualquer forma, Anna Wren não lhe pertencia para ser guardada.

Afastando os pensamentos, Edward guiou o cavalo para o outro lado e seguiu a meio-galope pela estrada.

Após refletir um pouco, Anna disse à Mãe Wren que iria a Londres com Pearl e Coral para comprar tecido para fazer vestidos novos.

— Fico feliz por finalmente podermos comprar tecido, mas você tem certeza disso? — retrucou Mãe Wren. Suas bochechas tinham um tom rosado, e a mulher emendou em voz baixa: — Elas são muito gentis, claro, mas, no fim das contas, são cortesãs.

Anna teve dificuldade em encará-la.

— Coral ficou muito grata por cuidarmos de Pearl. Elas são muito próximas, sabe?

— Sim, mas...

— E ela me ofereceu a carruagem para me levar a Londres e me trazer de volta.

As sobrancelhas de Mãe Wren se uniram, em dúvida.

— É uma oferta muito generosa — comentou Anna baixinho. — Vai nos poupar o custo de uma corrida de carruagem, além de ser mais confortável. Vou conseguir comprar mais tecido com o dinheiro que gastaríamos com o transporte.

Mãe Wren hesitou.

— A senhora não gostaria de ter um vestido novo? — perguntou Anna, em tom persuasivo.

— Bem, eu me preocupo com o seu conforto, querida — disse Mãe Wren finalmente. — Se você está satisfeita com esse arranjo, então eu também estou.

— Obrigada. — Anna a beijou na bochecha e correu escadaria acima para terminar de arrumar as coisas.

Os cavalos já estavam prontos para partir quando Anna desceu novamente. Ela se apressou com as despedidas e entrou na carruagem, onde as irmãs Smythe a esperavam.

Anna acenou da janela quando elas se afastaram, para a diversão de Coral. Ela estava prestes a se afastar da janela quando avistou Felicity Clearwater parada na rua. Anna hesitou, e seus olhos se encontraram com os da outra mulher. Então a carruagem passou, e ela voltou a se sentar no banco. Anna mordeu o lábio inferior. Felicity poderia não saber o motivo de sua viagem a Londres, mas vê-la ali deixou Anna inquieta.

À sua frente, Coral ergueu uma sobrancelha.

Anna segurou a correia acima de sua cabeça quando a carruagem virou uma esquina, sacudindo as mulheres dentro dela. Ela ergueu o queixo.

Coral sorriu levemente e acenou com a cabeça.

Elas fizeram uma parada na Abadia de Ravenhill, para que Anna pudesse informar ao Sr. Hopple que se ausentaria do trabalho por alguns dias. A carruagem esperou no fim da entrada, fora do campo de visão, enquanto ela ia até a abadia e voltava. Somente ao se aproximar da carruagem foi que percebeu que Jock a seguia.

Anna se virou para encarar o cão.

— Volte, Jock.

Jock se sentou no meio do caminho e a encarou calmamente.

— Ora, senhor! Volte para casa, Jock! — Anna apontou para a abadia.

Jock virou a cabeça para olhar na direção do dedo dela, mas não se moveu.

— Muito bem, então — disse ela, irritada, sentindo-se ridícula por discutir com um cachorro. — Vou simplesmente ignorar você.

Anna seguiu pelo restante do caminho determinada a não prestar atenção no imenso cão que a seguia. Mas, quando ela passou pelos portões da abadia e viu a carruagem, soube que tinha um problema. O lacaio a avistara e tinha aberto a porta do veículo, esperando que ela entrasse nele. Houve um borrão e um esgaravatar de garras no seixo quando Jock passou por ela e pulou dentro do veículo.

— Jock! — Anna estava escandalizada.

Do interior da carruagem, veio uma comoção que fez o veículo balançar brevemente de um lado para o outro; então, tudo ficou parado. O lacaio espiou pela porta. Anna parou ao lado dele e também olhou, hesitante.

Jock ocupava um dos assentos de veludo. À sua frente, Pearl observava o cão, horrorizada. Coral, como era de imaginar, não se perturbou e esboçava um sorriso.

Anna esquecera que Jock poderia ser assustador à primeira vista.

— Sinto muito. Ele é inofensivo.

Pearl, virando os olhos para fitá-la, parecia não estar convencida.

— Espere, deixe-me tirá-lo daí — disse Anna.

Mas isso se mostrou difícil. Depois de um rosnado ameaçador de Jock, o lacaio deixou claro que seu trabalho não incluía lidar com animais perigosos. Anna entrou com dificuldade na carruagem para tentar convencer o cão a sair. Quando viu que isso não ia funcionar, segurou o pelo perto de seu pescoço e tentou arrastá-lo. Jock simplesmente firmou as patas e esperou enquanto ela fazia esforço.

Coral começou a rir.

— Parece que o seu cão quer vir conosco, Sra. Wren. Deixe-o em paz. Não me importo com outro passageiro.

— Ah, eu não poderia — ofegou Anna.

— Poderia, sim. Não vamos discutir. Entre e proteja Pearl e a mim do animal.

Jock pareceu contente quando Anna se sentou. Uma vez que ficou decidido que o cão não seria expulso, ele se deitou e dormiu. Pearl o observou, tensa, por algum tempo. Como ele não se movia, ela se deixou levar pelo sono. Anna repousou nas almofadas de veludo fino da carruagem e pensou, sonolenta, que eram ainda mais delicadas que as de Lorde Swartingham. Dali a pouco, ela também estava cochilando, cansada, em virtude da falta de descanso da noite anterior.

Elas fizeram uma parada durante a tarde para um almoço tardio em uma estalagem na estrada. Cavalariços berrando correram para fora, para conter os cavalos, que pisoteavam enquanto as mulheres desciam. A estalagem era surpreendentemente limpa, e elas comeram um belo cozido de carne e tomaram sidra. Anna fez questão de levar um pedaço de carne para a carruagem, para dar a Jock. Depois o deixou correr pelo pátio e assustar os estribeiros antes de seguirem viagem.

O sol já se pusera quando a carruagem parou diante de uma bela casa geminada em Londres. Anna ficou surpresa ao ver tamanho luxo, mas então pensou na carruagem de Coral e se deu conta de que não deveria ficar assim.

Coral deve ter notado quando ela olhou com assombro para a fachada, pois sorriu enigmaticamente.

— Tudo bondade do marquês. — Ela fez um gesto amplo e seu sorriso se tornou cínico. — Meu bom amigo.

Anna a acompanhou pelos degraus principais até a entrada ensombrecida. Seus passos ecoaram no assoalho de mármore branco reluzente. As paredes também estavam cobertas por mármore branco até o teto de gesso com um candelabro de cristal brilhante. A entrada era muito bonita, porém muito vazia. Ela se perguntou se refletia a personalidade da atual ocupante ou do dono ausente.

Nesse momento, Coral se virou para Pearl, que começava a desfalecer por causa da longa viagem.

— Quero que você fique aqui comigo, irmã.

— Seu marquês não vai gostar que eu fique por muito tempo. Você sabe disso. — Pearl parecia ansiosa.

Os lábios de Coral se contorceram imperceptivelmente.

— Deixe que eu me preocupo com o marquês. Ele vai compreender minhas razões. Além disso, ficará fora do país pelas próximas duas semanas. — Ela sorriu quase calorosamente. — Agora, vou levá-las aos seus aposentos.

O quarto de Anna era uma bonita e pequena câmara num tom de azul envelhecido e branco. Coral e Pearl lhe deram boa-noite, e ela se aprontou para deitar. Jock suspirava pesadamente e se deitou diante da lareira acesa. Ela escovou o cabelo e conversou com o cão. E, com muita determinação, não se permitiu pensar no dia seguinte. Mas, ao se deitar para dormir, todos os pensamentos que havia tentado manter afastados invadiram sua mente. Será que estava prestes a cometer um grave pecado? Será que conseguiria suportar a culpa depois de amanhã? Será que satisfaria o conde?

Para sua humilhação, esse último pensamento era o que mais a preocupava.

Felicity acendeu o candelabro em seu círio e pousou-o cuidadosamente no canto da mesa. Reginald tinha sido particularmente amoroso naquela noite. Um homem de sua idade já deveria ter diminuído o ritmo na cama.

Ela bufou para si mesma. A única coisa que havia diminuído o ritmo era o que ele fazia para chegar ao clímax. Felicity poderia ter escrito uma peça de cinco atos enquanto o marido bufava e suava em cima dela. Em vez disso, ela considerou as razões pelas quais uma viúva como Anna Wren poderia ir para Londres. A Sra. Wren mais velha, quando questionada, afirmou que a viagem era para comprar tecido para vestidos novos. Uma desculpa plausível, na verdade, mas havia muitas outras diversões que uma dama solteira poderia encontrar na cidade. Tantas, de fato, que Felicity pensou que poderia valer a pena descobrir exatamente o que Anna estava fazendo em Londres.

Ela pegou uma folha de papel da mesa do marido e destampou o tinteiro. Encheu a pena e então parou. Quem entre seus conhecidos em Londres seria a melhor escolha? Veronica era curiosa demais. Timothy, embora fosse um cavalo de corrida entre os lençóis, infelizmente tinha a mesma capacidade mental de um cavalo fora da cama. E havia... Claro!

Felicity sorriu presunçosamente enquanto traçava as primeiras letras da carta. Ela escreveu a um homem que não era nada honesto. Nem era um cavalheiro.

E nada gentil.

Capítulo Nove

"O corvo girou em círculos acima do reluzente castelo branco e, ao fazê-lo, bandos de aves voaram de suas muralhas: sabiás e abelheiros, pardais e estorninhos, pintarroxos e carriças. Todas as aves canoras que Aurea foi capaz de reconhecer e muitas outras que ela não conhecia vieram dar as boas-vindas. O corvo pousou e as apresentou como seus leais servos e criados. Mas, embora o corvo tivesse a capacidade de falar a língua dos humanos, as aves menores não tinham.

Naquela noite, as aves, suas criadas, conduziram Aurea até uma sala de jantar magnífica. Lá, ela viu uma comprida mesa esplendidamente arrumada com guloseimas com as quais ela apenas sonhara. Aurea esperava que o corvo jantasse também, mas ele não apareceu, e ela fez a refeição sozinha. Depois disso, as aves lhe mostraram um belo quarto, e lá ela encontrou uma camisola de seda, semelhante à gaze, que já estava disposta na grande cama. Ela a vestiu e se deitou na cama, caindo imediatamente em um sono profundo, sem sonhos..."

— O Príncipe Corvo

A maldita peruca coçava como o diabo.

Edward equilibrou um prato com merengues no colo e desejou poder enfiar um dedo debaixo da peruca empoada. Ou simplesmente tirar aquela coisa maldita. Mas as perucas eram *de rigueur* na sociedade educada, e uma visita à futura noiva e à sua família com certeza tornava a peça obrigatória. Ele cavalgara durante todo o dia na véspera para chegar a Londres e tinha acordado inaceitavelmente cedo, como era de hábito. E então teve de esperar até que a hora fosse considerada apropriada para a visita. Maldita sociedade e suas regras estúpidas!

À sua frente, a futura sogra falava para todo o recinto. Ou melhor, palestrava. Lady Gerard era uma bela mulher com testa ampla e redonda, e olhos azul-claros. Ela habilmente debatia sozinha a moda atual dos chapéus. Não era um assunto que ele tivesse escolhido e, pelo aceno de cabeça de Sir Richard, também não era um dos favoritos do homem idoso. Parecia, porém, que, assim que Lady Gerard começava a falar, somente um ato de Deus poderia fazê-la parar. Tal como um raio. Edward estreitou os olhos. Talvez nem isso.

Sylvia, sua noiva, sentava-se graciosamente à sua frente. Os olhos dela eram tão redondos e azuis quanto os de Lady Gerard. Ela reunia a verdadeira gama de cores dos ingleses: uma pele saudável cor de pêssego com creme e cabelos louros volumosos. Lembrava bastante a própria mãe de Edward.

O conde tomou um gole de chá e desejou que fosse uísque. Na mesinha ao lado de Sylvia, via-se um vaso de papoulas. As flores eram de um escarlate vivo e destacavam perfeitamente o cômodo amarelo e laranja. Junto com a garota parada ao seu lado no vestido índigo, eles formavam um quadro digno de um mestre. Será que a mãe desenhara aquela cena? Os olhos azuis sagazes de Lady Gerard brilharam quando ela começou a falar sobre gaze.

Definitivamente, ela a desenhara.

Mas papoulas não floresciam em março. Essas deviam ter custado um bom dinheiro, pois era impossível dizer que eram feitas de seda e cera, a menos que você observasse as flores atentamente.

Ele pôs o prato de lado.

— Poderia me mostrar seus jardins, Srta. Gerard?

Lady Gerard, que fora pega numa pausa, deu permissão com um sorriso satisfeito.

Sylvia levantou-se e o acompanhou pelas portas francesas até o jardim compacto, e suas saias farfalharam atrás dele. Os dois caminharam silenciosamente pela trilha, e os dedos dela se apoiaram levemente em sua manga. Edward tentou pensar em alguma coisa para dizer, em um assunto leve para abordar, mas sua mente estava estranhamente vazia. Ninguém conversa sobre rotação de culturas com uma dama, nem sobre como drenar um campo ou as técnicas mais recentes em compostagem. Na verdade, nada que lhe interessava poderia ser discutido em segurança com uma jovem dama.

Ele baixou o olhar para os pés e percebeu uma pequena flor amarela; não era um narciso nem uma prímula. Edward se inclinou para tocá-la, perguntando-se se a Sra. Wren tinha uma flor como aquela em seu jardim.

— A senhorita sabe o que é isto? — perguntou ele à Srta. Gerard.

Sylvia se inclinou para examinar a flor.

— Não, milorde. — Suas sobrancelhas delicadas se uniram. — O senhor quer que eu pergunte ao jardineiro?

— Não é necessário. — Ele se esticou e limpou a terra das mãos. — Só fiquei curioso.

Os dois haviam chegado ao fim da trilha, onde havia um pequeno banco de pedra contra a parede do jardim.

Edward retirou um grande lenço branco do casaco e o pôs sobre o banco. Ele gesticulou com uma das mãos.

— Por favor.

A garota se ajeitou graciosamente e cruzou as mãos sobre o colo.

Ele juntou as mãos atrás das costas e, distraidamente, observou a pequena flor amarela.

— Esta união lhe agrada, Srta. Gerard?

— Perfeitamente, milorde. — Sylvia não pareceu nem um pouco perturbada pela rispidez da pergunta.

— Então a senhorita me dará a honra de se tornar minha esposa?

— Sim, milorde.

— Ótimo. — Edward se inclinou para beijar a face obedientemente apresentada.

Sua peruca coçava mais do que nunca.

— Aí ESTÁ a senhora. — A voz de Coral interrompeu o silêncio na pequena biblioteca. — Que bom que encontrou algo interessante!

Anna quase deixou cair o livro ilustrado em suas mãos. Ela deu meia-volta e deparou com a outra mulher, que a observava com uma expressão divertida no rosto.

— Desculpe. Acho que ainda estou acostumada às horas do campo. Quando desci para o café, ainda não estava pronto. A criada disse que eu poderia ficar aqui. — Anna estendeu o livro aberto em suas mãos como evidência e, então, rapidamente o abaixou ao se lembrar das impressões explícitas em seu interior.

Coral observou o exemplar.

— Esse é muito bom, mas talvez a senhora considerasse este aqui mais útil para o que planeja hoje à noite. — Ela caminhou até outra prateleira, pegou um exemplar verde fino e o pressionou nas mãos de Anna.

— Ah. Hum... obrigada. — Anna sabia que estava ficando bastante vermelha. Poucas vezes sentira-se tão constrangida na vida.

No robe amarelo-vergôntea, Coral não parecia ter mais que 16 anos. Ela poderia ter sido uma jovem dama de boa família prestes a sair para visitar outras amigas. Somente os olhos estragavam essa ilusão.

— Venha. Vamos tomar café juntas. — Coral seguiu para a sala de café da manhã, onde Pearl já estava sentada.

Havia um aparador inteiro de pratos quentes, mas Anna descobriu que não estava com muito apetite. Ela se ajeitou numa cadeira na frente de Coral com um prato de torradas.

Depois de comer, Pearl pediu licença, e Coral recostou-se em sua cadeira. Anna sentiu os ombros se retesarem.

— Agora — começou a anfitriã —, talvez devêssemos fazer alguns planos para esta noite.

— O que a senhora sugere? — perguntou Anna.

— Eu tenho alguns vestidos que a senhora talvez queira ver. Qualquer um deles pode ser modificado para a senhora. Além disso, deveríamos conversar sobre as esponjas.

— Como é? — Anna piscou. Como esponjas de banho iriam ajudá-la?

— A senhora pode não saber delas. — Coral tomou o chá serenamente. — Esponjas que podem ser introduzidas no corpo da mulher para evitar uma gravidez.

A mente de Anna ficou paralisada diante desse pensamento. Ela nunca tinha ouvido falar disso.

— Eu... isso provavelmente não é necessário. Eu fui casada por quatro anos e nunca engravidei.

— Então, não vamos nos preocupar com isso.

Anna pegou a xícara de chá.

Coral continuou:

— A senhora planeja participar da recepção no primeiro andar do Grotto de Aphrodite para escolher um homem que lhe agrade ou... — Ela encarou Anna astutamente. — Ou tem um cavalheiro em particular que gostaria de encontrar lá?

Anna hesitou e tomou um gole do chá. Até que ponto ela poderia confiar em Coral? Até agora, ela havia seguido as orientações da outra mulher um tanto ingenuamente, e fizera literalmente tudo que ela sugerira. Mas, afinal, mal a conhecia. Será que poderia confiar nela em relação a quem de fato ela queria — na verdade, dizer-lhe o nome de Lorde Swartingham?

Coral pareceu compreender o silêncio.

— Eu sou uma prostituta. Além disso, não sou uma boa mulher. Mas, apesar de tudo, minha palavra é de ouro. — A anfitriã observou Anna fixamente, como se fosse muito importante que a outra mulher acreditasse nela. — De ouro. Juro que, em sã consciência não vou prejudicar nem trair a senhora ou qualquer pessoa de quem eu goste.

— Obrigada.

A boca de Coral se contorceu.

— Eu é que agradeço. Nem todo mundo levaria a sério a palavra de uma prostituta.

Anna ignorou esse comentário.

— Sim, como a senhora adivinhou, eu gostaria de encontrar um cavalheiro em particular. — Ela respirou fundo. — O conde de Swartingham.

Os olhos de Coral se arregalaram infinitesimalmente.

— A senhora marcou um encontro com Lorde Swartingham no Grotto de Aphrodite?

— Não. Ele não tem conhecimento disso — respondeu Anna com firmeza. — Nem eu quero que tenha.

A outra mulher deu uma risadinha baixa.

— Me perdoe. Estou confusa. A senhora quer passar a noite em um encontro íntimo com o conde sem que ele saiba disso. Pretende drogá-lo?

— Ah, não. A senhora está entendendo mal. — A esta altura, seu rosto devia estar permanentemente corado, mas Anna se esforçou para prosseguir. — Eu desejo passar a noite com o conde. Intimamente. Só não quero que ele saiba que sou eu.

Coral sorriu e inclinou a cabeça, desconfiada.

— Como?

— Não estou explicando direito. — Anna deu um suspiro e tentou colocar os pensamentos em ordem. — Sabe, o conde veio para Londres a negócios. Tenho razões para acreditar que ele vai visitar o Grotto de Aphrodite, provavelmente hoje à noite. — Ela mordeu o lábio. — Embora eu não tenha certeza exatamente de quando.

— Isso pode ser averiguado — disse Coral. — Mas como a senhora propõe que ele não a reconheça?

— Pearl falou que muitas damas e cortesãs usam uma máscara quando visitam o Grotto de Aphrodite. Eu pensei que talvez pudesse usar uma.

— Hum.

— A senhora não acha que vai funcionar? — Anna tamborilou os dedos ansiosamente na lateral da xícara de chá.

— A senhora trabalha para o conde, não é?

— Sou secretária dele.

—Nesse caso, deve saber que há uma chance bem grande de ele descobrir quem a senhora é — advertiu Coral.

— Mas, se eu usar uma máscara...

— Mas e a sua voz, seu cabelo, seu corpo? — Coral enumerou cada item nas pontas dos dedos. — Até o seu perfume, se ele já chegou perto o suficiente da senhora.

— A senhora tem razão, claro. — Anna sentiu que faltava pouco para chorar.

— Não estou dizendo que não possa ser feito — tranquilizou-a Coral friamente. — É só que... A senhora está ciente dos riscos?

Anna tentou pensar. Era difícil concentrar-se estando tão perto do que queria.

— Sim. Sim, eu acho que sim.

Coral a encarou por mais um momento. Então, ela bateu palmas uma vez.

— Ótimo. Acho que, primeiro, vamos trabalhar na roupa. Precisaremos de uma máscara que esconda a maior parte do seu rosto. Vamos consultar minha criada, Giselle. Ela é muito boa com uma agulha.

— Mas como saberemos se Lorde Swartingham estará lá hoje à noite? — protestou Anna.

— Eu quase esqueci. — Coral tocou a campainha, pedindo material para escrever, e começou a redigir uma carta na mesa da sala de café da manhã. Enquanto escrevia, ela explicou: — Conheço a proprietária e uma das sócias do Grotto de Aphrodite. Ela era conhecida como Sra. Lavender, mas agora é a própria Aphrodite. Uma velha bruxa que só pensa em dinheiro, mas ela me deve um favor. Um grande favor, por sinal. Provavelmente pensa que esqueci o assunto, então ela vai ficar bem mais desconcertada ao receber esta carta. — Coral abriu um sorriso selvagem. — Tenho o hábito de nunca me esquecer de uma dívida, então, de certa forma, a senhora está me fazendo uma gentileza.

Ela soprou para que a tinta secasse, dobrou e selou a carta. Em seguida, tocou a campainha, chamando um lacaio.

— Os cavalheiros que financiam o Grotto de Aphrodite costumam marcar visitas antecipadamente, para que possam garantir um cômodo e uma mulher para a noite — explicou Coral. — A Sra. Lavender vai nos informar se esse é o caso do seu conde.

— E se for? — perguntou Anna, ansiosa.

— Então vamos planejar o que fazer. — Coral serviu mais chá para as duas. — Talvez a senhora possa ficar com um quarto, e a Sra. Lavender mandará Lorde Swartingham ao seu encontro. — Ela estreitou os olhos pensativamente. — Sim, creio que essa é a melhor solução. O cômodo será iluminado somente por algumas velas, assim ele não poderá vê-la bem.

— Ótimo. — Anna sorriu.

Coral pareceu brevemente confusa e então retribuiu o sorriso com a expressão mais sincera que Anna já tinha visto em seu rosto.

O plano poderia funcionar.

O Grotto de Aphrodite era uma farsa esplêndida, refletiu Anna naquela noite ao espiar pela janela da carruagem. Uma construção de quatro andares, com colunas de mármore e folhas douradas, o lugar era aparentemente magnífico. Foi somente ao olhar uma segunda vez que ela se deu conta de que o mármore das colunas era pintado e que o "dourado" era latão manchado. A carruagem se aproximou dos estábulos, atrás do edifício, e parou.

Coral, sentada nas sombras à frente de Anna, inclinou-se para a frente.

— Pronta, Sra. Wren?

Anna respirou fundo e checou se a máscara estava firmemente amarrada.

— Sim.

Ela ficou de pé, com as pernas bambas, e acompanhou Coral, que saía da carruagem. Do lado de fora, uma lanterna próxima à porta dos fundos lançava uma luz fraca sobre os estábulos. Quando as duas seguiram seu caminho pela trilha, uma mulher alta com cabelo pintado de hena abriu a porta.

— Ah, Sra. Lavender — disse Coral com a voz arrastada.

— Aphrodite, por favor — corrigiu a mulher.

Coral inclinou a cabeça ironicamente.

Elas entraram no vestíbulo iluminado, e Anna viu que Aphrodite usava um vestido violeta feito para parecer uma toga clássica. Uma máscara dourada pendia de uma das mãos. A madame virou os olhos astutos para Anna.

— E você é...?

— Uma amiga — retrucou Coral antes que Anna pudesse dizer qualquer coisa.

Anna lançou-lhe um olhar agradecido. Ficou muito satisfeita por Coral ter insistido com ela para que pusesse a máscara antes de sair de casa. Não seria prudente se expor à madame.

Aphrodite lançou à Coral um olhar sórdido e conduziu as duas escada acima, passando pelo corredor, até parar diante de uma porta. Ela a abriu e fez um gesto para seu interior.

— O quarto é seu até o amanhecer. Vou informar ao conde que a senhora o aguarda quando ele chegar. — E, com isso, ela foi embora, fazendo a roupa farfalhar.

Os lábios de Coral se curvaram num sorriso enigmático.

— Boa sorte, Sra. Wren. — E então ela também se foi.

Anna fechou cuidadosamente a porta atrás de si e esperou um pouco para controlar a respiração enquanto olhava ao redor. O cômodo era de surpreendente bom gosto. Bom, considerando-se que ficava num bordel. Ela esfregou os braços, tentando aquecê-los. Cortinas de veludo cobriam a janela, fogo reluzia numa adorável lareira de mármore branco e havia duas cadeiras estofadas no quarto. Ela puxou as cobertas da cama. Os lençóis estavam limpos — ou ao menos pareciam estar.

Ela retirou a capa, dobrou-a e a colocou sobre uma cadeira. Anna usava um vestido diáfano que Coral lhe emprestara. Ela imaginava que fosse uma camisola, mas era extremamente pouco prática. A metade superior consistia quase que somente em renda. No entanto, Coral a havia tranquilizado de que esta era a roupa apropriada para uma noite de sedução. A máscara de cetim em seu rosto tinha o formato de borboleta. Ela cobria a testa e o início dos cabelos e descia por grande parte das bochechas. As aberturas para os olhos eram ovais e estreitas nos cantos, conferindo aos olhos um formato vagamente estrangeiro. O cabelo caía pelos ombros, com as pontas cuidadosamente enroladas. Lorde Swartingham nunca a tinha visto com o cabelo solto.

Tudo estava pronto. Anna foi rapidamente para a cornija e mexeu numa vela. O que ela estava fazendo ali? Aquele era um plano ridículo que nunca funcionaria. O que ela estava pensando? Ainda havia tempo de desistir. Ela poderia deixar este quarto e ir para a carruagem.

A porta se abriu.

Anna deu meia-volta e congelou. Uma forma masculina se agigantou na entrada da porta, iluminada em silhueta pela luz do corredor. Por uma fração de segundo, ela sentiu medo e deu um passo para trás, apreensiva. Ela não era sequer capaz de dizer se era Lorde Swartingham. Então o homem entrou, e Anna soube, pelo formato de sua cabeça, pelos passos, pelo movimento do braço ao tirar o casaco, que era ele.

O conde pousou o casaco em uma cadeira e avançou para ela de camisa, calça e colete. Anna não sabia o que dizer ou fazer. Nervosa, tirou o cabelo do rosto e o enfiou atrás da orelha com o dedo mindinho. Ela não conseguia ver sua expressão sob a luz fraca da vela mais do que ele poderia ver a dela.

O conde esticou a mão e puxou-a para seus braços. Ela relaxou com o movimento e ergueu o rosto, à espera do beijo. Mas ele não beijou seus lábios. Em vez disso, evitou seu rosto e encostou a boca aberta na curva de seu pescoço.

Anna estremeceu. Esperar tanto tempo por seu toque e, então, subitamente ter a língua molhada traçando o tendão de seu pescoço até o ombro era ao mesmo tempo um choque e uma maravilha. Ela apertou os braços dele. Seus lábios percorreram para cima e para baixo a clavícula, e o hálito quente lhe dava calafrios. Seus mamilos intumesceram contra a renda grossa do vestido.

Devagar, ele puxou uma das mangas da camisola folgada. A renda prendeu e repuxou o mamilo quase dolorosamente enquanto seu seio era exposto. A respiração do conde ficou mais rápida. Ele moveu a mão do ombro dela para deslizar a palma cheia de calor sobre seu mamilo. Anna prendeu a respiração e soltou o ar com dificuldade. Ela não era tocada ali por um homem havia seis anos, e, mesmo assim, apenas pelo marido. O calor da palma da mão do conde quase queimou o seio frio. Ele esfregou a mão grande para cima e para baixo, e sem pressa a mediu com o palmo dos dedos. Então segurou o mamilo entre o indicador e o polegar e o apertou; ao mesmo tempo, ele mordeu delicadamente o pescoço dela.

Anna foi atingida por uma onda de intenso prazer, que percorreu todo o caminho até o monte de vênus. Sua barriga retesou-se com a excitação. Ela passou os dedos pelos braços dele, apertando e esfregando, desejando desesperadamente poder sentir a pele debaixo das camadas de roupa.

O cabelo dele estava ligeiramente úmido da névoa do lado de fora, e ela podia sentir seu cheiro: suor e conhaque, e seu próprio e exclusivo almíscar masculino. Anna virou o rosto na direção dele, mas ele empurrou a cabeça para trás. Ela o acompanhou. Queria beijá-lo. Mas o conde subitamente puxou o outro ombro, distraindo-a. Sem os seios para segurá-lo, o vestido caiu a seus pés. Anna estava nua diante dele. Houve um momento em que ela piscou e começou a se sentir vulnerável, mas então ele pôs a boca sobre seu mamilo e o lambeu.

Ela deu um pulo. Um som rouco e baixo saiu de sua garganta.

O conde lambeu o outro mamilo como um gato. Movimentos lentos e lânguidos que excitaram suas terminações nervosas. Ele emitiu um som semelhante ao de um ronronado, prolongando a ilusão de que era um grande predador saboreando o gosto de sua pele.

As pernas dela estremeceram, e Anna se sentiu fraca. Ficou surpresa ao descobrir que não conseguia ficar de pé. O que era essa sensação que tomava conta de seu corpo? Isso nunca tinha acontecido antes. Será que fazia tanto tempo que ela nem sequer conseguia lembrar como era fazer amor? Seu corpo e suas emoções pareciam desconhecidos para ela.

Mas ele a segurava agora, mesmo quando suas pernas fraquejaram. Sem que a boca do conde largasse seu seio, ele a pegou e a deitou na cama, e qualquer pensamento desapareceu da mente de Anna. O conde acariciou suas ancas desnudas e segurou firmemente suas coxas, abrindo-as. Ele encaixou o quadril nela, como se tivesse todo o direito de fazer isso. Sua masculinidade encostava na carne feminina, e ele rebolou em pequenos movimentos circulares de modo que os lábios internos se abrissem. Ela podia senti-lo, grande e grosso, bem *ali*.

O tremor tomou conta de seu corpo.

Ele emitiu um som que era um meio-termo entre um gemido e um ronronado. Parecia saborear sua posição e o desamparo dela. O conde continuou a balançar sobre ela e sugou o mamilo com sua boca quente. Ele arremeteu com força, e Anna arqueou freneticamente contra seu corpo, quase empurrando-o. Ele gemeu então ao se virar e sugar o outro seio. Ao mesmo tempo, moveu o quadril sutilmente para fazer força sobre ela. Anna se arqueou de novo enquanto um gemido escapou de seus lábios. Mas, dessa vez, o conde estava pronto e não deixou que ela o empurrasse. Ele pressionou com mais firmeza a carne sensível e a empurrou para o colchão, dominando-a com seu peso e sua força.

Anna estava presa, incapaz de se mover, enquanto ele a satisfazia de maneira implacável. O conde não diminuiu, pressionando-a inexoravelmente com a pelve rija enquanto sugava sem parar os mamilos úmidos.

Ela estremeceu, incapaz de se controlar. Ondas de prazer fluíram de seu centro para as pontas dos dedos dos pés. Pequenas ondas se seguiram, e Anna arfou enquanto partes de si mesma pareciam desintegrar-se. Por um momento arrebatador, a alegria dominou a ansiedade. O conde pressionava seu corpo no dela, mas com movimentos lentos e suaves agora, como se soubesse que a carne dela estava sensível demais para suportar um contato mais bruto. Suas mãos passaram em longos movimentos pelas laterais do corpo dela, e ele delicadamente lhe deu beijos molhados nos seios doloridos.

Anna não sabia por quanto tempo ficou semiatordoada antes de sentir os dedos do conde endurecerem e ele esticar a mão entre seus corpos para abrir a calça. Não havia espaço entre os dois, e cada movimento da mão dele pressionava a parte de trás dos nós dos dedos contra sua feminilidade úmida. Ela se contorceu impudicamente contra aquela mão. Queria mais dele e queria agora. O conde soltou uma risadinha sombria. Então botou para fora a carne rija e foi até a abertura. Anna podia sentir o calor da cabeça enquanto ele empurrava sua masculinidade na carne macia dela.

Ele era grande — muito grande. Claro que era grande. Era um homem grande. Anna simplesmente não havia percebido quão grande. Ela estremeceu com ansiedade feminina, mas o conde não lhe deu tempo para mudar de ideia. Ele empurrava, empurrava sua imensa presença masculina para dentro dela, e ela cedia. Submetendo-se.

Ela podia sentir a cabeça lisa e redonda do pênis dele pressionando o círculo interno de músculos que guardavam seu tesouro. O peito dele vibrou com um gemido. Ele se apoiou sobre os braços rígidos, flexionou as nádegas e empurrou todo o seu comprimento até o fim. Anna gemeu pela sensação maravilhosa que aquilo lhe proporcionava: sentir sua carne masculina dentro dela, quente, dura e *agora*. Ah, era o paraíso! Ela ergueu as pernas, enlaçou o quadril dele e ficou ligeiramente confusa ao sentir o tecido da calça roçando a pele interna de suas coxas nuas.

Então o conde retirou quase todo o pênis e voltou a empurrá-lo todo dentro dela, e Anna esqueceu as roupas dele.

Ele a penetrou uma vez após outra. Duro e firme. Seu peito e a cabeça arquearam para cima e para longe dela na escuridão, enquanto o quadril se mantinha em constante, irracional e prazeroso contato. Ela esticou a mão para acariciar seu rosto, mas o conde delicadamente afastou as mãos dela e inclinou a cabeça para esfregar o nariz em seu ouvido. Ela podia ouvi-lo respirando rapidamente agora, enquanto seu ritmo começava a diminuir. Anna passou os dedos sobre os pelos em sua nuca e apertou as coxas em torno dele, tentando fazer aquele momento durar mais. O conde gemeu no ouvido dela, e suas nádegas subitamente enrijeceram sob os calcanhares dela enquanto ele convulsionava e derramava seu líquido dentro dela.

Ela arqueou, querendo receber tudo que ele podia dar. Se ao menos aquilo nunca acabasse.

Mas acabou, e o conde terminou. Ele caiu sobre ela, com a respiração e o corpo exauridos. Anna o segurou e o manteve colado a ela; então, fechou os olhos para gravar este momento na memória. Ela sentiu a aspereza da calça contra suas pernas, e cada tremor de seus músculos enquanto ele respirava. Ela ouviu a respiração entrecortada em seu ouvido. Era um som maravilhosamente íntimo, e lágrimas surgiram em seus olhos.

Por alguma razão, Anna se sentiu estranhamente sentimental. A emoção a deixou confusa. Aquela havia sido a experiência mais gloriosa de sua vida, mas também fora totalmente inesperada. Ela havia pensado que seria uma simples liberação física, mas, em vez disso, fora um maravilhoso tipo de transcendência. Não fazia sentido, mas ela não estava pensando de forma racional para desfazer o quebra-cabeça.

Mas ela não queria pensar nisso agora. Nesse momento, suas pernas estavam impudicamente abertas, estendidas onde caíram quando o conde parou de se mover. Ele ainda estava dentro dela, pulsando de vez em quando, como resultado de seus esforços. Ela fechou os olhos e saboreou o peso maciço e quente que a cobria. E sentiu a calidez úmida de sua semente, o suor e o odor pungente do sexo. Era estranho como ela gostava daquele odor, e Anna sorriu, sentindo-se relaxada quando virou a cabeça e roçou os lábios no cabelo dele.

O conde deslocou seu peso e se retirou de dentro dela. Lentamente, ele se afastou, e ela sentiu cada um de seus movimentos como um vazio que tomava conta dela. A sensação continuou a aumentar à medida que ele se erguia, saía da cama e abotoava a parte da frente da calça. Sem tardar, o conde pegou o casaco e foi até a porta.

Ele a abriu, mas então parou, com a cabeça iluminada por trás pela lâmpada no corredor.

— Encontre-me aqui novamente amanhã à noite. — A porta se fechou silenciosamente atrás dele.

E Anna se deu conta de que essa fora a única vez que o conde falou com ela naquela noite.

Capítulo Dez

"No meio da noite, quando tudo estava escuro, Aurea foi despertada por beijos apaixonados. Ela estava sonolenta e nada podia ver, mas o toque era delicado. Ela se virou e seus braços envolveram a forma de um homem. Ele a acariciou e a afagou de forma tão maravilhosa que ela nem percebeu quando ele retirou a camisola de seu corpo. Então, ele fez amor com ela num silêncio interrompido apenas por seus gritos de êxtase. Durante toda a noite, ele ficou ali, adorando o corpo dela com o próprio, e, quando a aurora chegou, ela voltou a adormecer, repleta de paixão. Mas, na manhã seguinte, quando Aurea despertou, seu amante da noite anterior se fora. Ela se sentou na grande e solitária cama e buscou por algum sinal dele. Tudo que encontrou foi uma única pena do corvo, e ela se perguntou se o amante fora simplesmente um sonho..."

— O Príncipe Corvo

Edward largou a pena e ergueu os óculos para coçar os olhos. Droga! As palavras simplesmente não lhe vinham.

Do lado de fora de sua casa em Londres, numa vizinhança não muito elegante, ele podia ouvir o som dos carrinhos dos ambulantes, que começavam a girar de um lado para outro da rua. A porta principal bateu, e uma canção podia ser ouvida da janela enquanto a criada varria a escada. O cômodo se havia iluminado desde que ele se levantara da cama, e Edward se inclinou para apagar a vela pingando em sua mesa.

O sono o abandonara na noite anterior. Ele finalmente havia desistido de insistir pouco depois da meia-noite. Era estranho. Ele havia acabado de ter a melhor noite de sexo de toda a sua vida e, portanto, deveria estar totalmente exausto. Em vez disso, passara a noite pensando em Anna Wren e na pequena prostituta que ele levara para a cama no Grotto de Aphrodite.

Mas ela era uma prostituta? Essa era a questão. Ele havia passado a noite inteira remoendo essa pergunta.

Quando chegara ao bordel, na noite anterior, a madame tinha simplesmente dito que uma mulher já o esperava. Ela não havia indicado se a mulher era uma prostituta ou uma dama da alta sociedade que viera para uma noite de prazer ilícito. Ele tampouco perguntara. Não se faziam perguntas no Grotto de Aphrodite. Era por essa razão que tanta gente frequentava o local: um homem tinha a garantia do anonimato e de uma mulher limpa. Ele só ficara curioso depois de sair.

Por um lado, ela havia usado uma máscara, como uma dama desejosa por ocultar a própria identidade. No entanto, algumas vezes, as prostitutas do Grotto de Aphrodite usavam máscaras para dar um ar de mistério. Mas, por outro lado, quando ele a penetrou, a musculatura estava tão apertada, como se estivesse há muito tempo sem um homem. Talvez fosse sua imaginação, lembrando-se apenas do que queria sentir.

Ele gemeu roucamente e baixinho. Pensar nela o deixava duro como uma rocha. E também fazia com que ele se sentisse culpado. Pois esta fora a outra coisa que o havia mantido acordado durante boa parte da noite: culpa. O que era ridículo. Tudo fora bem, maravilhoso, até o momento em que sua mente se voltou para a Sra. Wren, para *Anna*, nem 15 minutos depois de ele haver deixado o Grotto de Aphrodite. O que o ato de pensar nela lhe provocava — um tipo de melancolia, uma sensação de que algo estava errado — o acompanhara durante todo o trajeto até sua casa. Ele sentia como se a tivesse traído. E não importava se ela não fosse nada dele. Que ela nunca tivesse demonstrado querer retribuir seu desejo. A ideia de que lhe fora infiel ainda estava ali, corroendo sua alma.

O corpo da pequena prostituta tinha a forma do corpo de Anna.

Ao segurá-la, ele imaginara como seria segurar Anna Wren. Como seria afagá-la? E, quando ele beijou seu pescoço, ficou excitado no mesmo instante. Edward gemeu com o rosto nas mãos. Isso era ridículo. Ele não deveria ter esses constantes pensamentos em relação à sua pequena secretária. Eram indignos de um cavalheiro inglês. Esse desejo de corromper uma inocente deveria ser superado, e ele faria isso com sua força de vontade, se fosse preciso.

Edward se levantou de um pulo, foi até a campainha de corda pendurada num canto e puxou-a com força. Então, começou a guardar seus papéis. Ele retirou os óculos de leitura e os colocou num pequeno compartimento.

Cinco minutos depois, seu chamado ainda não havia sido atendido.

Edward bufou e olhou com ar zangado para a porta. Outro minuto se passou sem sinal de um criado. Ele tamborilou impacientemente sobre a mesa. Desgraçado, tudo tinha limite.

Marchou até a porta e gritou no corredor:

— Davis!

Um som de pés se arrastando, como se fossem os passos de uma criatura convocada das profundezas do rio Estige, foi ouvido no corredor. E se aproximou. Muito lentamente.

— Vai anoitecer antes que você chegue aqui se não se *apressar, Davis!* — Edward prendeu a respiração e prestou atenção.

O som de pés se arrastando não acelerou.

Ele bufou mais uma vez e se inclinou na moldura da porta.

— Um dia desses, eu dispenso você. Vou substituí-lo por um urso amestrado. Nada poderá ser pior que isto. *Ouviu, Davis?*

Davis, seu valete, se materializou no canto do cômodo, segurando uma bandeja com água quente. A bandeja tremeu. O criado diminuiu ainda mais o progresso de lesma quando viu o patrão.

Edward bufou.

— Muito bem, não precisa correr. Tenho todo o tempo do mundo para ficar parado no corredor no meu camisolão.

O outro homem pareceu não ouvir. Seus movimentos tinham se reduzido a um rastejar agora. Davis era um patife idoso com cabelos ralos da cor de neve suja. Suas costas eram inclinadas na corcova habitual. Uma imensa verruga peluda crescia ao lado de sua boca, como se fosse para compensar a falta de cabelo acima dos olhos cinzentos e aquosos.

— Eu sei que você pode me ouvir — gritou Edward em seu ouvido quando ele passou.

O valete assustou-se, como se tivesse acabado de notá-lo.

— Acordou cedo, não é, milorde? Tão pervertido que não conseguimos dormir, hein?

— Meu sono foi sem sonhos.

— É mesmo? — Davis deu uma risada estridente, digna de um urubu. — Não dormir direito não é bom para um homem da sua idade, se o senhor não se importa que eu diga isso.

— O que você está resmungando, seu tolo senil?

Davis pousou a bandeja e deu uma olhadela maliciosa para ele.

— Drena o vigor masculino, isso sim, se é que o senhor me entende, milorde.

— Não, não sei o que você quer dizer, graças a Deus. — Edward despejou a jarra de água morna numa bacia na penteadeira e começou a molhar o queixo.

Davis se inclinou mais para perto e falou num murmúrio rouco:

— Para copular, milorde. — Ele piscou, uma visão horrorosa.

Edward fitou-o, irritado, enquanto ensaboava o rosto.

— Não tem problema quando se é jovem — emendou o valete —, mas o senhor está chegando lá, milorde. Os idosos têm que poupar forças.

— Você certamente sabe disso.

Davis franziu o cenho e pegou a lâmina.

Imediatamente, Edward tirou-a de sua mão.

— Não sou tão tolo assim a ponto de permitir que você chegue perto do meu pescoço com uma lâmina afiada. — Ele começou a raspar o sabão de baixo do queixo.

— Claro, alguns homens não têm que se preocupar em poupar forças — retrucou o valete. A lâmina aproximou-se da reentrância no queixo de Edward. — Têm um problema de tamanho, se o senhor entende o que quero dizer.

Edward gritou quando cortou o queixo.

— FORA! Saia, seu velho canalha maligno.

Davis ofegou enquanto se apressava para o corredor. Quem ouvisse o som sibilado ficaria preocupado com a saúde do homem idoso, mas Edward não se deixava enganar. Não era comum que seu valete triunfasse sobre ele tão cedo pela manhã.

Davis estava rindo.

O ENCONTRO NÃO tinha saído exatamente como ela esperara, refletiu Anna na manhã seguinte. Naturalmente, eles fizeram amor. E parecia que o conde não a reconhecera. Isso foi um alívio. Mas quanto mais pensava em Lorde Swartingham fazendo amor, mais inquieta ela ficava. Ele fora um bom amante. Um amante fantástico, na verdade. Ela nunca tivera um prazer físico assim antes, por isso não fora capaz de prevê-lo. Mas o fato de não haver beijado sua boca...

Anna serviu uma xícara de chá para si mesma. Ela descera cedo para a hora do café novamente e tinha o cômodo para si.

Ele não a deixara tocar em seu rosto. Por alguma razão, isso parecia impessoal. Claro que era natural, não era? O conde pensou que ela fosse uma prostituta ou uma mulher de pouca virtude moral, pelo amor de Deus. Portanto, tratara-a como tal. Não era por isso que ela havia esperado?

Anna separou a cabeça do arenque defumado e cutucou-o na lateral com os dentes do garfo. Ela devia ter esperado isso, mas não tinha. O problema era que, embora ela tivesse feito amor, ele tinha... bem... feito sexo. Com uma prostituta sem nome. Isso era muito deprimente.

Ela olhou de cara feia para o peixe decapitado. E o que, pelo amor de Deus, ela deveria fazer sobre hoje à noite? Não tinha planejado ficar em Londres por mais de dois dias. Ela deveria voltar para casa hoje, na primeira diligência. Em vez disso, estava sentada na sala matinal de Coral, amassando um inocente arenque.

Anna ainda estava franzindo a testa com ar melancólico quando Coral entrou no cômodo, vestindo um robe rosa-claro, transparente, com penas de cisne nas beiradas.

A outra mulher parou e a encarou.

— Ele não foi ao quarto ontem à noite?

— O quê? — Anna precisou de um momento para assimilar a pergunta. — Ah, sim. Sim, ele foi ao quarto. — Ela corou e, apressadamente, tomou um gole de chá.

Coral se serviu de ovos poché e torrada do aparador e, graciosamente, se deixou cair numa cadeira oposta à de Anna.

— Ele foi muito bruto?

— Não.

— A senhora não gostou? — insistiu a outra mulher. — Ele não conseguiu fazê-la chegar ao clímax?

Anna quase engasgou com o chá em seu constrangimento.

— Não! Quer dizer, *sim*. Foi bem agradável.

Coral serviu-se de uma xícara de chá, imperturbável.

— Então por que eu a encontrei taciturna hoje de manhã, quando deveria estar com brilho nos olhos?

— Eu não sei! — Anna percebeu, para seu horror, que tinha elevado o tom de voz. Qual era o problema dela? Coral estava certa, ela havia realizado seu desejo, passado uma noite com o conde, mas ainda estava insatisfeita. Que criatura contraditória ela era!

A outra mulher havia arqueado as sobrancelhas ao perceber seu tom de voz.

Anna partiu um pedaço de torrada, incapaz de olhar nos olhos da anfitriã.

— Ele quer que eu volte hoje à noite.

— É mesmo? — A outra mulher demorou-se na pergunta. — Isso é interessante.

— Eu não deveria ir.

Coral tomou seu chá.

— Ele poderia me reconhecer se nos encontrássemos novamente. — Anna empurrou o arenque para o lado do prato. — Uma dama não voltaria para uma segunda noite.

— Sim, entendo o seu dilema — murmurou Coral. — Uma noite no bordel é perfeitamente respeitável, mas duas seria algo de baixo nível.

Anna concordou.

Coral sorriu de forma exagerada para ela.

— Por que não vamos comprar aqueles tecidos que a senhora prometeu à sua sogra que levaria de volta? Isso vai lhe dar tempo para pensar. A senhora pode decidir mais tarde.

— Que boa ideia! Obrigada. — Anna pousou o garfo. — É melhor eu me trocar.

Ela se levantou e saiu apressada e mais animada da sala matinal. Ela gostaria de poder deixar de pensar naquela noite tão facilmente quanto em seu café da manhã. Apesar do que dissera a Coral, Anna tinha certeza de que já havia tomado uma decisão.

Ela voltaria ao Grotto de Aphrodite e para Lorde Swartingham.

NAQUELA NOITE, o conde entrou no quarto em que Anna aguardava sem dizer uma palavra. Os únicos sons eram o ranger baixinho da porta se fechando e o crepitar do fogo. Ela o observou avançar, com o rosto coberto pelas sombras. Lentamente, ele girou os ombros e tirou o casaco, e suas espáduas grandes ficaram mais salientes. E então ela foi ao seu encontro antes que ele pudesse tomar a iniciativa, antes que pudesse assumir o controle. Anna ficou na ponta dos pés para beijar sua boca. Mas ele evitou esse gesto e a puxou para perto do próprio corpo.

Dessa vez, Anna estava determinada a fazer aquela dança mais pessoal, a fazê-lo entender que ela era real. Queria tocar ao menos alguma parte dele. Ela se aproveitou de sua posição e rapidamente abriu os botões de seu colete. A peça de roupa se abriu, e ela atacou a camisa por baixo dele.

O conde esticou o braço para segurar suas mãos, mas ela já havia tirado parte de sua camisa. Avidamente, Anna esticou a mão para seu prêmio: os mamilos lisos e masculinos. Seus dedos acariciaram os pelos do peito até encontrá-los; então ela se inclinou para a frente e lambeu os mamilos como ele fizera com os dela na noite anterior, sentindo-se vagamente triunfante por ter conseguido o que queria tão cedo. As mãos dele baixaram, desistindo de segurar seus pulsos, e, em vez disso, acariciaram seu bumbum.

A altura do conde era um obstáculo — ela não poderia alcançar tudo que queria. Por isso, Anna o empurrou para uma das poltronas perto da lareira. Era importante que ela vencesse esta batalha hoje.

Ele ficou sentado ali, com a camisa entreaberta sob a luz do fogo. Ela se ajoelhou entre suas pernas e deslizou as mãos sob a camisa até os ombros; em seguida, seus dedos desceram pelos braços, afastando o tecido. Ela puxou a camisa e a tirou, deixando que caísse no chão. Isso permitiu que passasse as mãos pelos ombros e pelos braços torneados dele. Anna gemeu de prazer ao finalmente ser capaz de sentir o poder e a calidez do corpo do conde. A expectativa a deixara zonza.

O conde se mexeu e trouxe as mãos dela para a frente da calça. Os dedos de Anna tremeram, mas ela o afastou quando ele tentou ajudá-la. Ela empurrou os botões ocultos em suas casas, sentindo a ereção aumentar debaixo dos próprios dedos; então, enfiou a mão para retirar o que havia lá dentro.

Ele era lindo. Grosso e grande, com veias pulsantes, inchadas, ao longo do corpo do membro. Uma crista inchada. A visão a encheu de calor. Anna emitiu um murmúrio vindo da garganta e abriu a parte da frente da calça até onde conseguiu para que pudesse olhar o peito, a barriga e o pênis dele. Ela adorou a visão: os cachos escuros e crespos dos pelos pubianos, a grossa coluna, que se esticava agora até o umbigo, e, abaixo, o saco pesado com seus testículos. A pele nua reluzia, como se dourada pela luz da lareira.

Ele gemeu e passou os dedos nos cabelos da nuca dela. Delicadamente, empurrou a boca de Anna para o pênis. Por um instante, ela hesitou.

Ela nunca havia... Será que ousaria? Então se recordou da batalha entre os dois. Aquilo era apenas uma escaramuça, mas era importante que ela vencesse tudo. Além disso, ficou excitada àquela simples ideia. Foi isso que a fez se decidir.

Cautelosamente, ela segurou sua ereção e puxou-a, trazendo-a para seus lábios. Anna ergueu o olhar. O rosto dele estava corado com a excitação. Ela baixou as pálpebras e envolveu a cabeça do pênis com a boca. O quadril de Edward teve um espasmo quando a língua dela o tocou, e Anna sentiu o triunfo crescer novamente. Ela podia controlar um homem desse jeito. Ela podia controlar *este* homem. Anna ergueu o olhar mais uma vez. Ele a observava enquanto ela lambia e chupava seu membro viril, e os olhos de ébano reluziam sob a luz da fogueira. Os dedos do conde se dobraram em seu cabelo.

Ela deixou que as pálpebras baixassem ao descer a boca o máximo que conseguia sobre seu comprimento. Então, lentamente se retirou, projetando os lábios e sugando o grosso membro conforme ele saía de sua boca. Ela ouviu um gemido, e a pelve do conde arqueou convulsivamente. Ela lambeu em torno da protuberância abaixo da cabeça. Parecia camurça sobre ferro e tinha gosto de almíscar masculino, sal de suor e vitória. Sem dúvida, depois disto — depois desta noite —, as coisas seriam diferentes, de alguma forma. Ela explorou a região com a língua por um tempo. Então, sentiu a mão dele cobrindo a sua. Ele guiou os dedos dela num gesto lento para cima e para baixo.

E gemeu.

Anna moveu a mão mais rápido enquanto o conde pedia a ela que botasse novamente o pênis na boca com um movimento do quadril. Dessa vez, quando ela afastou a boca da cabeça, sentiu uma gota salgada na ponta. Lambeu a fenda no topo para ver se havia mais. Ele gemeu novamente. Anna se contorceu, excitada. Ela nunca havia feito nada tão sexualmente estimulante em sua vida. Ela estava úmida e escorregadia, e seus seios pareciam latejar a cada gemido que ela arrancava dele.

O quadril do conde começou a se mover no ritmo de suas carícias. Os sons sensuais e líquidos da boca dela em seu corpo eram explícitos naquele cômodo silencioso. De repente, ele fez um movimento brusco, arfando, e tentou retirar-se de sua boca. Mas Anna queria sentir aquilo, queria experimentar essa intimidade com ele, queria estar ali quando ele estivesse mais vulnerável. Ela segurou e sugou com mais força. Um líquido quente, de cheiro forte, encheu sua boca. Ela quase gozou ao saber que lhe dera satisfação completa.

O conde suspirou e se inclinou para puxá-la para o seu colo. Eles ficaram ali por algum tempo; o fogo na lareira crepitava. Anna apoiou a cabeça em seu ombro e tirou o cabelo dos olhos com o dedo mindinho. Após algum tempo, ele puxou o vestido dos seios dela. Languidamente, brincou com os mamilos, afagando e apertando com delicadeza por muitos minutos.

Anna se deixou relaxar, com os olhos semicerrados.

Então, o conde a ergueu para retirar completamente o vestido. Ele a girou e a ajeitou em seu colo, nua e o encarando. Suas pernas se abriram por cima dos braços da poltrona. Ela estava aberta diante dele. Vulnerável.

Era isso que ela queria? Anna não tinha certeza. Mas então os dedos do conde percorreram sua barriga até onde ela se abria para ele, e Anna parou de se preocupar. Ele brincou com seus cachos antes de ir mais para baixo. Ela inspirou fundo, esperando — antecipando — onde ele a tocaria em seguida.

Ele a acariciou, abrindo-a lá embaixo.

Ela mordeu o lábio.

Então, o conde ergueu os dedos, molhados com seus sucos, e esfregou-os nos mamilos dela. Anna vagamente se deu conta de que deveria ficar chocada, mas, por alguma razão, neste lugar, com este homem, ela estava além dos costumes da sociedade. Ele brincou com seus mamilos, esfregando e puxando conforme se certificava de que ambos estavam totalmente cobertos pela umidade do corpo dela.

Anna prendeu a respiração diante daquela sensação animalesca. O que ele estava fazendo era muito primitivo, e isso a excitava terrivelmente.

O conde inclinou a cabeça e sugou um mamilo para dentro da boca. Ele fez questão de deixar o corpo dela sensível, e ela gemeu e se arqueou incontrolavelmente ao contato. Ele retornou para o monte de vênus e colocou o comprido e forte dedo médio em sua abertura. O polegar pressionou seu botão rígido e, ao mesmo tempo, ele moveu o dedo dentro dela.

Um gemido escapou sua garganta. Ela sentiu a umidade descendo por entre suas coxas.

Ele deu uma risadinha e pressionou o polegar firmemente no botão sensível. E sugou o outro seio. As sensações agudas em dois pontos diferentes de seu corpo se misturaram e se intensificaram uma com a outra até Anna segurar os ombros dele e arquear o quadril involuntariamente. Ele levou a outra mão às costas dela e segurou-a firmemente enquanto seu polegar começava a girar.

Ela gozou explosivamente, arfando e se sacudindo. Tentou fechar as pernas, mas a poltrona as mantinha abertas. Ela só podia arquear o quadril instintivamente enquanto ele lhe dava prazer. Finalmente, quando Anna começou a gemer, o conde ergueu seu bumbum e puxou-a para seu membro.

Ele respirava com dificuldade enquanto lentamente penetrava a passagem escorregadia. Forçou-a para baixo sem parar até que ela tivesse recebido toda a sua calidez grossa e estivesse quase dolorosamente aberta. Então, com cuidado, ele tirou as pernas dela, uma de cada vez, de cima dos braços da cadeira e as colocou nas laterais de seu corpo. Ele a posicionou de joelhos para que apenas a cabeça de seu pênis permanecesse ali, pressionando sua entrada. E ficou nessa posição por um tempo, enquanto sugava e lambia os mamilos, que balançavam. Anna gemeu.

Ele a estava enlouquecendo. Freneticamente, ela tentou baixar sobre a ereção ardente, mas o conde riu sombriamente e a manteve equilibrada na beira do prazer. Ela tentou mover o quadril, roçando a cabeça do membro dele em sua passagem.

O conde interrompeu o movimento, puxando-a novamente para baixo, na direção dele e entrando nela quase com violência.

Ahhhh. Anna sorriu selvagemente de satisfação. Ela o cavalgou, observando seu rosto. Ele acariciou seus seios e inclinou a cabeça contra a cadeira. Os olhos dele estavam fechados, os lábios, afastados dos dentes, quase num rosnado; a luz do fogo tremeluzia e fazia de suas feições uma máscara demoníaca.

Então, ele puxou levemente os dois mamilos ao mesmo tempo, e a cabeça de Anna arqueou com a sensação. Seus cabelos desciam como cascata pelas costas, balançando e roçando em suas pernas e nas dele. Ela começou a gozar em ondas longas, que se prolongavam e a deixavam com a visão turva. O quadril dele pressionou o dela. Ele agarrou as nádegas de Anna para pressioná-la contra seu corpo; o pênis estava completamente envolvido pela passagem dela conforme ele girava o quadril repetidas vezes naquela maciez, e então ele gozou, jogando a cabeça para trás da cadeira.

Ela caiu para a frente, arfando, e se deitou no ombro nu enquanto ele a aninhava em seus braços.

O rosto do conde estava virado para o outro lado, e ela o observou preguiçosamente enquanto ele se recuperava. As linhas que habitualmente vincavam sua testa e marcavam a boca foram suavizadas. Os cílios longos e escuros repousavam nas faces, ocultando os olhos penetrantes. Ela queria acariciar seu rosto, senti-lo com as pontas dos dedos. Mas, dessa vez, sabia que ele não permitiria isso.

Será que ela ganhara o que queria? Anna sentiu lágrimas arderem nos cantos dos olhos. Por alguma razão, aquilo não estava certo. O amor fora ainda mais maravilhoso naquela noite. Mas, ao mesmo tempo, como se em escala proporcional ao êxtase físico, ela sentia mais agudamente o abismo em seu psiquismo. Faltava alguma coisa.

De súbito, o conde suspirou e se mexeu. Sua carne deslizou para longe da dela. Ele a ergueu nos braços e carregou-a até a cama, pousando-a delicadamente. Anna estremeceu e puxou a colcha por cima dos ombros, observando-o. Ela queria falar, mas o que poderia dizer?

Ele abotoou a camisa, enfiou-a dentro da calça e, então, a abotoou também. O conde passou os dedos pelos cabelos e pegou o casaco e o colete, indo até a porta da maneira tranquila de um homem que acabou de ser satisfeito. Ele fez uma pausa antes de sair.

— Amanhã.

E então se foi.

Anna ficou deitada ali por um minuto, ouvindo os passos que se retiravam e sentindo-se melancólica. Ela foi despertada por risos irreverentes em alguma parte da casa. Levantou-se e limpou-se com a água e as toalhas que se encontravam convenientemente por perto. Anna jogou a toalha no chão e então a fitou. A bacia e os lençóis eram fornecidos com o cômodo para se lavar após um encontro sexual. Isso a fez sentir-se indecente, como uma meretriz. Mas ela não se achava perigosamente próxima disso? Anna estava permitindo que o desejo físico a dominasse de tal forma que se encontrara com o amante num bordel.

Ela suspirou e colocou um vestido escuro e discreto que trouxera numa sacola, junto com uma capa com capuz e botas. Assim que se vestiu, dobrou o vestido de renda e enfiou-o na sacola. Será que havia esquecido alguma coisa? Olhando ao redor do quarto, não viu nada seu. Ela abriu uma fresta da porta e olhou para um lado e para o outro do corredor. Vazio. Puxou o capuz e, com o rosto ainda coberto pela máscara de borboleta, seguiu em frente.

Coral a instruíra no dia anterior a ser cuidadosa nos corredores e a entrar e sair somente pela escada dos fundos. Uma carruagem esperaria do lado de fora quando ela estivesse pronta para sair.

Anna caminhava agora para a escada que Coral havia indicado e desceu correndo os degraus. Ela suspirou, aliviada, ao chegar à porta e ver a carruagem à sua espera. A máscara começara a coçar no seu nariz. Ela a desamarrou. Assim que a retirou, três jovens dobraram, cambaleando, a esquina da casa. Anna se apressou para a carruagem.

Em um movimento súbito, um dos homens deu um tapa nas costas do outro com um gesto amigável. Mas o segundo estava tão bêbado que perdeu o equilíbrio e caiu em cima de Anna, derrubando os dois no chão.

— M-me-me desculpe, querida.

O dândi dava risada enquanto tentava se afastar de Anna e lhe deu uma cotovelada no estômago ao fazer isso. Ele conseguiu apoiar o corpo nos braços, mas ficou ali, cambaleante, como se estivesse atordoado demais para se mover mais do que isso. Anna o empurrou, tentando deslocar seu peso. A porta dos fundos do Grotto de Aphrodite se abriu, e a luz incidiu sobre seu rosto.

O rapaz sorriu, bêbado. Um canino dourado reluziu em sua boca.

— Ora, você não é nada feia, amorzinho. — Ele se inclinou de uma maneira que obviamente considerava sedutora e bafejou hálito com cheiro de cerveja no rosto dela. — O que você acha de nós dois...?

— Saia de cima de mim, senhor! — Anna bateu com força no peito do homem e conseguiu fazer com que ele perdesse o equilíbrio e caísse. Ele caiu para o lado, xingando-a. Anna cambaleou rapidamente na direção oposta, para longe.

— Venha cá, sua vagabunda. Eu vou...

O amigo do dândi evitou que ela ouvisse o restante do comentário indubitavelmente obsceno. O homem ergueu-o pela gola da camisa.

— Vamos, amigão. Não precisamos brincar com as empregadas quando temos algumas das melhores moças à nossa espera lá dentro.

Rindo, o grupo arrastou o outro rapaz, que protestava.

Anna correu para a carruagem, entrando com dificuldade, e bateu a porta atrás de si. Ela tremia por causa do terrível incidente. Um incidente que poderia ter sido muito mais terrível.

Ela nunca havia sido confundida com uma mulher que não fosse um exemplo de decência. E se sentiu degradada. Contaminada. Anna respirou fundo várias vezes e, firmemente, se recordou de que não tinha motivo para estar nervosa. Ela não havia se machucado com a queda, e os amigos do jovem rude o haviam puxado para longe antes que ele a insultasse ou mesmo pusesse as mãos nela. Verdade, ele vira seu rosto. Mas era improvável que os dois se reencontrassem em Little Battleford. Anna se sentiu um pouco melhor. Certamente, não haveria consequências.

Duas moedas de ouro voaram no ar, reluzindo sob a luz da porta dos fundos do Grotto de Aphrodite. E foram pegas por mãos admiravelmente firmes.

— Tudo correu muito bem.

— Fico contente por ouvir isso, meu velho. — Um dos rapazes sorriu, parecendo tão bêbado quanto deveria estar. — Se importa em nos contar o que foi aquilo?

— Lamento, mas não posso. — A boca do terceiro homem se abriu num esgar, e o dente dourado reluziu. — É segredo.

Capítulo Onze

"Muitos meses se passaram com Aurea morando no castelo de seu marido corvo. Durante o dia, ela se entretinha lendo as centenas de livros esclarecedores na biblioteca do castelo ou fazendo longos passeios no jardim. À noite, ela se banqueteava com as guloseimas com que apenas sonhara em sua antiga vida. Tinha belos vestidos para usar e joias inestimáveis com que se enfeitar. Algumas vezes, o corvo a visitava, aparecendo subitamente em seus aposentos ou juntando-se a ela no jantar, sem aviso. Aurea descobriu que seu estranho esposo possuía uma mente ampla e inteligente, e os dois tinham conversas fascinantes. Mas o grande pássaro preto sempre desaparecia antes que ela fosse para seus aposentos. E todas as noites, na escuridão, um estranho surgia na cama de núpcias e fazia amor com ela de forma maravilhosa..."

— O Príncipe Corvo

— Salve, ó defensor dos nabos e mestre das ovelhas! — saudou arrastadamente uma voz grave e sarcástica na manhã seguinte. — Que bom vê-lo, meu amigo Agrário!

Edward forçou a vista através da fumaça na cafeteria cavernosa. Ele mal era capaz de distinguir quem falava com ele, espreguiçando-se numa mesa no canto direito, nos fundos. *Defensor dos nabos, hein?* Abrindo um caminho sinuoso em meio às mesas amontoadas e escurecidas pelo tempo, Edward alcançou o homem e deu um forte tapa em suas costas.

— Iddesleigh! Ainda não são nem cinco da tarde. Por que você está acordado?

Simon, visconde Iddesleigh, não foi para a frente com o tapa enérgico nas costas — ele deve ter-se segurado —, mas fez uma careta. Magro e elegante, ele usava uma requintada peruca empoada e uma camisa com a barra de renda. Para muitos, sem dúvida, pareceria um janota. Mas as aparências, nesse caso, enganavam.

— Sou conhecido por ver a luz do dia antes do meio-dia — disse Iddesleigh —, embora não com frequência. — Ele chutou uma cadeira da mesa. — Sente-se, homem, e compartilhe deste líquido sagrado que se chama café. Se os deuses soubessem disso, não precisariam de néctar no Olimpo.

Edward acenou com a mão para um garoto que servia as bebidas e pegou a cadeira ofertada. Ele assentiu com a cabeça para o terceiro homem silencioso que dividia a mesa.

— Harry. Como vai?

Harry Pye era administrador de terras numa propriedade em alguma parte do norte da Inglaterra. Ele não ia a Londres com muita frequência. Devia estar ali a negócios. Em contraste com o espalhafatoso visconde, Harry quase se misturava à mobília de madeira do local. Era um homem ao qual a maioria mal prestaria atenção, com seu casaco marrom e colete comuns. Edward sabia muito bem que o outro homem trazia uma adaga perigosa em sua bota.

Harry acenou com a cabeça.

— Milorde. É bom ver o senhor. — Ele não sorriu, mas viu-se um brilho divertido em seus olhos verdes.

— Pelo amor de Deus, Harry, quantas vezes já lhe disse para me chamar de Edward ou de Raaf? — Ele fez um novo sinal ao garoto.

— Ou Ed, ou Eddie — interveio Iddesleigh.

— Eddie, *não*. — O garoto pousou a caneca com uma pancada, e Edward tomou um gole, agradecido.

— Sim, milorde. — Ele ouviu Harry murmurar, mas não se deu ao trabalho de responder.

Ele olhou ao redor do recinto. O café naquele lugar era muito bom. Essa era a razão principal para a Sociedade Agrária reunir-se ali. Sem dúvida não era pela arquitetura. O cômodo estava lotado e tinha um teto baixo demais. A verga da pequena porta era conhecida por causar aos frequentadores mais altos uma pancada feia na cabeça ao entrar. As mesas provavelmente nunca haviam sido esfregadas, e as canecas não suportavam uma inspeção mais atenta. Além disso, os funcionários eram um bando de indolentes, seletivamente surdos quando não estavam com vontade de servir, fosse qual fosse a classe social do cliente. Mas o café era fresco e forte, e qualquer um era bem-vindo, desde que se interessasse por agricultura. Edward reconheceu alguns homens com títulos de nobreza sentados às mesas, mas também havia pequenos proprietários de terra que foram passar o dia em Londres, e até administradores, como Harry. Os membros da Sociedade Agrária eram conhecidos pela estranha igualdade de seu clube.

— E o que o traz à nossa adorável, ainda que fétida, capital? — perguntou Iddesleigh.

— Estou negociando uma aliança matrimonial — retrucou Edward.

Os olhos de Harry Pye se aguçaram por cima da borda da caneca. Sua mão a envolvia. Havia um espaço desconcertante onde o dedo anelar deveria estar, mas não estava.

— Ah, mais corajoso do que eu — comentou Iddesleigh. — Você devia estar comemorando as núpcias iminentes quando eu o vi na noite passada no agradável Grotto de Aphrodite.

— Você estava lá? — Edward se sentiu estranhamente reticente. — Eu não o vi.

— Não. — Iddesleigh deu um risinho. — Você parecia, ah, *relaxado* quando o vi saindo do estabelecimento. Eu, de minha parte, estava ocupado com duas ávidas ninfas; caso contrário, teria cumprimentado você.

— Apenas duas? — perguntou Harry, sem rodeios.

— Uma terceira se juntou a nós depois. — Os olhos cinzentos de Iddesleigh brilharam quase inocentemente. — Mas eu hesitei em admitir isso, com receio de que essa informação lhes causasse dúvidas sobre sua própria masculinidade.

Harry bufou.

Edward sorriu e chamou o garoto que trazia as bebidas. Ele esticou um dedo, pedindo outra caneca.

— Bom Deus! Você não está ficando meio velho para tanto esforço?

O visconde pousou a mão coberta de renda no peito.

— Eu lhe garanto, pelos meus antepassados mortos e putrefatos, que as três moças sorriram quando eu as deixei.

— Provavelmente por causa do ouro que estão carregando agora — disse Edward.

— Você me ofende profundamente — retrucou o visconde enquanto abafava um bocejo. — Além disso, você também deve ter participado de alguma libertinagem no domínio da deusa. Admita.

— Verdade. — Edward franziu a testa para a caneca. — Mas não vou continuar fazendo isso por muito mais tempo.

O visconde ergueu o olhar depois de inspecionar o bordado prateado no casaco.

— Não diga que você pretende ser um noivo casto.

— Não vejo opção.

As sobrancelhas de Iddesleigh se arquearam.

— Essa não é uma interpretação um tanto literal, para não mencionar arcaica, dos votos matrimoniais?

— Talvez. Mas creio ser necessária para um casamento bem-sucedido. — Edward sentiu a mandíbula travar. — Quero que dê certo desta vez. Eu preciso de um herdeiro.

— Eu lhe desejo sorte, então, meu amigo — disse Iddesleigh em voz baixa. — Você deve ter escolhido sua dama cuidadosamente.

— Sim, de fato. — Edward fitou a caneca pela metade. — Ela é de uma família impecável e mais antiga do que a minha. E não sente repulsa às minhas cicatrizes. E eu sei disso porque perguntei a ela, algo que deixei de fazer com a minha primeira esposa. Ela é inteligente e tranquila. É bonita, mas não linda. E vem de uma família grande. Se Deus permitir, será capaz de me dar filhos fortes.

— Uma dama puro-sangue para um cavalheiro puro-sangue. — A boca de Iddesleigh se curvou. — Em breve, seus estábulos vão transbordar com uma progênie barulhenta e chorona. Tenho certeza de que você mal pode esperar para começar a fazer a prole na sua pretendida.

— Quem é a dama? — perguntou Harry.

— A filha mais velha de Sir Richard Gerard, Srta. Sylvia...

Iddesleigh soltou uma exclamação abafada. Harry o encarou.

— Gerard. Você a conhece? — Edward terminou a frase lentamente.

Iddesleigh examinou a renda em seus punhos.

— Meu irmão. A esposa de Ethan era uma Gerard. Se bem me lembro, a mãe foi bem desagradável no casamento.

— Ela ainda é. — Edward deu de ombros. — Mas duvido que ele tenha muito contato com ela depois de casado.

Harry ergueu sua xícara.

— Parabéns pelo noivado, milorde.

— Sim, parabéns. — O visconde ergueu a caneca também. — E boa sorte, meu amigo.

UM FOCINHO FRIO contra sua bochecha acordou Anna. Ela espiou e viu os olhos caninos castanhos a apenas alguns centímetros dos seus. Eles a fitavam, carentes. O hálito pungente do cão ofegava em seu rosto. Ela gemeu e virou a cabeça para olhar pela janela. A aurora clareava o céu de um tom pêssego e sonolento para o azul forte e mais alerta do dia.

Ela se voltou para os olhos caninos que a observavam.

— Bom dia, Jock.

Jock tirou as patas dianteiras do colchão ao lado da cabeça dela e recuou para poder se sentar. Ele estava imóvel, com as orelhas de pé, o corpo ereto, olhos atentos a cada gesto de Anna. O epítome de um cão esperando o passeio.

— Ah, está bem. Estou levantando. — Ela caminhou com dificuldade até a bacia e se lavou rapidamente antes de se vestir.

Cão e mulher se esgueiraram pelos degraus dos fundos.

Coral morava numa rua elegante, perto de Mayfair, ladeada por casas de pedra branca com apenas alguns anos. A maioria estava silenciosa, exceto por uma ou outra criada lavando os degraus da frente ou polindo uma maçaneta. Normalmente, Anna se sentiria pouco à vontade caminhando em um lugar estranho sem companhia, mas Jock estava com ela. Ele se inclinou para mais perto, como se quisesse protegê-la de qualquer um que se aproximasse. Os dois caminharam em um silêncio amistoso. Jock se ocupava farejando os odores intrigantes da cidade, e ela se perdia em seus próprios pensamentos.

Durante a noite, Anna havia pensado em sua situação e, quando acordou de manhã, já sabia o que deveria fazer. Não podia encontrá-lo à noite. Ela estava brincando com fogo, e não podia mais esconder esse fato de si mesma. Em sua necessidade de estar com Lorde Swartingham, ela havia deixado toda a cautela de lado. Fizera uma viagem imprudente até Londres e fora a um bordel, como se fosse a personagem de um musical de Little Battleford. Era um milagre que ele não tivesse descoberto. E o incidente da noite anterior com os jovens bêbados fora arriscado demais. Ela poderia ter sido estuprada ou ferida, ou as duas coisas. Era hipocrisia de sua parte reprovar os homens por fazerem a mesma coisa que ela havia feito nas últimas duas noites. Anna se encolheu ao pensar no que Lorde Swartingham teria dito se a descobrisse lá. Ele era um homem muito orgulhoso, com um temperamento horrível.

Anna balançou a cabeça e ergueu o olhar. Eles estavam somente a umas poucas casas da residência de Coral. Seus passos a haviam conduzido de volta ou Jock tinha um instinto de direção.

Ela afagou a cabeça do cão.

— Bom garoto. É melhor irmos e começarmos a arrumar as coisas para voltar para casa.

Jock esticou as orelhas ao ouvir a palavra *casa*.

Nesse momento, uma carruagem parou na frente da casa de Coral. Anna hesitou e, em seguida, refez seus passos, dobrou a esquina e espiou. Quem faria uma visita numa hora assim tão inconveniente? Um lacaio saltou da carruagem e colocou um degrau de madeira debaixo da porta antes de abrir. Uma perna masculina avançou, mas voltou novamente para a carruagem. Ela conseguiu ver o lacaio movendo o degrau um centímetro ou dois para a esquerda; então, um homem robusto, com ombros pesados, desceu. Ele parou um instante para dizer alguma coisa ao lacaio. Pelo modo como o criado baixou a cabeça, parecia ser uma repriménda.

O homem robusto entrou na casa.

Seria o marquês de Coral? Anna contemplou essa reviravolta enquanto Jock esperava pacientemente ao seu lado. Pelo pouco que ela sabia sobre o marquês, talvez não fosse prudente encontrá-lo. Não queria causar problemas a Coral, e tinha medo de permitir que alguém de boa reputação a visse na residência. Embora fosse bastante improvável que ela voltasse a cruzar com um marquês, o incidente da véspera com os bêbados a deixara cautelosa. Anna decidiu entrar na casa pela passagem dos criados e talvez escapar de ser notada.

— Que bom que eu estava planejando ir embora hoje de qualquer forma — murmurou para Jock enquanto os dois cruzavam a cozinha.

Viu-se uma grande agitação na cozinha. Criadas apressavam-se, e os lacaios ajudavam a carregar uma montanha de bagagens. A presença de Anna nem sequer foi percebida ao subir a escada escura dos fundos. Melhor assim. Ela e Jock se moveram silenciosamente pelo corredor do andar de cima. Anna abriu a porta de seu quarto e encontrou Pearl ansiosa à sua espera.

— Ah, graças a Deus a senhora voltou, Sra. Wren — falou a outra mulher ao vê-la.

— Levei Jock para uma caminhada — disse Anna. — Foi o marquês de Coral que eu vi entrando pela frente?

— Sim — confirmou Pearl. — Coral achava que ele ficaria fora por mais uma semana ou mais. Ele ficará furioso se descobrir que ela tem convidadas.

— Eu já ia arrumar as coisas e sair, então vou ficar fora do caminho dele.

— Obrigada, senhora. Isso vai facilitar muito para Coral, vai sim.

— Mas o que você vai fazer, Pearl? — Anna se inclinou para puxar a bolsa de baixo da cama. — Coral falou que queria que você ficasse com ela. Será que o marquês vai deixá-la ficar?

Pearl puxou um fio que pendia de seu punho.

— Coral acha que pode convencê-lo a me deixar ficar, mas eu não sei. Às vezes, ele é bem cruel, mesmo sendo um lorde. E a casa pertence a ele, sabe?

Anna fez que sim com a cabeça enquanto dobrava cuidadosamente suas meias.

— Fico feliz por Coral ter um bom lugar para morar, com criados, carruagens e coisas assim — disse Pearl devagar. — Mas esse marquês me deixa nervosa.

Anna fez uma pausa com os braços cheios de roupas.

— Você não acha que ele a machucaria, acha?

Pearl a fitou sombriamente.

— Não sei.

EDWARD RONDOU O quarto do bordel como um tigre enjaulado a quem fora negada uma refeição. A mulher estava atrasada. Ele checou o relógio de porcelana sobre a lareira mais uma vez. Meia hora de atraso, droga! Como ela ousava fazê-lo esperar? Ele esticou a mão até a lareira e fitou as chamas. Nunca tinha voltado com tanta obsessão para a mesma mulher. Não uma, não duas, mas três vezes agora.

A cada vez o sexo era melhor. Ela era bastante receptiva. E havia se entregado por completo, agindo como se estivesse sob seu encanto tanto quanto ele estava sob o dela. Edward não era ingênuo. Sabia que mulheres que eram pagas para fazer sexo frequentemente fingiam uma excitação que não sentiam. Mas uma reação natural do corpo não poderia ser forjada. Ela havia ficado molhada, literalmente ensopada em seu desejo por ele.

Ele gemeu. E só de pensar naquela boceta molhada fez seu pênis reagir. Onde diabos ela estava?

Edward xingou e se afastou da cornija para andar de um lado para outro. Ele havia até começado a sonhar acordado, como um garoto romântico, sobre como o rosto dela era por baixo da máscara. Mais perturbador, imaginara que ela poderia se parecer com Anna.

Ele parou e encostou a parte de trás da cabeça na parede, com as mãos apoiadas nas laterais do corpo. Seu peito se expandiu enquanto ele respirava fundo. Ele tinha vindo a Londres para se livrar desse terrível fascínio pela pequena secretária antes de se casar. Em vez disso, havia descoberto uma nova obsessão. Mas isso havia acabado com a fixação original? Ah, não. Seu desejo por Anna não somente tinha aumentado, como também se havia misturado ao desejo pela misteriosa prostituta. Agora ele tinha duas obsessões em vez de uma, e elas estavam embaralhadas em sua mente extenuada.

Ele bateu a cabeça na parede. Talvez estivesse ficando louco. Isso explicaria tudo.

Mas é claro que nada disso importava ao seu pênis. Louco ou são, o órgão ainda estava bastante ansioso para sentir a abertura apertada e escorregadia da mulher. Ele parou de bater a cabeça na parede e olhou mais uma vez para o relógio. Ela estava 33 minutos atrasada agora.

Pelas bolas do Senhor, ele não iria esperar nem mais um minuto.

Edward pegou o casaco e saiu, batendo a porta do quarto. Dois cavalheiros de cabelos grisalhos estavam caminhando pelo corredor. Eles olharam para Edward e se afastaram para o lado quando ele passou em disparada. O conde desceu correndo a grande escada, dois degraus por vez, e entrou na saleta onde os clientes do sexo masculino circulavam e encontravam damas disfarçadas e prostitutas. Ele examinou aquele cômodo cafona. Havia algumas mulheres vestidas com cores fortes, cada uma delas cercada por homens ansiosos, mas somente uma usava uma máscara dourada. Ela era mais alta do que as outras mulheres e estava afastada de todos, alerta à energia do cômodo. A máscara que cobria quase todo o rosto era agradável e serena; as sobrancelhas simétricas eram arcos feitos acima das aberturas dos olhos amendoados. Aphrodite observava suas mercadorias com olhos de águia.

Edward caminhou diretamente até a madame.

— Onde ela está? — quis saber ele.

A madame, normalmente uma mulher imperturbável, recuou diante daquela pergunta súbita.

— Lorde Swartingham, não é?

— Sim. Onde está a mulher que eu deveria encontrar hoje?

— Ela não está em seu quarto, milorde?

— Não. — Edward trincou os dentes. — Não, ela não está no quarto. Se estivesse, eu estaria aqui perguntando?

— Nós temos várias outras damas dispostas, milorde. — A voz de madame soou lisonjeira. — Quem sabe eu possa enviar outra ao seu quarto?

Edward se inclinou para a frente.

— Eu não quero outra. Quero a mulher que eu tive na noite passada e na anterior. Quem é ela?

Os olhos de Aphrodite se moveram por trás da máscara dourada.

— Ora, milorde, o senhor sabe que não podemos revelar a identidade de nossas adoráveis pombinhas aqui no Grotto. Integridade profissional, sabe?

Edward bufou.

— Dane-se a integridade profissional de um prostíbulo. Quem. É. Ela?

Aphrodite deu um passo para trás, como se estivesse alarmada. Não seria de admirar, pois ele agora se agigantava sobre ela. A madame fez um sinal com a mão para alguém, por cima do ombro dele.

Edward estreitou os olhos. Ele sabia que tinha apenas alguns minutos.

— Eu quero o nome, agora, ou vou achar ótimo provocar uma confusão em seu salão.

— Não há necessidade de ameaças. Há muitas outras garotas aqui que ficariam ansiosas para passar a noite com o senhor. — A voz de Aphrodite continha uma dose de desdém. — Aquelas que não se importam com uma ou duas marcas de varíola.

Edward ficou imóvel. Ele conhecia muito bem a aparência de seu rosto. Aquilo não o afligia mais — já havia passado da idade de sofrer por vaidade —, mas era algo que repelia algumas mulheres. A pequena prostituta não parecera importar-se com suas cicatrizes. Porém, na noite anterior, eles tinham feito amor na cadeira sob a luz do fogo. Talvez tenha sido a primeira vez que ela vira seu rosto com clareza. Ela deve ter ficado tão enojada pela visão que não se deu ao trabalho de aparecer na noite seguinte.

Desgraçada.

Edward girou nos calcanhares. Ele pegou uma imitação de vaso chinês, ergueu-o acima da cabeça e arremessou-o no chão. O objeto se espatifou com um estrondo. A conversa cessou no cômodo enquanto as cabeças se viravam.

Pensar demais era ruim para um homem. Ele precisava agir. Se não podia liberar sua energia na cama, bem, essa era a segunda opção.

Ele foi agarrado por trás e arrastado dali. Um punho do tamanho de um presunto voou na direção de seu rosto. Edward se inclinou para trás. O soco passou assobiando por seu nariz. Com o próprio punho direito, ele acertou a barriga do outro homem, que *bufou*, expelindo o ar dos pulmões — que som adorável — e cambaleou.

Três homens chegaram para tomar o lugar do outro. Eram os brutamontes que trabalhavam no estabelecimento acompanhando os encrenqueiros até o lado de fora. Um deles acertou um gancho na face esquerda de Edward. Ele viu estrelas, mas isso não o impediu de revidar o golpe com um belo soco no queixo.

Alguns clientes soltaram gritos de encorajamento.

E então, depois disso, as coisas ficaram confusas. Muitos espectadores pareciam ser torcedores que consideravam as chances desiguais. Eles se juntaram à briga com entusiasmo embriagado. As garotas haviam subido nos canapés, dando gritinhos e desarrumando a mobília em sua pressa de sair do caminho. Aphrodite estava parada no meio do cômodo, gritando ordens que ninguém conseguia ouvir. Ela parou abruptamente quando alguém empurrou sua cabeça numa tigela de ponche. Mesas voaram pelo ar. Uma cortesã arrojada começou a anotar apostas no corredor dos homens e das garotas que lotavam as escadas para ver a confusão. Mais quatro grandalhões e pelo menos a mesma quantidade de homens vindos dos quartos do segundo andar se juntaram à briga. Era evidente que alguns dos convidados haviam sido interrompidos em seu divertimento, pois estavam apenas de calça ou — no caso de um cavalheiro idoso de aparência distinta — de camisa e nada mais.

Edward estava se divertindo imensamente.

O sangue escorria do lábio cortado até o queixo, e ele podia sentir um dos olhos fechando lentamente por causa do inchaço. Um patife baixote se agarrou às suas costas e o atingiu na cabeça e nos ombros. Na frente dele, outro homem maior tentou dar um chute em suas pernas. Edward se desviou do golpe e ergueu o próprio pé, empurrando a perna do outro homem e fazendo-o perder o equilíbrio. Ele caiu como se fosse um colosso.

O duende em suas costas já estava incomodando. Segurando o homem pelos cabelos, Edward rapidamente bateu as próprias costas em uma parede. Ele ouviu uma pancada quando a cabeça do homem atingiu a superfície sólida. O infeliz escorregou do ombro do conde e aterrissou no assoalho junto com um bocado de gesso da parede.

Edward sorriu e olhou com expressão séria com o olho bom em busca de outros oponentes. Um dos brutamontes da casa tentou sair discretamente pela porta. Ele tinha um olhar selvagem ao virar-se para trás quando Edward mirou nele, mas não restava nenhum comparsa para vir em seu auxílio.

— Tenha compaixão, milorde. Eu não ganho o suficiente para apanhar feio desse jeito, como o senhor fez com o restante dos rapazes. — O grandalhão levantou as mãos e recuou. — Ora, o senhor até derrubou o Grande Billy, e eu nunca vi um homem mais rápido que ele.

— Muito bem — disse Edward. — Apesar de eu não poder ver com meu olho direito, o que deixa a briga mais equilibrada... — Ele olhou com esperança para o briguento encolhido, que esboçava um sorriso e balançava a cabeça. — Não? Ora, então você conhece algum lugar onde um homem possa se embebedar de verdade, não conhece?

Então, mais tarde, Edward se viu no que devia ser a taberna mais suja do East End de Londres. Com ele, estavam os brutamontes, incluindo Grande Billy, que agora cuidava de um nariz inchado e dois olhos roxos, mas sem ressentimentos. Grande Billy passou o braço ao redor dos ombros de Edward e estava tentando ensinar a ele as palavras de uma cançoneta exaltando os encantos de uma mocinha chamada Julieta. A canção parecia ter um monte de expressões muito espirituosas, cheias de duplo sentido, que, Edward suspeitava, passavam despercebidas por ele, pois passara as últimas duas horas pagando bebidas para todos no recinto.

— Q-quem era a prostituta que o senhor estava procurando e que começou tudo, milorde? — Jackie, o grandalhão que fez a pergunta, não havia perdido uma única rodada de bebidas. Ele dirigiu à pergunta para o ar em alguma parte à direita de Edward.

— Mulher traidora — murmurou Edward para a cerveja.

— Todas as prostitutas são vagabundas traidoras. — Esta gota de sabedoria masculina veio de Grande Billy.

Os homens presentes assentiram sombriamente, embora isso fizesse com que um ou dois perdessem o equilíbrio e se sentassem um tanto abruptamente.

— Não. Isso não é verdade — disse Edward.

— O que não é verdade?

— Que todas as mulheres são traidoras — explicou ele com cuidado.
— Conheço uma mulher que é p-pura como neve.

— Quem é? Conte-nos, então, milorde! — Os homens bradaram para ouvir o nome desse modelo de perfeição do sexo feminino.

— A Sra. Anna Wren. — Ele ergueu o copo precariamente. — Um brinde! Um brinde à dama mais im-im-poluta na Inglaterra. A Sra. Anna Wren!

A taberna irrompeu em gritos e brindes exaltados para a dama. E Edward se perguntou por que as luzes subitamente se apagaram.

SUA CABEÇA ESTAVA estourando. Edward abriu os olhos, mas então imediatamente pensou melhor e fechou-os com força novamente. Com cuidado, ele tocou a têmpora e tentou pensar por que o topo de sua cabeça parecia prestes a explodir.

Ele se lembrou do Grotto de Aphrodite.

Ele se lembrou da mulher que não apareceu.

Ele se lembrou de uma briga. Edward fez uma careta e, cautelosamente, avaliou sua boca com a língua. Seus dentes estavam todos intactos. Isso era uma boa notícia.

Edward esforçou-se para pensar.

Ele se lembrou de encontrar um sujeito bem-disposto... Grande Bob? Grande Bert? Não. Grande Billy. Ele se lembrou... Ai, Deus! Ele se lembrou do brinde à Anna no pior buraco no qual já tivera a infelicidade de beber cerveja batizada com água. Seu estômago se revirou, provocando uma sensação desagradável. Será que ele realmente dissera o nome de Anna em alto e bom som num lugar desses? Sim, ele achava que sim. E, se lembrava bem, todo o recinto, com aqueles trastes mal-afamados, tinha brindado a ela com grosserias.

Ele gemeu.

Davis abriu a porta, deixando-a bater na parede, e lentamente se arrastou para dentro do cômodo trazendo uma bandeja carregada.

Edward soltou outro gemido. O som da porta quase fizera seu escalpo se separar do crânio.

— Maldito seja! Agora, não, Davis.

Davis continuou em seu andar de lesma até a cama.

— Eu sei que você pode me ouvir — falou ele um pouco mais alto, mas não alto demais, com medo de sua cabeça explodir novamente.

— Andamos enchendo a cara, não é, milorde? — gritou Davis.

— Eu não sabia que você também tinha passado da conta na bebida — comentou Edward por trás das mãos que cobriam seu rosto.

Davis o ignorou.

— Uns cavalheiros muito simpáticos trouxeram o senhor para casa ontem à noite. São seus novos amigos?

Edward abriu os dedos para lançar um olhar de ódio ao valete.

Evidentemente, isso não surtiu o menor efeito no homem.

— O senhor já está meio grandinho para beber tanto, milorde. Pode dar gota, na sua idade.

— Fico impressionado com sua preocupação com a minha saúde. — Edward olhou para a bandeja que Davis agora conseguira pousar na mesinha de cabeceira. Ela continha uma xícara de chá, já frio, a julgar pela espuma flutuando no topo, e uma tigela de torrada umedecida com leite. — Que diabo é isso? Papinha de bebê? Me traga um pouco de conhaque para melhorar minha cabeça.

Davis fingiu não ouvir com uma pose que teria feito justiça ao melhor palco de Londres. Ele tivera muitos anos de prática, afinal.

— É um excelente café da manhã para animar o senhor — censurou o valete em seu ouvido. — Na sua idade, leite é muito revigorante.

— Saia! Saia! Saia! — rugiu Edward, e então teve de segurar a cabeça novamente.

Davis recuou até a porta, mas não conseguia resistir a uma última alfinetada.

— O senhor precisa tratar esse temperamento, milorde. Pode ficar com apoplexia, com o rosto todo vermelho e os olhos esbugalhados. Um jeito horrível de morrer, isso sim.

Ele passou pela porta correndo com incrível destreza para um homem de sua idade. Pouco antes de a tigela com torrada e leite bater nela.

Edward gemeu e fechou os olhos, e sua cabeça voltou para o travesseiro. Ele deveria se levantar e começar a arrumar as coisas para voltar para casa. Havia conseguido uma noiva e visitado o Grotto, não uma, mas duas vezes. Na verdade, fizera tudo o que pretendia fazer quando decidira vir a Londres. E, mesmo que ele se sentisse muito pior agora do que quando chegara, não havia motivos para permanecer na cidade. A pequena prostituta não voltaria, ele nunca mais a veria, e tinha de cuidar de suas responsabilidades. E era assim que deveria ser.

Não havia espaço em sua vida para uma mulher mascarada misteriosa e o prazer efêmero que ela lhe trouxera.

Capítulo Doze

"Dias e noites se passaram como se fosse um sonho, e Aurea estava satisfeita. Talvez estivesse até feliz. Mas, depois de alguns meses, ela começou a sentir vontade de ver o pai. A vontade só aumentou, até todos os momentos em que estava desperta serem preenchidos pela saudade do rosto dele, e ela se tornar apática e triste. Uma noite, na hora do jantar, o corvo pousou seus olhos de conta pretos e brilhantes sobre ela e perguntou:

— O que está causando esta indisposição que eu percebo em você, minha esposa?

— Quero ver o rosto de meu pai novamente, milorde. — Aurea suspirou. — Sinto falta dele.

— Impossível! — grasnou o corvo, e deixou a mesa sem dizer outra palavra.

Mas Aurea, embora nunca tivesse reclamado, sentia tanta falta do pai que parou de comer e apenas brincava com as guloseimas que lhe serviam. Ela começou a definhar, até que, um dia, o corvo não conseguiu mais suportar vê-la assim. Ele entrou em seu quarto agitando as asas raivosamente.

— Vá, então, e visite o patriarca, esposa — grasnou ele. — Mas volte daqui a 15 dias, pois eu sentiria sua falta se você ficasse mais tempo."

— O Príncipe Corvo

— Ai, meu Deus! — exclamou Anna no dia seguinte. — O que foi que o senhor fez com o seu rosto?

Ela percebeu os hematomas. Edward parou e olhou de cara feia para ela. A mulher não o via há cinco dias, e as primeiras palavras que saíam de sua boca eram uma acusação. Brevemente, ele tentou imaginar qualquer um de seus secretários anteriores, do sexo *masculino*, ousando comentar sobre sua aparência. Algo impossível. Na verdade, ele não conseguia pensar em ninguém, salvo em sua atual *secretária*, que pudesse fazer tais comentários impertinentes. Estranhamente, ele achava aquela impertinência adorável.

Não que ele demonstrasse isso. Edward ergueu uma sobrancelha e tentou colocar a secretária em seu lugar.

— Eu não fiz nada com o meu rosto, obrigado, Sra. Wren.

Mas de nada adiantou.

— O senhor não pode dizer que um olho roxo e hematomas no queixo não são nada. — Anna o fitou com ar de desaprovação. — Já pôs bálsamo nisso?

Ela estava sentada no lugar de sempre, à pequena escrivaninha de pau-rosa na biblioteca. Parecia serena e dourada sob a luz da manhã que entrava pela janela, como se não tivesse saído do lugar o tempo todo que ele estivera em Londres. Aquele pensamento era estranhamente reconfortante. Edward notou que Anna tinha uma pequena mancha de tinta no queixo.

E alguma coisa estava diferente em sua aparência.

— Eu não usei bálsamo algum, Sra. Wren, porque não há razão para isso. — Ele tentou caminhar os passos restantes até sua mesa sem mancar.

Naturalmente, ela percebeu isso também.

— E a sua perna! Por que o senhor está mancando, milorde?

— Não estou mancando.

Anna arqueou as sobrancelhas tão alto que elas quase sumiram de sua testa.

Edward foi forçado a olhar de cara feia para enfatizar a mentira. Ele tentou pensar numa explicação para os ferimentos que não o fizesse parecer um completo idiota. Certamente não podia contar à pequena secretária que se metera numa briga num bordel.

O que estava diferente na aparência dela?

— O senhor sofreu um acidente? — perguntou Anna antes que ele conseguisse pensar numa desculpa razoável.

Ele aproveitou a sugestão.

— Sim, foi um acidente. — Alguma coisa com o cabelo... Um novo penteado, talvez?

O descanso dele foi breve.

— O senhor caiu do cavalo?

— Não! — Edward esforçou-se para baixar o tom de voz e teve uma repentina inspiração. Ele podia *ver* o cabelo dela. — Não. Eu não caí do meu cavalo. Onde está o seu gorro?

Como distração, aquilo fora um completo fracasso.

— Decidi não usá-lo mais — respondeu ela cerimoniosamente. — Se o senhor não caiu do cavalo, então o que foi que lhe aconteceu?

A mulher teria sido extremamente bem-sucedida na Inquisição.

— Eu... — Mesmo que sua vida dependesse daquilo, ele não conseguia pensar numa história razoável.

Anna parecia preocupada.

— Sua carruagem não virou, não é?

— Não.

— O senhor foi atropelado por uma carroça em Londres? Ouvi dizer que as ruas são terrivelmente cheias.

— Não. Também não fui atropelado por uma carruagem. — Ele tentou sorrir de forma charmosa. — Gosto da senhora sem seu gorro. Seus cachos brilham como um campo de margaridas.

Anna estreitou os olhos. Talvez ele não tivesse charme algum.

— Não sabia que margaridas eram marrons. O senhor tem certeza de que não caiu do cavalo?

Edward trincou os dentes e rezou, pedindo paciência.

— Eu não caí do cavalo. Eu *nunca*...

Ela ergueu uma das sobrancelhas.

— Eu *quase* nunca fui derrubado do meu cavalo.

Anna rapidamente assumiu a postura de uma educadora.

— Está tudo bem — disse ela numa voz insuportavelmente compreensiva. — Mesmo os melhores cavaleiros caem das montarias às vezes. Isso não é motivo para se envergonhar.

Edward se ergueu da mesa, mancou até a dela e apoiou as duas mãos na superfície. Ele se inclinou até que seus olhos estivessem apenas a centímetros dos olhos cor de mel de Anna.

— Não estou envergonhado — disse ele muito lentamente. — Eu não caí do cavalo. Eu não fui jogado do cavalo. Quero encerrar esta discussão. Está bem, Sra. Wren?

Anna engoliu em seco, atraindo o olhar de Edward para seu pescoço.

— Sim. Sim, está bem assim para mim, Lorde Swartingham.

— Ótimo. — Seu olhar foi atraído pelos lábios dela, úmidos onde ela os lambera, por conta do nervosismo. — Eu pensei na senhora enquanto estive fora. A senhora pensou em mim? Sentiu minha falta?

— Eu... — ela começou a murmurar.

Hopple entrou apressado na biblioteca.

— Bem-vindo de volta, milorde. Espero que a sua estada em nossa linda capital tenha sido agradável. — O administrador parou ao ver a posição de Edward sobre Anna.

Edward se esticou lentamente, mas seus olhos não se afastaram da secretária.

— Minha estada foi bastante agradável, Hopple, embora eu tenha sentido falta da... beleza do campo.

Anna parecia incomodada.

Edward sorriu.

O Sr. Hopple se assustou.

— Lorde Swartingham! O que foi que aconteceu com...?

Anna o interrompeu.

— Sr. Hopple, o senhor tem tempo para mostrar ao conde a nova vala?

— A vala? Mas... — Hopple olhou de Edward para Anna.

Anna franziu as sobrancelhas, como se uma mosca tivesse pousado em sua testa.

— A nova vala para drenar o campo do Sr. Grundle. O senhor mencionou isso no outro dia.

— O... Ah, sim, a vala do fazendeiro Grundle — disse Hopple. — Se o senhor vier comigo, milorde, creio que terá interesse em inspecioná-la.

Os olhos de Edward se voltaram para Anna.

— Eu me encontrarei com você em meia hora, Hopple. Tenho uma coisa para discutir com a minha secretária primeiro.

— Ah, sim. Sim. Er, muito bem, milorde. — Hopple saiu, parecendo atordoado.

— O que o senhor queria discutir comigo, milorde? — perguntou ela.

Edward pigarreou.

— Na verdade, é uma coisa que quero lhe mostrar. A senhora poderia vir comigo?

Anna pareceu perplexa, mas ficou de pé e aceitou seu braço. Ele a conduziu para fora da biblioteca, virando na porta dos fundos, e não na principal. Quando os dois entraram na cozinha, a cozinheira quase deixou cair a bandeja de chá. Três criadas estavam agrupadas perto da mesa na qual estava a cozinheira, como acólitos em torno de seu sacerdote. As quatro mulheres se puseram de pé.

Edward acenou para que elas voltassem a se sentar. Sem dúvida, ele havia interrompido as fofocas matinais. Sem dar explicação, ele passou pela cozinha e saiu pela porta na parte de trás. Os dois cruzaram o amplo pátio dos estábulos, com as botas do conde fazendo barulho nos paralelepípedos. O sol da manhã brilhava fortemente, e os estábulos lançavam uma longa sombra sobre os dois. Edward deu a volta em um canto da construção e parou na sombra. Anna olhou ao redor, confusa.

Edward teve uma súbita e terrível sensação de dúvida. Era um presente diferente. Talvez ela não gostasse ou — pior — se sentisse insultada.

— Isto é para a senhora. — Ele fez um gesto abrupto para um fardo de aniagem enlameado.

Anna olhou para ele e, depois, para a aniagem.

— O quê...?

Edward abaixou-se e puxou um canto da trouxa. Sob o pano, via-se o que parecia um monte de varetas espinhosas mortas.

Anna deu um gritinho.

Aquele barulho tinha de ser um bom sinal, não é? Edward franziu a testa em dúvida. Então, ela lhe lançou um sorriso, e ele sentiu um calor inundando seu peito.

— *Roseiras!* — exclamou ela.

Anna se ajoelhou para examinar uma das roseiras escondidas. Ele as havia embalado cuidadosamente em aniagem úmida para evitar que as raízes ressecassem antes da partida de Londres. Cada arbusto continha alguns galhos espinhosos, mas as raízes eram compridas e saudáveis.

— Cuidado, elas podem ter espinhos — murmurou Edward para a cabeça baixa de Anna.

Ela fez as contas, absorta.

— Tem duas dúzias aqui. O senhor quer que coloque todas elas no seu jardim?

Edward a fitou com ar severo.

— São para a senhora. Para o seu chalé.

Anna abriu a boca e, por um momento, parecia não saber o que dizer.

— Mas... mesmo que eu pudesse aceitar todas, elas devem ter sido muito caras.

Será que ela estava recusando o presente?

— Por que você não poderia aceitá-las?

— Bem, para início de conversa, eu não poderia colocar tudo isso no meu pequeno jardim.

— Quantas caberiam lá?

— Ah, suponho que três ou quatro — retrucou Anna.

— Pegue as quatro que a senhora quiser, e eu vou devolver o restante. — Edward sentiu-se aliviado. Pelo menos ela não estava rejeitando as rosas. — Ou vou queimá-las — acrescentou, depois de pensar um pouco.

— Queimá-las! — Anna parecia horrorizada. — Mas o senhor não pode simplesmente queimá-las. Não as quer para seu próprio jardim?

Ele balançou a cabeça impacientemente.

— Não sei como plantá-las.

— Eu sei. Vou plantar para o senhor em agradecimento pelas outras. — Anna sorriu para ele, parecendo um pouco tímida. — Obrigada pelas rosas, Lorde Swartingham.

Edward pigarreou.

— Não há de quê, Sra. Wren. — Ele sentiu uma estranha vontade de remexer os pés como um garotinho. — Suponho que eu deva ir ao encontro de Hopple.

Anna simplesmente o encarou.

— Sim... Ah, sim. — Bom Deus, ele estava gaguejando como um imbecil. — Então eu vou atrás dele. — Resmungando um adeus, ele saiu à procura do administrador.

Quem imaginaria que dar presentes a secretários poderia ser algo tão estressante?

ANNA OBSERVOU DISTRAÍDA enquanto Lorde Swartingham se afastava, ao mesmo tempo que enfiava a mão na aniagem enlameada. Ela sabia como era a sensação daquele homem em seu corpo no escuro. Sabia como seu corpo se movia quando fazia amor. Conhecia os sons roucos e graves que ele produzia do fundo da garganta quando atingia o clímax. Ela sabia as coisas mais íntimas que alguém pode saber sobre um homem, mas não sabia como conciliar esse conhecimento com a visão dele à luz do dia. Conciliar o homem que fazia amor de maneira tão sublime com aquele que lhe trouxera roseiras de Londres.

Anna balançou a cabeça. Talvez fosse uma pergunta difícil demais. Talvez nunca fosse possível compreender a diferença entre a paixão de um homem à noite e a expressão civilizada que ele usava durante o dia.

Ela não conseguira imaginar como seria vê-lo depois de passar duas noites inacreditáveis em seus braços. Agora ela sabia. Sentia-se triste, como se tivesse perdido alguma coisa que nunca tivera de verdade. Ela fora para Londres com a intenção de fazer amor com ele, de desfrutar do ato físico com um homem: sem emoção. Mas, no fim das contas, Anna não era tão impassível quanto um homem. Ela era uma mulher, e aonde quer que seu corpo fosse, suas emoções o seguiriam indiscriminadamente. O ato, de certa forma, a ligara ao conde, não importava se ele soubesse disso ou não.

E ele jamais poderia saber agora. O que havia ocorrido entre os dois no quarto do Grotto de Aphrodite deveria permanecer apenas como seu segredo.

Ela fitou os caules das rosas sem enxergá-los. Talvez as flores fossem um sinal de que as coisas ainda poderiam ser curadas. Anna tocou um galho espinhoso. Elas deviam significar alguma coisa, não? Um cavalheiro não costuma dar um presente tão adorável — um presente tão perfeito — para a secretária, costuma?

Um espinho lhe furou o polegar. Distraída, ela sugou a ferida. Talvez houvesse esperança afinal. Desde que o conde nunca, sob hipótese alguma, descobrisse que ela o enganara.

MAIS TARDE NAQUELA manhã, Edward tinha água enlameada até a altura da panturrilha e inspecionava a nova vala de drenagem. Uma cotovia cantava na fronteira do campo do Sr. Grundle. Provavelmente estava extasiada por não ter se molhado. Ali perto, dois trabalhadores usando a bata da fazenda de Grundle retiravam lama com a pá para manter a vala sem detritos.

Hopple também estava de pé na água enlameada e parecia especialmente ofendido. Isso poderia ser, em parte, porque ele já tinha escorregado e caído na água suja. Seu colete, antes amarelo cor de gema de ovo com debrum verde, estava imundo. A água da vala jorrava no riacho próximo, conforme o administrador explicava a engenharia do projeto.

Edward observava os trabalhadores, assentia para o sermão de Hopple e pensava na reação de Anna ao seu presente. Quando ela falava, o conde tinha dificuldade para manter os olhos longe de sua boca exótica. Como uma boca daquelas tinha ido parar numa mulherzinha tão comum era um grande mistério que, aparentemente, poderia encantá-lo por muitas horas. Aquela boca poderia fazer o arcebispo de Canterbury pecar.

— O senhor não acha, milorde? — perguntou Hopple.

— Ah, com certeza. Com certeza.

O administrador olhou para ele de modo estranho.

Edward suspirou.

— Apenas continue.

Jock apareceu aos pulos com um pequeno e infeliz roedor na boca. Ele saltou a vala e aterrissou com um borrifo de água enlameada, arruinando de vez o colete de Hopple. O cão apresentou seu achado a Edward. No mesmo instante, ficou evidente que o tesouro deixara de ter vida há algum tempo.

Hopple recuou apressadamente, acenando um lenço diante do rosto e resmungando irritado:

— Jesus! Depois que esse cão sumiu por vários dias, pensei que estávamos livres dele.

Edward afagou Jock, distraído, o presente fedorento ainda em sua boca. Um verme caiu, fazendo barulho na água. Hopple engoliu em seco e continuou sua explicação do maravilhoso dreno com o lenço sobre o nariz e a boca.

É claro que, depois de conhecer Anna melhor, Edward já não a achava assim tão comum. Na verdade, ele tinha dificuldade em explicar como a havia ignorado tão completamente na primeira vez em que se encontraram. Como poderia ter achado sua aparência sem graça? A não ser pela boca, claro. Ele sempre prestara atenção na boca.

Edward suspirou e chutou alguns detritos sob a água, levantando um borrifo de lama. Ela era uma dama. Esse era um fato que ele nunca havia ignorado, mesmo que tivesse se enganado sobre sua beleza a princípio.

Como um cavalheiro, não deveria nem pensar em Anna dessa forma. Era para isso que serviam as prostitutas, afinal. Damas simplesmente não consideravam a ideia de se ajoelhar diante de um homem e, lentamente, levarem suas belas bocas sensuais até o...

Edward se mexeu pouco à vontade e franziu o cenho. Agora que ele estava oficialmente noivo da Srta. Gerard, devia parar de pensar na boca de Anna. Ou, melhor dizendo, em qualquer outra parte dela. Precisava deixar Anna — *a Sra. Wren* — longe de seus pensamentos, para que seu segundo casamento fosse bem-sucedido.

Sua futura família dependia disso.

Rosas são engraçadas: espinhosas na superfície, mas tão frágeis em seu interior, refletiu Anna naquela noite. Rosas eram uma das flores mais difíceis de plantar, precisavam de mais cuidados e atenção do que qualquer outra planta; ainda assim, uma vez estabelecidas, poderiam crescer por anos, mesmo que fossem abandonadas.

O jardim atrás do chalé tinha somente seis por nove metros, mas ainda havia espaço para um pequeno galpão nos fundos. Ela usara uma vela na escuridão que avançava para iluminar seu caminho enquanto remexia no galpão, encontrando uma antiga bacia e alguns baldes de estanho. Agora, Anna colocava as rosas com cuidado nos recipientes e as cobria com a água extremamente fria do pequeno poço do jardim.

Anna deu um passo para trás e observou seu trabalho de forma crítica. Parecia que Lorde Swartingham a evitara depois de lhe dar as rosas. Ele não tinha aparecido para o almoço e somente havia parado na biblioteca uma vez naquela tarde. Mas, sem dúvida, ele tinha muito trabalho acumulado dos cinco dias em que estivera fora, e era um homem muito ocupado. Ela arrastou a aniagem enlameada por cima da bacia e dos baldes. E arrumou os recipientes na sombra do chalé, para que as plantas não queimassem no sol do dia seguinte. Talvez em um dia ou dois pudesse plantar as rosas, mas a água as manteria vivas. Ela acenou em concordância e entrou para se lavar antes do jantar.

A família Wren comeu batatas assadas e um pedaço de pernil naquela noite. A refeição estava quase no fim quando Mãe Wren pousou o garfo e exclamou:

— Ah, eu tinha me esquecido de lhe dizer, querida. Quando você viajou, a Sra. Clearwater nos convidou para a *soirée* de primavera que vai acontecer daqui a dois dias.

Anna fez uma pausa com a xícara a meio caminho dos lábios.

— É mesmo? Nunca fomos convidadas antes.

— Ela sabe que você é amiga de Lorde Swartingham. — Mãe Wren sorriu de modo complacente. — Seria uma vitória para ela se ele comparecesse.

— Eu não tenho qualquer influência sobre a ida ou não do conde. A senhora sabe bem disso, mãe.

— Você acha mesmo? — Mãe Wren inclinou a cabeça. — Lorde Swartingham não fez esforço algum para participar de nossos divertimentos sociais. Ele não aceita convites para chás nem jantares e não faz questão de ir à igreja aos domingos.

— Ele é mesmo um recluso — admitiu Anna.

— Algumas pessoas dizem que ele é orgulhoso demais para ser visto em eventos do interior.

— Isso não é verdade.

— Ah, eu sei que o conde é bastante simpático. — Mãe Wren serviu-se de uma segunda xícara de chá. — Ora, ele tomou café da manhã neste chalé conosco e também foi muito cortês. Mas ele não se esforçou nem um pouco para agradar outras pessoas na aldeia. Isso faz com que não tenha boa reputação.

Anna franziu a testa e fitou a batata em seu prato.

— Eu não havia percebido que tantas pessoas o viam assim. Os arrendatários na região o adoram.

Mãe Wren fez que sim com a cabeça.

— Os arrendatários, talvez. Mas ele também precisa ser cortês com aqueles que estão na base da sociedade.

— Vou tentar convencê-lo a ir à *soirée*. — Anna endireitou os ombros. — Mas vai dar trabalho. Como a senhora disse, ele não tem muito interesse em eventos sociais.

Mãe Wren sorriu.

— Nesse meio-tempo, precisamos discutir o que você vai usar.

— Eu nem tinha pensado nisso. — Anna franziu a testa. — Tudo que tenho é o meu velho vestido de seda verde. Simplesmente não há tempo suficiente para fazer vestidos com os tecidos que eu trouxe de Londres.

— É uma pena — concordou Mãe Wren. — Mas seu vestido verde é muito bonito, querida. A cor adorável traz um tom rosado à sua face e combina muito bem com os seus cabelos. No entanto, suponho que o decote infelizmente esteja fora de moda.

— Talvez desse para usar alguns dos aviamentos que a Sra. Wren comprou em Londres — sugeriu Fanny timidamente. Ela ficara ali por perto durante toda a conversa.

— Que boa ideia! — Mãe Wren sorriu para ela, fazendo a garota corar. — Melhor começarmos hoje mesmo.

— Sim, de fato, mas tem uma coisa que eu quero encontrar antes de começarmos os vestidos.

Anna empurrou a cadeira para trás e foi até o antigo armário da cozinha. Ela se ajoelhou, abriu a parte de baixo e espiou.

— O que está procurando, Anna? — perguntou Mãe Wren atrás dela.

Anna se afastou do armário e espirrou antes de erguer um pequeno frasco empoeirado em triunfo.

— O bálsamo de minha mãe, para hematomas e esfoladuras.

Mãe Wren lançou um olhar duvidoso para o frasco.

— Sua mãe era uma excelente herborista amadora, querida, e eu fui grata pelo bálsamo muitas vezes no passado, mas o creme tem um cheiro horrível. Você tem certeza de que precisa dele?

Anna se levantou agilmente, sacudindo a poeira das saias.

— Ah, não é para mim. É para o conde. Ele sofreu um acidente com o cavalo.

— Um acidente com o cavalo. — A sogra piscou. — Ele caiu?

— Ah, não. Lorde Swartingham é um cavaleiro experiente demais para cair do cavalo — disse Anna. — Não sei ao certo o que aconteceu. Acho que ele não queria discutir o assunto. Mas o homem está com hematomas horríveis no rosto.

— No rosto... — Mãe Wren se interrompeu pensativamente.

— Sim, um dos olhos parecia bem machucado, e o queixo está roxo.

— E você pretende passar bálsamo no rosto dele? — Mãe Wren cobriu o próprio nariz como em solidariedade.

Anna ignorou a cena.

— Se isso puder ajudá-lo a se curar mais rápido...

— Tenho certeza de que você sabe o que é melhor — retrucou Mãe Wren, mas ela não parecia convencida.

NA MANHÃ SEGUINTE, Anna procurou o conde no pátio dos estábulos. Lorde Swartingham estava parado, dando instruções ao Sr. Hopple, que as anotava da melhor maneira possível num pequeno livro. Jock estava por ali também, e se levantou para cumprimentar Anna ao vê-la. O conde notou, parou e virou seus olhos escuros para Anna. Ele sorria.

O Sr. Hopple ergueu o olhar quando as ordens cessaram.

— Bom dia, Sra. Wren. — Ele olhou novamente para Lorde Swartingham. — Devo começar com as tarefas, milorde?

— Sim. Sim — retrucou o conde impacientemente.

O administrador se apressou, parecendo aliviado.

O conde foi até ela.

— A senhora precisa de alguma coisa? — Ele continuou caminhando até parar perto demais de Anna.

Ela podia ver os finos fios prateados em seu cabelo.

— Sim — respondeu ela rapidamente. — Preciso que o senhor fique parado.

Os belos olhos escuros do conde se arregalaram.

— O quê?

— Tenho um pouco de bálsamo para o seu rosto. — Ela retirou o pequeno frasco da cesta e o ergueu.

Ele olhou para o frasco, desconfiado.

— É uma receita da minha falecida mãe. Ela jurava que tinha propriedades curativas.

Anna retirou a tampa, e o conde jogou a cabeça para trás devido ao odor pungente que subiu. Jock parecia querer enfiar o nariz no frasco. Lorde Swartingham agarrou os pelos do pescoço do cão e o afastou.

— Bom Deus! Tem cheiro de bost... — Ele viu os olhos dela se estreitarem. — Bosque — completou ele sem convicção.

— Bom, é um cheiro adequado ao pátio dos estábulos, o senhor não acha? — retrucou ela sarcasticamente.

O conde parecia preocupado.

— Aí dentro não tem mesmo bost...

— Ah, não. — Anna ficou chocada. — É composto de gordura de carneiro, ervas e outras coisas. Não sei exatamente o quê. Eu teria de procurar a receita da minha mãe para dizer. Mas com certeza não tem bost..., hum, nada censurável nele. Agora, fique quieto.

Ele inclinou uma sobrancelha ao notar o tom de voz dela, mas ficou de pé obedientemente, imóvel. Anna pegou um pouco do creme gorduroso com o dedo, esticou-se na ponta dos pés e começou a passá-lo na bochecha dele. Como o conde era muito alto, Anna tinha de chegar bem perto para alcançar seu rosto. Lorde Swartingham estava em silêncio, respirando fundo enquanto Anna espalhava cuidadosamente o bálsamo perto de seu olho roxo. Ela podia sentir que ele a observava. Anna pegou outra porção e começou a esfregar com delicadeza no queixo dele. O bálsamo era frio, mas se tornou quente e escorregadio quando sua pele o aqueceu. Ela sentiu o leve arranhar da barba debaixo dos dedos e teve de combater a vontade de demorar-se mais um pouco naquela tarefa. Esfregou uma última vez e deixou a mão cair.

Lorde Swartingham baixou o olhar para ela.

Ao se aproximar dele para aplicar o bálsamo, Anna se aninhara entre as pernas abertas do conde. Seu calor envolveu o corpo dela. Ela começou a se afastar, mas as mãos dele envolveram seus braços. Os dedos se dobraram, e ele parecia encará-la fixamente. Anna respirou fundo. Será que ele...?

O conde Edward a soltou.

— Obrigado, Sra. Wren. — Edward abriu a boca como se fosse dizer mais alguma coisa e então a fechou. — Tenho trabalho a fazer. Eu a verei mais tarde. — Ele fez uma breve mesura antes de se virar.

Jock olhou para ela, choramingou e, então, seguiu seu dono.

Anna observou os dois se afastarem, suspirou e, pensativamente, botou a tampa de volta no pote de bálsamo.

Capítulo Treze

"Então Aurea foi para casa visitar seu pai. Ela viajou numa carruagem puxada por cisnes voadores e levou consigo muitas coisas belas para dar à família e aos amigos. Mas, quando suas irmãs viram os presentes maravilhosos que a jovem trouxera para casa, seus corações, em vez de se encherem de gratidão e prazer, chafurdaram em inveja e maldade. As irmãs puseram as belas e frias cabeças lado a lado e começaram a interrogar Aurea sobre o novo lar e o curioso marido. E, pouco a pouco, ficaram sabendo de tudo: das riquezas do palácio, dos criados-aves, das refeições exóticas e finalmente — e mais importante — do amante noturno. Ao ouvir esta última informação, as duas sorriram por trás das mãos pálidas e começaram a plantar as sementes da dúvida na mente da irmã caçula..."

— O Príncipe Corvo

— Mais para cima. — Felicity Clearwater franziu o cenho e fitou o teto na sala de estar maior. As cortinas fechadas obscureciam o sol da tarde do lado de fora. — Não. Não, mais para a esquerda.

Uma voz masculina murmurou irritada.

— Ahh! — disse ela. — Aí. Acho que você conseguiu. — No canto, uma rachadura serpenteava pelo teto. Ela nunca a havia percebido. Devia ser nova. — Você a encontrou?

Chilton Lillipin, "Chilly" para os íntimos, grupo que incluía Felicity, cuspiu um fio de cabelo.

— Minha queridinha, tente relaxar. Você está atrapalhando minha arte. — Ele se inclinou novamente.

Arte? Ela conteve uma risada irônica. Fechou os olhos por alguns instantes e tentou se concentrar no amante e no que ele estava fazendo, mas não adiantou. Abriu os olhos de novo. Ela precisava mesmo chamar uma pessoa para reparar aquela rachadura. E, da última vez que alguém viera consertar alguma coisa, Reginald havia sido um grosseirão, bateu os pés e resmungou, como se os trabalhadores estivessem ali somente para incomodá-lo. Felicity suspirou.

— Isso aí, amorzinho — disse Chilly, lá de baixo. — Apenas relaxe e deixe o mestre dos amantes levá-la ao paraíso.

Ela revirou os olhos. Quase se esquecera do *mestre dos amantes*. E suspirou novamente. Não havia jeito.

Felicity começou a gemer.

Quinze minutos depois, Chilly estava de pé diante do espelho da sala de estar, ajustando a peruca cuidadosamente. Ele estudou o próprio reflexo e deslizou a peruca para a direita na cabeça raspada. Era um belo homem, mas faltava-lhe alguma coisa, na opinião de Felicity. Seus olhos eram de um puro azul, mas um tanto juntos. Seus traços eram harmoniosos, mas o queixo emendava no pescoço. E os membros eram musculosos, mas suas pernas eram um tantinho curtas demais em comparação com o restante do corpo. O que lhe faltava fisicamente carecia também na personalidade. Ela ouvira rumores de que, embora fosse habilidoso na esgrima, Chilly demonstrava sua proeza desafiando homens menos talentosos para os duelos e, então, os matava.

Felicity estreitou os olhos. Ela não confiaria em Chilly se desse de cara com ele em um beco escuro, mas ele tinha suas utilidades.

— Você descobriu aonde ela foi em Londres?

— Claro. — Chilly deu um risinho para si mesmo no espelho. O canino dourado piscou para ele. — A vadiazinha terminou num bordel chamado Grotto de Aphrodite. Não uma, mas duas vezes. Dá para acreditar?

— Grotto de Aphrodite?

— É um estabelecimento de alto nível. — Chilly deu um último puxão na peruca e esqueceu o espelho para olhar para ela. — Damas da alta sociedade algumas vezes vão lá disfarçadas para encontrar seus amantes.

— É mesmo? — Felicity tentou não parecer intrigada.

Chilly serviu um copo cheio do melhor conhaque contrabandeado do escudeiro.

— Parece um pouco caro para uma viúva do interior.

Sim, parecia. Como Anna Wren havia pagado para estar naquele lugar? O estabelecimento que Chilly descreveu era sofisticado. Seu amante tinha de ser rico. E devia ter um bom conhecimento de Londres e dos redutos de baixa reputação da alta sociedade. E o único cavalheiro que se encaixava nessa descrição em Little Battleford, o único cavalheiro que tinha ido a Londres no mesmo período que Anna Wren, era o conde de Swartingham. Um calafrio de triunfo desceu pela coluna de Felicity.

— Então, que história é essa? — Chilly olhou por cima do copo para ela. — Quem se importa se uma senhorinha sem graça tem uma vida secreta? — Ele soou um tanto curioso demais para o gosto dela.

— Deixe para lá. — Felicity se recostou na *chaise longue*, se esticou de modo luxuriante, e seus seios se empinaram. Imediatamente, a atenção de Chilly foi desviada para ela. — Eu lhe conto um dia.

— Será que eu não mereço nem uma recompensa? — Chilly fez um biquinho, uma visão nada atraente. Ele se aproximou e sentou-se na beirada da *chaise*.

Ele havia feito um bom trabalho. E Felicity sentia-se satisfeita com o mundo. Por que não agradar o homem? Ela esticou uma mão felina para os botões da calça de Chilly.

À NOITE, EDWARD tirou a gravata estropiada do pescoço. Ele tinha de controlar seus impulsos corporais. Fez cara feia e atirou a peça amassada sobre uma cadeira. Seu quarto na abadia era um local um tanto sombrio, com mobília grande e pesada, de cores desbotadas e tristonhas. Era de admirar que os De Raafs tivessem sido capazes de manter a linhagem familiar nesse ambiente.

Davis, como sempre, não estava por perto quando poderia ser útil. Edward prendeu o calcanhar de sua bota na descalçadeira e começou a tirar o pé do sapato. Havia ficado muito perto de não deixar Anna ir embora dos estábulos. De beijá-la, na verdade. Era exatamente o tipo de coisa que tentava evitar nas últimas semanas.

Uma bota caiu no chão, e ele começou a retirar o outro pé. A viagem a Londres deveria ter resolvido esse problema. E, agora, com o casamento praticamente acertado... Bom, ele tinha de começar a assumir o papel de um homem que estaria casado em breve. Nada de pensar nos cabelos de Anna nem no motivo de ela ter deixado de usar o gorro. Nada de contemplá-la quando ela se aproximara dele e aplicava o bálsamo. E, sobretudo, não pensaria em sua boca nem em como seria se ele a abrisse e...

Droga!

A segunda bota saiu, e Davis, com um timing excepcional, entrou no quarto.

— Pai do Céu! Que cheiro é esse? Que fedor!

O valete segurava uma pilha de gravatas recém-lavadas, a aparente razão para sua rara visita voluntária aos cômodos do patrão.

Edward suspirou.

— Boa noite para você também, Davis.

— Jesus! Caiu num chiqueiro, foi?

Edward começou a tirar as meias.

— Você sabe que alguns valetes passam o tempo ajudando os patrões a vestirem e a tirarem a roupa em vez de ficarem fazendo comentários rudes?

Davis deu uma risada estridente.

— Rá. O senhor devia ter me dito antes que estava com problemas para desabotoar sua calça, milorde. Eu teria ajudado.

Edward fez uma cara feia para ele.

— Apenas deixe as gravatas aí e saia.

Davis caminhou vacilante até a cômoda, abriu a gaveta superior e largou as gravatas ali.

— O que é essa meleca em sua cara? — perguntou ele.

— A Sra. Wren gentilmente me deu um pouco de bálsamo para meus hematomas esta tarde — explicou Edward com dignidade.

O valete se inclinou na direção do patrão e inspirou, fungando alto.

— É daí que vem o fedor. Tem cheiro de bosta de cavalo.

— Davis!

— Ora, mas tem. Não sinto nada tão fedorento desde que o senhor era rapaz e caiu de bunda no chiqueiro da fazenda do Velho Peward. O senhor se lembra disso?

— Como poderia esquecer com você por perto? — resmungou Edward.

— Jesus! Pensei que nunca fôssemos tirar o fedor do senhor daquela vez. E eu tive que jogar sua calça fora.

— Por mais que a lembrança seja agradável...

— É claro que o senhor nunca teria caído lá se não estivesse dando uma olhadela na filha do Velho Peward — emendou Davis.

— Eu não estava dando uma olhadela em ninguém. Eu escorreguei.

— Nada disso. — Davis coçou a cabeça. — Seus olhos estavam prestes a saltar das órbitas, isso sim, espantados com os peitos grandes dela.

Edward trincou os dentes.

— Eu *escorreguei* e caí.

— Quase um sinal de Nosso Senhor lá em cima, isso sim — continuou Davis, filosófico, enquanto engraxava os sapatos do patrão. — Olha para os peitos de uma garota e aterrissa em merda de porco.

— Ora, pelo amor de Deus! Eu estava sentado na cerca do chiqueiro e escorreguei.

— Prissy Peward bem que tinha umas tetas grandes, tinha sim.

Davis soou um pouco melancólico.

— Você nem estava lá.

— Mas o fedor daquele chiqueiro não era nada perto dessa bosta de cavalo na sua cara.

— *Da*-vis.

O valete caminhou na direção da porta acenando uma mão cheia de manchas senis diante de seu rosto ao passar.

— Deve ser bom mesmo deixar uma mulher esfregar bosta de ca...

— *Davis!*

— Na sua cara toda.

O valete alcançou a porta e cruzou o corredor, ainda resmungando. Como seu andar era, como sempre, lento, Edward pôde ouvir suas divagações por uns cinco minutos mais. Estranhamente, quanto mais Davis se afastava da porta, mais alto falava.

Edward franziu o cenho ao olhar para o próprio reflexo no espelho de fazer a barba. O bálsamo tinha um cheiro horrível. Ele esticou a mão para a bacia e despejou um pouco de água da jarra na penteadeira. Pegou uma toalha e então hesitou. O bálsamo já estava em seu rosto, e Anna ficara contente ao aplicá-lo. Ele esfregou o polegar na beirada do queixo, lembrando-se de suas mãos macias.

Edward jogou a toalha de rosto no chão.

Ele poderia muito bem lavar o bálsamo quando fosse se barbear pela manhã. Não faria mal algum dormir com aquilo. O conde se afastou da penteadeira e tirou o restante das roupas, dobrando-as e colocando-as numa cadeira. Havia pelo menos uma vantagem em ter um valete incomum: Edward aprendera a arrumar as próprias roupas, uma vez que Davis não se dignava a fazer isso. De pé, nu, ele bocejou e se esticou antes de se deitar na cama antiga de quatro colunas. Ele se inclinou e soprou a vela na mesinha de cabeceira, então ficou deitado no escuro, fitando os contornos sombrios das cortinas da cama. E se perguntou, sonolento, quantos anos elas tinham. Com certeza, eram mais velhas do que a própria casa. Será que originalmente elas tinham essa tonalidade horrorosa de amarelo amarronzado?

Seus olhos sonolentos olharam ao redor do quarto, e ele viu a forma de uma mulher perto da porta.

Ele piscou e, subitamente, ela estava perto de sua cama.

E sorria. O mesmo sorriso de Eva quando havia estendido a fatídica maçã para Adão. A mulher estava gloriosamente nua, a não ser por uma máscara de borboleta no rosto.

Ele pensou: *É a prostituta do Grotto de Aphrodite*. E então: *Estou sonhando*.

Mas o pensamento se dissipou. Lentamente, a mulher passou as mãos pela barriga, atraindo o olhar dele, e então segurou os seios com as mãos em concha, inclinando-se para a frente de modo que ficassem no nível dos olhos dele. Então ela começou a beliscar os próprios mamilos e a brincar com eles.

A boca de Edward ficou seca enquanto ele observava os mamilos se repuxarem e adquirirem uma tonalidade vermelho-cereja. Ele ergueu a cabeça para beijar os seios dela, pois já estava com água na boca pela necessidade de prová-la, mas ela se afastou com um sorriso provocante. A mulher puxou os cabelos castanhos cor de mel, que caíam pelo pescoço. Tentáculos cacheados se prenderam nos braços dela. Ela arqueou as costas esbeltas, empurrando os seios para cima e para a frente, como um fruto suculento diante dele. Edward gemeu e sentiu o pênis latejar contra sua barriga enquanto ela o provocava.

A mulher deu um sorriso de bruxa. Ela sabia exatamente o que estava fazendo com ele. E alisou o tronco, alisou os seios empinados, a barriga macia e parou. Seus dedos roçaram os cachos reluzentes de seus pelos pubianos. Ele desejou que ela os movesse mais para dentro, mas ela o provocou, passando os dedos levemente pelos fios. Quando ele estava prestes a perder o controle, ela deu uma risadinha baixa e abriu as pernas.

Edward não sabia se ainda conseguia respirar. Seus olhos estavam fixos nela e em sua boceta. Ela abriu os lábios de baixo para ele. Ele podia ver a pele rubi reluzindo com fluido e sentia o odor almiscarado subindo de sua carne. A mulher enfiou um dedo fino em sua abertura. Lentamente, subiu e encontrou seu clitóris. Ela estava se tocando, seu dedo movendo-se em círculos molhados sobre o botão. Seu quadril começou a girar, ela deixou a cabeça pender para trás e gemeu. O som se misturou com o próprio gemido de Edward, de puro prazer. Ele estava duro como pedra, pulsando com desejo.

Ele a viu inclinar a pelve na direção dele. A mulher deslizou o dedo mediano para dentro de sua boceta e moveu-o para fora e para dentro, lenta e languidamente, e o dedo brilhava com a umidade. A outra mão moveu-se mais rápido sobre o clitóris, torturando o montinho frágil. Subitamente, ela se retesou, sua cabeça ainda caída para trás, e gemeu, num tom baixo e agudo. Seu dedo agiu furiosamente para dentro e para fora de seu corpo.

Edward gemeu de novo. Ele podia ver a evidência do orgasmo dela escorrendo pelas coxas macias. A visão quase o enlouqueceu. A mulher suspirou e relaxou, e seu quadril girou sensualmente mais uma vez. Ela retirou os dedos de dentro de si mesma e os levou, úmidos e reluzentes, aos lábios dele. Ela esfregou os dedos sobre sua boca, e ele provou seu desejo. Confuso, Edward ergueu os olhos para o rosto da mulher e percebeu que a máscara havia caído de seu rosto.

Anna sorria para ele.

Então, o orgasmo o invadiu, e Edward acordou e sentiu o espasmo quase agonizante de seu pênis enquanto ele se liberava.

Os olhos de Anna se ajustaram à escuridão fria da manhã seguinte, enquanto ela percorria a estreita trilha de terra dos estábulos da Abadia de Ravenhill. O edifício era venerável. Servira à abadia durante algumas reconstruções e expansões. Pedras do tamanho da cabeça de um homem compunham a fundação e as paredes mais baixas. A 1,80m do chão, as paredes eram de carvalho sólido, conduzindo a caibros expostos e a um teto abobadado seis metros acima de suas cabeças. Abaixo, as baias ladeavam um corredor central.

Os estábulos de Ravenhill tinham espaço para pelo menos cinquenta cavalos, embora pouco mais de dez estivessem ali atualmente. A escassez de animais a entristecia. Provavelmente, aquele lugar fora próspero, ativo. Agora, os estábulos eram silenciosos — como um gigante grisalho, sonolento. Tinha cheiro de cavalos baios, couro e décadas, talvez séculos, de esterco de cavalo. O odor era cálido e receptivo.

Lorde Swartingham deveria encontrá-la ali pela manhã, para que pudessem inspecionar outros campos a cavalo. A roupa de montaria improvisada de Anna arrastava poeira atrás de si quando ela passava. De vez em quando, uma cabeça equina aparecia, curiosa, sobre uma baia e relinchava uma saudação. Ela avistou o conde mais adiante, conversando com o chefe dos cavalariços. Ele se agigantava acima do homem idoso. Ambos estavam de pé sob um feixe de luz do sol empoeirado na outra extremidade do estábulo. Quando Anna se aproximou, pôde ouvir que estavam discutindo sobre um dos cavalos que mancava. Lorde Swartingham ergueu o olhar e a avistou. Ela parou perto da baia de Daisy, e ele sorriu e se virou para o empregado.

Daisy já estava selada, com os arreios, e amarrada frouxamente na passagem. Anna aguardou, conversando baixinho com a égua. Ela observou Lorde Swartingham se inclinar para ouvir o cavalariço, completamente concentrado no idoso. O homem era acabado e magrelo. Suas mãos eram cheias de nós, por causa da artrite e dos ossos cicatrizados, quebrados havia muito tempo. Seu porte era orgulhoso, com a cabeça ereta e rígida. O idoso, como todos os homens do campo, falava lentamente e gostava de discutir um problema à exaustão. Anna notou que o conde o deixava falar, sem apressar nem cortar sua fala, até que o empregado sentiu que o problema fora suficientemente discutido. Então, Lorde Swartingham deu um tapinha amigável nas costas do homem e o observou sair do estábulo. O conde se virou e começou a caminhar na direção dela.

Sem qualquer aviso, Daisy — a gentil e plácida Daisy — se empinou. Cascos com ferraduras cortaram o ar a apenas alguns centímetros do rosto de Anna. Ela caiu para trás, batendo na porta da baia e se encolheu. Um casco bateu na madeira perto de seu ombro.

— Anna! — Ela ouviu o conde gritar mais alto do que o relincho assustado dos cavalos próximos e do próprio gemido frenético de Daisy.

Um rato disparou por debaixo da porta da baia, balançando o rabo pelado enquanto desaparecia. Lorde Swartingham segurou o cabresto da égua e tirou-a dali. Anna ouviu um gemido e o bater da porta de uma baia.

Braços fortes a envolveram.

— Meu Deus, Anna, você se machucou?

Ela não conseguiu responder. O medo parecia ter fechado sua garganta. Ele passou as mãos nos ombros e nos braços dela, rapidamente tateando e alisando-a.

— Anna. — Seu rosto baixou para o dela.

Ela não conseguiu se controlar; seus olhos se fecharam.

Ele a beijou.

Seus lábios estavam quentes e secos. Macios e firmes. Eles se moveram pelos dela suavemente, antes que o conde inclinasse a cabeça e a pressionasse com força. As narinas dela se agitaram, e Anna sentiu o cheiro dos cavalos e dele. Ela pensou, de modo inoportuno, que para sempre associaria o cheiro de cavalos a Lorde Swartingham.

A *Edward*.

Ele passou a língua pelos lábios dela de modo tão delicado que, a princípio, Anna achou que tinha imaginado aquilo. Mas Edward repetiu a carícia, um toque feito camurça, e ela abriu a boca para receber a dele. Ela sentiu o calor dele invadindo sua boca, preenchendo-a, deslizando por sua língua. Ele tinha gosto do café tomado pela manhã.

Anna apertou os dedos na parte de trás do pescoço dele, e Edward abriu mais a boca e puxou-a até que ela encostasse nele. Uma das mãos roçou sua bochecha. Ela passou as mãos através dos pelos na nuca dele. O rabicho se desfez, e ela sentiu prazer na sensação sedosa do cabelo dele entre seus dedos. Edward passou a língua pelo lábio inferior dela e puxou-o entre seus dentes, sugando-o delicadamente. Ela ouviu o próprio gemido. Tremendo, suas pernas mal conseguiam sustentar o próprio peso.

Um estrondo vindo do pátio do estábulo, do lado de fora, trouxe Anna abruptamente de volta aos arredores. Edward ergueu a cabeça para ouvir. Um dos empregados do estábulo estava repreendendo um garoto por derrubar um equipamento.

Ele virou a cabeça novamente para Anna e passou seu polegar sobre a bochecha dela.

— Anna, eu...

Seu raciocínio pareceu escapulir. Ele balançou a cabeça. Então, como se fosse obrigado, Edward roçou um beijo delicado sobre a boca de Anna e o beijo se prolongou.

Mas alguma coisa estava errada; Anna podia sentir. Ele estava se afastando. Ela o estava perdendo. Anna se aproximou dele, tentando segurá-lo. Edward passou os lábios por suas bochechas e levemente, suavemente, sobre as pálpebras fechadas dela. Ela sentiu seu hálito passando através dos cílios.

Os braços de Edward caíram, e ela sentiu que ele recuava.

Anna abriu os olhos para vê-lo passando as mãos pelo cabelo.

— Eu sinto muito. Isso foi... *meu Deus*, sinto muito.

— Não, por favor, não peça desculpas. — Anna sorriu, o calor se espalhando por seu peito enquanto ela reunia coragem. Talvez aquela fosse a hora. — Eu desejava esse beijo tanto quanto você. Para falar a verdade...

— Eu estou noivo.

— O quê? — Anna se retraiu, como se ele a tivesse atingido.

— Estou noivo e vou me casar. — Edward fez uma careta, como se sentisse nojo ou até dor.

Ela ficou imóvel, esforçando-se para compreender aquelas simples palavras. Um entorpecimento invadiu seu corpo, expulsando o calor, como se ela nunca o tivesse sentido.

— Fui a Londres por esse motivo. Para concluir os arranjos matrimoniais. — Edward deu alguns passos, passando as mãos agitadamente pelo cabelo desgrenhado. — Ela é filha de um baronete, de uma família tradicional. Acho que talvez eles tenham vindo com o Conquistador, o que é mais do que os De Raafs podem supor. Suas terras... — Ele parou subitamente, como se Anna o tivesse interrompido.

Mas ela não tinha.

Ele a encarou por um momento agonizante e então desviou o olhar. Era como se uma corda esticada entre os dois tivesse se rompido.

— Eu sinto muito, Sra. Wren. — Ele limpou a garganta. — Nunca deveria ter me comportado tão mal com a senhora. Eu lhe dou minha palavra de honra que isso não vai acontecer novamente.

— E-Eu... — Anna lutou para forçar as palavras através da garganta inchada. — Eu preciso voltar ao trabalho, milorde.

Seu único pensamento coerente foi que ela deveria manter a compostura. Anna se virou para ir embora — fugir, na verdade —, mas sua voz a impediu.

— Sam...

— O quê? — Tudo que ela queria era um buraco para se esconder e nunca mais precisar pensar. Nunca mais precisar sentir. Mas alguma coisa no rosto do conde a impedia de ir embora.

Edward ergueu o olhar para o palheiro, como se buscasse alguma coisa ou alguém. Anna seguiu seu olhar. Não havia nada ali. O antigo compartimento estava praticamente vazio. Onde antes deveria haver montes de feno, agora havia somente montes de poeira flutuando. O feno para os cavalos estava armazenado embaixo, em baias vazias.

Mas Edward ainda fitava o palheiro.

— Este era o lugar preferido do meu irmão — disse ele por fim. — Samuel, meu irmão mais novo. Ele tinha 9 anos, nasceu seis anos depois de mim. Era diferença suficiente para eu não prestar tanta atenção nele. Ele era um menino quieto. Costumava se esconder no palheiro, embora mamãe sempre tivesse um ataque; ela tinha medo de que ele caísse e morresse. Mas isso não o detia. Ele passava metade do dia ali, brincando, não sei, com soldados de estanho ou algo assim. Era fácil esquecer que ele estava lá em cima, e algumas vezes Sam jogava feno na minha cabeça para me provocar. — Suas sobrancelhas se franziram. — Imagino que ele quisesse a atenção do irmão mais velho. Não que eu a desse. Eu estava ocupado demais aos 15 anos para prestar atenção numa criança aprendendo a atirar, beber e ser um homem.

Edward deu alguns passos, ainda estudando o sótão. Anna tentou engolir o bolo em sua garganta. Por que agora? Por que revelar toda essa dor para ela agora, quando isso já não mais importava?

Ele prosseguiu:

— Mas é engraçado. Quando voltei para cá, ficava esperando vê-lo aqui nos estábulos. Eu entrava e olhava para cima... e procurava seu rosto, acho. — Edward piscou e murmurou quase para si mesmo: — Algumas vezes, ainda faço isso.

Anna empurrou o nó do dedo na própria boca e o mordeu. Ela não queria ouvir isso. Não queria sentir pena daquele homem.

— Antes, este estábulo ficava cheio — continuou ele. — Meu pai adorava cavalos e costumava criá-los. Havia um monte de cavalariços e amigos do meu pai por perto, falando sobre cavalos e caçadas. Minha mãe ficava na abadia, dava festas e planejava a festa de debutante da minha irmã. Este lugar era muito agitado. Tão feliz. Era o melhor lugar do mundo.

Edward tocou a porta gasta de uma baia vazia com as pontas dos dedos.

— Eu nunca pensei que iria embora. Nunca quis ir embora.

Anna passou os braços em volta do próprio corpo e reprimiu um soluço.

— Mas então veio a varíola. — Ele parecia fitar o espaço, e as linhas de seu rosto se destacavam num relevo. — E eles morreram um a um. Primeiro Sammy, depois, meu pai e minha mãe. Elizabeth, minha irmã, foi a última a partir. Eles cortaram o cabelo dela por causa da febre, e ela chorou inconsolavelmente; achava que os cabelos eram o que ela tinha de mais bonito. Dois dias depois, colocaram-na no jazigo da família. Nós tivemos sorte, acho, se é que se pode chamar isso de sorte. Outras famílias tiveram que esperar até a primavera para enterrar seus mortos. Era inverno, e o chão estava congelado.

Ele respirou fundo.

— Mas eu não me lembro desse final, só do que me contaram depois, porque, a essa altura, eu também estava doente.

Edward passou um dedo pela bochecha, no ponto em que se amontoavam as cicatrizes de varíola, e Anna se perguntou com que frequência ele fizera aquele gesto nos últimos anos.

— E, claro, sobrevivi. — Edward a fitou com o sorriso mais amargo que ela já vira, como se ele sentisse o gosto de bile na garganta. — Só eu não morri. De todos eles, fui o único a sobreviver.

Ele fechou os olhos.

Quando voltou a abri-los, seu rosto era uma máscara firme e sem expressão.

— Sou o último da minha linhagem; o último dos De Raafs — continuou ele. — Não há primos distantes para herdar o título e a abadia, nenhum herdeiro distante à espera. Quando eu morrer, *se* eu morrer sem um filho, tudo isso será devolvido para a Coroa.

Anna se obrigou a manter o olhar dele, embora isso a fizesse tremer.

— Eu preciso de um herdeiro. A senhora entende? — Ele trincou os dentes e falou, como se estivesse arrancando as palavras, sangrentas e dilaceradas, do próprio coração: — Eu tenho que me casar com uma mulher que possa ter filhos.

Capítulo Catorze

> *"Quem era seu amante?, indagavam as irmãs de Aurea, as sobrancelhas franzidas com falsa preocupação. Por que ela nunca o vira à luz do dia? E se ela nunca o vira, como podia ter certeza de que ele era humano? Talvez um monstro horrível demais para ser exposto à luz do dia dividisse a cama com ela. Talvez esse monstro a engravidasse, e ela carregaria uma criatura terrível demais para se imaginar. Quanto mais Aurea dava ouvidos às especulações, mais inquieta ficava, até não saber o que pensar ou fazer. Foi então que as irmãs sugeriram um plano..."*
>
> — O Príncipe Corvo

Pelo resto do dia, Anna simplesmente aguentou firme. Ela se obrigou a sentar-se à escrivaninha de pau-rosa na biblioteca da abadia. E se obrigou a mergulhar a pena na tinta sem espirrar uma única gota. E a copiar uma página do manuscrito de Edward. Quando terminou a primeira página, ela se obrigou a fazer isso mais uma vez. E mais uma vez. E ainda mais uma vez.

Afinal, esse era o trabalho de uma secretária.

Há muito tempo, quando Peter a pedira em casamento, ela havia pensado em filhos. Imaginara se as crianças teriam cabelo ruivo ou castanho e havia sonhado com possíveis nomes. Quando os dois se casaram e mudaram para o chalé minúsculo, ela ficara preocupada se haveria espaço suficiente para uma família.

Nunca havia considerado não ter filhos.

No segundo ano de casamento, Anna começara a observar o fluxo mensal. No terceiro ano, chorava todos os meses ao ver a mancha cor de ferrugem. No quarto ano de casamento com Peter, ela sabia que ele se interessara por outra pessoa. Se a questão era sua inadequação como amante, como genitora ou ambas, Anna nunca havia descoberto. E quando Peter morreu...

Quando ele morreu, ela pegou a esperança de ter um filho e as guardou cuidadosamente numa caixa, enterrando-a bem fundo no coração. Tão fundo que pensou que nunca mais voltaria a ter esse sonho. Mas, com uma frase, Edward havia desenterrado a caixa e a aberto. E sua esperança, seus sonho, sua *necessidade* de ter um filho estavam tão renovados quanto haviam sido quando ela era recém-casada.

Ah, querido Deus, ser capaz de dar filhos a Edward! O que ela não faria, do que não abriria mão para ser capaz de ter um bebê? Um bebê feito dos corpos e das almas dos dois. Anna sentiu uma dor física no peito. Uma dor que aumentou até que ela sentiu necessidade de se encolher para contê-la.

Mas precisava manter a compostura. Ela estava na biblioteca de Edward — na verdade, Edward estava sentado a cinco passos dela — e não podia demonstrar sua dor. Corajosamente, Anna se concentrou em deslizar a pena pelo papel. Não importava que os rabiscos que fazia com a pena fossem ilegíveis; não importava que a página tivesse de ser copiada novamente mais tarde. Ela sobreviveria àquela tarde.

Algumas terríveis horas depois, Anna lentamente reuniu suas coisas, movendo-se como uma senhora muito idosa. Ao fazer isso, o convite para o baile de Felicity Clearwater caiu de seu xale. Ela o fitou por um momento. Uma eternidade atrás, planejara lembrar Edward da *soirée*. Agora, não parecia ligar para isso. Mas Mãe Wren dissera que era importante que o conde participasse dos eventos sociais da região. Anna se empertigou. Apenas mais uma coisa e, então, ela poderia ir para casa.

— A *soirée* da Sra. Clearwater é amanhã. — A voz dela falhou.

— Eu não pretendo aceitar o convite da Sra. Clearwater.

Anna se recusou a olhar para ele, mas a voz de Edward não parecia soar muito melhor do que a dela.

— O senhor é o aristocrata mais importante da região, milorde — disse ela. — Comparecer ao evento seria uma cortesia.

— Sem dúvida.

— É o melhor meio de saber das últimas fofocas da aldeia.

Ele resmungou.

— A Sra. Clearwater sempre serve um ponche especial. Todos concordam que é o melhor do condado — mentiu ela.

— Eu não...

— Por favor, *por favor,* vá. — Anna não olhava para Edward, mas podia sentir o olhar dele em seu rosto, tão palpável quanto uma mão.

— Como quiser!

— Ótimo. — Anna colocou o chapéu na cabeça e então se lembrou de uma coisa. Abriu a gaveta central da mesa e retirou *O Príncipe Corvo*. Ela o levou até a mesa de Edward, pousando-o delicadamente no tampo. — Isto é seu.

Ela se virou e deixou o cômodo antes que ele pudesse responder.

No SALÃO, o calor era sufocante, a decoração, de dois anos atrás, e a música estava desafinada. Era a *soirée* anual de primavera de Felicity Clearwater. Todos os anos, os cidadãos de Little Battleford que tinham sorte suficiente para receber um convite colocavam suas melhores roupas e bebiam ponche aguado na casa dos Clearwater. Felicity ficava de pé junto à porta para receber os convidados. Este ano, ela estava usando um vestido novo, de musselina azul índigo com uma cascata de babados nas mangas. A anágua trazia um desenho de pássaros escarlate voando sobre um campo azul-claro, e viam-se laços escarlate formando um V e delineando a parte de cima de seu vestido. O escudeiro Clearwater, um cavalheiro corpulento com meias cor de laranja bordadas e a peruca de cabelos compridos de sua juventude, remexia-se ao lado dela, mas era evidente que o evento pertencia a Felicity.

Anna havia passado pela recepção com apenas uma saudação fria e um cumprimento distraído do escudeiro. Aliviada por haver superado aquela provação, ela se dirigiu a um canto do cômodo. Distraída, havia aceitado uma taça de ponche do vigário e agora não tinha opção além de provar a bebida.

Mãe Wren estava ao seu lado e lhe dava olhadelas ansiosas. Anna não tinha contado à sogra o que havia acontecido nos estábulos com Edward. Nem pretendia fazer isso. Mas a mulher ainda sentia que havia algo de errado. Evidentemente, Anna não era muito boa em fingir animação.

Ela tomou outro resoluto gole do ponche. Estava com seu melhor vestido. Ela e Fanny haviam perdido algum tempo para fazer as alterações da melhor maneira possível. O vestido era de um tom verde-claro, e as duas o tinham renovado com a aplicação de renda branca no decote. A renda também ocultava o ajuste feito no decote, de redondo para o quadrado mais elegante. Fanny, em uma inspiração artística, inventara uma roseta para o cabelo de Anna com um pedaço da renda e fita verde. Ela não se sentia nada festiva, mas não usar o enfeite teria ferido os sentimentos da criada.

— O ponche não está ruim — murmurou Mãe Wren.

Anna não tinha percebido. Ela tomou outro gole e ficou agradavelmente surpresa.

— Sim. Melhor do que o esperado.

Mãe Wren se remexeu por um instante antes de mudar de assunto.

— Uma pena que Rebecca não tenha podido vir.

— Não entendo por que ela não podia vir.

— Você sabe que ela não pode ser vista em eventos sociais, querida, tão próxima ao parto. Na minha época, nem sequer ousávamos pôr os pés para fora de casa assim que a barriga começava a aparecer.

Anna franziu o cenho.

— Isso é ridículo. Todo mundo sabe que ela está grávida. Não é um segredo.

— É a decência que importa, não que todos saibam. Além disso, a gravidez está tão adiantada, que não creio que ela aguentasse ficar de pé por horas. Eles nunca têm cadeiras suficientes nesses bailes. — Mãe Wren olhou ao redor. — Você acha que o seu conde vem?

— Ele não é *meu* conde, como a senhora bem sabe — disse Anna um pouco amargamente.

Mãe Wren a encarou.

Anna tentou modular o tom.

— Eu disse a ele que achava que seria uma boa ideia vir à *soirée*.

— Espero que ele venha antes que a dança comece. Gosto de ver uma figura viril e elegante no salão de baile.

— Talvez ele nem venha, então a senhora vai ter que se contentar com as formas do Sr. Merriweather no salão de baile. — Anna fez um gesto com o copo para o cavalheiro que estava de pé do outro lado do cômodo.

As duas mulheres olharam para o Sr. Merriweather, um cavalheiro esquelético com as pernas tortas, que conversava com uma matrona grandalhona num vestido cor de pêssego. Enquanto elas observavam, o Sr. Merriweather se inclinou para mais perto, a fim de fazer uma observação e, distraído, inclinou o copo de ponche. Uma serpentina fina de líquido escorreu pelo decote do vestido da dama.

Mãe Wren balançou a cabeça com tristeza.

— Sabe — falou Anna pensativamente —, não tenho certeza se o Sr. Merriweather já conseguiu seguir os passos da dança sem perder seu lugar.

Mãe Wren suspirou. Então olhou por cima do ombro de Anna para a porta e, ficou visivelmente muito animada.

— No fim das contas, não creio que eu tenha que me consolar com o Sr. Merriweather. Eis o *seu* conde na porta.

Anna se virou para ver a entrada do salão de baile e levou a taça aos lábios. Por um momento, ela deixou a taça ali ao avistar Edward. Ele usava calça preta com colete e um sobretudo safira. Os cabelos pretos, penteados num rabicho incomumente arrumado, reluziam como as asas de um pássaro sob a luz de velas. Ele estava parado, quase uma cabeça mais alto que qualquer outro homem no recinto. Felicity ficou visivelmente contente com a sorte de ser a primeira a atrair o esquivo conde para um evento social. Ela pôs uma mão firme no cotovelo dele e apresentou Edward a todos que estivessem perto o suficiente.

Anna deu um sorriso irônico. Os ombros de Edward estavam tensos, e sua expressão parecia sombria. Mesmo no canto oposto, ela podia dizer que ele estava com a paciência por um fio. O conde parecia estar correndo o risco de cometer um *faux pas* e se desvencilhar de sua anfitriã. Foi então que ele levantou a cabeça e a viu.

Anna respirou fundo ao olhar nos olhos dele. Era impossível interpretar sua expressão.

Ele se voltou para Felicity e falou alguma coisa, depois começou a caminhar pela multidão na direção de Anna. Ela sentiu um líquido frio em seu pulso e baixou o olhar. Sua mão tremia tanto que estava entornando o restante do ponche no próprio braço. Ela segurou a taça com a outra mão para equilibrá-la. Por um instante, teve vontade de sair em disparada, mas Mãe Wren estava bem ao seu lado. E ela teria de encará-lo novamente.

Felicity deve ter feito um sinal para os músicos, pois os violinos soltaram um guincho.

— Ah, Sra. Wren. Que prazer em vê-la novamente! — Edward fez uma mesura acima da mão de Mãe Wren. Ele não sorriu.

A sogra de Anna não pareceu se importar.

— Ah, milorde, que bom que o senhor veio! Anna está morrendo de vontade de dançar. — Mãe Wren ergueu as sobrancelhas expressivamente.

Anna desejou ter saído em disparada quando teve a chance.

A sugestão pairou no ar entre eles por um tempo desconfortavelmente longo.

— Se a senhora me der o prazer...

Ele nem sequer a olhou nos olhos. Jesus, fora ele que a beijara!

Anna fez um bico.

— Eu não sabia que o senhor dançava, milorde.

Edward olhou rapidamente ao redor dela.

— Claro que sei dançar. Eu sou um conde, afinal de contas.

— Como se eu tivesse me esquecido disso — murmurou ela.

O conde estreitou os olhos de obsidiana.

Rá! Ela com certeza tinha a atenção dele agora.

Edward estendeu a mão enluvada, e Anna, recatadamente, colocou a mão sobre a dele. Mesmo com duas camadas de tecido entre as palmas, ela pôde sentir o calor do corpo do conde. Por um momento, ela se lembrou de como fora passar as pontas dos dedos em suas costas nuas. Quentes. Suadas. Fora dolorosamente bom. Anna engoliu em seco.

Com um aceno de cabeça para Mãe Wren, ele conduziu Anna para a pista de dança, onde provou que, de fato, sabia dançar, embora fosse um tanto brusco.

— O senhor conhece mesmo os passos — comentou Anna quando os dois se encontraram para passar entre os dançarinos.

Anna o viu olhar para ela de cara feia pelo canto do olho.

— Eu não sou um selvagem. Sei me portar na sociedade educada.

A música terminou antes que Anna pudesse dar uma resposta adequada. Ela fez uma mesura e começou a se desvencilhar de Edward.

Ele puxou a mão dela com firmeza para si e lhe deu o braço.

— Não ouse me abandonar, Sra. Wren. Para início de conversa, é sua culpa que eu esteja nesta maldita *soirée*.

Ele precisava ficar tocando nela? Anna olhou em torno, atrás de uma distração.

— Talvez o senhor queira um pouco de ponche?

Ele a fitou, desconfiado.

— Eu deveria querer?

— Bem, talvez não — admitiu ela. — Mas é a única coisa para beber no momento, e a mesa de refrescos fica na direção oposta à mesa da Sra. Clearwater.

— Então vamos provar o ponche agora mesmo.

O conde seguiu até a mesa do ponche, e Anna descobriu que as pessoas naturalmente abriam caminho para ele. Logo depois, ela estava bebericando a segunda taça de ponche aguado.

Edward girara ligeiramente para o lado, a fim de responder a uma pergunta do vigário quando ela ouviu uma voz furtiva em seu cotovelo.

— Estou surpreso por vê-la aqui, Sra. Wren. Fiquei sabendo que a senhora havia assumido uma nova *profissão*.

EDWARD SE VIROU lentamente para encarar quem falava, um homem rosado com uma peruca meio torta. Ele não parecia familiar. Ao seu lado, Anna se retesara, com a expressão congelada.

— A senhora aprendeu algum *talento* novo com suas recentes hóspedes? — A atenção do homem estava totalmente voltada para Anna.

Ela abriu a boca, mas, pela primeira vez, Edward foi mais rápido.

— Creio que não ouvi direito o que o senhor disse.

O calhorda pareceu se dar conta do conde pela primeira vez. Seus olhos se arregalaram. Ótimo!

Aos poucos o salão foi ficando em silêncio conforme os convidados se davam conta de que alguma coisa interessante estava acontecendo.

O sujeito era mais corajoso do que aparentava.

— Eu falei...

— Tome muito, muito cuidado com o que vai dizer em seguida. — Edward podia sentir os músculos nos ombros se flexionando.

O outro homem enfim pareceu compreender o perigo em que se encontrava. Seus olhos se arregalaram e ele, visivelmente, engoliu em seco.

Edward fez que sim com a cabeça uma vez.

— Ótimo. Talvez o senhor queira se desculpar com a Sra. Wren pelo que *não* falou.

— Eu... — O homem teve de se interromper e limpar a garganta. — Sinto muito se alguma coisa que eu falei a ofendeu, Sra. Wren.

Anna assentiu rigidamente, mas o homem estava olhando diretamente para Edward, para ver se o conde achava que ele havia conseguido se redimir.

Ainda não.

O homem engoliu em seco. Uma gota de suor desceu, gordurosa, pela beirada de sua peruca.

— Não sei o que me deu. Estou terrivelmente arrependido de lhe ter causado qualquer sofrimento, Sra. Wren. — Ele puxou a gravata e se inclinou para emendar: — Eu sou mesmo um imbecil, sabem?

— É, sim — concordou Edward baixinho.

A pele do homem adquiriu uma tonalidade doentia.

— Ora! — exclamou Anna. — Acho que já está na hora da próxima dança. A música não vai recomeçar?

Ela falou em voz alta na direção dos músicos, e eles imediatamente aceitaram sua sugestão. Ela agarrou a mão de Edward e começou a marchar em direção ao salão de dança. Anna apertava com bastante força para uma criatura tão pequena. Edward deu uma última olhada, com olhos estreitos, para o calhorda, e então, docilmente, se permitiu ser conduzido.

— Quem é ele?

Anna ergueu o olhar enquanto os dois entravam em formação para a dança.

— Ele não me magoou de verdade, sabe?

A dança começou, e Edward foi forçado a esperar até os passos novamente juntarem os dois.

— Quem é ele, Anna?

Ela parecia exasperada.

— John Wiltonson. Foi amigo do meu marido.

Edward esperou.

— Ele me fez uma proposta após a morte de Peter.

— Aquele sujeito queria se casar com você? — As sobrancelhas do conde se uniram.

— Ele fez uma proposta indecente. — Anna desviou os olhos. — Ele era... é... casado.

O conde parou abruptamente, fazendo com que o casal seguinte na fila esbarrasse nos dois.

— Ele assediou você?

— Não. — Anna puxou o braço dele, mas Edward permaneceu firme. Ela sibilou no ouvido dele: — Ele queria que eu me tornasse sua amante. Eu recusei. — Os dançarinos atrás dos dois começaram a se agrupar. — Milorde!

Edward se permitiu ser puxado para a dança novamente, embora eles não estivessem mais no ritmo da música.

— Nunca mais quero ouvir ninguém falando assim de você.

— Um sentimento muito nobre, tenho certeza — retrucou ela com sarcasmo. — Mas dificilmente o senhor pode passar o resto da vida me seguindo para intimidar os impertinentes.

Incapaz de pensar numa resposta, ele simplesmente olhou para ela com raiva no olhar. Ela estava certa. O pensamento o deixou triste. Anna era apenas sua secretária, ponto final. Ele não podia estar com ela o tempo todo. Não podia impedir que alguém a insultasse. E não podia nem mesmo protegê-la de avanços ofensivos. Tal guarda era privilégio apenas de um marido.

Anna interrompeu pensamentos dele.

— Eu não devia ter dançado com o senhor novamente em tão pouco tempo. Não é apropriado.

— Não me importo com o que seja apropriado — retrucou Edward. — Além disso, você sabia que era o único meio de me tirar de perto daquele babuíno.

Ela sorriu para ele, e o conde sentiu um aperto no peito. Como iria mantê-la em segurança?

Edward ainda estava refletindo sobre essa questão duas horas depois. Ele se apoiou em uma parede e observou Anna conduzir um cavalheiro arfante numa dança. Era evidente que ela precisava de um marido, mas ele não conseguia imaginá-la com um homem. Ou melhor, não conseguia imaginá-la com *outro* homem. E franziu o cenho.

Alguém tossiu com deferência ao seu lado. Um jovem alto com uma peruca curta estava parado perto dele. O colarinho clerical o identificava como o vigário Jones.

O vigário tossiu mais uma vez e lhe dirigiu um sorriso míope por cima do pincenê.

— Lorde Swartingham. Que bom que veio ao nosso pequeno divertimento local!

Edward se perguntou como ele conseguia soar como um homem com o dobro de sua idade. O vigário não podia ter mais de 30 anos.

— Vigário. Estou gostando da *soirée* da Sra. Clearwater. — Para sua surpresa, ele se deu conta de que falava a verdade.

— Bom, bom. Os eventos sociais da Sra. Clearwater são sempre muito bem-planejados. E seus refrescos são simplesmente deliciosos.

O vigário reforçou o comentário tomando um gole entusiasmado do ponche.

Edward olhou para o próprio ponche e fez uma nota mental para checar o salário do religioso. Era óbvio que o homem não estava acostumado com comida decente.

— Digo, a Sra. Wren certamente é uma bela figura no salão de dança. — O vigário estreitou os olhos enquanto observava Anna. — Ela parece diferente hoje.

Edward acompanhou o olhar dele.

— Ela não está usando gorro.

— É isso? — questionou o vigário Jones em tom vago. — O senhor tem olhos mais afiados do que eu, milorde. Eu me perguntava se ela havia comprado um vestido novo em sua viagem.

Edward estava levando a taça de ponche aos lábios quando assimilou aquelas palavras. Ele franziu o cenho e baixou a taça.

— Que viagem?

— O quê? — O vigário ainda observava os dançarinos, e sua mente obviamente não estava na conversa.

Edward estava prestes a repetir a pergunta com um pouco mais de insistência quando a Sra. Clearwater os interrompeu.

— Ah, Lorde Swartingham. Vejo que o senhor conhece o vigário.

Os dois homens se assustaram, como se tivessem levado um tapa na bunda ao mesmo tempo. Edward abriu um sorriso forçado para sua anfitriã. Ele notou, pelo canto do olho, que o vigário estava olhando ao redor, como se procurasse uma saída.

— Sim, eu conheço o vigário Jones, Sra. Clearwater.

— Lorde Swartingham fez a gentileza de me ajudar com o novo telhado da igreja. — O vigário Jones fez contato visual com outro convidado. — Ora, aquele é o Sr. Merriweather? Tenho que dar uma palavrinha com ele. Se os senhores me derem licença. — O vigário fez uma mesura e saiu em disparada.

Edward observou a retirada do vigário com inveja. O homem deve ter vindo a muitas *soirées* dos Clearwaters antes.

— Que adorável ter um momento a sós com o senhor, milorde — disse a Sra. Clearwater. — Eu queria conversar sobre sua viagem a Londres.

— É mesmo?

Talvez se ele atraísse o olhar da Sra. Wren mais velha. Não estava certo simplesmente abandonar uma dama.

— Sim, de fato. — A Sra. Clearwater se inclinou para mais perto. — Ouvi dizer que o senhor foi visto em alguns lugares muito incomuns.

— Verdade?

— Na companhia de uma dama que ambos conhecemos.

A atenção de Edward se voltou para Felicity Clearwater. De que diabos a mulher estava falando?

— Fe-*lee*-ci-ty! — gritou uma voz masculina perto deles, parecendo afetada pela bebida.

A Sra. Clearwater se encolheu.

O escudeiro Clearwater estava abrindo caminho, cambaleante, até eles.

— Felicity, meu amor, você não deve monopolizar o conde. Ele não está interessado em conversar sobre moda e fu-fu-futilidades. — O escudeiro enfiou um cotovelo pontudo na costela de Edward. — Hein, milorde? Caçar é que é importante. Um esporte de homem. O quê? O quê?

A Sra. Clearwater emitiu um som que, se tivesse vindo de um homem, poderia ser considerado um muxoxo.

— Na verdade, eu não caço muito — confessou Edward.

— Cães ladrando, cavalos galopando, o cheiro de sangue... — O escudeiro estava em seu próprio mundo.

Do outro lado do recinto, Edward viu Anna colocando a capa. Droga. Será que ela estava indo embora sem se despedir dele?

— Com licença.

Ele fez uma mesura para o escudeiro e sua esposa e abriu caminho entre a massa de pessoas. Mas, agora, a *soirée* estava bem cheia. Quando Edward chegou à porta, Anna e a Sra. Wren já estavam do lado de fora.

— Anna! — Edward passou pelos lacaios no vestíbulo e abriu a porta com força. — Anna!

Ela estava a apenas alguns passos de distância. Ao ouvirem o grito, as duas pararam.

— Você não deveria ir para casa sozinha, Anna. — Edward olhou para ela com ar sério, depois percebeu seu deslize. — Nem a senhora, Sra. Wren.

Anna pareceu confusa, mas a mulher mais velha sorriu.

— O senhor veio para nos acompanhar até em casa, Lorde Swartingham?

— Sim.

A carruagem dele esperava dali perto. Os três poderiam usá-la, mas então a noite terminaria em questão de minutos. Além disso, estava uma noite bonita. Ele fez um sinal para que a carruagem os acompanhasse enquanto caminhavam. E ofereceu um braço a Anna e o outro à Sra. Wren. Embora as duas tivessem saído da festa cedo, já era tarde e estava escuro. Uma lua cheia brilhava gloriosamente grande no céu escuro, e lançava longas sombras diante deles.

Quando se aproximaram de um cruzamento, Edward ouviu o repentino ressoar de pés correndo à frente deles, alto no ar silencioso. Ele imediatamente protegeu as damas atrás de si. Um vulto pequeno dobrou a esquina correndo e deu uma guinada na direção do grupo.

— Meg! Qual é o problema? — gritou Anna.

— Ah, senhora! — A garota se curvou, apertando a lateral do corpo enquanto tentava recuperar o fôlego. — É a Sra. Fairchild, senhora. Ela caiu da escada, e eu não consigo ajudá-la a se levantar. Acho que o bebê também está chegando!

Capítulo Quinze

"Então, Aurea voou de volta para casa em sua magnífica carruagem de ouro, e os planos das irmãs se agitavam em sua mente. O corvo saudou o retorno da esposa de modo quase indiferente. Aurea fez uma refeição esplêndida com ele, desejou-lhe boa-noite e foi para o seu quarto esperar o visitante sensual. Subitamente ele estava ali, ao lado dela, mais carente e mais exigente do que jamais fora. Suas atenções deixaram Aurea sonolenta e saciada, mas ela se aferrou teimosamente ao plano e se manteve acordada mesmo quando ouviu a respiração do amante se acalmar na regularidade do sono. Em silêncio, ela se sentou e tateou a vela que antes deixara na mesa ao lado da cama..."

— O Príncipe Corvo

— Ai, meu Deus! — Anna tentou se lembrar de quando exatamente Rebecca havia pensado que o bebê chegaria. Por certo era para o próximo mês, não era?

— O Dr. Billings está na *soirée* — disse Edward com uma autoridade calma. — Pegue a minha carruagem, garota, e vá buscá-lo. — Ele se virou e deu instruções a John Cocheiro enquanto fazia sinal para a carruagem avançar.

— Eu vou com Meg — declarou Mãe Wren.

Edward fez que sim com a cabeça e ajudou as duas mulheres a entrarem na carruagem.

— Tem alguma parteira para chamar também? — Ele dirigiu a pergunta a Anna.

— Rebecca ia pedir à Sra. Stucker...

— A parteira está com a Sra. Lyle — disse a sogra. — Ela mora a seis ou sete quilômetros da cidade. Algumas senhoras estavam falando sobre isso na festa.

— Chamem primeiro o Dr. Billings, e então eu vou mandar a carruagem atrás da Sra. Stucker — ordenou Edward.

Mãe Wren e Meg assentiram de dentro da carruagem.

Edward bateu a porta com força e deu um passo para trás.

— Pode ir, John!

O cocheiro gritou para os cavalos, e a carruagem se afastou, fazendo barulho.

Edward pegou a mão de Anna.

— Qual é o caminho até a casa da Sra. Fairchild?

— É logo ali na frente. — Anna ergueu suas saias e correu na direção da casa com Edward.

A porta da casa de Rebecca estava aberta. Estava escuro, a não ser por um facho de luz que passava pelo batente. Edward empurrou a porta, e Anna o seguiu. Ela olhou ao redor. Os dois estavam parados no vestíbulo principal com as escadas para o segundo andar bem à frente deles. A parte de baixo era iluminada pela luz do vestíbulo, mas os degraus mais altos estavam escuros. Não havia sinal de Rebecca.

— Será que ela conseguiria se levantar sozinha? — Anna arfou.

Eles ouviram um gemido baixinho vindo dos degraus superiores. Anna subiu correndo antes que Edward pudesse se mexer. Ela o ouviu xingar atrás de si.

Rebecca estava deitada num patamar na metade da escada. Anna agradeceu aos céus o fato de que ela havia parado ali em vez de rolar pelo segundo lance de degraus, mais comprido. A amiga estava deitada de lado, o grande monte formado por sua barriga mais proeminente nessa posição. Seu rosto brilhava, branco e oleoso com o suor.

Anna mordeu o lábio.

— Rebecca, você pode me ouvir?

— Anna. — Rebecca esticou a mão, e Anna a segurou. — Graças a Deus você está aqui. — Ela arfou, e sua mão apertou a da amiga com força.

— O que foi? — perguntou Anna.

— O bebê. — Rebecca soltou a respiração. — Está chegando.

— Você consegue ficar de pé?

— Sou tão desajeitada. Meu tornozelo está doendo. — Havia lágrimas nos olhos de Rebecca e sinais de choro em sua face. — O bebê está muito adiantado.

Subitamente, os olhos de Anna se encheram de lágrimas. Ela mordeu a parte de dentro da bochecha para tentar controlá-las. Chorar não ajudaria sua amiga.

— Deixe-me levá-la ao seu quarto, Sra. Fairchild. — A voz grave de Edward interrompeu os pensamentos dela.

Anna ergueu o olhar. Edward estava parado atrás dela, com a expressão preocupada. Ela deu um passo para o lado e soltou a mão de Rebecca. O conde colocou as palmas das mãos debaixo da mulher em trabalho de parto; em seguida, agachou-se e a posicionou em seus braços antes de se levantar com um movimento fluido. Obviamente, ele tomou cuidado para não forçar o tornozelo de Rebecca, mas ela se lamuriou e apertou as mãos na parte da frente de seu casaco. Os lábios de Edward se estreitaram. Ele acenou para Anna, e ela seguiu à frente dele escada acima e depois pelo corredor do segundo andar. Uma única vela tremeluzia numa mesinha de cabeceira no quarto de Rebecca. Anna apressou-se em pegá-la e acender outras. Edward se virou de lado para entrar e então deitou a mulher gentilmente na cama. Pela primeira vez, Anna notou que ele estava muito pálido.

Ela tirou um cacho úmido da testa de Rebecca.

— Onde está James?

Ela teve de esperar a resposta enquanto outra onda de dor atingia a amiga. Rebecca gemeu baixinho, e suas costas se arquearam. Quando passou, ela arfava.

— Ele foi a Drewsbury resolver alguns negócios. Falou que voltaria amanhã, depois do meio-dia. — Rebecca mordeu o lábio. — Ele vai ficar tão zangado comigo.

Edward resmungou alguma coisa incisiva atrás delas e foi até as janelas do quarto escuro.

— Bobagem — ralhou Anna baixinho. — Nada disso é culpa sua.

— Se eu não tivesse caído da escada. — Rebecca soluçou.

Anna estava tentando confortá-la quando a porta principal bateu no andar de baixo. O médico havia chegado. Edward pediu licença para trazer o homem até o andar de cima.

O Dr. Billings tentou assumir uma expressão impassível, mas era evidente que ele estava preocupado. O médico enfaixou o tornozelo de Rebecca, que já estava inchado e ficara roxo. Anna ficou a maior parte do tempo sentada junto à cabeceira de Rebecca, segurando sua mão e conversando com ela para tentar acalmá-la. Não foi fácil. De acordo com os cálculos da parteira e de Rebecca, o bebê estava um mês adiantado. À medida que a noite prosseguia, a agonia de Rebecca piorava, e ela ficou desanimada. Estava convencida de que perderia o bebê. Nada que Anna falou parecia ajudar, mas ela ficou ao lado da outra mulher, segurando sua mão e afagando seus cabelos.

Fazia pouco mais de três horas desde a chegada do médico quando a parteira, a Sra. Stucker, entrou no quarto. Uma mulher baixinha e redonda, com bochechas vermelhas e cabelo escuro, agora generosamente salpicado de cinza, ela era uma visão bem-vinda.

— Ora! Esta é uma noite para os bebês, isso sim — comentou a parteira. — Vocês todos vão ficar contentes em saber que a Sra. Lyle tem outro bebezinho, o quinto, dá para acreditar? Não sei por que ela se dá ao trabalho de me chamar. Eu simplesmente fico sentada no canto, fazendo tricô, até chegar a hora de pegar o pequenino. — A Sra. Stucker tirou sua capa e um monte de cachecóis e jogou tudo sobre uma cadeira. — Você tem um pouco de água e um pedaço de sabão, Meg? Eu gosto de lavar as mãos antes de ajudar uma senhora.

O Dr. Billings olhava com ar de desaprovação, mas não protestou quando a parteira começou a cuidar da paciente.

— E como a senhora está, Sra. Fairchild? Aguentando firme, apesar do tornozelo? Nossa, isso deve ter doído! — A parteira pôs a mão na barriga de Rebecca e olhou para o rosto dela com ar astuto. — O bebê está ansioso, não está? Vem mais cedo só para chatear sua mãe. Mas a senhora não tem que se preocupar com isso. Algumas vezes, os bebês vêm quando querem.

— Ele vai ficar bem? — Rebecca passou a língua pelos lábios secos.

— Ora, a senhora sabe que não posso prometer nada, amorzinho. Mas a senhora é uma mulher boa e forte, se não se importa que eu diga isso. Vou fazer o meu melhor para ajudar a senhora e o bebê.

Depois disso, as coisas pareceram melhores. A Sra. Stucker fez Rebecca se sentar na cama porque "os bebês descem melhor do que sobem". Rebecca pareceu voltar a ficar animada. Ela até conseguia conversar entre uma contração e outra.

Justamente quando Anna sentiu que ia desmaiar de fadiga bem ali na cadeira, Rebecca começou a gemer profundamente. No início, Anna ficou muito alarmada, pensando que alguma coisa devia estar errada. Mas a Sra. Stucker não se perturbou e afirmou, animada, que o bebê em breve estaria ali. E de fato, meia hora depois, durante a qual Anna ficou bem acordada, o bebê de Rebecca nasceu. Era uma garotinha, enrugada e pequena, mas capaz de berrar bem alto. O som trouxe um sorriso ao rosto exausto da mãe. O bebê tinha cabelos escuros e arrepiados, como a penugem de um pintinho. Os olhos azuis piscaram lentamente, e ela virou a cabeça para o seio de Rebecca quando estava aconchegada nele.

— Ora, não é a bebezinha mais bonita que as senhoras já viram? — perguntou a Sra. Stucker. — Sei que está esgotada, Sra. Fairchild, mas talvez possa tomar um pouco de chá ou um caldo.

— Verei o que consigo encontrar — disse Anna, bocejando.

Lentamente, ela desceu a escada com dificuldade. Quando chegou ao patamar, notou um raio de luz na sala de estar do primeiro andar. Confusa, Anna empurrou a porta e ficou parada ali por um instante, observando.

Edward estava esparramado no canapé de tecido de damasco de Rebecca, com as pernas compridas pendendo da extremidade do móvel. Ele havia tirado a gravata e desabotoado o colete. Um braço estava dobrado sobre os olhos. O outro estendia-se para o chão, onde sua mão quase envolvia um copo cheio até a metade com o que parecia ser o conhaque de James. Anna deu um passo para dentro do cômodo e, imediatamente, ele ergueu o braço em torno dos olhos, desmentindo a impressão de que estivera dormindo.

— Como ela está? — A voz soava rouca, e sua fisionomia, sinistra. Os hematomas que desbotavam se destacavam na face pálida, e a barba por fazer em seu queixo lhe dava uma aparência dissoluta.

Anna sentiu-se envergonhada. Ela se esquecera de Edward e imaginara que ele tinha ido embora havia muito. E todo esse tempo ele permanecera ali no primeiro andar, esperando para ver se Rebecca ficaria bem.

— Rebecca está bem — respondeu Anna, animada. — Ela tem uma garotinha.

A expressão dele não mudou.

— Viva?

— Sim. — Anna hesitou. — Sim, claro. Rebecca e o bebê estão vivos e bem.

— Graças a Deus! — Seu rosto não perdera a aparência tensa.

Ela começou a se sentir inquieta. Sem dúvida, Edward estava preocupado demais. Ele acabara de conhecer Rebecca, não é?

— Qual é o problema?

O conde suspirou, e seu braço voltou a cobrir os olhos. Houve um longo momento de silêncio — tão longo que ela pensou que ele não iria responder à pergunta. Finalmente, ele falou:

— Minha esposa e o bebê morreram no parto.

Lentamente, Anna se sentou num banco perto do canapé. Ela nunca havia pensado na esposa dele antes. Sabia que ele tinha sido casado e que ela morrera ainda jovem, mas não a causa da morte. Será que ele a amara? Será que ele ainda a amava?

— Eu sinto muito.

Ele ergueu a mão do copo de conhaque, fez um gesto impaciente e então deixou sua mão cair sobre o copo novamente, como se estivesse cansado demais para encontrar outro local para apoiá-la.

— Eu não contei isso para despertar sua pena. Ela morreu há muito tempo. Faz dez anos.

— Com que idade?

— Ela havia completado 20 anos 15 dias antes. — A boca se contorceu. — Eu tinha 24.

Anna esperou.

Quando ele voltou a falar, as palavras soaram tão baixas que ela teve de se inclinar para a frente, para ouvi-las.

— Ela era jovem e saudável. Nunca me ocorreu que ter uma criança poderia matá-la, mas ela perdeu o bebê no sétimo mês. A criança era pequena demais para sobreviver. Me disseram que era um menino. E então ela começou a sangrar.

Edward tirou o braço do rosto, e Anna pôde ver que ele fitava cegamente alguma visão interior.

— Eles não conseguiram fazer aquilo parar. Médicos e parteiras, ninguém conseguiu. As criadas corriam para baixo e para cima com mais e mais lençóis — murmurou ele para o horror daquela lembrança. — Ela simplesmente sangrou sem parar até que sua vida se esvaiu. Havia tanto sangue na cama que encharcou o colchão. Depois, tiveram de queimá-lo.

As lágrimas que Anna havia contido para o bem de Rebecca rolavam por suas bochechas. Perder alguém que se ama de forma tão terrível, tão trágica, deve ser horrível. E Edward provavelmente queria muito aquele bebê. Ela já sabia que ter uma família era importante para ele.

Anna levou uma das mãos à boca, e o movimento pareceu trazer Edward de volta de seu devaneio. Ele xingou baixinho quando viu as lágrimas em seu rosto. E se sentou bem ereto no canapé, esticando a mão para ela. Sem sinal de esforço, Edward a ergueu do banco e a colocou no colo, com as costas apoiadas em seu braço. Ele puxou a cabeça dela para seu peito.

Uma mão grande acariciou delicadamente o cabelo dela.

— Sinto muito. Não devia ter lhe contado isso. Não é uma história para os ouvidos de uma dama, sobretudo quando você passou a noite toda acordada, preocupada com sua amiga.

Anna se permitiu recostar nele, e seu calor masculino e a mão que a afagava eram incrivelmente reconfortantes.

— Você deve tê-la amado muito.

A mão fez uma pausa e voltou a se mover.

— Eu pensava que amava. No fim das contas, eu não a conhecia muito bem.

Ela inclinou a cabeça para trás para ver o rosto dele.

— Por quanto tempo vocês foram casados?

— Pouco mais de um ano.

— Mas...

Ele trouxe a cabeça dela de volta para o seu peito.

— Nós não nos conhecíamos há muito tempo quando ficamos noivos, e imagino que eu nunca tenha conversado de verdade com ela. O pai dela estava muito ansioso com o casamento e me dizia que a união agradava a garota, e eu apenas achei... — Sua voz ficou rouca. — Depois que nos casamos, descobri que meu rosto lhe causava repulsa.

Anna tentou falar, mas ele pediu silêncio novamente.

— Acho que ela também tinha medo de mim — disse Edward ironicamente. — Você talvez não tenha notado, mas eu tenho um temperamento difícil. — Ela sentiu a mão dele tocando o topo de sua cabeça delicadamente. — Durante a gravidez, eu sabia que alguma coisa estava errada e, em suas últimas horas, ela o amaldiçoou.

— Amaldiçoou quem?

— O pai. Por forçá-la a se casar com um homem tão feio.

Anna estremeceu. Que garotinha ridícula deve ter sido a esposa dele!

— Pelo visto, o pai mentira para mim. — A voz de Edward se tornou gélida como o inverno. — Ele desejava desesperadamente o casamento e, sem querer me ofender, proibiu minha noiva de me dizer que as cicatrizes lhe davam nojo.

— Sinto muito, eu...

— Shh — murmurou ele. — Isso aconteceu há muito tempo, e, desde então, aprendi a aceitar o meu rosto e a reconhecer quem tenta disfarçar aversão a ele. Mesmo quando mentem, eu normalmente sei.

Mas ele não conhecia suas mentiras. Anna sentiu um calafrio ao pensar nisso. Ela o enganara, e ele nunca a perdoaria se descobrisse.

Edward deve ter confundido o tremor com tristeza por causa de sua história. Murmurou alguma coisa pelo seu cabelo e a segurou mais perto de si até que o calor de seu corpo tivesse afastado o frio. Os dois ficaram sentados em silêncio por um tempo, reconfortando-se um no outro. Estava começando a clarear do lado de fora. Havia um halo em torno das cortinas fechadas da sala de estar. Anna aproveitou para roçar o nariz na camisa amassada do conde. Ele tinha o cheiro do conhaque que havia bebido — muito masculino.

Edward se recostou e olhou para ela.

— O que você está fazendo?

— Sentindo o seu cheiro.

— Provavelmente estou fedendo.

— Não. — Anna balançou a cabeça. — Você tem um cheiro... bom.

Ele analisou o rosto dela por um minuto.

— Por favor, me perdoe. Não quero que você tenha esperanças. Se houvesse um meio...

— Eu sei. — Ela se pôs de pé. — Eu até entendo. — Anna foi rapidamente até a porta. — Eu desci para pegar alguma coisa para Rebecca. Ela deve estar se perguntando o que aconteceu comigo.

— Anna...

Mas ela fingiu não ouvir e saiu da sala de estar. A rejeição de Edward era uma coisa. Mas ela não era obrigada a suportar sua compaixão.

A porta principal se abriu de repente nesse momento para que um James Fairchild desgrenhado entrasse. Era como se ele tivesse fugido de um manicômio, com os cabelos louros arrepiados e sem gravata.

Ele olhou agitado para Anna.

— Rebecca?

Nesse momento, como se em resposta do andar de cima, ouviu-se o berro vacilante de um recém-nascido. A expressão de James Fairchild mudou de frenética para boquiaberta. Sem esperar a resposta de Anna, ele saiu em disparada pela escada, subindo três degraus de uma vez. Quando ele passou, Anna notou que James usava meia somente num dos pés.

Ela sorriu para si mesma ao se virar para ir à cozinha.

— ACHO QUE está quase na hora de plantar, milorde — falou Hopple amigavelmente.

— Sem dúvida. — Edward estreitou os olhos sob o sol brilhante da tarde.

Após uma noite de muito pouco sono, ele não estava disposto a papear. O conde e o administrador percorriam um campo, verificando se seria necessária uma vala de drenagem como a do Sr. Grundle. Parecia que os cavadores de valas da região tinham sustento garantido no provável futuro. Jock pulava ao longo das cercas vivas que ladeavam os campos, cutucando com o focinho as tocas de coelhos. Edward enviara um bilhete para Anna pela manhã dizendo que ela não precisava vir à abadia. Ela poderia usar o restante do dia para descansar. E ele precisava de uma folga da presença dela. Quase a beijara novamente na noite anterior, apesar de sua palavra de honra. Ele deveria deixá-la em paz; depois de seu casamento, dificilmente poderia manter uma secretária, de qualquer forma. Mas então ela não teria uma fonte de renda, e ele tinha a sensação de que a família Wren precisava desse dinheiro.

— E se pusermos a vala de drenagem ali? — Hopple apontava para o local onde Jock estava cavando e lançando uma espuma de lama.

Edward grunhiu.

— Ou talvez... — Hopple se virou e quase tropeçou num monte de detritos. Ele baixou os olhos, indignado, para a bota enlameada. — Foi prudente o senhor não incluir a Sra. Wren nesta saída.

— Ela está em casa — explicou Edward. — Eu lhe disse para passar o dia dormindo. O senhor ficou sabendo do parto da Sra. Fairchild ontem à noite?

— A senhora teve um momento difícil, pelo que entendi. Que milagre a mãe e a criança estarem bem!

Edward bufou.

— Um milagre, de fato. É uma idiotice um homem deixar a esposa sozinha com uma criada tão perto da hora do parto.

— Ouvi dizer que o pai estava um bocado aterrorizado esta manhã — comentou Hopple.

— Não que isso tenha ajudado a esposa dele na noite passada — comentou Edward secamente. — Seja como for, a Sra. Wren ficou acordada a noite toda com a amiga. Achei razoável que tirasse o dia de folga. Afinal, ela trabalhou todos os dias, exceto aos domingos, desde que passou a ser minha secretária.

— Sim, de fato — concordou Hopple. — Exceto os quatro dias em que o senhor foi para Londres, claro.

Jock desentocou um coelho e começou a persegui-lo.

Edward parou e se virou para o administrador.

— O quê?

— A Sra. Wren não veio trabalhar quando o senhor estava em Londres. — Hopple engoliu em seco. — A não ser na véspera de sua volta, quero dizer. Ela trabalhou aquele dia.

— Entendo — disse Edward. Mas ele não entendia.

— Foram apenas quatro dias, milorde. — Hopple se apressou em explicar. — E ela estava bem adiantada com a papelada, como me falou. Ela não deixou seu trabalho por fazer.

Edward fitou pensativamente a lama sob seus pés. E se lembrou da menção que o vigário fizera a uma "viagem" na noite anterior.

— Aonde ela foi?

— Como assim foi, milorde? — Hopple parecia estar embromando. — Eu, er, não sei se ela foi a algum lugar. Ela não falou.

— O vigário disse que ela fez uma viagem. Ele insinuou que ela foi fazer compras.

— Talvez ele tenha se enganado — disse Hopple. — Ora, se uma dama não encontrou o que queria nas lojas de Little Battleford, ela teria que ir a Londres comprar alguma coisa. Certamente a Sra. Wren não foi tão longe assim.

Edward grunhiu. Ele voltou a fitar o chão sob seus pés. Só que agora franzia o cenho. Aonde Anna tinha ido? E por quê?

ANNA FIRMOU OS pés e puxou com toda a força o velho portão do jardim. Edward lhe dera o dia de folga, mas ela não conseguia dormir tanto assim. Em vez disso, depois de descansar durante a manhã, ela pensou em usar o tempo livre da tarde para plantar as roseiras. O portão permaneceu teimosamente fechado por um momento, então cedeu de repente e se abriu, e quase fez Anna cair de bunda no chão. Ela limpou as mãos e pegou a cesta com as ferramentas de jardinagem antes de entrar no jardim negligenciado. Edward lhe trouxera àquele local havia apenas uma semana. Nesse curto tempo, uma grande mudança ocorrera entre as velhas paredes. Brotos verdes estavam germinando nos canteiros e entre as rachaduras da trilha. Alguns obviamente eram ervas daninhas, mas outros tinham um ar mais refinado. Anna até reconheceu alguns: as pontas avermelhadas das tulipas, as rosetas de folhas de aquilégias que se abriam e as palmas salpicadas de orvalho dos pés-de-leão.

Cada planta era um tesouro que ela descobria com prazer. O jardim não estava morto. Apenas adormecido.

Ela pousou a cesta e saiu novamente pelo portão do jardim para trazer as roseiras restantes que Edward lhe dera. Já tinha plantado três em seu pequeno jardim. As roseiras estavam do lado de fora, ainda com a umidade garantida pelos baldes de água. Minúsculos brotos verdes haviam começado a germinar em cada uma delas. Ela olhou para eles. As plantas lhe trouxeram tanta esperança quando Edward a presenteara. E, embora essa esperança estivesse morta agora, não parecia justo deixar as rosas irem pelo mesmo caminho. Ela plantaria todas hoje e, se Edward nunca mais voltasse a visitar o jardim, pelo menos ela saberia que estavam lá.

Anna arrastou as primeiras roseiras para o jardim e as deixou na trilha enlameada. Ela se empertigou e olhou ao redor em busca de um provável local para plantá-las. O jardim tivera um desenho no passado, mas agora era praticamente impossível discernir qual tinha sido. Ela deu de ombros e decidiu dividir as plantas igualmente entre os quatro canteiros principais de flores. Pegou a enxada e começou a cortar a confusão de plantas crescidas do primeiro canteiro.

ANNA ESTAVA NO jardim quando Edward a encontrou naquela tarde. Ele estava irritado. Fazia 15 minutos que a procurava, desde que Hopple o informara de que ela estava na abadia. Na verdade, ele não deveria de modo algum tê-la procurado; havia se decidido naquela manhã. Mas alguma coisa dentro dele parecia fisicamente incapaz de se manter longe da secretária quando sabia que ela estava por perto. Portanto, Edward franzia o cenho para a própria falta de firmeza ao avistá-la. Mesmo assim, ele parou no portão do jardim para admirá-la ali. Anna estava ajoelhada na terra para plantar uma roseira. Sua cabeça estava descoberta, e o cabelo descia do coque na parte de trás do pescoço. Sob a luz do sol forte, os cachos castanhos reluziam dourados e avermelhados.

Edward sentiu um aperto no peito. Pensou que talvez fosse medo. Sua fisionomia estava sombria quando começou a seguir pela trilha. Medo não era um sentimento que um homem forte como ele deveria experimentar ao se confrontar com uma pequena e delicada viúva. Ele tinha certeza disso.

Anna o avistou.

— Milorde. — Ela tirou o cabelo da testa, deixando um rastro de sujeira para trás. — Pensei em plantar as rosas antes que elas morressem.

— Estou vendo.

Ela lhe deu uma olhadela estranha, mas evidentemente decidiu não fazer caso do seu humor alterado.

— Vou plantar algumas em cada um dos canteiros, já que o jardim foi criado em linhas tão simétricas. Mais tarde, se o senhor quiser, poderíamos cercá-las com lavanda. A Sra. Fairchild tem alguns pés de lavanda adoráveis na passagem dos fundos, e eu sei que ela adoraria que eu trouxesse alguns para os seus jardins.

— Hum.

Anna interrompeu o monólogo para afastar novamente o cabelo, sujando mais a testa.

— Droga! Esqueci de trazer o regador.

Ela franziu o cenho e começou a se levantar, mas ele se antecipou.

— Fique aí. Eu posso pegar água para você.

Edward ignorou o protesto dela e caminhou de volta pela trilha. Ele alcançou o portão do jardim, mas algo o fez hesitar. Eternamente, ele refletiria sobre qual impulso o fizera parar. Ele se virou e olhou para trás, para ela, ainda ajoelhada perto da roseira. Ela estava batendo a terra ao redor da planta. Enquanto ele observava, Anna ergueu a mão e, com o dedo mindinho, puxou um cacho de cabelo para trás do ouvido.

Ele congelou.

Todos os sons pararam por um terrível minuto que durou uma eternidade, conforme o mundo estremecia e desabava ao redor dele. Três vozes sussurraram, murmuraram, balbuciaram em seu ouvido e então se amalgamaram numa linguagem coerente.

Hopple na vala: *Depois que esse cão sumiu por vários dias, pensei que estávamos livre dele.*

O vigário Jones na *soirée* da Sra. Clearwater: *Eu me perguntava se ela havia comprado um vestido novo em sua viagem.*

E novamente Hopple ainda hoje: *A Sra. Wren não veio trabalhar quando o senhor estava em Londres.*

Uma neblina escarlate obscureceu-lhe a visão.

Quando ela clareou, ele estava praticamente em cima de Anna e sabia que tinha começado a se mover antes mesmo de as vozes se tornarem compreensíveis. Ela continuava inclinada ao lado da roseira, sem saber da tempestade que se aproximava até ele parar ao seu lado e ela fitá-lo.

A descoberta de sua mentira devia estar estampada no rosto dele, pois o sorriso de Anna desapareceu antes de se abrir totalmente.

Capítulo Dezesseis

"Cautelosamente, Aurea acendeu a vela e se virou para erguê-la acima do vulto de seu amante. Ela perdeu o fôlego, seus olhos se arregalaram, e teve um sobressalto. Um sobressalto muito pequeno, mas o suficiente para lançar uma gota de cera quente que derretia da beirada da vela no ombro do homem deitado ao seu lado. Pois se tratava de um homem — não era um monstro nem um animal —, mas um homem com pele branca e macia, pernas compridas e fortes e cabelos muito pretos. Ele abriu os olhos, e Aurea viu que também eram pretos. Uma tonalidade preta inteligente e penetrante que, de alguma forma, lhe era familiar. No peito, reluzia um pingente. Tinha a forma de um pequeno e perfeito corvo, incrustado com brilhantes rubis..."

— O Príncipe Corvo

Anna estava refletindo se tinha ou não colocado a roseira na profundidade certa no buraco quando foi coberta por uma sombra. Ela ergueu o olhar. Edward estava parado acima dela. Seu primeiro pensamento foi que ele havia retornado rápido demais para ter trazido o regador.

E então ela viu sua expressão.

Os lábios do conde estavam repuxados num esgar de raiva, e seus olhos ardiam como buracos negros em seu rosto. Nesse momento, ela teve a terrível premonição de que ele, de alguma forma, havia descoberto. Nos segundos antes de ele falar, Anna tentou se manter corajosa, se tranquilizar de que não tinha como ele haver descoberto seu segredo.

As palavras do conde aniquilaram toda esperança.

— Você. — Ela não reconheceu a voz dele, de tão baixa e terrível.

— Você estava lá no prostíbulo.

Ela nunca fora boa em mentir.

— O quê?

Edward estreitou os olhos como se encarasse uma luz intensa.

— Você estava lá. Você esperou por mim como uma aranha, e eu quase caí na sua teia.

Meu Deus, era ainda pior do que havia imaginado. Ele pensava que ela fizera aquilo por algum tipo de vingança doentia ou piada.

— Eu não...

Os olhos de Edward se arregalaram, e ela estendeu uma das mãos para se proteger do inferno que viu neles.

— Você não o quê? Não foi para Londres, não foi ao Grotto de Aphrodite?

Os olhos de Anna se arregalaram, e ela começou a se levantar, mas o conde já estava em cima dela. Ele a segurou pelos ombros e ergueu-a com facilidade, sem esforço, como se ela não pesasse mais do que uma pena. Ele era tão forte! Por que ela nunca tinha percebido quanto o homem era mais forte em relação à mulher? Anna se sentiu como uma borboleta apanhada por um grande pássaro. Ele girou o corpo dela na direção da parede de tijolos próxima e a prendeu ali. Então, baixou o rosto até seus narizes praticamente se tocarem e ele certamente ser capaz de ver o próprio reflexo nos olhos grandes e assustados dela.

— Você ficou lá esperando, usando apenas um pedaço de renda. — As palavras desceram sobre seu rosto num hálito quente e íntimo. — E, quando eu cheguei, você se exibiu, se ofereceu, e eu fodi você até não conseguir enxergar direito.

Anna sentiu cada baforada da respiração dele em seus próprios lábios. Ela se encolheu ao ouvir aquela obscenidade. Queria negar, dizer que aquilo não descrevia a doçura sublime que os dois haviam descoberto juntos em Londres, mas as palavras ficaram presas em sua garganta.

— E eu fiquei preocupado com a possibilidade de o contato com a prostituta que você abrigou destruir seu bom nome. Que idiota eu fui! Como você conseguiu segurar o riso quando eu pedi perdão por beijá-la? — Suas mãos estavam retesadas no ombro dela. — Todo esse tempo, eu venho me controlando porque pensei que você era uma dama respeitável. Todo esse tempo, enquanto você só queria *isto*.

Ele a atacou então, devorando os lábios de Anna com a própria boca, fartando-se de sua maciez, sem fazer concessões por ela ser pequena, feminina. Os lábios dele comprimiram os dela contra os dentes. Anna gemeu e não sabia dizer se era de dor ou de desejo. Edward enfiou a língua na cavidade da boca sem preâmbulo ou aviso, como se ele tivesse esse direito.

— Você devia ter me dito que era isto que queria. — Ele levantou a cabeça para puxar o ar. — Eu teria satisfeito seu desejo.

Anna parecia incapaz de um pensamento coerente e menos ainda de falar.

— Bastava uma palavra sua e eu poderia tê-la tomado em minha mesa na biblioteca, na carruagem com John Cocheiro na frente ou até mesmo aqui no jardim.

Ela tentou formular frases através do nevoeiro de sua confusão.

— Não, eu...

— Deus sabe que meu pênis ficou duro durante dias, *semanas*, perto de você — disse ele, com a voz rouca. — Eu podia ter me deitado com você a qualquer hora. Ou você não consegue admitir que quer um homem com um rosto como o meu na sua cama?

Ela tentou dizer que não, mas sua cabeça baixou inutilmente enquanto ele se inclinava sobre ela. Uma das mãos dele desceu para o quadril dela e a puxou para junto do dele. A inflexível dureza da ereção dele encostou na barriga macia de Anna.

— *Isto* é o que você quer. Foi por isso que foi até Londres — murmurou Edward contra a boca de Anna.

Ela gemeu, negando, mesmo enquanto seu quadril arqueava no dele.

Ele interrompeu seu movimento com um aperto firme e se afastou da boca de Anna. Mas, quase como se não conseguisse resistir à atração que a pele dela exercia sobre ele, Edward voltou. A boca do conde roçou seu rosto para prender o lóbulo da orelha dela entre os dentes.

— Por quê? — A pergunta foi murmurada no ouvido de Anna. — Por quê? Por quê? Por que você mentiu para mim?

Ela tentou mais uma vez balançar a cabeça.

Ele a puniu com uma mordida.

— Foi uma brincadeira? Você achou divertido se deitar comigo por uma noite e então fingir que era uma viúva virtuosa no dia seguinte? Ou foi uma necessidade perversa? Algumas mulheres acham estimulante a ideia de ir para a cama com um homem cheio de cicatrizes de varíola.

Então, Anna moveu a cabeça violentamente, apesar da dor quando os dentes dele arranharam sua orelha. Ela não podia — *não podia* — deixar que ele pensasse isso.

— Por favor, você precisa saber...

Edward virou a cabeça. Ela tentou encará-lo, e ele fez a coisa mais terrível que poderia fazer.

Ele a soltou.

— Edward! *Edward*! Pelo amor de Deus, por favor, me ouça! — Era estranho que esta fosse a primeira vez que ela o chamava pelo nome.

O conde seguiu pela trilha do jardim. Ela correu atrás dele, sem enxergar por causa das lágrimas, e tropeçou num tijolo solto.

Ele parou ao ouvir o barulho da queda, com as costas ainda viradas para ela.

— Quantas lágrimas, Anna! Você consegue produzi-las de acordo com sua vontade, como lágrimas de crocodilo? — E então, tão suavemente quanto ela poderia ter imaginado: — Houve outros homens?

E ele se afastou.

Ela o viu desaparecer pelo portão. Sentiu um aperto no peito. Anna pensou vagamente que talvez tivesse se machucado na queda. Mas então ouviu um som gutural, rouco, e uma pequena parte fria de seu cérebro tomou nota do estranho barulho que seu choro fazia.

Como foi rápida e dura a punição por ela ter saído da rotina sem graça de sua vida viúva. Todas as lições e avisos, ditos e não ditos, que ela aprendera quando era mais nova tinham, de fato, se tornado realidade. No entanto, Anna imaginava que o castigo não fosse aquele previsto pelos moralistas de Little Battleford. Não. Seu destino era pior que exposição e censura. Seu castigo era o ódio de Edward. E saber que ela nunca tinha ido a Londres meramente pelo sexo. O tempo todo fora para estar com ele, Edward. Ele era o homem que ela queria, não o ato físico. Parecia que Anna havia mentido para si mesma tanto quanto havia mentido para ele. Como era irônico finalmente perceber agora que só havia cinzas ao seu redor.

Anna não sabia quanto tempo ficara lá, seu velho vestido marrom ficando cada vez mais úmido por causa da terra revirada. Quando os soluços finalmente cessaram, o céu da tarde se tornara nublado. Ela se empurrou com ambos os braços para ficar ajoelhada e depois se pôs de pé com dificuldade. Ela vacilou, mas se firmou, e uma das mãos segurou a parede do jardim para se sustentar. Anna fechou os olhos e respirou fundo. Então pegou a enxada.

Em breve, teria de voltar para casa e contar à Mãe Wren que não tinha mais emprego. E enfrentaria uma cama solitária esta noite e mil noites depois, pelo restante da vida.

Mas, por ora, ela simplesmente plantaria as roseiras.

FELICITY COLOCOU UM pano umedecido com água de violeta na testa. Ela se retirara para a pequena sala matinal, um local que normalmente lhe trazia um pouco de satisfação, sobretudo quando pensava em quanto havia custado reformá-lo. Só o preço do canapé de tecido de damasco cor de canário teria alimentado e vestido a família Wren por cinco anos. Mas, naquele momento, sua cabeça simplesmente a estava matando.

As coisas *não* iam bem.

Reginald estava cabisbaixo, resmungando que sua égua premiada havia perdido o filhote. Chilly voltara para Londres emburrado porque ela não lhe contara sobre Anna e o conde. E o próprio conde fora irritantemente obtuso na *soirée*. Sem dúvida, a maioria dos homens, em sua experiência, eram lentos, de um jeito ou de outro, mas ela não imaginava que Lorde Swartingham fosse tão estúpido. Parecia que o homem não entendera o que ela insinuava. Como ela iria convencê-lo a manter Anna quieta se ele era burro demais para perceber que estava sendo chantageado?

Felicity se encolheu.

Nada de chantagem. Isso soava deselegante demais. Era um incentivo. Assim era melhor. Lorde Swartingham tinha um *incentivo* para impedir que Anna saísse por aí contando os pequenos pecados do passado de Felicity por toda a aldeia.

A porta se abriu com ímpeto naquele momento, e a mais nova das duas filhas, Cynthia, entrou correndo. Sua irmã, Christine, a seguia, num passo mais tranquilo.

— Mamãe — disse Christine. — A babá falou que temos que pedir sua permissão para irmos à loja de doces na cidade. Podemos ir?

— Palitos de hor-te-lã! — Cynthia saltitou ao redor do canapé em que Felicity estava deitada. — Gotinhas de li-mão! Manjar turco!

Era estranho, porém a mais nova se parecia com Reginald de muitas maneiras.

— Por favor, pare com isso, Cynthia — pediu Felicity. — Mamãe está com dor de cabeça.

— Sinto muito, mamãe — retrucou Christine, sem parecer que sentia muito. — Vamos sair assim que tivermos a sua permissão. — Ela sorriu timidamente.

— Permissão da mamãe! Permissão da mamãe! — entoou Cynthia.

— Sim! — falou Felicity. — Sim, vocês têm a minha permissão.

— Eba! Eba! — Cynthia saiu correndo do quarto, seu cabelo vermelho balançando atrás dela.

A visão a fez franzir o cenho. O cabelo vermelho de Cynthia era a desgraça da vida de Felicity.

— Obrigada, mamãe. — Christine fechou a porta com afetação.

Felicity gemeu e tocou a campainha para pedir mais *eau de toilette* para refrescar a pele. Se ao menos ela não tivesse escrito aquele bilhete incriminador num surto de sentimentalismo. E no que Peter estava pensando ao guardar aquele relicário? Os homens realmente eram uns idiotas.

Ela pressionou as pontas dos dedos no pano em sua testa. Talvez Lorde Swartingham realmente não tivesse entendido o que ela estava falando. Ele parecia confuso quando ela comentou que os dois sabiam a identidade da dama que ele havia encontrado no Grotto de Aphrodite. E se, na verdade, ele não soubesse...

Felicity sentou-se empertigada, e o pano caiu no chão sem que ela percebesse. Se ele não sabia a identidade da mulher, então ela havia tentado chantagear a pessoa errada.

Anna se ajoelhou no pequeno jardim nos fundos do chalé na manhã seguinte. Ela não tivera coragem de contar a Mãe Wren que perdera o emprego. Chegara à sua casa tarde na véspera, e esta manhã não tivera vontade de conversar sobre o que aconteceu. Pelo menos não por enquanto, quando o assunto somente levantaria perguntas às quais não saberia responder. Uma hora ela teria de reunir coragem e se desculpar com Edward. Mas isso poderia esperar enquanto ela também curava as próprias feridas. Esse era o motivo de ela estar trabalhando no jardim hoje. A tarefa mundana de cuidar das plantas e o cheiro de terra revirada recentemente traziam consolo à sua alma.

Ela estava desenterrando as raízes de rábano para replantá-las quando ouviu um grito vindo da frente do chalé. Ela franziu o cenho e largou a pá. É claro que não havia nada de errado com o bebê de Rebecca, não é? Anna ergueu as saias e correu, dando a volta na casa. O som de uma carruagem e de cavalos se distanciou. Uma voz claramente feminina gritou mais uma vez quando ela dobrou a esquina.

Pearl estava parada no degrau da frente, segurando outra mulher. Quando Anna se aproximou, ambas se viraram, e ela perdeu o fôlego. Uma das mulheres tinha dois olhos roxos, e parecia que seu nariz estava quebrado. Ela precisou de alguns segundos para reconhecê-la.

Era Coral.

— Ai, meu Deus! — arfou Anna.

A porta principal se abriu.

Ela correu para pegar o outro braço de Coral.

— Fanny, segure a porta para nós, por favor.

Fanny, de olhos arregalados, obedeceu enquanto elas carregavam Coral de forma desajeitada.

— Eu falei para Pearl — murmurou Coral — não vir aqui. —Seus lábios estavam tão inchados que as palavras soavam indistintas.

— Graças a Deus que ela não lhe deu ouvidos — disse Anna.

Ela avaliou os degraus estreitos para o segundo andar. Elas jamais conseguiriam subir a escada com Coral se apoiando tão pesadamente nelas.

— Vamos levá-la para a sala de estar.

Pearl fez que sim com a cabeça.

Delicadamente, as duas acomodaram Coral no canapé. Anna mandou Fanny subir e pegar um cobertor. Os olhos de Coral tinham se fechado, e Anna se perguntou se ela iria desmaiar. A outra mulher respirava sonoramente pela boca; seu nariz estava muito disforme e inchado para deixar o ar entrar.

Anna puxou Pearl de lado.

— O que aconteceu com ela?

A mulher lançou um olhar ansioso à irmã.

— Foi o marquês. Ele voltou para casa na noite passada, bêbado de cair; mas não tão bêbado que não pudesse fazer *aquilo* a ela.

— Mas por quê?

— Até onde sei, ele não tinha uma razão. — Os lábios de Pearl tremeram. Ao reparar no olhar chocado de Anna, ela fez uma careta. — Ah, ele resmungou alguma coisa sobre ela sair com outros homens, mas isso é bobagem. Coral pensa em sexo como um negócio. Ela não sairia com outros homens enquanto tem um protetor. Ele só queria bater nela.

Pearl enxugou uma lágrima de raiva.

— Se eu não a tivesse tirado de lá quando ele foi urinar, o marquês provavelmente a teria matado.

Anna pôs um braço ao redor do ombro dela.

— Devemos agradecer ao Senhor por você ter conseguido salvá-la.

— Eu não sabia para onde mais levá-la, senhora — disse Pearl. — Lamento incomodá-la depois de a senhora ter sido tão gentil. Se pudermos ficar uma noite ou duas até Coral melhorar...

— Vocês podem ficar pelo tempo que for preciso até Coral se recuperar. Mas temo que isso vá levar mais do que uma noite ou duas. — Anna fitava com preocupação a convidada machucada. — Preciso mandar Fanny chamar o Dr. Billings imediatamente.

— Ah, não. — A voz de Pearl se elevou em pânico. — Não faça isso!

— Mas ela precisa de um médico.

— Seria melhor se ninguém soubesse que estamos aqui além de Fanny e da outra Sra. Wren — pediu Pearl. — Talvez ele venha atrás dela.

Anna assentiu lentamente. Era óbvio que Coral ainda estava em perigo.

— Mas e quanto aos ferimentos?

— Eu posso cuidar deles. Não há ossos quebrados. Eu já chequei. E posso endireitar o nariz.

— Você sabe endireitar um nariz quebrado? — Anna olhou para Pearl de modo estranho.

A outra mulher apertou os lábios.

— Já fiz isso antes. É útil saber essas coisas no meu negócio.

Anna fechou os olhos.

— Me desculpe. Não quis duvidar de você. Do que precisa?

Com a orientação de Pearl, Anna rapidamente reuniu água, trapos e ataduras, bem como o pote de bálsamo de sua mãe. Pearl cuidou do rosto da irmã com a ajuda dela. A pequena mulher era prática, mesmo quando Coral resmungava e tentava afastar as mãos dela. Anna segurou os braços da mulher machucada para que Pearl pudesse terminar de enfaixá-la. E suspirou aliviada quando Pearl sinalizou que haviam terminado. As duas se certificaram de que Coral estava o mais confortável possível antes de se retirarem para a cozinha para tomar uma merecida xícara de chá.

Pearl suspirou ao levar a bebida quente aos lábios.

— Obrigada. Muito obrigada, senhora. A senhora é muito boa.

Anna esboçou uma risada, um pequeno grasnido engraçado.

— Você nem imagina, mas eu é que deveria agradecer. Preciso fazer alguma coisa boa neste momento.

EDWARD JOGOU A pena no chão e foi até as janelas da biblioteca. Durante o dia todo, ele não escrevera uma única frase coerente. O cômodo estava quieto demais, grande demais para sua paz de espírito. Tudo que ele conseguia pensar era em Anna e no que ela havia feito com ele. Por quê? Por que escolhê-lo? Será que fora o seu título? Seu dinheiro?

Meu Deus! Suas *cicatrizes*?

Qual a possível razão para uma mulher respeitável inventar um disfarce e agir como uma meretriz? Se ela queria um amante, não poderia ter arranjado um em Little Battleford? Ou será que ela gostava de bancar a prostituta?

Edward esfregou a testa no vidro frio da janela. Ele se lembrava de tudo que havia feito com Anna naquelas duas noites. Cada local maravilhoso que sua mão havia tocado, cada centímetro de pele que sua boca lambera. Ele lembrava de fazer coisas que nunca sonhara em fazer com uma dama, menos ainda com uma que ele conhecia e de quem gostava. Anna vira um lado seu que ele se esforçara em esconder do mundo, um lado privado, secreto. Ela o vira em seu lado mais animalesco. O que ela havia sentido quando ele puxara a cabeça dela para seu pênis? Excitação? Medo?

Nojo?

E havia outros pensamentos que ele não conseguia evitar. Será que ela se encontrara com outros homens no Grotto de Aphrodite? Será que tinha compartilhado seu lindo e exuberante corpo com outros homens que ela nem sequer conhecia? Será que tinha permitido que eles beijassem sua boca lasciva, que apalpassem seus seios, que se excitassem com seu corpo estendido e desejoso? Edward deu um soco na moldura da janela com o punho até a pele rachar e o sangue respingar. Era impossível apagar da mente as imagens obscenas de Anna — a *sua* Anna — com outro homem. Sua visão ficou borrada. Jesus. Ele estava chorando como um garoto.

Jock cutucou sua perna e choramingou.

Ela fizera isso com ele. Edward estava arrasado. E, ainda assim, não fazia diferença, pois ele era um cavalheiro, e ela, apesar de suas ações, era uma dama. Teria de se casar com ela, e, ao fazê-lo, abriria mão de todos os seus sonhos, de todas as suas esperanças de ter uma família. Ela não podia ter filhos. Sua linhagem morreria com seu último suspiro. Não haveria garotinhas parecidas com a mãe nem garotinhos que o fariam lembrar-se de Sammy. Ninguém para quem abrir seu coração. Ninguém que ele fosse ver crescer. Edward empertigou-se. Se era isso que a vida lhe reservava, então que fosse, mas faria o possível para que Anna soubesse preço que ele pagaria por ela.

Ele limpou o rosto e puxou a campainha selvagemente.

Capítulo Dezessete

"O homem em sua cama encarou Aurea e então falou em voz baixa. Com tristeza.

— Ora, minha esposa, você não podia deixar as coisas como estavam. Vou saciar a sua curiosidade então. Sou o príncipe Niger, o senhor destas terras e deste palácio. Fui amaldiçoado a assumir a forma daquele corvo feio durante o dia enquanto todos os meus servos se tornam aves também. Meu algoz fez uma advertência junto com o feitiço: se eu conseguisse encontrar uma dama que concordasse por vontade própria em se casar comigo na forma de corvo, então eu poderia viver como um homem da meia-noite ao primeiro brilho da aurora. Você foi essa dama. Mas, agora, nosso tempo juntos está no fim. Passarei o restante de meus dias nesta odiosa forma com penas, e todos os que me seguem também estão condenados..."

— O Príncipe Corvo

Na manhã seguinte, Felix Hopple mudou o peso do corpo de um pé para o outro, suspirou e voltou a bater à porta do chalé. Ele mexeu na peruca recém-empoada para endireitá-la e passou uma das mãos na gravata. Nunca estivera numa missão como esta antes. Na verdade, nem sabia ao certo se seu trabalho realmente daria frutos. Claro, era impossível dizer isso para Lorde Swartingham. Sobretudo quando ele o encarava com aqueles olhos escuros, furiosos e diabólicos.

Ele suspirou novamente. O humor de seu patrão havia estado bem pior do que o normal na última semana. Pouquíssimos bibelôs permaneciam intactos na biblioteca, e até o cão passara a se esconder quando o conde caminhava pela abadia.

Uma mulher bonita abriu a porta.

Felix piscou e deu um passo para trás. Será que estava na casa certa?

— Pois não? — A mulher alisou a saia e sorriu cautelosamente para ele.

— Er, e-eu estava procurando a Sra. Wren — gaguejou Felix. — A Sra. Wren *mais nova*. Será que estou no endereço correto?

— Ah, sim, este é o endereço correto — disse ela. — Quero dizer, este é o chalé das Wrens. Estou apenas hospedada aqui.

— Ah, entendi, Srta....?

— Smythe. Pearl Smythe. — Por alguma razão, a mulher corou. — O senhor não quer entrar?

— Obrigado, Srta. Smythe. — Felix entrou no minúsculo vestíbulo e ficou parado ali, sem graça.

A Srta. Smythe olhava para ele, aparentemente hipnotizada pelo seu tronco.

— Nossa! — disse ela bruscamente. — Esse é o colete mais bonito que eu já vi.

— Ora, er, ora, obrigado, Srta. Smythe. — Ele cutucou os botões do colete verde-folha.

— São zangões? — A Srta. Smythe se inclinou para examinar mais de perto o bordado roxo, oferecendo-lhe uma visão bastante inapropriada da frente de seu vestido.

Nenhum cavalheiro de verdade se aproveitaria da exposição acidental de uma dama. Felix olhou para o teto, para o topo da cabeça da mulher e, finalmente, para o vestido. Ele piscou rapidamente.

— Não é incrível? — comentou ela, ficando novamente ereta. — Não creio que já tenha visto uma coisa tão bonita num cavalheiro antes.

— O quê? — Ele ofegou. — Er, sim. Bastante. Obrigado novamente, Srta. Smythe. É raro encontrar uma pessoa de tão fina sensibilidade em relação à moda.

A Srta. Smythe pareceu um pouco confusa, mas sorriu para ele.

Felix não pôde deixar de notar que ela era adorável. Em todos os aspectos.

— O senhor disse que veio procurar a Sra. Wren. Por que não espera ali — ela fez um gesto para uma pequena sala de estar — enquanto eu vou chamá-la no jardim?

Felix entrou no pequeno cômodo. Ele ouviu os passos da bela mulher se retirando e a porta dos fundos sendo fechada. Foi até a cornija e olhou para o pequeno relógio de porcelana. Ele franziu a testa e verificou o próprio relógio de bolso. O relógio da casa estava adiantado.

A porta dos fundos se abriu novamente, e a Sra. Wren entrou.

— Sr. Hopple, em que posso ajudar?

Ela estava ocupada limpando a terra do jardim de suas mãos e não olhou nos olhos dele.

— Eu vim por causa de, er, uma missão do conde.

— Verdade? — A Sra. Wren continuou sem erguer o olhar.

— Sim. — Ele não sabia como continuar. — A senhora não vai se sentar?

A Sra. Wren olhou para ele, confusa, e sentou-se.

Felix pigarreou.

— Chega um momento na vida de um homem em que os ventos da aventura se extinguem, e ele sente a necessidade de descanso e conforto. A necessidade de abandonar os modos imprudentes da juventude, ou, neste caso, do início da vida adulta, e se estabilizar com a tranquilidade do lar. — Ele fez uma pausa para ver se suas palavras haviam sido assimiladas.

— Sim, Sr. Hopple? — A Sra. Wren pareceu ainda mais confusa do que antes.

Mentalmente, ele reuniu coragem e seguiu em frente.

— Sim, Sra. Wren. Todo homem, até mesmo um conde — nesse ponto, ele fez uma pausa para enfatizar o título —, até um *conde* precisa de um local de calma e repouso. Um santuário cuidado pela mão gentil de uma mulher. Uma mão guiada e conduzida pela mão masculina e mais forte de um, er, guardião, de tal modo que ambos possam resistir às tempestades e aos labores que a vida nos traz.

A Sra. Wren o encarou com a expressão confusa.

Felix começou a se desesperar.

— Todo homem, todo *conde*, precisa de um lugar de conforto para o himeneu.

Ela franziu a sobrancelha.

— Himeneu?

— Sim. — Ele enxugou a testa. — Himeneu. O vínculo matrimonial?

Ela piscou.

— Sr. Hopple, por que o conde o mandou aqui?

Felix soltou a respiração de uma vez.

— Ah, meu Deus, Sra. Wren! Ele quer se casar com a senhora.

Anna ficou completamente pálida.

— O quê?

Felix gemeu. Ele sabia que iria se atrapalhar com isso. Na verdade, Lorde Swartingham estava pedindo muito. Ele era apenas um administrador de terras, pelo amor de Deus, não um cupido com arco e flechas de ouro! Não havia outra opção agora a não ser terminar com aquilo de qualquer jeito.

— Edward de Raaf, o conde de Swartingham, está pedindo sua mão em casamento. Ele gostaria de um breve noivado e está pensando em...

— Não.

— Primeiro de junho. O-o que a senhora disse?

— Eu disse não. — A Sra. Wren falava pausadamente. — Diga-lhe que sinto muito. Sinto muito. Mas não há meio possível de eu me casar com ele.

— M-ma-mas... — Felix respirou fundo para acalmar a gagueira. — Mas ele é um conde. Eu sei que seu humor é um tanto desagradável, na verdade, e que o homem passa um bocado de tempo na lama. Coisa — o administrador estremeceu — que ele parece realmente gostar. Mas seu título e sua considerável, para não dizer *obscena*, riqueza compensam isso, a senhora não acha?

Felix não conseguia respirar e teve de se interromper.

— Não. Eu não acho. — Anna caminhou até a porta. — Apenas diga a ele que não.

— Mas, Sra. Wren! Como eu vou encará-lo?

Ela fechou a porta gentilmente atrás de si, e o grito desesperado de Felix ecoou no cômodo vazio. Ele desabou numa cadeira e desejou uma garrafa inteira de vinho Madeira. Lorde Swartingham não iria gostar daquilo.

ANNA ENFIOU A espátula de jardinagem na terra fofa e avidamente desenterrou um dente-de-leão. No que Edward estava pensando ao mandar o Sr. Hopple pedi-la em casamento naquela manhã? Obviamente, ele não fora dominado pelo amor. Ela bufou e atacou outro dente-de-leão.

A porta dos fundos do chalé foi aberta. Ela se virou e franziu as sobrancelhas. Coral estava arrastando um dos bancos da cozinha para o jardim.

— O que você está fazendo do lado de fora? — quis saber Anna. — Pearl e eu tivemos que carregar você escada acima até o meu quarto de manhã.

Coral se sentou no banco.

— Dizem que o ar do campo cura, não dizem?

O inchaço em seu rosto diminuíra um pouco, mas os hematomas ainda eram visíveis. Pearl havia envolvido suas narinas com emplastro, numa tentativa de tratar a fratura. Agora, elas estavam grotescamente abertas. A pálpebra esquerda estava mais baixa que a direita, e Anna se perguntou se ela voltaria ao normal com o tempo ou se o rosto de Coral ficaria desfigurado para sempre. Via-se uma pequena cicatriz em forma de crescente abaixo do olho caído.

— Acho que eu deveria lhe agradecer. — Coral encostou a cabeça na parede do chalé e fechou os olhos, como se desfrutasse da luz do sol no rosto machucado.

— É o que as pessoas costumam fazer — retrucou Anna.

— Isso não é comum para mim. Eu não gosto de estar em dívida com outras pessoas.

— Então não pense que é uma dívida — resmungou Anna enquanto arrancava uma erva daninha. — Considere um presente.

— Um presente — refletiu Coral. — Na minha experiência, presentes normalmente têm que ser pagos de um modo ou de outro. Mas talvez com a senhora realmente não seja assim. Obrigada.

Coral suspirou e mudou de posição. Embora não tivesse ossos quebrados, havia hematomas por todo o corpo. Ela ainda devia estar com bastante dor.

— Eu valorizo o respeito das mulheres mais do que o dos homens — emendou Coral. — É muito mais raro, sobretudo na minha profissão. Foi uma mulher que fez isto comigo.

— O quê? — Anna estava horrorizada. — Eu pensei que o marquês...

A outra mulher fez um som de desdém.

— Ele foi o instrumento dela. A Sra. Lavender lhe disse que eu estava entretendo outros homens.

— Mas por quê?

— Ela queria a minha posição como amante dele. E nós duas temos uma rixa. — Coral gesticulou com a mão. — Mas isso não importa. Cuido dela quando estiver bem. Por que não está trabalhando na abadia hoje? É onde a senhora passa a maior parte do dia, não é?

Anna franziu a sobrancelha.

— Decidi que não vou mais voltar lá.

— A senhora brigou com o seu homem? — perguntou Coral.

— Como...?

— Foi ele com quem a senhora se encontrou em Londres, não foi? Edward de Raaf, o conde de Swartingham?

— Sim, foi com ele que me encontrei — suspirou ela. — Mas ele não é meu homem.

— Pelo que observo das mulheres de sua classe social, damas de princípios não vão para a cama com um homem a menos que o coração mande. — A boca de Coral formou um sorriso torto e irônico. — Elas colocam um bocado de sentimentalismo nesse ato.

Anna levou um tempo desnecessariamente longo para encontrar outra raiz com a ponta da espátula.

— Talvez você tenha razão. Talvez eu tenha colocado um bocado de sentimentalismo no *ato*. Mas isso não tem mais importância agora. — Ela forçou o cabo da espátula, e o dente-de-leão se desprendeu do solo. — Nós discutimos.

Coral a observou com olhos apertados por um momento e então deu de ombros e voltou a fechar as pálpebras.

— Ele descobriu que era a senhora...

Anna ergueu o olhar, assustada.

— Como você...

— E agora imagino que a senhora vai aceitar docilmente a reprovação dele — emendou Coral sem fazer qualquer pausa. — A senhora vai esconder sua vergonha atrás da fachada de viúva respeitável. Talvez possa tricotar meias para os pobres da aldeia. Seus trabalhos certamente vão confortá-la quando ele se casar daqui a alguns anos e for para a cama com outra mulher.

— Ele me pediu em casamento.

Coral abriu os olhos.

— Isso é interessante. — Ela olhou para a pilha crescente de dentes--de-leão murchos. — Mas a senhora recusou.

Pá!

Anna começou a cortar a pilha de dentes-de-leão.

— Ele acha que eu sou uma mulher lasciva.

Pá!

— Que sou estéril e ele quer filhos.

Pá!

— E ele não me quer.

Pá! Pá! Pá!

Anna parou e olhou para o crescente monte de ervas daninhas cortadas.

— Não quer? — murmurou Coral. — E quanto à senhora? A senhora, hum, o *quer*?

Anna sentiu o calor tomar conta de suas bochechas.

— Fiquei anos sem um homem. Posso ficar sozinha novamente.

Um sorriso passou pelo rosto de Coral.

— A senhora já percebeu que, depois de provar certos doces, pavê de framboesa é o meu problema, é impossível não pensar, não querer, não *desejar* comer outro bocado?

— Lorde Swartingham não é um pavê de framboesa.

— Não. Ele está mais para uma musse de chocolate amargo, creio — murmurou Coral.

— E — emendou Anna, como se ela não tivesse ouvido a interrupção — eu não preciso de outro bocado, hum, de outra *noite* com ele.

Uma visão da segunda noite passou diante de seus olhos: Edward com o tronco nu, a calça aberta, deitado na cadeira diante do fogo como um paxá. Sua pele e seu *pênis* reluziam sob o fogo da lareira.

Anna engoliu em seco. Sua boca estava aguando.

— Posso viver sem Lorde Swartingham — declarou com firmeza.

Coral ergueu uma sobrancelha.

— Eu posso! Além disso, você não estava lá. — Anna subitamente se sentiu tão murcha quanto os dentes-de-leão. — Ele estava tão zangado. Falou coisas horríveis para mim.

— Ah — disse Coral. — Ele está inseguro em relação à senhora.

— Não vejo por que isso deveria deixá-la feliz — falou Anna. — E, de qualquer forma, é muito mais do que isso. Ele nunca vai me perdoar.

Coral sorriu como um gato que observa um pardal saltitando por perto.

— Talvez sim. Talvez não.

— O QUE a senhora quer dizer com não vai se casar comigo? — Edward caminhou da prateleira de raridades numa extremidade da pequena sala de estar até o canapé na outra, girou e voltou novamente. Não era um grande feito, pois ele conseguia cruzar o cômodo inteiro com três passos. — Eu sou um conde, droga!

Anna olhou para ele de cara feia. Ela nunca deveria ter permitido que ele entrasse no chalé. É claro que ela não tinha muita opção naquele momento, pois o conde havia ameaçado arrombar a porta se ela não a abrisse.

E ele parecia capaz de fazer isso.

— Eu não vou me casar com o senhor — repetiu ela.

— Por que não? A senhora estava disposta o suficiente para foder comigo.

Anna se encolheu.

— Eu gostaria que o senhor parasse de usar essa palavra.

Edward deu meia-volta e assumiu uma expressão grotescamente irônica.

— A senhora prefere *copular? Trepar? Transar?*

Ela comprimiu os lábios. Graças a Deus Mãe Wren e Fanny haviam saído para fazer compras naquela manhã. Edward não fazia o menor esforço para abaixar a voz.

— O senhor não quer se casar comigo — disse Anna pacientemente, pronunciando cada palavra como se falasse para um idiota surdo da aldeia.

— A questão não é se eu quero ou não, como a senhora bem sabe — disse Edward. — O fato é que devemos nos casar.

— Por quê? — Ela soltou a respiração. — Não há possibilidade de um filho. Como o senhor deixou absolutamente claro, sabe que sou estéril.

— Eu a comprometi.

— Eu fui ao Grotto de Aphrodite disfarçada. Me parece que *eu* comprometi *o senhor*. — Anna achou admirável que não estivesse agitando os braços no ar, exasperada.

— Isso é ridículo! — O grito de Edward provavelmente poderia ser ouvido da abadia.

Por que os homens acham que dizer algo em tom de voz mais alto o torna verdadeiro?

— Nada mais ridículo do que um conde que já está noivo pedir em casamento a própria secretária! — Agora era a voz de Anna que se elevava.

— Não estou lhe pedindo em casamento. Estou lhe dizendo que nós devemos nos casar.

— Não. — Anna cruzou os braços.

Edward cruzou a sala na direção dela, cada passo com a intenção de ser intimidador. Ele não parou até seu peito estar a centímetros do rosto de Anna. Ela esticou o pescoço para olhar em seus olhos; ela não iria se afastar dele.

Ele se inclinou até seu hálito roçar a testa de Anna intimamente.

— A senhora vai se casar comigo.

Ele tinha cheiro de café. Anna baixou os olhos para a boca do conde. Mesmo com raiva, era irritantemente sexy. Ela recuou um passo e virou-lhe as costas.

— Não vou me casar com o senhor.

Anna podia ouvi-lo respirar pesadamente atrás dela. Ela espiou por cima do ombro.

Edward olhava pensativamente para as nádegas dela.

Seus olhos se ergueram rapidamente.

— A senhora vai se casar comigo. — Ele estendeu a mão quando ela começou a falar. — Mas eu vou parar de discutir sobre a data por enquanto. Nesse meio-tempo, ainda preciso de uma secretária. Quero a senhora na abadia hoje à tarde.

— Eu acho... — Anna teve que se interromper para firmar a voz — Eu acho que, à luz de nosso relacionamento passado, não devo continuar trabalhando como sua secretária.

Os olhos de Edward se estreitaram.

— Corrija-me se eu estiver errado, Sra. Wren, mas não foi a senhora que iniciou esse relacionamento? Sendo assim...

— Eu disse que sinto muito!

Ele ignorou a explosão dela.

— *Sendo assim*, não vejo por que eu deveria sofrer a perda de uma secretária apenas por causa do seu desconforto, se esse é o problema.

— Sim, esse é o problema! — Desconforto nem começaria a descrever a agonia que seria continuar agindo como antes. Anna respirou fundo para tomar coragem. — Não posso voltar.

— Bem — disse Edward baixinho —, temo que eu não possa pagar seu salário até o presente momento.

— Isso é... — Anna não conseguia falar, horrorizada.

A família Wren contava com o dinheiro que seria pago no fim do mês. A tal ponto que elas já haviam acumulado alguns pequenos débitos nas lojas locais. Já era muito ruim não ter um emprego. Se ela não pudesse ter o salário que já havia garantido como secretária de Edward, as consequências seriam desastrosas.

— Sim? — quis saber Edward.

— Isso é injusto! — explodiu Anna.

— Ora, meu coração, o que foi que lhe deu a ideia de que eu jogaria limpo? — Ele deu um sorriso para ela.

— O senhor não pode fazer isso!

— Sim, eu posso. Estou lhe dizendo que sou um conde, mas isso não parece ter sido assimilado pela senhora ainda. — Edward apoiou um punho sob o queixo. — Claro, se a senhora voltar para o trabalho, seu salário será pago integralmente.

Anna fechou a boca e respirou pesadamente pelo nariz por algum tempo.

— Ótimo. Eu vou voltar. Mas quero ser paga no fim da semana — exigiu ela. — De *todas* as semanas.

Ele deu uma risada.

— A senhora é muito desconfiada.

Edward se inclinou e, pegando a mão de Anna, beijou-lhe as costas. Em seguida, ele virou a mão dela e rapidamente encostou a língua em sua palma. Por um segundo, Anna sentiu a calidez macia e úmida, e seus músculos mais íntimos se comprimiram. Ele soltou a mão dela e já tinha saído porta afora antes que Anna pudesse protestar.

Pelo menos, ela estava certa de que teria protestado.

OBSTINADA. QUE MULHER obstinada! Edward girou na sela do cavalo baio. Qualquer outra mulher em Little Battleford teria vendido a própria avó para se casar com ele. Diabos, a maioria das mulheres na Inglaterra teria vendido a família inteira, os empregados da família *e* os animais de estimação para ser sua noiva.

Edward bufou.

Ele não era um homem convencido. Isso não tinha nada a ver com ele, pessoalmente falando. Era seu título que tinha um valor alto no mercado. Bem, isso e o dinheiro que vinha com o título. Mas não para Anna Wren, a viúva empobrecida sem status social. Ah, não. Para ela, e somente para ela, ele era bom o suficiente para levar para a cama, mas não para casar. O que ela pensava que ele era? Um pênis de aluguel?

Edward apertou os arreios quando o cavalo baio recuou por causa de uma folha que fazia seu caminho até o chão. Bem, aquela mesma sensualidade que a levara a encontrá-lo num bordel seria a ruína dela. Ele a havia flagrado olhando para a sua boca durante a discussão, e a ideia surgira: por que não usar a sexualidade dela para seus propósitos? Que importância tinha o *motivo* pelo qual ela decidira seduzi--lo — fosse ou não por causa das cicatrizes —, o mais importante era que ela fizera isso. Anna gostava de sua boca, não é? Ela a veria o dia inteiro, todos os dias, trabalhando como sua secretária. E ele faria questão de lembrá-la de outras coisas que ela estava perdendo até aceitar ser sua noiva.

Edward sorriu. Na verdade, seria um prazer mostrar a ela quais recompensas a esperavam quando os dois se casassem. Com sua natureza lasciva, Anna não seria capaz de se controlar por muito tempo. E então ela seria sua esposa. A ideia de Anna como sua esposa era estranhamente reconfortante, e um sujeito poderia se acostumar com tal desejo feminino numa esposa. Ah, sim, de fato.

Com um sorriso sombrio, Edward esporeou o cavalo para um galope.

Capítulo Dezoito

"Aurea encarou o marido, horrorizada. Então os primeiros raios da aurora penetraram o palácio, através da alta janela e desceram sobre o príncipe, e sua forma começou a encolher e a convulsionar. Os ombros amplos e macios murcharam e diminuíram; a boca ampla e elegante se projetou e endureceu; e os dedos fortes das mãos se metamorfosearam em penas finas e sujas. E, quando o corvo apareceu, as muralhas do palácio balançaram e estremeceram até se dissolverem e sumirem. Ouviram-se um grande zumbido e um agitar de asas quando o corvo e todos os seus seguidores subiram aos céus. Aurea se viu sozinha. Sem roupa, comida ou água em uma planície seca que se estendia em todas as direções até onde o olho podia ver..."

— O Príncipe Corvo

Anna estava no limite de sua paciência. Ela se flagrou batendo o pé no chão e, cuidadosamente, obrigou-se a parar. Estava no pátio dos estábulos enquanto Edward conversava com um cavalariço sobre a sela de Daisy. Pelo visto, havia algo errado com ela. O que exatamente, Anna não sabia, pois ninguém se dignava a contar a ela, uma mulher, qual era o problema.

Ela suspirou. Por quase uma semana, havia mordido a língua e obedecido a Edward como sua secretária. Apesar de algumas de suas ordens serem evidentemente calculadas para fazê-la perder o controle. Apesar de pelo menos uma vez ao dia Edward fazer alguma observação sobre a perfídia das mulheres. Apesar de seus olhos se depararem com o olhar de Edward encarando-a toda vez que o fitava por acaso. Ela se portara como uma dama, fora dócil, e isso a estava matando.

Anna fechou os olhos. Paciência. Paciência era uma virtude que ela deveria dominar.

— Você está dormindo? — perguntou Edward bem ao seu lado, fazendo Anna dar um pulo e olhá-lo de cara feia, uma reação que ele perdeu, pois já tinha se virado. — George disse que a cilha está muito gasta. Teremos que pegar o fáeton.

— Eu acho que não... — começou Anna.

Mas ele foi até onde os cavalos estavam sendo amarrados ao veículo. Anna ficou boquiaberta, e então trotou atrás dele.

— Milorde.

Ele a ignorou.

— *Edward* — sibilou ela.

— Querida? — O conde parou tão repentinamente que ela quase esbarrou nele.

— Não. Me. Chame. Assim. — Anna tinha dito isso tantas vezes na última semana que as palavras haviam se tornado um cântico. — Não há espaço nessa coisa para um lacaio ou uma criada.

Ele olhou casualmente para o fáeton. Jock já tinha pulado no banco alto e estava sentado, alerta, pronto para um passeio.

— Por que eu iria querer levar um lacaio ou uma criada para inspecionar os campos?

Anna deu um muxoxo.

— Você sabe muito bem.

Ele ergueu as sobrancelhas.

— Como acompanhante. — Ela sorriu docemente para os cavalariços.

Ele se inclinou para mais perto.

— Docinho, fico lisonjeado, mas nem eu posso seduzi-la enquanto estiver conduzindo um fáeton.

Anna corou. Ela sabia disso.

— Eu...

Edward segurou a mão de Anna antes que ela pudesse dizer mais alguma coisa, puxou-a para a carruagem e a acomodou no assento. Então foi ajudar os lacaios a prender os cavalos.

— Que homem autoritário — murmurou ela para Jock.

O mastim abanou o rabo e pousou a cabeça imensa em seu ombro, sujando-a de baba. Depois de alguns minutos, Edward pulou para o assento, fazendo a carruagem balançar, e segurou as rédeas. Os cavalos esticaram as patas, e o fáeton foi para a frente com um solavanco. Anna agarrou a parte de trás do seu assento. Jock colocou a cabeça para fora, ao vento, o que fez suas orelhas e a pele de seu focinho balançarem. O fáeton fez a curva rapidamente, e Anna esbarrou em Edward. Por um momento, seu seio encostou no bloco rijo de seu braço. Ela se endireitou e segurou mais firme na lateral.

A carruagem deu uma guinada, e Anna esbarrou nele mais uma vez. Ela lhe deu uma olhadela com expressão séria, mas isso não surtiu efeito. Toda vez que largava a parte de trás do assento, o veículo balançava, e ela era forçada a segurá-lo.

— Você está fazendo isso de propósito?

Não se ouviu resposta.

— Se você está me sacudindo para me colocar no meu devido lugar — disse ela com irritação —, acho que isso é um bocado infantil da sua parte.

Um olho de ébano fitou-a através de cílios escuros.

— Se você quer me punir — emendou ela —, posso entender, mas destruir o fáeton também seria inconveniente para você.

Ele diminuiu a velocidade minimamente.

Anna pôs as mãos no colo.

— Por que eu iria querer punir você? — perguntou ele.

— Você sabe por quê. — Ele realmente era a criatura mais irritante quando queria.

Eles percorreram o caminho em silêncio por algum tempo. O céu começou a clarear e então a corar com um tímido escarlate. Anna podia ver os traços de Edward com mais clareza. Eles não pareciam reconfortantes.

Ela suspirou.

— Eu sinto *muito*, sabe?

— Sente muito por ter sido descoberta? — A voz de Edward era estranhamente sedosa.

Ela mordeu a parte de dentro da bochecha.

— Eu sinto muito por tê-lo enganado.

— É difícil acreditar nisso.

— Você está sugerindo que estou mentindo? — Anna cerrou os dentes para controlar seu temperamento, tentando se lembrar de seu voto de paciência.

— Ora, sim, docinho, acho que estou. — Parecia que ele estava trincando os dentes. — Você parece ter uma facilidade inata para mentir.

Ela respirou fundo.

— Eu entendo por que você pensa assim, mas, por favor, acredite, nunca tive a intenção de magoá-lo.

Edward bufou.

— Ótimo. Bem, você estava em um dos bordéis mais conhecidos de Londres, vestida como uma prostituta de luxo, e casualmente nos esbarramos. Sim, é fácil de entender como interpretei errado a situação.

Anna contou até dez. Então contou até cinquenta.

— Eu estava esperando por você. *Somente* por você.

Isso pareceu acalmá-lo um pouco. O sol nascera por completo. Eles dobraram uma curva, assustando duas lebres no meio da estrada.

— Por quê? — rosnou ele.

Ela havia perdido o fio da meada.

— O quê?

— Por que escolher a mim depois de, sei lá, seis anos de celibato?

— Quase sete.

— Mas você ficou viúva há seis.

Anna assentiu sem explicar.

Ela podia sentir Edward fitando-a com curiosidade.

— Não importa o tempo, por que eu? Minhas cicatrizes...

— Não tem nada a ver com as suas malditas cicatrizes! — explodiu ela. — As cicatrizes não importam, você não consegue enxergar isso?

— Então por quê?

E foi a vez de Anna ficar em silêncio. Agora o sol estava muito forte, iluminando cada detalhe, sem deixar nada oculto.

Ela tentou explicar.

— Eu achei... Não. Eu *sabia* que havia uma atração. Então você foi embora, e percebi que estava levando embora o que sentia por mim e dando a outra mulher. Uma mulher que você nem conhecia. E eu queria.... Eu precisava... — Anna ergueu as mãos em sinal de frustração. — Eu queria ser a mulher com quem vo-você *copulava*.

Edward engasgou. Ela não sabia dizer se ele estava horrorizado, enojado ou se simplesmente ria dela.

De repente, ela perdeu a paciência.

— Foi você que foi para Londres. Foi você que decidiu *trepar com* outra mulher. Foi você que deu as costas para mim. Para nós. Quem é o maior pecador? Eu não vou mais... urp!

Ela engoliu as palavras quando Edward puxou os cavalos tão abruptamente que eles empinaram. Jock quase foi catapultado do assento. Anna abriu os lábios alarmada, mas, antes que pudesse protestar, sua boca foi coberta pela dele. Edward enfiou a língua em sua boca sem preâmbulo. Ela sentiu gosto de café quando ele passou a língua pela dela, abrindo mais seus lábios. Dedos fortes massageavam-lhe a nuca. Ela foi envolvida pelo cheiro de almíscar de um homem no seu auge. Lenta e relutantemente, sua boca deixou a dela. A língua dele delicadamente lambeu seu lábio inferior, como se ele estivesse arrependido.

Anna piscou sob a luz forte do sol quando ele ergueu a cabeça. Edward estudou seus traços confusos e deve ter ficado satisfeito com o que viu. Ele sorriu, mostrando dentes brancos, e segurou os arreios, fazendo os cavalos cruzarem a estrada a meio galope, com as crinas voando. Anna voltou a se segurar no assento e tentou entender o que acabara de acontecer. Era muito difícil pensar com o gosto dele ainda em sua boca.

— Eu vou me casar com você — gritou Edward.

Anna não sabia o que dizer. Então ficou em silêncio.

Jock latiu uma vez e deixou a língua pendendo da boca, voando com o vento.

CORAL OLHOU PARA o céu e sentiu os raios de sol descerem como calor líquido por suas bochechas. Ela estava sentada na porta dos fundos do chalé da família Wren, assim como fazia todos os dias desde que se sentira bem o suficiente para se levantar da cama. A seu redor, pequenas coisas verdes surgiam pela terra escura, e, perto dali, um passarinho engraçado fazia um bocado de barulho. Era estranho como não se percebia o sol em Londres. Os gritos estridentes de milhares de vozes, a fumaça fuliginosa, as ruas cheias de detritos distraíam as pessoas e obscureciam a paisagem até que ninguém mais se lembrava de olhar para cima. Ninguém mais sentia o toque delicado do sol.

— Ah, Sr. Hopple!

Coral abriu os olhos ao ouvir o som da voz da irmã, mas permaneceu imóvel. Pearl havia parado no portão que dava para o jardim dos fundos e estava acompanhada de um homem pequeno que usava o colete mais chamativo que ela já tinha visto. Ele parecia tímido, a julgar pelo modo como o tempo todo puxava o colete. Isso não era de surpreender. Muitos homens ficavam ansiosos na companhia de uma mulher por quem se sentiam atraídos. Pelo menos, os mais bonzinhos ficavam. Mas Pearl brincava com seu cabelo, torcendo-o e enrolando-o em seus dedos, o que indicava que ela também parecia pouco à vontade. E isso era surpreendente. Uma das primeiras coisas que uma prostituta aprendia era como manter uma expressão confiante e até corajosa na companhia do sexo forte. Esse era o segredo da sobrevivência delas.

Pearl se despediu de seu acompanhante com um belo sorriso. Ela abriu o portão e entrou no pequeno pátio. Estava se aproximando da porta dos fundos quando notou a presença da irmã.

— Meu Deus, querida, não vi você sentada aí. — Pearl abanou o rosto corado. — Você me deu um susto e tanto, isso sim.

— Estou vendo — disse Coral. — Você não está procurando um novo candidato, está? Não tem mais que trabalhar. Além disso, vamos embora para Londres em breve, agora que estou melhor.

— Ele não é um candidato — retrucou Pearl. — Pelo menos, não no sentido a que você se refere. Ele me ofereceu um trabalho como criada na abadia.

— Criada?

— Sim. — Pearl estava corando. — Você sabe que fui treinada para isso. Eu daria uma boa criada novamente, daria sim.

Coral franziu a testa.

— Mas você não precisa trabalhar. Prometi que vou cuidar de você, e vou cumprir minha promessa.

A irmã endireitou os ombros estreitos para trás e ergueu o queixo.

— Eu vou ficar aqui com o Sr. Felix Hopple.

Coral a encarou por um momento. Pearl não vacilou.

— Por quê? — perguntou ela finalmente, com a voz indiferente.

— Ele pediu permissão para me cortejar, e eu dei.

— E quando ele souber o que você é?

— Eu acho que ele já sabe. — Pearl previu a pergunta seguinte e rapidamente balançou a cabeça. — Não, eu não contei, mas minha última estada aqui não foi um segredo. E, se ele não sabe, eu vou contar. Acho que ele vai me querer de qualquer forma.

— Mesmo que ele aceite sua vida antiga — disse Coral delicadamente —, os outros habitantes da aldeia podem não aceitar.

— Ah, eu sei que será difícil. Não sou mais uma garotinha que acredita em contos de fadas. Mas ele é um verdadeiro cavalheiro. — Pearl se ajoelhou ao lado de Coral na cadeira. — Ele me trata com tanta gentileza e olha para mim como se eu pudesse ser uma dama.

— Então você vai ficar aqui?

— Você também podia ficar — disse Pearl baixinho e esticou o braço para apertar a mão da irmã. — Nós duas poderíamos começar uma nova vida aqui, ter uma família como pessoas normais. Poderíamos ter um pequeno chalé como este, e você poderia morar comigo. Não seria adorável?

Coral baixou os olhos para as mãos entrelaçadas nas da irmã mais velha. Os dedos de Pearl tinham cor de porcelana, com pequenas e sutis cicatrizes ao redor dos nós, lembranças dos anos de serviço. Sua própria mão era branca, lisa e estranhamente macia. Ela se afastou.

— Temo que não possa ficar. — Coral tentou sorrir, mas descobriu que não conseguia. — Eu pertenço a Londres. Simplesmente não me sinto à vontade em outro lugar.

— Mas...

— Calma, querida. Meu destino na vida foi traçado há muito tempo. — Coral se pôs de pé e sacudiu as saias. — Além disso, todo esse ar fresco e essa luz do sol não podem fazer bem à minha pele. Venha para dentro de casa comigo e me ajude a arrumar as minhas coisas.

— Se é isso que você quer — concordou Pearl lentamente.

— É. — Coral esticou a mão e puxou a irmã para que ela ficasse de pé.

— Você me disse como o Sr. Hopple se sente, mas não disse como você se sente a respeito dele.

— Ele faz com que eu me sinta segura e confortável. — Pearl corou. — E ele beija bem.

— Uma tortinha de limão — murmurou Coral. — Você sempre gostou de tortinha de limão.

— O quê?

— Esqueça, querida. — Coral roçou os lábios na bochecha da irmã.
— Fico feliz que tenha encontrado um homem para você.

— ALÉM DO mais, essa teoria excêntrica somente aprofunda a suspeita de que sua senilidade agora está em estágio avançado. Minhas condolências.

Anna rabiscava as palavras freneticamente enquanto Edward caminhava diante da escrivaninha de pau-rosa. Ela nunca havia feito ditado antes e descobriu, para seu desgosto, que era mais difícil do que imaginara. O fato de Edward escrever suas cartas mordazes em alta velocidade certamente não ajudava.

Pelo canto do olho, ela notou que *O Príncipe Corvo* estava de volta em sua mesa. Desde aquele passeio de fáeton, dois dias atrás, ela e Edward pareciam jogar um jogo com o livro. Uma manhã, ela havia encontrado o livro em cima de sua escrivaninha e o devolvera em silêncio a ele, mas, depois do almoço, o livro voltara novamente para a mesa dela. Mais uma vez, ela o havia deixado na mesa de Edward, e aquilo se repetira. Muitas vezes. Até agora, ela não tivera a coragem de perguntar o que, exatamente, o livro significava para ele e por que parecia que o estava oferecendo a ela.

Agora Edward perambulava em meio ao seu ditado.

— Talvez sua triste deterioração mental tenha uma origem familiar. — Ele apoiou um punho na mesa dela. — Eu me recordo que seu tio, o duque de Arlington, era igualmente teimoso em relação à questão da reprodução suína. De fato, alguns dizem que seu último ataque apoplético foi consequência de uma discussão muito acalorada sobre gaiolas de gestação. Está quente aqui?

Anna tinha escrito até *quente* quando se deu conta de que a última pergunta se dirigia a ela. Ela ergueu o olhar a tempo de vê-lo tirar o casaco.

— Não. A temperatura está agradável. — O esboço de sorriso que a boca de Anna formava congelou quando Edward tirou a gravata.

— Estou com muito calor — disse ele. E desabotoou o colete.

— O que você está fazendo? — grunhiu Anna.

— Ditando uma carta? — Ele arqueou as sobrancelhas, fingindo-se de inocente.

— Você está se despindo!

— Não, eu estaria me despindo se tirasse a camisa — falou Edward, e foi o que ele fez.

— Edward!

— Querida?

— Ponha a camisa de volta neste instante — sibilou Anna.

— Por quê? Você acha meu tronco ofensivo? — Edward se inclinou despreocupadamente na direção da mesa dela.

— Sim. — Anna se encolheu ao ver a expressão dele. — Não! Ponha de novo a camisa.

— Você tem certeza de que não sente nojo das minhas cicatrizes? — Ele se inclinou para mais perto, e seus dedos percorreram as marcas no próprio peito.

Os olhos de Anna seguiam indefesos aquela mão hipnótica antes de desviar o olhar para longe. Uma resposta mordaz vacilou na ponta da língua. Ela foi impedida pelo desembaraço calculado de Edward. A pergunta era evidentemente importante para aquele homem impossível.

Ela suspirou.

— Não acho você nem um pouco repulsivo, como você bem sabe.

— Então me toque.

— Edward...

— Faça isso — murmurou ele. — Eu preciso saber. — O conde pegou a mão dela e a puxou para si.

Anna olhou em seu rosto, lutando entre a decência e o desejo de tranquilizá-lo. O verdadeiro problema era, sem dúvida, que ela queria tocá-lo. Queria muito.

Ele esperou.

Ela ergueu a mão. Hesitou. Então o tocou. A palma de sua mão pousou, trêmula, na união do pescoço com o peito de Edward, bem onde ela podia sentir a batida implacável de seu coração. Os olhos dele pareciam escurecer de um modo impossível para um tom mais escuro de preto enquanto a encaravam. O próprio peito de Anna se esforçava para se encher de ar enquanto a mão deslizava pela musculatura firme. Ela podia sentir as reentrâncias das cicatrizes de varíola e fez uma pausa para circular delicadamente uma delas com o dedo médio. As pálpebras dele baixaram, como se estivessem pesadas. Ela foi para outra cicatriz e também a traçou. Observou a própria mão e pensou na antiga dor que essas cicatrizes representavam. A dor para o corpo de um garoto e a dor para sua alma. A biblioteca estava silenciosa, a não ser pelo murmúrio da respiração forçada de ambos. Ela nunca havia explorado o peito de um homem com tanto empenho. Era muito bom. Sensual. De certo modo, mais íntimo que o ato sexual em si.

Seu olhar foi para o rosto dele. Os lábios estavam abertos e úmidos onde Edward havia passado a língua. Obviamente, ele estava tão afetado quanto ela. Saber que seu mero toque tinha esse tipo de poder sobre ele despertava a excitação de Anna. A mão dela encontrou os pelos crespos e escuros em seu peito. Estavam úmidos por causa da transpiração. Lentamente, ela enfiou os dedos naquele emaranhado, observando os tufos se enrolarem nas pontas dos próprios dedos, como se a prendessem. Ela podia sentir o cheiro de essência masculina aumentando com o calor do corpo dele.

Anna se inclinou para a frente, atraída por uma força maior que sua vontade. Os pelos do peito de Edward fizeram cócegas em seus lábios. Ela afundou o nariz em sua calidez. Agora, o peito dele se movia bruscamente. Ela abriu a boca e soltou o ar. Sua língua deslizou para a frente para provar o sal da pele do conde. Um deles gemeu, talvez os dois. As mãos dela apertaram as laterais do corpo dele, e Anna podia sentir debilmente que os braços de Edward a puxavam para mais perto.

Sua língua continuou a explorar: o pelo, que fazia cócegas, o suor de cheiro forte, a dobra de um mamilo masculino.

O sal de suas próprias lágrimas.

Ela descobriu que estava chorando, e lágrimas pingavam por seu rosto e se misturavam com a umidade do corpo de Edward. Não fazia sentido, mas Anna não conseguia impedir as lágrimas. Não mais do que poderia impedir seu corpo de querer este homem ou seu coração de... *amá-lo.*

Perceber isso a fez parar subitamente, fez sua mente ficar mais clara. Ela inspirou, trêmula, e então se afastou do abraço de Edward.

Os braços dele a apertaram.

— Anna...

— Por favor. Me solte. — Sua voz soava áspera para os próprios ouvidos.

— Droga. — Mas os braços de Edward se abriram e a soltaram.

Ela recuou rapidamente.

Ele franziu o cenho.

— Se você acha que vou esquecer isso...

— Não precisa me avisar. — Ela riu num tom muito agudo, vacilando prestes a perder completamente a compostura. — Eu já sei que você não esquece... nem perdoa.

— *Maldição*, você sabe muito...

Ouviu-se uma batida à porta da biblioteca. Edward se afastou e se empertigou, passando a mão, impacientemente, pelo cabelo e bagunçando seu rabicho.

— O que foi?

O Sr. Hopple espiou pela porta e piscou ao ver o estado de seminudez do patrão, mas gaguejou e começou a falar, de qualquer forma.

— M-me perdoe, milorde, mas John Cocheiro disse que uma das rodas traseiras da carruagem ainda está sendo reparada pelo ferreiro.

Edward olhou de cara feia para o administrador e pegou sua camisa.

Anna aproveitou a oportunidade para furtivamente enxugar as faces úmidas.

— Ele me garantiu que vai levar apenas mais um dia — emendou o Sr. Hopple. — Dois, no máximo.

— Não tenho esse tempo todo, homem. — Edward terminara de se vestir e agora dava meia-volta e começava a revirar sua mesa, derrubando papéis no chão enquanto fazia isso. — Vamos de fáeton, e os criados podem seguir depois, quando a carruagem for consertada.

Anna ergueu o olhar, desconfiada. Era a primeira vez que ela ouvia falar de uma viagem. Sem dúvida, ele não ousaria, não é?

O Sr. Hopple franziu a testa.

— *Vamos*, milorde? Eu não sabia...

— Minha secretária vai me acompanhar a Londres, claro. Vou precisar dos serviços dela se quiser terminar o manuscrito.

Os olhos do administrador se arregalaram de horror, mas Edward não viu a reação. Ele encarava Anna em tom desafiador.

Ela inspirou rapidamente, muda.

— M-mas, milorde! — gaguejou o Sr. Hopple, aparentemente escandalizado.

— Eu vou precisar terminar o manuscrito — explicou Edward para ela; os olhos queimavam com um fogo escuro. — Minha secretária vai tomar notas na reunião da Sociedade Agrária. Vou ter que lidar com várias questões de negócios relativas às minhas outras propriedades. Sim, acredito que seja essencial que minha secretária viaje comigo — concluiu ele em voz mais baixa e íntima.

O Sr. Hopple começou a fazer um discurso:

— Mas ela é u-uma... ora! Uma mulher. Uma mulher que não é casada, perdoe a minha franqueza, Sra. Wren. Não é nada adequado que viaje...

— É verdade. É verdade — interrompeu Edward. — Teremos uma acompanhante. Traga alguém com a senhora amanhã, Sra. Wren. Vamos partir logo depois do amanhecer. Esperarei a senhora no pátio. — Edward falou isso e saiu do cômodo, batendo os pés.

O Sr. Hopple o seguiu, resmungando objeções inócuas.

Anna realmente não sabia se ria ou se chorava. Ela sentiu uma língua áspera e úmida em sua palma e baixou os olhos para ver Jock arfando ao seu lado.

— O que devo fazer?

Mas o cão apenas suspirou e rolou de costas para que as patas balançassem de modo absurdo no ar, o que dificilmente era uma resposta à sua pergunta.

Capítulo Dezenove

"Aurea chorou por tudo o que tinha perdido, sozinha ali no deserto infinito. Mas, depois de algum tempo, ela percebeu que sua única esperança era encontrar o marido desaparecido e salvar os dois. Então ela saiu em busca do Príncipe Corvo. No primeiro ano, ela o procurou nas terras a leste. Lá, viviam animais estranhos e pessoas estranhas, mas ninguém tinha ouvido falar do Príncipe Corvo. No segundo ano, ela viajou para as terras ao norte. Lá, os ventos congelantes governavam as pessoas da manhã à noite, mas ninguém tinha ouvido falar do Príncipe Corvo. No terceiro ano, ela explorou as terras a oeste. Lá, palácios opulentos se erguiam até o céu, mas ninguém tinha ouvido falar do Príncipe Corvo. No quarto ano, ela navegou para o longínquo sul. Lá, o sol ardia próximo demais à Terra, mas ninguém tinha ouvido falar do Príncipe Corvo..."

— O Príncipe Corvo

— Sinto muito, querida. — Mãe Wren retorceu as mãos naquela noite enquanto observava Anna fazer a mala. — Mas você sabe como carruagens abertas deixam meu estômago enjoado. Na verdade, basta pensar nisso p-para...

Anna ergueu o olhar rapidamente. A sogra adquirira um delicado tom de verde.

Ela conduziu a mulher idosa para uma cadeira.

— Sente-se e respire. A senhora quer um pouco de água? — Anna tentou abrir a única janela do cômodo, mas estava emperrada.

Mãe Wren levou um lenço à boca e fechou os olhos.

— Ficarei bem num instante.

Anna serviu um pouco de água de uma jarra na penteadeira e entregou o copo na mão da outra mulher. Mãe Wren tomou um gole, e a cor começou a voltar às suas bochechas.

— Que pena que Coral tenha ido embora tão repentinamente! — Mãe Wren tinha repetido aquilo de várias formas durante todo o dia.

Anna apertou os lábios.

Fanny as acordara naquela manhã, depois de encontrar um bilhete na cozinha. Nele, Coral simplesmente agradecia pelos cuidados. Anna subira a escada correndo para verificar o quarto onde a outra mulher dormia, mas estava vazio, e a cama havia sido arrumada. Ali, ela descobriu outro bilhete preso ao travesseiro. Coral pedia a ela que Pearl ficasse um pouco mais e havia deixado moedas de ouro que tilintaram no chão quando Anna desdobrou o bilhete.

Anna tentou dar o dinheiro a Pearl, mas ela balançara a cabeça e o recusara.

— Não, senhora. Esse dinheiro é para a senhora e a Sra. Wren. As senhoras foram as melhores amigas que eu e Coral já tivemos.

— Mas você vai precisar dele.

— A senhora e a Sra. Wren também precisam. Além disso, em breve vou começar a trabalhar. — Ela havia corado. — Lá na abadia.

Anna balançou a cabeça.

— Espero que Coral esteja bem. Seus hematomas mal haviam começado a desaparecer. Pearl nem sequer sabe para onde ela pode ter ido; apenas que voltou para Londres.

Mãe Wren pressionou uma das mãos na testa.

— Se ao menos ela tivesse esperado, agora poderia acompanhar você a Londres.

— Talvez Pearl não se importe em adiar o trabalho na abadia e ir comigo. — Anna puxou uma gaveta da penteadeira e procurou um par de meias sem furos.

— Acho que Pearl vai querer ficar aqui. — A sogra pousou o copo com cuidado no assoalho ao lado da cadeira. Parece que ela conheceu um cavalheiro na abadia.

— Verdade? — Anna deu meia-volta, com as mãos cheias de meias. — Quem a senhora acha que é? Um dos lacaios?

— Não sei. Anteontem ela me perguntou sobre a casa e quem trabalhava lá. E então murmurou alguma coisa sobre abelhas.

— Será que a abadia tem um apicultor? — Anna franziu a sobrancelha ao considerar essa ideia antes de balançar a cabeça, dobrar um par de meias e guardá-lo na bolsa.

— Não que eu saiba. — Mãe Wren deu de ombros. — Em todo caso, fico feliz que Lorde Swartingham tenha decidido levá-la a Londres. Ele é um homem muito bom. E está interessado em você, querida. Talvez ele lhe faça uma pergunta importante por lá.

Anna se encolheu.

— Ele já me pediu em casamento.

Mãe Wren deu um pulo da cadeira e soltou um gritinho digno de uma garota com um quarto de sua idade.

— E eu respondi que não — concluiu Anna.

— Não? — Sua sogra parecia chocada.

— Não. — Ela cuidadosamente dobrou uma camisola e colocou-a na bolsa.

— Maldito Peter! — A outra mulher bateu o pé.

— Mãe!

— Sinto muito, querida, mas você sabe tão bem quanto eu que não teria recusado aquele adorável homem se não fosse pelo meu filho.

— Eu não...

— Ora, não adianta inventar desculpas. — Na verdade, Mãe Wren parecia séria. — O bom Deus sabe que eu amava Peter. Ele era meu único filho e um garotinho muito querido. Mas o que ele fez com você durante o casamento foi simplesmente imperdoável. Meu querido marido, se estivesse vivo na época, teria dado umas boas chibatadas nele.

Anna sentiu as lágrimas arderem em seus olhos.

— Eu não desconfiava de que a senhora sabia.

— Eu não sabia. — Mãe Wren voltou a se sentar com uma pancada. — Não até aquela última doença. Ele estava febril e uma noite começou a falar quando eu estava com ele. Você já tinha ido para a cama.

Anna baixou o olhar para as mãos e escondeu o fato de que lágrimas borravam sua visão.

— Ele ficou muito chateado quando descobriu que eu não podia ter bebês. Lamento por isso.

— Eu também lamento. Sinto muito por vocês não poderem ter tido filhos.

Anna enxugou o rosto com a palma da mão e ouviu as saias da sogra farfalharem quando ela se aproximou.

Mãos quentes e gordinhas a envolveram.

— Mas ele tinha você. Faz ideia de como fiquei feliz quando Peter se casou com você?

— Ah, mãe...

— Você foi, *é*, a filha que eu nunca tive — murmurou Mãe Wren. — Você tem cuidado de mim durante todos esses anos. De várias maneiras, eu fiquei mais próxima de você do que fui de Peter.

Por alguma razão, isso fez Anna chorar ainda mais.

Mãe Wren a abraçou e a embalou levemente. Anna chorou muito, e soluços pesados que saíam de seu peito faziam sua cabeça doer. Era tão doloroso ter essa parte de sua vida exposta quando ela a mantivera oculta por tanto tempo. A infidelidade de Peter tinha sido uma vergonha secreta que ela sofrera sozinha. Ainda assim, durante todo esse tempo, Mãe Wren sabia, e o que era mais importante, ela não a culpara. Suas palavras eram como uma absolvição.

Finalmente, os soluços de Anna ficaram mais baixos e se aquietaram, mas seus olhos ainda permaneciam fechados. Ela se sentia tão cansada, suas pernas estavam pesadas e letárgicas.

A mulher mais velha a ajudou a se deitar e alisou a coberta por cima dela.

— Apenas descanse. — A mão fria e macia de Mãe Wren gentilmente tirou seu cabelo da testa, e ela a ouviu murmurar: — Por favor, seja feliz, querida.

Anna ficou deitada, sonhando, e ouviu o barulho dos passos da outra mulher conforme ela descia a escada. Mesmo com dor de cabeça, ela se sentiu em paz.

— Foi para Londres? — A voz de Felicity se ergueu até quase ficar rouca.

Duas senhoras que passavam pelo chalé da família Wren olharam por cima do ombro para ela, que deu as costas para as duas.

A Sra. Wren mais velha a encarava de modo estranho.

— Sim, hoje pela manhã, com o conde. Lorde Swartingham falou que não podia ir sem ela para a reunião da associação. Eu não lembro agora o nome da sociedade, os Egeus ou algo assim. É impressionante o que os cavalheiros da sociedade fazem para se divertir, não é?

Felicity fixou um sorriso em seu rosto quando a mulher idosa começou a tagarelar, embora quisesse gritar com impaciência.

— Sim, mas quando Anna vai retornar?

—Ah, eu acho que não antes de mais um dia ou algo assim. — A sobrancelha da Sra. Wren se juntou para pensar. — Talvez até demore uma semana. Duas, no máximo.

Felicity sentiu o sorriso congelar numa careta. Bom Deus, será que a mulher estava senil?

— Muito bem. Ora, eu tenho que ir. Tarefas domésticas, sabe?

Ela podia dizer, pelo sorriso hesitante da Sra. Wren, que sua despedida era menos que polida, mas Felicity não tinha tempo agora. Ela entrou na carruagem, bateu no teto e, em seguida, gemeu enquanto o veículo se afastava. Por que Chilly fora tão indiscreto? E qual das criadas havia feito a fofoca? Quando ela pusesse as mãos na traidora, faria questão de que ela nunca mais voltasse a trabalhar neste condado. Naquela manhã, o escudeiro explodira à mesa do café. Ele havia exigido saber quem se esgueirara dos aposentos dela na semana anterior. Isso quase a havia feito perder o apetite para os ovos poché.

Se ao menos Chilly tivesse escalado a janela em vez de usar a entrada dos criados. Mas, não, ele insistira que a pedra do peitoril da janela rasgaria suas meias. Que homem tolo e vaidoso! E, como se as suspeitas de Reginald em relação a Chilly não fossem suficientes, na véspera ele havia comentado sobre o cabelo vermelho de Cynthia. Parecia que não havia ruivos na família Clearwater nos últimos tempos. Se é que alguma vez havia tido.

Ora, claro que não, seu estúpido, era o que Felicity queria gritar. *O cabelo vermelho não vem da sua família*. Em vez disso, ela fez algumas referências vagas aos cachos avermelhados da avó e rapidamente mudou de assunto e começou a falar de cães, assunto que sempre deixava seu marido empolgado.

Felicity passou os dedos pelo penteado impecável. Por que o escudeiro finalmente estava se dando conta disso depois de todo esse tempo? Se a carta aparecesse para aumentar as suspeitas do marido em relação a Chilly, a situação ficaria muito ruim para ela. Felicity estremeceu. Era possível que fosse banida para uma fazendinha qualquer. Até *divórcio*, o mais terrível dos destinos, poderia acontecer. Isso era inconcebível para Felicity Clearwater.

Ela precisava encontrar Anna e pegar aquela carta de volta.

Anna se revirou na cama e deu um soco no pesado travesseiro pelo que parecia a centésima vez. Era impossível dormir enquanto esperava ser atacada por um conde agitado.

Ela não ficara surpresa cedo pela manhã quando Fanny, sua acompanhante por falta de opção, fora relegada a outra carruagem. Com isso, Anna partira sozinha com Edward no fáeton para Londres. Ela fizera questão de colocar Jock entre os dois no assento do veículo e ficara quase decepcionada quando Edward pareceu não notar. Eles viajaram o dia todo e chegaram à casa de Edward em Londres após o anoitecer.

Aparentemente, acordaram os criados. O mordomo, Dreary, abrira a porta de camisolão e gorro. Ainda assim, as criadas sonolentas acenderam o fogo e prepararam uma refeição fria para os dois.

Então, Edward lhe desejara um polido boa-noite e pedira à governanta que lhe mostrasse um quarto. Como a carruagem dos criados com Fanny ainda não havia chegado, Anna tinha o cômodo somente para si. Em seu quarto, havia uma pequena porta de ligação, da qual ela estava bastante desconfiada. A cama era grande demais para pertencer a um simples quarto de hóspedes. Edward não a teria colocado na suíte da condessa, teria? Ele não ousaria.

Ela suspirou. Na verdade, ele ousaria.

O relógio na cornija já havia badalado uma hora da manhã. Sem dúvida, se Edward tivesse a intenção de vir atrás dela, já teria feito isso, não é? Não que fosse adiantar tentar abrir a porta. Anna havia trancado as duas.

Passos masculinos e firmes subiram a escada.

Ela ficou imóvel como uma lebre escondida na sombra de uma ave de rapina. Olhou para a porta do corredor. Os passos se aproximaram, a caminhada ficou mais lenta ao chegar à sua porta. Pararam.

Todo o seu ser estava concentrado na maçaneta da porta.

Fez-se uma pausa e, então, os passos voltaram. Uma porta mais adiante no corredor foi aberta e fechada logo em seguida. Anna se jogou de volta nos travesseiros. Naturalmente, ela estava aliviada com essa reviravolta. Muito, muito aliviada. Uma verdadeira dama não ficaria aliviada por *não* ser agarrada por um conde demoníaco?

Ela estava matutando como uma verdadeira dama deveria se apresentar no quarto de um conde demoníaco para ser agarrada quando a tranca da porta de ligação foi aberta. Edward entrou, segurando uma chave e dois copos.

— Achei que talvez você quisesse tomar conhaque comigo? — Ele levantou os copos.

— Eu, hum... — Anna fez uma pausa e pigarreou. — Eu não gosto muito de conhaque.

Ele ergueu os copos por um momento mais, antes de baixá-los.

— Não? Ora...

— Mas você pode beber aqui. — As palavras de Anna colidiram com as de Edward.

Ele a encarou em silêncio.

— Comigo, quero dizer. — Ela podia sentir as bochechas arderem.

Edward virou as costas, e, por um terrível momento, Anna pensou que ele iria embora. Mas ele pousou os copos na mesa, encarou-a novamente e começou a tirar a gravata.

— Na verdade, eu não vim para beber.

Ela prendeu a respiração.

Ele jogou a gravata numa cadeira e tirou a camisa por cima da cabeça. Os olhos de Anna imediatamente se fixaram em seu peito nu.

Edward a fitou.

— Nenhum comentário? Isso é inédito.

Ele se sentou na cama para retirar, primeiro, as botas e, em seguida, as meias. O colchão afundou com seu peso. Ele ficou de pé e baixou as mãos para os botões na camurça.

Anna parou de respirar.

Edward sorriu maliciosamente e, aos poucos, abriu os botões. Ele enfiou os polegares no cós e retirou a calça e as ceroulas com um único gesto. Então o conde se empertigou, e seu sorriso desapareceu.

— Se você vai dizer não, faça isso agora. — Ele soou um tanto incerto.

Anna levou o tempo que achou necessário examinando-o. Desde os olhos escuros aos ombros largos e musculosos, da barriga delgada até a masculinidade grossa, das bolas pesadas às coxas musculosas, das panturrilhas peludas até finalmente os pés grandes e ossudos. O Grotto de Aphrodite era mal-iluminado, e ela queria guardar essa imagem dele, caso nunca mais o visse. Edward era a personificação da beleza parado ali, oferecendo-se para ela sob o brilho de uma vela. Anna percebeu que sua garganta estava seca demais para falar, então simplesmente esticou os braços.

Edward fechou os olhos por um segundo. Será que ele realmente havia pensado que ela o mandaria embora? Então ele caminhou em silêncio até a cama e parou ao lado de Anna. Abaixando a cabeça com inesperada elegância, ergueu uma das mãos para puxar a fita de seu rabicho. Seda preta fluiu em torno dos ombros com cicatrizes. Ele estava em cima dela, com o cabelo roçando-lhe as faces. Edward baixou a cabeça para lhe dar beijos delicados nas bochechas, no nariz e nos olhos. Anna ergueu os lábios, mas ele a evitou. Até ela ficar impaciente.

Ela precisava tanto da boca dele.

— Beije-me. — Anna conduziu seus dedos para a cabeleira de Edward e puxou o rosto dele para perto do dela.

Ele abriu os lábios sobre os dela, seus hálitos se mesclando, e aquilo parecia uma bênção. Era tão certo. Ela sabia disso agora. A paixão entre os dois era a coisa mais perfeita do mundo.

Anna se contorceu, tentando se aproximar mais, porém as mãos e os pés dele nas laterais do corpo dela prendiam o lençol que a cobria. Ela estava presa. Edward atacou a boca dela ao seu bel-prazer. Levou o tempo que queria, primeiro ávido, depois delicado, e então ávido novamente, até Anna sentir que derretia de desejo.

De repente, ele se afastou e ficou de joelhos. Havia uma fina camada de suor em seu peito, e sua semente umedecia a ponta do pênis. Anna gemeu baixinho ao ver aquilo. Ele era tão magnífico, tão belo e, neste instante, era todo dela.

Edward direcionou o olhar para o rosto dela; em seguida, seguiu para baixo, enquanto Anna afastava o lençol de seus seios. Ela usava somente uma camisola. Ele esticou a peça fina sobre seu busto e examinou o corpo dela. Anna podia sentir os mamilos intumescendo contra o tecido. Duros e ansiosos. Esperando pelo toque dele. Edward se inclinou, pôs a boca úmida sobre um mamilo e sugou através da roupa. A sensação foi tão intensa que ela se curvou. Ele foi para o outro mamilo e sugou também até as pontas de seus seios estarem grudadas no tecido úmido e transparente. Ele se afastou e soprou o primeiro mamilo; depois, o outro, fazendo-a arfar e se debater.

— Pare de brincar. Pelo amor de Deus, me toque. — Ela não reconheceu a própria voz de tão rouca.

— Como você quiser!

Ele segurou o decote da camisola e, com um gesto, rasgou o fino tecido. Os seios nus emergiram no ar frio da noite. Por um segundo, Anna ficou tímida. Naquele dia, ela não usava uma máscara para se esconder. Aquele era seu verdadeiro eu fazendo amor com Edward. Ela não tinha uma desculpa atrás da qual se esconder; ele podia ver seu rosto, suas emoções. Então ele foi para cima dela mais uma vez e capturou seu mamilo com a boca. O calor de sua boca depois da frieza do tecido úmido quase a enlouqueceu. Ao mesmo tempo, ele enfiou dedos compridos entres seus pelos pubianos.

Anna ficou imóvel, esperando, sem fôlego, enquanto ele delicadamente procurava e encontrava o que buscava. Edward começou um movimento circular insidioso com o polegar. Meu Deus, aquilo era tão bom. Ele sabia exatamente como tocá-la. Ela gemeu, e seu quadril instintivamente acompanhou a mão dele. Edward enfiou o dedo profundamente nela, e Anna estremeceu na súbita tempestade de seu clímax.

Edward murmurou, com as pálpebras fechadas.

— Olhe para mim — sussurrou Edward com as pálpebras fechadas.

Ela girou a cabeça na direção do som de seu rosnado, com os olhos ainda fechados, em êxtase.

— Anna, olhe para mim.

Ela abriu os olhos.

Edward se agigantou sobre ela, com o rosto corado, as narinas abrindo e fechando.

— Vou entrar em você agora.

Anna podia sentir sua ereção penetrando a abertura úmida. A cabeça começou a comprimi-la, e as pálpebras dela baixaram em reflexo.

— Anna, doce Anna, olhe para mim — murmurou Edward.

Agora ele estava na metade do caminho, e ela lutava para manter os olhos focados. Ele inclinou a cabeça e lambeu a ponta do nariz dela.

Os olhos de Anna se arregalaram.

E Edward a penetrou por completo.

Ela gemeu e se arqueou. *Tão certo. Tão perfeito.* Edward a preenchia como se ambos tivessem sido feitos para isso. Como se tivessem sido feitos um para o outro. Ela passou as coxas ao redor do quadril dele, envolvendo-o com a pelve, e olhou para seu rosto. Os olhos dele estavam fechados, seu rosto, grave com o desejo. Uma mecha de cabelo escuro havia se colado no queixo do conde.

Então ele abriu os olhos e a fitou com sua intensidade escura.

— Eu estou dentro de você, e você está me segurando. Não há como voltar atrás deste momento.

Anna gritou ao ouvir aquelas palavras, e a respiração dentro de seu peito parecia tremer. O quadril de Edward se movia. Ela passou os braços ao redor dele e o segurou enquanto o movimento de seu pênis entrando e saindo afastava todos os pensamentos de sua mente. Ele aumentou o ritmo e gemeu. Seus olhos estavam fixos nos dela; era como se ele tentasse comunicar alguma coisa inexprimível. Ela tocou sua face com uma das mãos.

O grande corpo do conde pareceu se partir. Ele estremeceu contra ela. O prazer de Anna veio em ondas, uma alegria tão intensa a inundou que ela não conseguiu contê-la. Ela gemeu seu êxtase. Ele jogou a cabeça para trás naquele momento e mostrou os dentes num grito de prazer. O calor inundou seu útero, seu coração e sua alma.

O corpo de Edward pesava sobre o dela, e Anna sentiu os batimentos do coração dele. Ele suspirou. Então, letargicamente, o conde virou de lado. Anna se encolheu como uma bola, de lado, com as pernas agradavelmente doloridas. A última coisa que sentiu antes de se render ao sono foram as mãos de Edward em sua barriga, puxando-a de volta para seu calor.

Capítulo Vinte

"No quinto ano de sua busca, no fim de uma noite chuvosa, Aurea foi cambaleando por uma floresta escura e sinistra. Ela usava trapos finos que mal cobriam seu corpo; seus pés estavam descalços e cheios de bolhas, e ela estava perdida e cansada. Toda a comida que tinha resumia-se a uma casca de pão. No escuro, ela avistou uma luz que tremeluzia. Uma cabana minúscula erguia-se, solitária, numa clareira. Depois de bater, uma mulher idosa e desdentada, quase dobrada em duas por causa da idade, apareceu na porta e a convidou a entrar.

— Ah, querida — disse a velha com voz rouca. — Está uma noite fria e úmida para ficar sozinha. Venha dividir o fogo comigo. Mas temo não ter víveres para lhe oferecer; minha mesa está vazia. Ah, mas o que eu não daria para ter algo de comer!

Ao ouvir isso, Aurea sentiu pena da mulher. Ela colocou a mão dentro do bolso e ofereceu à idosa seu último bocado de pão..."

— O Príncipe Corvo

Um grito alto e feminino arrancou Edward do sono, na manhã seguinte. Ele se inclinou, chocado, e olhou na direção da fonte daquele terrível som. Davis, com os cachos cinzentos pendendo sobre a face cinzenta, olhava para ele com horror abjeto. Ao lado de Edward, uma voz feminina protestava, sonolenta. Jesus! Ele rapidamente jogou os lençóis sobre Anna.

— Em nome de tudo que é sagrado, Davis, o que deu em você agora? — gritou Edward enquanto sentia seu rosto queimar.

— Como se não bastasse o senhor viver frequentando prostíbulos, agora traz para casa u-uma... — A boca do valete se contorceu.

— Mulher — completou Edward. — Mas não do tipo que você está pensando. Esta é a minha noiva.

Os lençóis começaram a mexer. Edward pousou uma das mãos na beirada superior, prendendo a ocupante.

— Noiva! Eu posso ser velho, mas não sou gagá. Essa não é a Srta. Gerard.

As cobertas resmungaram ameaçadoramente.

— Mande a criada acender o fogo — ordenou Edward, desesperado.

— Mas...

— Agora.

Muito tarde.

Anna tinha aberto caminho até o topo das cobertas e agora sua cabeça estava descoberta. O cabelo estava deliciosamente bagunçado, a boca, pecaminosamente inchada. Edward sentiu uma parte da própria anatomia inchar. Ela e Davis se encararam, e os olhos dos dois homens se estreitaram ao mesmo tempo.

Edward gemeu e baixou a cabeça entre as mãos.

— Você é o valete de Lorde Swartingham? — Nunca uma mulher nua, flagrada em posição comprometedora, soara tão afetada.

— Claro que sou. E a senhora é...

Edward lançou um olhar a Davis que continha a promessa de desmembramento, violência e o apocalipse.

Davis se interrompeu e continuou mais cautelosamente:

— A, humm, senhora do milorde.

— Isso mesmo. — Ela pigarreou e tirou um dos braços de debaixo das cobertas para puxar o cabelo para trás.

Edward a fitou com expressão severa e enfiou os lençóis mais firmemente em torno de seus ombros. Ele não precisava ter se dado ao trabalho. Davis examinava cuidadosamente o teto.

— Será que você poderia — começou Anna —, trazer o chá do conde e mandar a criada atiçar o fogo?

Davis sobressaltou-se diante dessa ideia completamente nova.

— Imediatamente, senhora.

Ele já estava indo para a porta quando a voz de Edward o interrompeu:

— Daqui a uma hora.

O valete pareceu escandalizado, mas nada falou; o que era inédito, pelo que Edward conhecia dele. A porta se fechou atrás de Davis. Edward pulou da cama, foi até a porta e girou a chave na fechadura. Ele a jogou do outro lado do cômodo, e ela bateu na parede com um tinido. Ele já estava novamente na cama antes que Anna tivesse tempo de se sentar.

— Seu valete é bem diferente — comentou ela.

— Sim. — Segurando o lençol, ele o retirou completamente da cama, arrancando um gritinho de Anna, que estava deitada, toda quente, sonolenta e nua, para seu deleite. Ele gemeu em aprovação, e a ereção matinal ficou ainda mais dura. Que belo modo de acordar!

Ela lambeu os lábios, um gesto que seu pênis aprovou totalmente.

— E-eu percebi que suas botas raramente são polidas.

— Davis é um incompetente terminal. — Ele colocou as mãos nas laterais do quadril dela e começou a mordiscar um caminho por suas pernas.

— Ah! — Por um momento, ele pensou que fora bem-sucedido em distraí-la, mas Anna se recuperou. — Então por que você o mantém?

— Davis era o valete do meu pai antes de ser meu. — Ele falava sem prestar muita atenção à conversa. Podia sentir o próprio cheiro no corpo de Anna, e isso o satisfez de um modo primitivo.

— Então você o mantém por sentimentalismo... Edward!

Ela arfou quando ele afundou o nariz em seus pelos pubianos e inspirou. O cheiro dele era forte ali, nos cachos dourados tão macios e belos sob a luz da manhã.

— Suponho que sim — respondeu ele para os pelos dela, fazendo Anna se contorcer. — E eu gosto desse velho imoral e malvado. De vez em quando. Ele me conhece desde criança e me trata sem um pingo de respeito. É revigorante. Ou, pelo menos, diferente.

O conde passou um dedo pela boceta de Anna. Os lábios se abriram timidamente, revelando o interior cor-de-rosa. Ele virou o rosto para ver melhor.

— Edward!

— Você gostaria de saber como foi que contratei Hopple? — Ele se ergueu nos cotovelos entre as pernas dela. Mantendo-a aberta com uma das mãos, ele provocou seu botão com o dedo indicador da outra mão.

— Ohhh!

— E você nem conheceu Dreary, mas ele tem um passado interessante.

— Ed-*ward*!

Deus, Edward adorava o som do seu nome nos lábios de Anna. Ele pensou em lambê-la, mas concluiu que não conseguiria aguentar tanto tempo assim no início da manhã. Então se moveu para cima de seus seios, e sugou um, depois, o outro.

— E tem toda a criadagem na abadia. Você gostaria de ouvir sobre eles? — sussurrou Edward em seu ouvido.

Cílios grossos quase ocultaram os olhos cor de mel dela.

— Faça amor comigo.

Alguma coisa dentro dele, talvez seu coração, parou por um segundo.

— Anna.

Seus lábios eram macios e convidativos. Ele não foi gentil, mas Anna não protestou. Ela abriu a boca delicadamente e se entregou, se entregou, até ele não conseguir aguentar mais.

Edward se afastou e, com cuidado, a virou de bruços. Ele encheu as mãos com as nádegas fartas e puxou-a para si até que Anna estivesse apoiada nos joelhos e nos cotovelos. Fez uma pausa para examinar seu sexo vulnerável desse ângulo. Seu peito arfou diante dessa visão. Aquela era sua mulher, e somente ele teria o privilégio de vê-la assim.

Ele segurou seu pênis e o guiou pela entrada úmida. A sensação era tão boa que empurrou com mais força do que pretendia. Fez uma pausa para arfar. Então empurrou mais uma vez. E mais uma vez. Até as paredes escorregadias cederem e ele ter feito um abrigo para si mesmo em seu calor. Os músculos dela se apertando ao redor dele.

Edward trincou os dentes para não ejacular rápido.

Esticando a mão, ele tocou as costas dela. Do pescoço ao bumbum, até o local onde ele a penetrava. Ali seu dedo fez um círculo, sentindo os tecidos retesados e sua própria carne dura penetrando-a.

Ela gemeu empurrando o quadril na direção dele.

Ele retirou o pênis de dentro dela e a penetrou novamente. Com tanta força que o corpo de Anna deslizou para a cama. Edward se afastou e a penetrou de novo. O quadril girava cada vez mais rápido, então ele jogou a cabeça para trás e trincou os dentes.

Ele ouvia os gemidos calorosos de Anna e esticou um braço ao redor do quadril dela para encontrar aquela pequena saliência macia e apertá-la levemente. As paredes de sua vagina começaram a se contrair em ondas, e ele não conseguia mais se segurar. Edward gozou em jatos de prazer quase dolorosos, jorrando dentro dela, marcando-a como sua. Anna desmoronou, e ele a acompanhou para a cama, esfregando-se nela. Estremecendo com o final.

Ele ficou deitado por um momento, arfando, e então saiu de cima de Anna antes de esmagá-la. Edward se deitou de costas, um braço sobre os olhos, e tentou recuperar o fôlego.

Conforme o suor secava em seu corpo, ele começou a pensar na posição em que a colocara. Não havia a menor dúvida de que ela estava comprometida agora. Ele quase batera em Davis simplesmente pelo olhar que o homem lançara para Anna. Deus sabe o que faria se alguém comentasse algo sobre ela, como inevitavelmente aconteceria.

— Você precisa se casar comigo. — Ele fez uma careta. Aquilo fora abrupto demais.

Aparentemente, Anna também pensava isso. Seu corpo fez um movimento brusco ao lado do dele.

— O quê?

Ele a fitou com a expressão séria. Agora não era hora de parecer fraco.

— Eu a comprometi. Nós temos que nos casar.

— Ninguém sabe disso além do Davis.

— E de toda a criadagem. Você acha que, a esta altura, eles não notaram que eu não dormi no meu quarto?

— Mesmo assim, ninguém em Little Battleford sabe, e é isso que importa. — Ela levantou da cama e retirou uma camisola da bolsa.

Edward olhou para Anna de cara feia. Ela não podia ser tão ingênua.

— E quanto tempo você acha que vai levar até a notícia chegar a Little Battleford? Aposto que antes de nós voltarmos.

Anna vestiu a camisola e se inclinou para procurar alguma outra coisa em sua bolsa, com o bumbum tentadoramente à mostra através do linho fino. Será que ela estava tentando distraí-lo?

— Você já está noivo — disse ela com a voz firme.

— Não por muito tempo. Tenho um encontro com Gerard amanhã.

— O quê? — Isso despertou a atenção dela. — Edward, não faça algo de que vai se arrepender. Não vou me casar com você.

— Pelo amor de Deus, por que não? — Ele se sentou, impaciente.

Ela se sentou na beirada da cama e calçou uma meia. Ele percebeu que a peça estava cerzida perto do joelho, e a visão daquilo o deixou ainda mais zangado. Ela não devia usar trapos. Por que não se casava com ele, para que ele pudesse cuidar dela direito?

— Por que não? — repetiu ele tão baixo quanto conseguiu.

Ela engoliu em seco e começou a calçar a outra meia, alisando-a cuidadosamente sobre os dedos do pé.

— Porque não quero que você se case comigo por um senso de dever.

— Corrija-me se eu estiver errado — pediu ele. — Não era eu o homem que fez amor com você na noite passada e hoje de manhã?

— E eu era a mulher que fez amor com você — retrucou Anna. — Compartilho a mesma responsabilidade pelo ato que você.

Edward a observou, buscando as palavras, o argumento que a convenceria.

Ela começou a atar a liga.

— Peter ficou infeliz quando eu não engravidei.

Ele esperou.

Ela suspirou, sem olhar para Edward.

— E, então, ele acabou indo atrás de outra mulher.

Maldito bastardo estúpido! Edward afastou as cobertas e foi até a janela.

— Você o amava? — A pergunta era amarga em sua língua, mas ele tinha que saber.

— No começo, quando éramos recém-casados. — Ela alisou a seda esfarrapada sobre as panturrilhas. — Não no fim.

— Entendo. — Ele pagava pelos pecados de outro homem.

— Não, não acho que você possa entender. — Ela pegou a outra liga e fitou-a em suas mãos. — Quando um homem trai uma mulher dessa forma, isso quebra algo dentro dela que eu não sei se pode ser reparado.

Edward olhou para fora da janela, tentando formular uma resposta. Sua felicidade dependia do que ele dissesse em seguida.

— Eu já sei da sua esterilidade. — Finalmente, ele se virou para encará-la. — Estou satisfeito com você da forma como é. Posso prometer que nunca terei uma amante, mas somente o tempo vai oferecer a prova real da minha fidelidade. No fim das contas, você deve confiar em mim.

Anna esticou a liga entre os dedos.

— Não sei se posso.

Edward se virou para a janela, para que ela não visse sua expressão. Pela primeira vez, percebeu que talvez não fosse capaz de convencer Anna a se casar com ele. A ideia lhe trouxe algo próximo do pânico.

— AH, PELO amor de Deus!

— Shhh. Ele vai ouvir você — sibilou Anna no ouvido de Edward.

Eles estavam assistindo à palestra da tarde de Sir Lazarus Lillipin sobre rotação de culturas usando couves-nabos-da-Suécia e beterrabas. Até aquele momento, Edward discordava de praticamente todas as palavras do pobre homem. E ele não mantinha sua opinião sobre o homem e suas teorias para si mesmo.

Edward franziu o cenho para o palestrante.

— Não, não vai. O homem é surdo como uma porta.

— Então outros certamente vão.

Edward olhou para Anna, indignado.

— Espero que sim. — E se virou novamente para o palestrante.

Anna suspirou. O comportamento do conde não era pior do que o do restante do grupo, mas era melhor do que o de algumas pessoas. A audiencia podia ser classificada como *eclética*. Ia desde aristocratas em seda e renda até homens em botas enlameadas, fumando cachimbos de argila. Todos estavam amontoados em um café bastante encardido que Edward lhe havia garantido ser perfeitamente respeitável.

Ela duvidava disso.

Mesmo agora, alguns gritos irrompiam no canto dos fundos entre um escudeiro rústico e um dândi. Ela esperava que os dois não chegassem aos socos — ou às espadas. Cada aristocrata no cômodo usava uma espada como um distintivo anunciando sua posição social. Até Edward, que rejeitava a afetação no campo, tinha embainhado uma espada esta manhã.

Ele a havia instruído, antes de eles saírem, a tomar nota dos pontos importantes da palestra para que ele pudesse compará-los à sua própria pesquisa mais tarde. Ela fizera alguns rabiscos sem muito entusiasmo, mas não tinha certeza se seriam úteis. A maior parte da palestra lhe era incompreensível, e ela estava um pouco confusa sobre o que exatamente eram couves-nabos-da-Suécia.

Ela começara a suspeitar de que a principal razão de sua presença era estar sob a vigilância de Edward. Desde a manhã, ele teimosamente repetia aquele argumento de que os dois deveriam se casar. Ele parecia achar que, se simplesmente repetisse isso com frequência, ela finalmente cederia. E talvez tivesse razão — ela só precisava conseguir abandonar o medo de confiar nele.

Anna fechou os olhos e pensou em como seria a vida se ela fosse esposa de Edward. Os dois cavalgariam pelas propriedades de manhã, então conversariam sobre política e sobre as pessoas no jantar. Ele a arrastaria para palestras misteriosas como esta. E eles compartilhariam a mesma cama. Todas as noites.

Ela suspirou. Seria o paraíso.

Edward bufou explosivamente.

— Não, não, não! Até mesmo um lunático sabe que não se podem plantar nabos depois de centeio!

Anna abriu os olhos.

— Se você não gosta nem um pouco do homem, por que veio a esta apresentação?

— Não gosto de Lillipin? — Ele parecia realmente surpreso. — Ele é um bom sujeito. Apenas retrógrado em suas ideias.

Uma onda de aplausos — e vaias — indicou o fim da palestra. Edward pegou a mão dela com um aperto possessivo e começou a forçar a passagem com os ombros na direção da porta.

Uma voz saudou os dois, vinda da esquerda.

— De Raaf! De volta a Londres, atraído pelas beterrabas?

Edward parou, fazendo Anna parar também. Ela espiou por cima do ombro e viu um cavalheiro exageradamente elegante, com sapatos vermelhos.

— Iddesleigh, eu não esperava vê-lo aqui. — Edward mudou de posição para que ela não pudesse ver o rosto do homem.

Anna tentou se inclinar para a direita, mas foi bloqueada por um ombro enorme.

— E como eu poderia perder a retórica apaixonada de Lillipin sobre couves-nabos-da-Suécia? — Uma mão coberta com renda acenou graciosamente no ar. — Eu até deixei minhas roseiras premiadas em botão para vir. E, por falar nisso, como estão as roseiras que você comprou de mim quando veio à capital na última vez? Não sabia do seu interesse por flores ornamentais.

— Edward comprou as minhas roseiras do senhor? — Ansiosa, Anna deu a volta em Edward.

Os olhos cinzentos e gélidos se estreitaram.

— Ora, ora, o que temos aqui.

Edward pigarreou.

— Iddesleigh, permita-me apresentar a Sra. Anna Wren, minha secretária. Sra. Wren. Este é o visconde de Iddesleigh.

Ela se inclinou numa mesura enquanto o visconde se inclinava e pegava seus óculos pincenês. Os olhos cinzentos que a examinavam através das lentes eram muito mais afiados que o estilo do discurso e a maneira de vestir a levaram a supor.

— Sua *secretária*? — O visconde arrastou as palavras. — Fas-ci-nan-te. E, pelo que me lembro, você me tirou da cama às seis da manhã para escolher aquelas rosas. — Lentamente, ele sorriu para Edward.

Edward o fitou com a expressão séria.

Anna deu um passo para trás.

— Lorde Swartingham foi muito gentil por permitir que eu tivesse algumas das rosas que ele comprou para o jardim da abadia — mentiu ela. — Elas estão indo muito bem, eu lhe garanto, milorde. Na verdade, todas as rosas têm novos ramos, e algumas estão com brotos.

Os olhos gélidos do visconde se voltaram para os dela, e um canto de sua boca se torceu.

— E a carriça defende o corvo. — Ele fez outra mesura, ainda mais vistosa, e murmurou para Edward: — Parabéns, meu amigo. — E então se afastou na multidão.

A mão de Edward apertou levemente o ombro de Anna; em seguida, ele segurou seu cotovelo mais uma vez e a puxou na direção da porta. Uma barragem de corpos bloqueava a entrada. Algumas discussões filosóficas eram ouvidas, todas de uma só vez, algumas feitas pelas mesmas pessoas.

Um jovem parou para ouvir as discussões com uma expressão de desdém no rosto. Ele usava um tricórnio ridiculamente pequeno no topo de uma peruca empoada de amarelo com um rabo cacheado bem extravagante. Anna nunca vira um almofadinha, mas examinava cuidadosamente as ilustrações que os representavam nos jornais. O jovem olhou para Anna quando eles se aproximaram da entrada. Seus olhos se arregalaram e, então, miraram em Edward. Ele se inclinou e cochichou alguma coisa com outro homem quando os dois alcançaram a calçada. A carruagem os esperava próximo ao quarteirão, numa rua menos cheia. Quando eles dobravam a esquina, Anna olhou para trás.

O almofadinha a observava.

Um calafrio percorreu sua espinha antes que ela se virasse.

CHILLY OBSERVOU A viúva do interior dobrar a esquina de braços dados com um dos homens mais ricos da Inglaterra. *O conde de Swartingham*. Não era de admirar que Felicity tivesse escondido o nome do amante da viúva. O potencial de lucro era imenso. E ele tinha uma necessidade eterna de dinheiro. De um bocado, na verdade. Os adornos de um cavalheiro elegante de Londres não eram baratos.

Seus olhos se estreitaram enquanto ele estimava quanto poderia pedir no primeiro pagamento. Felicity havia pensado corretamente. Em sua última carta, ela implorara a ele que entrasse em contato com Anna Wren em seu nome. Como amante de Lorde Swartingham, a Sra. Wren devia ter montes de joias e outros presentes valiosos que poderia transformar em dinheiro. Obviamente, Felicity planejava chantagear a Sra. Wren sem deixá-lo participar desse esquema.

Ele deu um sorriso irônico. Agora que sabia do esquema, poderia excluir Felicity. De qualquer forma, ela nunca soube apreciar seus talentos na cama.

— Chilton. Veio para a minha palestra? — Seu irmão mais velho, Sir Lazarus Lillipin, parecia nervoso.

E deveria estar, pois Chilly originalmente viera atrás do irmão para pedir outro empréstimo. Claro que, agora que ele sabia sobre Anna Wren, não precisaria do dinheiro do irmão. Por outro lado, o alfaiate fora um tanto arrogante em seu último recado. Um dinheiro extra não iria fazer mal.

— Olá, Lazarus. — Ele deu o braço para o irmão mais velho e começou a preparar o terreno.

— Edward?

— Hum? — Edward rabiscava furiosamente à mesa. Ele havia tirado o casaco e o colete havia muito tempo, e os punhos da camisa estavam manchados de tinta.

As velas estavam gotejando. Anna suspeitava de que Dreary havia corrido para a cama após servir o jantar numa bandeja. O fato de que o mordomo nem sequer se incomodara em arrumar a mesa na sala de jantar dizia muito sobre sua experiência com o mestre após uma palestra na Sociedade Agrária. Edward escrevia refutações a Sir Lazarus desde que eles haviam voltado.

Ela suspirou.

Levantando-se, Anna foi até onde Edward trabalhava e começou a brincar com a echarpe de gaze presa ao decote de seu vestido.

— É muito tarde.

— É mesmo? — Ele não ergueu o olhar.

— Sim.

Ela apoiou o quadril na mesa e se inclinou por cima do cotovelo dele.

— Estou exausta.

A echarpe se soltou de um dos seios. A mão de Edward congelou. A cabeça do conde virou para observar os dedos dela no próprio peito, a centímetros do rosto dele.

O dedo anelar de Anna passeou pelo decote e mergulhou entre os seios.

— Você não acha que é hora de ir para a cama?

Dentro. Fora. Dentro. Fora...

Edward se pôs de pé e quase a derrubou. Ele a segurou e a ergueu em seus braços.

Anna passou os braços em volta de seu pescoço ao levantar do chão.

— Edward!

— Querida? — Ele saiu pela porta do escritório.

— Os criados.

— Se você acha, depois dessa exibiçãozinha — ele subiu os degraus de dois em dois —, que eu iria perder meu tempo me preocupando com os criados, você não me conhece.

Os dois chegaram ao corredor do segundo andar. Edward passou pelo quarto dela e parou no dele.

— A porta — declarou ele.

Ela girou a maçaneta, e o conde empurrou a porta com o ombro. No interior do quarto, ela entreviu duas pesadas mesas cobertas de livros e papéis. Mais livros estavam empilhados aleatoriamente nas cadeiras e no chão.

Ele a colocou em sua imensa cama. Sem dizer uma palavra, Edward virou-a e começou a abrir seu vestido. Ela prendeu a respiração, subitamente tímida. Aquela era a primeira vez que tomava a iniciativa sem a máscara. No entanto, Edward não parecia incomodado com sua ousadia. Longe disso. Anna estava bem consciente das pontas dos dedos roçando sua coluna através das camadas de roupas. O vestido afrouxou ao redor de seus ombros, e Edward o puxou para baixo enquanto ela se desvencilhava da roupa. Lentamente, ele soltou as anáguas e desamarrou seu espartilho. Ela o encarou, estava apenas com sua camisola e as meias. Os olhos do conde estavam pesados e intensos, e seu olhar era sério enquanto ele esfregava um polegar sobre a alça da camisola.

— Linda — murmurou ele.

Edward se inclinou e deu um beijo no ombro dela quando a alça caiu. Anna estremeceu, mas não sabia se era pelo toque ou pela expressão nos olhos dele. Ela não podia mais fingir que aquilo era apenas um ato físico entre os dois, e ele provavelmente notou sua emoção. Anna se sentia exposta.

Os lábios de Edward desceram pela pele sensível, e ele a mordiscou. Então foi para o outro ombro, e aquela alça também caiu. Delicadamente, ele baixou a parte da frente da camisola, expondo os seios dela. Os mamilos já estavam intumescidos. Edward abriu suas mãos sobre os dois montes, com as palmas quentes e possessivas. Pareceu examinar o contraste entre suas mãos escuras emoldurando a pele branca dela. No alto das bochechas dele, via-se rubor. Anna imaginou os mamilos de um tom rosa-claro enrijecendo entre aqueles dedos calejados, e sua cabeça caiu para trás, como se pesasse

Ele ergueu os seios dela e os apertou

Anna se ofereceu às mãos dele Ela podia sentir o olhar dele no rosto dela, e então ele tirou a camisola de Anna e a levou para a cama. Ela observou enquanto ele rapidamente tirava as próprias roupas e se deitava ao seu lado. A mão de Edward alisou sua barriga. Ela ergueu os braços para puxá-lo para perto, mas ele delicadamente segurou-lhe os pulsos, colocando-os ao lado da cabeça. Então deslizou pelo corpo dela até chegar à barriga. Suas mãos estavam na parte interna das coxas, e ele forçou as pernas a se abrirem.

— Tem uma coisa que eu sempre quis fazer com uma mulher. — Sua voz soava como veludo escuro.

O que ele queria dizer com aquilo? Chocada, Anna resistiu. Ele não queria olhar *ali*, não é? Tinha sido diferente naquela manhã, quando ela estava sonolenta. Agora, sentia-se totalmente desperta.

— Não é algo que um homem possa fazer com uma prostituta — disse ele.

Ah, Deus, será que ela podia fazer aquilo? Expor-se tão intimamente? Anna esticou o pescoço para encará-lo.

O olhar de Edward era implacável. Ele queria aquilo

— Deixe. Por favor.

Corando, Anna se recostou, rendendo-se ao conde e às suas necessidades. Ela deixou os joelhos caírem, sentindo-se quase como se estivesse oferecendo um presente de amor a ele. Edward baixou o olhar quando suas pernas se abriam cada vez mais, até que ele estivesse ajoelhado entre as coxas afastadas, com a intimidade de

Anna exposta. Ela apertou os olhos com força, incapaz de observá-lo enquanto ele a examinava.

Edward não fez mais nada, e, finalmente, ela não conseguiu suportar a espera nem mais um minuto. Anna abriu os olhos. Ele fitava seu corpo, sua feminilidade; as narinas se moviam e a boca se curvava com uma aparência tão possessiva que era quase assustador.

Anna sentiu sua abertura se contrair em reação. Líquido escorreu de dentro dela.

— Eu preciso de você — murmurou ela.

Então Edward realmente a chocou. Ele se inclinou e lambeu sua umidade com a língua.

— Oh!

Ele ergueu o olhar para o rosto dela e lentamente lambeu os lábios.

— Quero sentir seu gosto, lamber e sugar até você esquecer seu nome. — Ele deu um sorriso sensual. — Até eu também esquecer o meu.

Anna arqueou e arfou só de ouvir aquelas palavras, mas as mãos de Edward estavam em seu quadril agora, segurando-a. Sua língua passeava pelas dobras de sua feminilidade, cada movimento indo direto ao seu centro. Ele encontrou seu clitóris e o lambeu.

E ela foi à loucura. Um gemido longo e lento irrompeu de seus lábios, e Anna apertou o lençol dos dois lados de sua cabeça com as mãos. O quadril arqueou. Mas isso não o afastaria de seu objetivo. Incansável, ele lambeu a pequena saliência até que ela visse estrelas e, sem o menor pudor, empurrasse sua pelve contra o rosto dele.

Então o conde puxou o clitóris em seus lábios e sugou delicadamente.

— Edward! — O nome saiu dela quando uma onda de calor inundou seu corpo, até os dedos dos pés.

Ele estava em cima dela; seu pênis a invadiu antes que Anna tivesse tempo de abrir os olhos. Ela estremeceu e o agarrou enquanto ele socava contra a pele supersensível e sentiu a onda se erguendo de novo, levando-a infinitamente em sua crista. Suas coxas estremeceram irremediavelmente abertas, e ela apoiou a pelve na dureza dele. Edward respondeu enganchando os braços debaixo dos joelhos dela e empurrando as pernas de Anna na direção dos ombros. Ela estava aberta ao máximo, exposta e presa enquanto ele a amava. Enquanto ela recebia tudo o que ele tinha para dar.

— Deus! — A palavra escapou dos lábios de Edward, mais um som gutural do que uma palavra. Seu grande corpo tremia incontrolavelmente, e ele enrijeceu contra ela.

A visão de Anna se fraturou em minúsculos arco-íris enquanto ele arremetia a carne dura repetidas vezes contra sua maciez. Ela arfou. Não queria que aquele momento terminasse; os dois estavam ligados agora, de corpo e alma.

Até Edward desabar em cima dela, com o peito subindo e descendo em grandes arfadas. Anna passou as mãos sobre as nádegas dele, com os olhos ainda fechados, tentando fazer aquela intimidade durar. Ah, como ela queria este homem! Queria segurá-lo assim amanhã e pelos próximos cinquenta anos. Queria estar ao seu lado todas as manhãs quando ele acordasse, queria que a voz dele fosse a última que ela ouviria antes de adormecer à noite.

Então Edward se moveu e rolou de costas. Ela sentiu o ar frio roçar sua pele úmida. Um braço esguio de Edward a puxou para o corpo dele.

— Eu tenho uma coisa para você — disse o conde.

Anna sentiu algo pesado em seu peito e o pegou. Era *O Príncipe Corvo*. Ela piscou para secar as lágrimas e afagou a capa de marroquim vermelho, sentindo as reentrâncias da pena gravada sob os dedos.

— Mas, Edward, isto era da sua irmã, não era?

Ele assentiu.

— E agora é seu.

— Mas...

— Shhh. Eu quero que fique com o livro.

Ele a beijou com tanta doçura que ela sentiu seu coração se encher e se inundar de emoção. Como poderia continuar negando seu amor por este homem?

— Eu... eu acho... — começou ela.

— Shhh, docinho. Conversaremos de manhã — murmurou ele, com a voz rouca.

Anna suspirou e se aninhou nele, inspirando seu cheiro forte, másculo. Ela não se sentia tão bem-aventurada e feliz havia anos. Talvez nunca tivesse se sentido assim.

A manhã chegaria logo.

Capítulo Vinte e Um

"Aurea e a idosa dividiram a casca do pão diante da pequena fogueira. Quando Aurea engoliu o último pedaço, a porta se abriu com ímpeto, e um sujeito alto e magro entrou. O vento soprou a porta para fechá-la atrás dele.

— Como vai a senhora, mãe? — ele cumprimentou a idosa.

A porta se abriu novamente. Dessa vez, um homem com cabelos arrepiados como a penugem de um dente-de-leão entrou.

— Uma boa-noite para a senhora, mãe — disse ele.

Em seguida, mais dois homens entraram, o vento soprando atrás deles. Um era alto e bronzeado, o outro, gordo, com as bochechas coradas.

— Olá, mãe — gritaram os dois juntos.

Todos os quatro homens se sentaram perto do fogo e, ao fazerem isso, as chamas sopraram e tremeluziram, e a poeira girou e rodopiou no assoalho ao redor de seus pés.

— E você adivinhou quem eu sou? — A mulher idosa abriu um sorriso desdentado para Aurea. — Estes são os Quatro Ventos, e eu sou a mãe deles..."

— O Príncipe Corvo

Anna sonhava com um bebê de olhos escuros na manhã seguinte, quando uma voz masculina deu uma risadinha em seu ouvido e a acordou.

— Eu nunca vi ninguém dormir tão profundamente. — Lábios roçaram do lóbulo de sua orelha até o queixo.

Ela sorriu e tentou se aconchegar mais, porém descobriu que não havia um corpo quente ao lado do seu. Confusa, abriu os olhos. Edward estava de pé ao lado da cama, já vestido.

— O quê...?

— Vou conversar com Gerard. Shhh. — Ele colocou um dedo nos lábios dela quando Anna ia falar. — Voltarei assim que puder. Faremos planos quando eu voltar. — Ele se inclinou para lhe dar um beijo que fez seus pensamentos se dispersarem. — Não saia da minha cama.

E foi embora antes que ela pudesse responder. Anna suspirou e rolou para o lado.

Quando acordou novamente, uma criada estava abrindo as cortinas.

A garota olhou quando ela se espreguiçou.

— Ah, a senhora acordou. Eu trouxe um pouco de chá e pãezinhos frescos.

Anna agradeceu à criada e se sentou para receber a bandeja. Ela notou um bilhete dobrado ao lado do bule de chá.

— O que é isto?

A criada olhou para ela.

— Não faço ideia, senhora. Um garoto deixou isso na porta e disse que era para a dama na casa. — Ela fez uma mesura e saiu.

Anna serviu uma xícara de chá e pegou o bilhete. Estava um tanto sujo. No verso, tinha sido selado com cera, mas sem marca. Ela usou a faca de manteiga para abrir o papel, dobrado, então levou a xícara aos lábios enquanto lia a primeira linha.

A xícara bateu no pires.

O bilhete trazia uma chantagem.

Anna fitou aquela coisa nojenta. O autor a vira no Grotto de Aphrodite e sabia que ela havia se encontrado com Edward lá. Em termos sórdidos, ameaçava contar à família Gerard. Ela poderia evitar esse desastre indo ao salão no Grotto de Aphrodite às nove da noite. Fora instruída a levar cem libras escondidas num regalo.

Anna pôs a carta de lado e contemplou o chá que esfriava e os sonhos que morriam. Pouco antes, a felicidade parecia estar tão perto.

Ela quase a pegara com a mão, quase segurara suas asas agitadas. Mas então o sentimento havia saído em disparada e fugido, e ela fora deixada de mãos vazias.

Uma lágrima rolou por sua bochecha até a bandeja do café.

Mesmo que ela tivesse cem libras — o que ela não tinha —, o que impediria o chantagista de exigir a mesma soma mais uma vez? E outra vez? Talvez ele até aumentasse o preço de seu silêncio. Se ela se tornasse a condessa de Swartingham, seria um alvo fácil. E não importava que Edward estivesse neste momento rompendo seu noivado com a Srta. Gerard. Ela cairia em desgraça se o restante da sociedade descobrisse suas visitas ao Grotto de Aphrodite.

E pior, Edward insistiria em se casar com ela de qualquer forma, apesar do escândalo. Anna traria vergonha e seria uma tragédia para ele e para o seu nome. O nome que significava tanto para o conde. Era impossível destruí-lo assim. Havia apenas uma coisa a fazer. Ela deveria deixar Londres e Edward. Rápido, antes que ele voltasse.

Não havia outro meio de protegê-lo.

— Você rejeitaria minha filha por uma, uma... — O rosto de Sir Richard escureceu para uma perigosa tonalidade de castanho-avermelhado. Ele parecia em risco iminente de ter um ataque apoplético.

— Uma viúva de Little Battleford. — Edward terminou a frase do outro homem antes que ele pudesse encontrar uma descrição menos adequada. — Sim, senhor.

Os dois homens se encararam no escritório de Sir Richard.

O cômodo fedia a fumaça velha de tabaco. As paredes, já com um tom marrom enlameado, ficavam mais escuras pelas tiras de fuligem que se iniciavam na metade da parede e desapareciam na sombra perto do teto. Uma única pintura a óleo pendia levemente torta acima da cornija. Era uma cena de caça, cães brancos e escuros se aproximando de uma lebre. Momentos antes de ser dilacerada, os olhos escuros e planos da lebre estavam serenos. Sobre a mesa, dois copos de cristal decorado estavam pela metade com o que era, sem dúvida, um conhaque fino.

Nenhum dos copos fora tocado.

— Você brincou com o bom nome de Sylvia, milorde. Vou querer sua cabeça por isso — berrou Sir Richard.

Edward suspirou. A discussão ficara mais feia do que ele havia imaginado. E sua peruca, como sempre, coçava. Certamente, o velho camarada não iria desafiá-lo para um duelo, não é? Iddesleigh nunca se permitiria ouvir o fim da história se fosse forçado a lutar com um baronete gordo e com gota.

— A reputação da Srta. Gerard não vai ficar abalada com isso — disse Edward de modo tão tranquilizador quanto possível. — Vamos anunciar que ela me dispensou.

— Vou levá-lo aos tribunais, senhor, por quebra de contrato!

Edward estreitou os olhos.

— E vai perder. Eu tenho infinitamente mais fundos e contatos do que o senhor. Não vou me casar com a sua filha. — Edward baixou a voz. — Além disso, os tribunais somente serviriam para fazer o nome da Srta. Gerard cair na boca do povo de Londres. Nenhum de nós quer isso.

— Mas ela perdeu esta temporada toda para encontrar um marido adequado. — A carne caída debaixo do queixo de Sir Richard tremeu.

Ah. Aí estava a verdadeira razão para a irritação do homem. Ele estava menos preocupado com o nome da filha do que com a perspectiva de financiá-la por mais uma temporada. Por um momento, Edward sentiu pena da garota, com um pai desses. Então ele aproveitou a chance.

— Naturalmente — murmurou —, vou recompensá-lo pela sua decepção.

Os olhinhos de Sir Richard se enrugaram ambiciosamente nos cantos. Edward agradeceu aos deuses que o guardavam. Ele chegara perto demais de ter esse homem como seu sogro.

Vinte minutos depois, Edward emergiu sob a luz do sol no patamar principal da família Gerard. O velho sabia barganhar. Como um buldogue rechonchudo agarrando um osso do qual ele se recusava a abrir mão, rosnara, puxara e balançara a cabeça furiosamente, mas, no fim das contas, os dois chegaram a um acordo. O bolso de Edward estava consideravelmente mais leve, mas ele estava livre da família Gerard. Tudo que restara era retornar para Anna e fazer os planos para o casamento.

Ele sorriu. Se sua sorte persistisse, ela ainda estaria na cama.

Assobiando, Edward desceu os degraus até a carruagem. Só parou para retirar a horrível peruca e jogá-la no chão antes de entrar no veículo. Ele olhou pela janela enquanto a carruagem se afastava e viu um catador de lixo experimentando a peruca. O adereço empoado de branco, com seus rígidos cachos laterais e rabo, contrastava estranhamente com as roupas imundas daquele homem e com o rosto sem barbear. O catador se inclinou, segurou os cabos de seu carrinho de mão e foi embora empurrando-o com ar confiante.

Quando a carruagem parou diante de sua casa, Edward estava assobiando uma música obscena. Com o fim do noivado com a família Gerard, ele não via razão para não ser um homem casado em um mês. Quinze dias, se conseguisse uma licença especial.

Ele entregou o tricórnio e a capa a um lacaio e subiu a escadaria dois degraus de cada vez. Ainda tinha de convencer Anna, mas, depois da noite passada, ele tinha certeza de que ela cederia logo.

Edward deu a volta na escada e seguiu pelo corredor.

— Anna! — Ele abriu a porta de seu quarto. — Anna, eu...

Ele se interrompeu imediatamente. Ela não estava na cama.

— Maldição!

O conde passou pela porta de ligação para a sala de estar. Vazia também. Soltou um suspiro de exasperação. Voltando para seu quarto, colocou a cabeça para fora da porta e gritou por Dreary. Então caminhou pelo quarto. Onde estava a mulher? A cama estava feita, as cortinas, fechadas. O fogo fora apagado na lareira. Ela devia ter deixado o cômodo havia algum tempo. Ele viu o livro vermelho de Elizabeth na penteadeira. Havia um pedaço de papel em cima dele.

Ele já ia pegar o livro quando Dreary entrou no cômodo.

— Milorde?

— Onde está a Sra. Wren? — Edward pegou o papel dobrado. Seu nome estava escrito na parte da frente com a letra de Anna.

— A Sra. Wren? Os lacaios me informaram que ela deixou a casa por volta das dez horas.

— Sim, mas aonde ela foi, homem? — Ele abriu o bilhete e começou a ler.

— A questão é essa, milorde. Ela não disse aonde ia... — A voz do mordomo zumbiu no fundo enquanto Edward compreendia as palavras escritas no bilhete.

Sinto muito... preciso ir embora... Sua, sempre, Anna.

— Milorde?

Ela se fora.

— Milorde?

Ela o deixara.

— O senhor está bem, milorde?

— Ela foi embora — murmurou Edward.

Dreary ficou por ali por mais um tempo e então deve ter ido embora, porque, depois de alguns instantes, Edward descobriu que estava sozinho. Ele se sentou diante do fogo apagado em seu quarto, sozinho.

Mas era assim que, até muito recentemente, ele estava acostumado a viver.

Como um homem sozinho.

A CARRUAGEM PASSOU por cima de um buraco na estrada.

— Ai! — exclamou Fanny. Ela esfregou o cotovelo, que havia batido na porta. — A carruagem de Lorde Swartingham certamente tinha molas melhores.

Anna murmurou, concordando com ela, mas na verdade não ligava. Tinha de pensar. Decidir para onde ir depois que chegassem a Little Battleford. Pensar em como poderia arrumar dinheiro. Mas era terrivelmente difícil pensar, que dirá planejar naquele momento. Era muito mais fácil olhar pela janela da carruagem e se deixar levar. À frente delas, o único outro ocupante da carruagem, um homenzinho com uma peruca cinza inclinada sobre uma sobrancelha, roncava. Ele estivera dormindo desde o início da viagem em Londres e, desde então, não acordara, apesar dos solavancos da carruagem e das frequentes paradas. Pelo cheiro que exalava dele, uma mistura pungente de gim, vômito e falta de banho, o homem não acordaria nem que as trombetas anunciassem a segunda vinda de Cristo. Não que ela se importasse muito, de toda forma.

— A senhora acha que estaremos em Little Battleford à noite? — perguntou Fanny.

— Eu não sei.

A criada suspirou e mexeu em seu avental.

Anna sentiu-se culpada por um momento. Ela não dissera a Fanny por que estavam indo embora de Londres quando a acordara hoje de manhã. Na verdade, ela mal havia falado com a garota desde que haviam deixado a casa de Edward.

Fanny pigarreou.

— A senhora acha que o conde vai nos seguir?

— Não.

Silêncio.

Anna fitou a criada. Sua sobrancelha estava franzida.

— Eu pensei que talvez a senhora fosse se casar com o conde em breve. — A garota enunciou essa frase como se fosse uma interrogação.

— Não.

A boca de Fanny tremeu.

Anna falou com mais suavidade.

— Não é provável, é? Um conde e eu?

— Se ele a ama, é — disse a criada seriamente. — E Lorde Swartingham ama. Ama a senhora, quero dizer. Todo mundo sabe disso.

— Ah, Fanny. — Ela se virou para a janela quando seus olhos se encheram de lágrimas.

— Bem, é possível — insistiu a garota. — E a senhora ama o conde, então eu não entendo por que estamos voltando para Little Battleford.

— É mais complicado do que isso. Eu... eu seria um inconveniente para ele.

— Um... o quê? — Fanny fez um bico.

— Um inconveniente. Um fardo em suas costas. Não posso me casar com ele.

— Não entendo por que... — Fanny se interrompeu quando a carruagem ressoou no pátio de uma estalagem.

Anna aproveitou a interrupção.

— Vamos sair e esticar as pernas.

Passando pelo terceiro passageiro que ainda dormia, as duas saltaram da carruagem. No pátio, cavalariços corriam de um lado para outro, cuidando dos cavalos, retirando pacotes de cima da carruagem e trazendo carregamentos novos. O cocheiro se inclinou de onde estava empoleirado, gritando fofocas para o estalajadeiro. Para completar o barulho e a confusão, uma imensa carruagem particular também estava na estalagem. Alguns homens estavam curvados perto do cavalo do lado direito, examinando seu caso. Parecia que o animal tinha perdido uma ferradura ou estava mancando.

Anna segurou o cotovelo de Fanny, e as duas foram para debaixo das calhas da estalagem, de tal modo que ficaram fora do caminho de homens e garotos apressados. Fanny jogava o peso do corpo para um dos pés e então para o outro e, finalmente, falou:

— Desculpe, senhora. Eu tenho que usar o banheiro.

Anna acenou com a cabeça, e a criada saiu em disparada. Ela ficou ali observando os homens cuidando do cavalo manco.

— Quando exatamente a carruagem estará pronta? — exclamou uma voz estridente. — Estou há uma hora esperando nesta estalagem imunda.

Anna empertigou-se ao ouvir aquele tom de voz familiar. Ai, Deus, não. Era Felicity Clearwater. Não agora. Ela se encolheu apoiada na parede da estalagem, mas hoje não era o seu dia. Felicity saiu da estalagem e imediatamente a viu.

— Anna Wren. — A boca da outra mulher deu um muxoxo até linhas pouco atraentes irradiarem de seus lábios. — Finalmente.

Felicity marchou até ela e agarrou seu braço com aperto autoritário.

— Não acredito que tive que viajar praticamente até Londres apenas para falar com você. E que tive que ficar esperando nesta estalagem desprezível. Agora, ouça com atenção. — Felicity balançou o braço para dar ênfase. — Não quero repetir. Eu sei de tudo sobre sua ida ao Grotto de Aphrodite.

Anna sentiu seus olhos arregalarem.

— Eu...

— Não — interrompeu Felicity. — Nem tente negar. Tenho uma testemunha. E sei que você encontrou o conde de Swartingham lá. Apostando um pouco alto, não? Eu nunca teria imaginado isso de uma ratinha tímida como você.

Por um momento, Felicity pareceu curiosa, mas se recuperou e continuou antes que Anna pudesse abrir a boca.

— Mas isso não tem importância alguma. A parte importante é esta. — Ela apertou novamente o braço de Anna; desta vez com mais força. — Quero meu relicário e a carta de volta, e, se você murmurar uma única palavra sobre mim e Peter, vou me certificar de que cada alma em Little Battleford saiba de sua indiscrição. Você e sua sogra serão expulsas da cidade. E eu farei isso pessoalmente.

Os olhos de Anna se arregalaram.

— Como ousa...?

— Espero — ela deu um último aperto no braço de Anna — que eu tenha me feito entender.

Felicity acenou como se tivesse terminado algum negócio pequeno, alguma tarefa doméstica. A demissão de uma criada impertinente, talvez. Algo desagradável, mas necessário. Agora era partir para questões mais importantes. Ela se virou e se afastou.

Anna a observava.

Felicity achava mesmo que ela era uma *ratinha tímida*, que se encolheria num monte de medo com as ameaças da amante de seu falecido marido. E ela não tinha razão? Anna estava fugindo do homem que amava. Do homem que a adorava e que queria se casar com ela. Fugindo por causa de um bilhete chantagista nojento. Anna sentiu-se envergonhada. Não era de admirar que Felicity pensasse que podia passar por cima dela!

Anna esticou uma das mãos e segurou a mulher pelo ombro. Felicity quase caiu na lama do pátio da estalagem.

— O quê...?

— Ah, a senhora se fez entender, sim — ronronou Anna enquanto encurralava a mulher mais alta contra a parede. — Mas cometeu um errinho de cálculo: eu não ligo a mínima para as suas ameaças. Sabe, se eu não ligo a mínima para o que a senhora diz sobre mim, então não há nada com que me chantagear, não é, Sra. Clearwater?

— Já você...

Anna acenou com a cabeça, como se Felicity tivesse dito algo profundo.

— Isso mesmo. Mas, por outro lado, eu tenho uma coisa bastante substancial sobre a senhora. O fato de que a senhora trepou com o meu marido.

— E-eu...

— E, se a minha memória está certa — Anna tocou a bochecha com um dedo, fingindo pensar —, ora, isso foi bem na época que sua filha caçula foi concebida. Aquela com os cabelos vermelhos, como os de Peter.

Felicity desmoronou na parede e encarou Anna como se ela tivesse desenvolvido um terceiro olho bem no meio da testa.

— E o que a senhora acha que o escudeiro diria sobre isso? — perguntou Anna delicadamente.

Felicity tentou se recuperar.

— Ora, veja bem...

Anna apontou um dedo para o rosto dela.

— Não. Veja bem a senhora. Se tentar me ameaçar de novo ou a qualquer um que eu ame, vou contar a todos os moradores de Little Battleford que a senhora estava indo para a cama com o meu marido. Vou mandar imprimir folhetos e entregar em cada casa, chalé e casebre em Essex. Na verdade, vou contar ao país inteiro. A senhora talvez tenha que ir embora da Inglaterra.

— Você não faria isso — sussurrou Felicity.

— Não? — Anna sorriu, mas de um modo nada simpático. — Quer apostar?

— Isso é...

— Chantagem. Sim. Algo que a senhora conhece bem.

Felicity empalideceu.

— Ah, e mais uma coisa: eu preciso de uma carona para Londres. Imediatamente. Vou levar sua carruagem. — Anna lhe deu as costas e se dirigiu ao veículo, puxando Fanny, que observava com assombro ao lado da porta da estalagem.

— Mas como eu vou voltar para Little Battleford? — gemeu Felicity atrás delas.

Anna não se deu ao trabalho de olhar para trás.

— Pode pegar o meu lugar na carruagem.

EDWARD ESTAVA SENTADO numa poltrona com o couro rachado na biblioteca de casa porque não podia suportar as lembranças em seu quarto.

Havia uma estante que justificava o nome do cômodo. Exemplares de títulos religiosos empoeirados enchiam as prateleiras, alinhados em fileiras como sepulturas num cemitério, intocados por gerações. A única janela tinha cortinas de veludo azul, puxadas para um dos lados por um cordão dourado. Ele conseguia ver os contornos do telhado fantasma do edifício ao lado. Mais cedo, o sol vermelho intenso mostrara em silhueta as múltiplas chaminés no telhado enquanto se punha. Agora, estava praticamente escuro lá fora.

O cômodo estava frio, pois a lareira se apagara.

Uma criada viera havia algum tempo — ele não sabia ao certo quando — para avivar o fogo, mas ele a tinha dispensado. Desde então, ninguém o incomodara. De vez em quando, ele ouvia murmúrios no corredor, mas os ignorava.

Ele não leu.

Ele não escreveu.

Ele não bebeu.

Simplesmente ficou sentado ali, segurando o livro no colo, pensando e olhando para o nada à medida que a noite o ia sepultando. Jock cutucara sua mão uma ou duas vezes, mas ele também ignorara esse contato, até que o cão desistira e se deitara ao seu lado.

Haviam sido as cicatrizes da varíola? Ou seu temperamento? Será que ela não gostou de fazer amor com ele? Ou ele era dedicado demais ao trabalho? Ou será que ela simplesmente não o amava?

Só isso. Algo tão pequeno e, ainda assim, era tudo.

Se o seu título, a sua riqueza, o seu — *meu Deus!* — seu *amor* não importavam para ela, ele nada tinha. O que a levara a partir? Essa era uma pergunta à qual ele não conseguia responder. Uma pergunta na qual não conseguia deixar de pensar. Ela o engoliu, o consumiu, se tornou a única coisa de fato importante. Porque, sem ela, não havia nada. Sua vida passava diante dele em tons fantasmagóricos, cinzentos.

Sozinho.

Edward não tinha alguém para tocar sua alma como Anna fazia, sem a completude que ela oferecera. Ele não tinha sequer notado até ela ir embora: havia um grande buraco em seu ser sem ela.

Será que um homem conseguiria viver com tamanho vazio dentro de si?

Algum tempo depois, Edward percebeu vagamente uma confusão de vozes altas se aproximando no corredor. A porta da biblioteca se abriu e revelou Iddesleigh.

— Ah, mas que bela visão! — O visconde fechou a porta atrás de si. Ele pousou a vela que trazia sobre a mesa e jogou sua capa e seu chapéu numa cadeira. — Um homem forte e inteligente derrubado por uma mulher.

— Simon, vá embora. — Edward não se moveu, nem sequer virou a cabeça na direção do intruso.

— Eu iria, meu velho, se não tivesse consciência. — A voz de Iddesleigh ecoou fantasmagórica no cômodo. — Mas descobri que tenho. Uma consciência, quero dizer. Maldito inconveniente. — O visconde se ajoelhou ao lado da lareira fria e começou a juntar uma pilha de galhos secos.

Edward franziu levemente o cenho.

— Quem mandou você vir aqui?

— Seu velhote esquisito. — Iddesleigh esticou a mão para pegar o recipiente para carvão. — Davis, acho? Ele ficou preocupado com a Sra. Wren. Parece que gosta dela, como um frango impressionado com um cisne. Talvez ele esteja preocupado com você também, mas foi difícil de dizer. Não consigo imaginar por que você mantém essa criatura.

Edward não respondeu.

Iddesleigh delicadamente empilhou pedaços de carvão em torno dos galhos secos. Era curioso ver o melindroso visconde fazendo um trabalho tão sujo. Edward nunca imaginara que ele soubesse acender o fogo.

Iddesleigh falou por cima do ombro:

— Então, qual é o plano? Ficar aqui até congelar? Um pouco passivo, não?

— Simon, pelo amor de Deus, me deixe em paz!

— Não, Edward. Pelo amor de Deus, e por você, eu vou ficar. — Iddesleigh raspou o aço na pederneira, mas os galhos não queriam pegar fogo.

— Ela foi embora. O que você quer que eu faça?

— Peça desculpas. Compre um colar de esmeraldas. Ou não. No caso desta senhora, compre mais rosas. — Uma faísca surgiu e começou a lamber o carvão. — Faça qualquer coisa, homem, menos ficar sentado aqui.

Pela primeira vez, Edward se mexeu, um movimento incômodo dos músculos parados há muito tempo.

— Ela não me quer.

— Isso — disse Iddesleigh enquanto se punha de pé e pegava um lenço — é uma imensa mentira. Eu a vi com você, lembra? Na palestra de Lillipin. A mulher está apaixonada por você, embora só Deus saiba o porquê. — Ele limpou as mãos no lenço, deixando-o preto, e em seguida contemplou o quadrado de seda arruinado por um momento, antes de lançá-lo às chamas.

Edward virou a cabeça para o outro lado.

— Então por que ela me abandonou? — murmurou ele.

Iddesleigh deu de ombros.

— O que um homem sabe sobre a mente feminina? Certamente eu não sei nada. Talvez você tenha dito algo que a ofendeu; quase certo que tenha sido isso, na verdade. Ou talvez ela subitamente tenha deixado de gostar de Londres. Ou... — Ele enfiou a mão no bolso do casaco e esticou um pedaço de papel entre dois dedos. — Talvez ela tenha sido chantageada.

— O quê? — Edward ficou de pé de um salto e pegou o pedaço de papel. — Do que você está falando...? — Sua voz sumiu enquanto ele lia o maldito bilhete. Alguém ameaçara Anna. *Sua* Anna.

Ele ergueu o olhar.

— Onde diabos você conseguiu isto?

Iddesleigh mostrou as palmas das mãos.

— Davis, mais uma vez. Ele me deu o bilhete no corredor. Aparentemente, estava na lareira do seu quarto.

— O maldito filho de uma puta. Quem é este homem? — Edward brandiu o papel antes de amassá-lo com força e atirá-lo no fogo.

— Não faço ideia — falou Iddesleigh. — Mas deve ser um frequentador do Grotto de Aphrodite para saber tanto.

— Jesus! — Edward levantou da cadeira num pulo e enfiou os braços no casaco. — Quando eu acabar com ele, o sujeito não será capaz de fazer nada com uma prostituta. Vou arrancar as bolas dele. E então vou atrás de Anna. Como ela ousa não me contar que alguém a está ameaçando? — Ele parou com um súbito pensamento, então deu meia-volta na direção de Iddesleigh. — Por que você não me deu o bilhete quando chegou?

O visconde deu de ombros, imperturbável diante da cara feia.

— O chantagista não vai chegar ao Grotto antes das nove. — Ele pegou um canivete e começou a limpar debaixo das unhas. — São apenas sete e meia agora. Não vi muita razão para apressar as coisas. Talvez a gente possa comer primeiro?

— Se você não fosse tão útil de vez em quando — rosnou Edward —, eu já o teria estrangulado.

— Ah, sem dúvida. — Iddesleigh guardou a faca e pegou sua capa. — Mas seria bom pelo menos levar um pouco de pão e queijo na carruagem.

Edward franziu o cenho.

— Você não irá comigo.

— Irei, sim. — O visconde ajeitou o tricórnio no ângulo adequado no espelho perto da porta. — E Harry também. Ele está esperando no corredor.

— Por quê?

— Porque, meu querido amigo, esta é uma das vezes em que eu posso ser útil. — Iddesleigh sorriu com ar selvagem. — Você vai precisar de padrinhos para o duelo, não vai?

Capítulo Vinte e Dois

"A mulher idosa sorriu diante da expressão confusa de Aurea.

— Meus filhos perambulam pelos quatro cantos da Terra. Não há um único homem, animal ou ave que eles não conheçam. O que você procura?

Então Aurea contou sobre o estranho casamento com o Príncipe Corvo e seus seguidores-aves e a sua busca pelo marido perdido. Os primeiros três Ventos balançaram a cabeça pesarosamente; eles não tinham ouvido falar do Príncipe Corvo. Mas o Vento do Oeste, o filho alto e magro, hesitou.

— Há um tempo, um picanço me contou uma história estranha. Ele falou que havia um castelo nas nuvens onde as aves falavam com vocês — humanos. Se você quiser, levo você até lá.

Então Aurea subiu nas costas do Vento do Oeste e passou os braços bem apertados em volta de seu pescoço, para não cair, pois o Vento do Oeste voa mais rápido que qualquer pássaro..."

— O Príncipe Corvo

Harry puxou a máscara de seda preta.

— Explique de novo por que vamos mascarados, milorde.

Edward tamborilou na porta da carruagem, desejando poder galopar pelas ruas de Londres.

— Houve um pequeno desentendimento da última vez que estive no Grotto.

— Um desentendimento. — A voz de Harry era baixa, reservada.

— Seria melhor se eu não fosse reconhecido.

— É mesmo? — Iddesleigh parou de mexer em sua máscara e pareceu fascinado. — Eu não sabia que Aphrodite barrava alguém na porta. O que exatamente você fez?

— Não importa. — Edward fez um gesto impaciente com a mão. — Tudo que vocês precisam saber é que nós teremos que ser discretos quando entrarmos.

— E Harry e eu também temos que usar máscaras...?

— Porque, se aquele homem me seguiu de perto o suficiente para saber sobre meu noivado com a Srta. Gerard, também vai saber que nós três somos comparsas.

Harry resmungou em aparente consentimento.

— Ah, nesse caso, talvez fosse melhor o cão vir mascarado também. — O visconde lançou um olhar crítico a Jock, que estava sentado, ereto, no banco ao lado de Harry. Alerta, o animal fitava a janela.

— Tente falar sério — rosnou Edward.

— Eu falei — murmurou Iddesleigh.

Edward ignorou o outro homem e observou a janela. Eles estavam numa região do East End que, embora não fosse mal-afamada, também não era totalmente respeitável. Ele captou um movimento de saias numa porta enquanto passavam. Uma prostituta exibia seus atributos. Vultos mais perigosos também se esgueiravam nas sombras. Parte do fascínio do Grotto era estar na tênue fronteira entre o ilícito e o verdadeiramente perigoso. O fato de que, em qualquer noite, uma pequena parte dos clientes do Grotto era roubada ou coisa pior não parecia diminuir sua atração; para alguns, sem dúvida, isso até aumentava seu encanto.

O brilho das luzes adiante indicava que já estavam se aproximando do local. Mais uns instantes, a falsa fachada grega se tornou visível. O mármore branco e o excesso de dourado davam ao Grotto de Aphrodite um ar deslumbrante e vulgar.

— Como você planeja encontrar o chantagista? — perguntou Harry à meia-voz enquanto desciam da carruagem.

Edward deu de ombros.

— Às nove, nós saberemos o tamanho do problema — disse ele, e seguiu para a entrada com toda a arrogância das nove gerações de aristocracia no seu passado.

Dois sujeitos grandes, trajando togas, guardavam as portas. A roupa do homem mais próximo estava um pouco curta demais e revelava panturrilhas impressionantemente cabeludas.

Ligeiramente desconfiado, o guarda estreitou os olhos para Edward.

— Um momento. O senhor não é o conde...?

— Fico contente por você me reconhecer. — Edward pôs uma das mãos no ombro do homem e esticou a outra para um aperto aparentemente amigável.

A palma da mão estendida escondia um guinéu. A mão do guarda se fechou num punho sobre a moeda de ouro e desapareceu nas dobras de sua toga.

O homem deu um sorriso astuto.

— Está tudo muito bem, milorde. Mas, depois da última vez, talvez o senhor não se importasse de...? — O homem esfregou o polegar e o indicador sugestivamente.

Edward fez cara feia. Que audácia! Ele se inclinou bem perto do rosto do homem até que pudesse sentir a podridão de seus dentes.

— Talvez eu me importe.

Jock rosnou.

O guarda recuou e ergueu as mãos num gesto que pedia calma.

— Está tudo bem! Está tudo bem, milorde! Podem entrar.

Edward fez uma pequena mesura e subiu os degraus.

Ao lado dele, Iddesleigh murmurou:

— Uma hora dessas, você tem que me contar sobre esse desentendimento.

Harry deu uma risadinha.

Edward ignorou os amigos. Os três haviam conseguido entrar, e ele tinha coisas mais importantes para considerar.

— MAS AONDE ele foi? — Anna estava parada na porta da residência de Edward em Londres e interrogava Dreary. Ela ainda usava as roupas de viagem bolorentas.

— Eu não sei mesmo, senhora. — O mordomo parecia genuinamente perdido.

Ela o encarou com a expressão frustrada. Anna havia passado o dia todo viajando, compondo e recompondo seu pedido de desculpas para Edward, imaginando de que maneira fariam as pazes depois, e agora aquele homem ridículo nem estava em casa. Soava como um anticlímax, para dizer o mínimo.

— Alguém sabe onde Lorde Swartingham está?

Ela estava começando a choramingar.

Fanny remexeu os pés ao lado dela.

— Talvez ele tenha saído para procurar a senhora.

Anna olhou para Fanny e, ao fazer isso, captou um movimento nos fundos do corredor. O valete de Edward estava se afastando na ponta dos pés. Sorrateiramente.

— Sr. Davis. — Ela segurou as saias e saiu trotando atrás do homem mais vigorosamente do que era apropriado para uma dama. — Sr. Davis, espere um minuto.

Droga! O velhote era mais rápido do que parecia. Ele deu meia-volta e subiu correndo a escadaria dos fundos, fingindo-se de surdo.

Anna ofegou atrás dele.

— Pare!

O valete se virou no topo da escada. Eles estavam num corredor estreito, evidentemente nos aposentos dos criados. Davis fez menção de ir até uma porta no fim do corredor, mas Anna foi mais rápida no andar de baixo. Ela tomou impulso e chegou à entrada antes do homenzinho, colando as costas na porta fechada, com os braços esticados, barrando a entrada de seu santuário.

— Sr. Davis.

— Ah, a senhora estava me chamando, madame? — Ele arregalou os olhos remelentos.

— Sim, bastante. — Ela respirou fundo, tentando recuperar o fôlego. — Onde está o conde?

— O conde? — Davis olhou ao seu redor, como se esperasse que Edward se materializasse das sombras.

— Edward de Raaf, Lorde Swartingham, o conde de Swartingham? — Anna se aproximou dele. — Seu patrão?

— A senhora não precisa ser tão arrogante assim! — Davis parecia magoado de verdade.

— Sr. Davis!

— Talvez o conde tenha pensado — disse o valete cautelosamente — que sua presença era necessária em outro lugar.

Anna bateu os pés.

— Me diga agora mesmo onde ele está.

Davis olhou para cima, depois para o lado, mas não encontrou ajuda no corredor escuro. Suspirou pesadamente.

— Talvez ele tenha encontrado uma carta. — O criado não a olhava nos olhos. — Talvez ele tenha ido a uma casa indecente. Com um nome terrivelmente esquisito, Afroditty ou Afro...

Mas Anna já estava correndo a escadaria dos criados abaixo, derrapando ao passar pelas curvas. *Ai, meu Deus. Ai, meu Deus.*

Se Edward tinha encontrado o bilhete...

Se ele havia saído para confrontar o chantagista...

Era óbvio que o chantagista não tinha senso de honra e provavelmente era perigoso. O que ele faria se fosse encurralado? Sem dúvida, Edward não iria atrás de um homem desses sozinho, não é? Ela gemeu. Ah, sim, ele iria. Se acontecesse algo com ele, a culpa seria dela.

Anna correu o mais rápido que pôde, passou por Dreary, que ainda parecia confuso, e abriu a porta com ímpeto.

— Senhora! — Fanny correu atrás dela.

Anna deu um pequeno giro.

— Fanny, fique aqui. Se o conde voltar, diga a ele que volto logo. — Ela se virou novamente e levou as mãos em concha ao rosto para chamar a carruagem que se afastava da casa. — *Pare!*

O cocheiro puxou os arreios com força e fez com que os cavalos da frente se empinassem ligeiramente. Ele olhou ao redor.

— O que foi, senhora? Não quer descansar um pouco agora que está em Londres? A Sra. Clearwater...

— Você tem que me levar ao Grotto de Aphrodite.

— Mas a Sra. Clearwater...

— *Agora.*

O cocheiro suspirou, cansado.

— E qual é o caminho?

Anna lhe deu uma orientação rápida, depois entrou com dificuldade na carruagem da qual acabara de sair. Ela segurou as tiras de couro e rezou: *Ah, meu Deus, me permita chegar na hora.* Ela não iria conseguir viver em paz se Edward se machucasse.

O trajeto de carruagem parecia interminável, mas finalmente o veículo parou, e ela subiu correndo os compridos degraus de mármore. Lá dentro, o Grotto de Aphrodite ecoava com conversas e risadas dos habitantes noturnos de Londres. Cada jovem, cada libertino idoso e cada dama caminhando na tênue linha da respeitabilidade pareciam estar reunidos no Grotto de Aphrodite. Faltavam 15 minutos para as nove horas, e a multidão era barulhenta, desinibida e estava mais do que levemente embriagada.

Anna apertou mais ainda a capa em torno de si. Os cômodos eram quentes e tinham cheiro de cera derretida, corpos sem banho e bebidas alcoólicas. No entanto, ela ficou de capa, era uma fina barreira entre ela e a multidão. Ela ergueu o olhar uma vez e percebeu cupidos lascivos no teto. Eles puxavam um véu pintado e revelavam uma Aphrodite voluptuosamente rosada e cercada por uma... ora, uma orgia.

Aphrodite pareceu piscar para ela e reconhecê-la.

Anna desviou o olhar, rapidamente, e continuou em sua busca. O plano era simples: encontrar o chantagista e atraí-lo para fora do estabelecimento antes que Edward o encontrasse. O problema era que ela não sabia quem era o chantagista. Na verdade, ela nem sequer sabia se era um homem. Nervosa, Anna continuou procurando por Edward também. Talvez, se o encontrasse antes de o chantagista aparecer, ela pudesse convencê-lo a simplesmente ir embora. Apesar de ser difícil imaginar Edward desistindo de participar de uma briga, inclusive uma que ele poderia perder.

Ela entrou no salão principal. Ali, os casais espreguiçavam-se em canapés, e os jovens espreitavam a diversão da noite. Ela percebeu na mesma hora que seria prudente continuar andando, por isso perambulou pelo cômodo. O tema clássico era bastante presente, com várias cenas de Zeus seduzindo jovens mulheres. A cena da Europa com o Touro era especialmente explícita.

— Eu lhe disse para trazer meu regalo. — Uma voz impertinente no cotovelo de Anna interrompeu seus pensamentos.

Finalmente.

— Não vou pagar o seu preço ridículo. — O chantagista não parecia tão assustador assim. Era mais novo do que ela esperava, com um queixo familiar para dentro. Anna franziu a testa.

— Você é o almofadinha da palestra.

O homem pareceu irritado.

— Onde está o meu dinheiro?

— Eu já lhe disse que não vou pagar. O conde está aqui, e é melhor você ir embora agora, antes que ele o encontre.

— Mas o dinheiro...

Anna bateu os pés, exasperada.

— Escute, seu piolho com cérebro de ervilha, eu não trouxe nenhum dinheiro, e você deve mesmo...

Um imenso vulto peludo pulou para trás de Anna. Ouviram-se um grito e um rosnado baixo e horrível. O chantagista estava caído no chão, com o corpo praticamente encoberto por Jock. As presas à mostra do mastim estavam a centímetros dos olhos do sujeito, e uma crista de pelo se eriçava nas costas do cão enquanto ele continuava com o barulho ameaçador.

Atrasada, uma mulher gritou.

— Parado, Jock — disse Edward enquanto avançava. — Chilton Lillipin. Eu deveria ter imaginado. Você deve ter ido à palestra do seu irmão ontem.

— Maldição, Swartingham. Tire esta fera de cima de mim! E o que lhe importa se uma pu...

Jock avançou e quase arrancou o nariz do homem.

Edward pôs uma das mãos na parte de trás do pescoço de seu cão.

— Eu definitivamente me importo com esta *dama*.

Os olhos de Lillipin se estreitaram manhosamente.

— Então, sem dúvida, você quer um duelo.

— Naturalmente.

— Vou ter que chamar meus padrinhos...

— Agora. — Embora Edward falasse baixo, sua voz se sobrepôs à do outro homem.

— Edward, não! — Era exatamente isso que Anna queria evitar.

Edward a ignorou.

— Meus padrinhos estão aqui.

O visconde Iddesleigh e um homem mais baixo com olhos verdes e observadores deram um passo à frente. Seus rostos estavam atentos àquele jogo masculino.

O visconde sorriu.

— Escolha os seus.

Deitado de bruços, Lillipin olhou ao redor no recinto. Um jovem, com a camisa para fora da calça, empurrou o companheiro cambaleante para a frente.

— Nós seremos os seus padrinhos.

Meu Deus!

— Edward, pare com isso, por favor — disse Anna, baixinho.

Ele tirou Jock de Lillipin e o empurrou na direção dela.

— Fique de guarda.

Obedientemente, o cão ficou parado diante de Anna.

— Mas...

Edward olhou para ela com a expressão severa, interrompendo suas palavras, e tirou o casaco. Lillipin pulou e ficou de pé, tirou o casaco e o colete e desembainhou a espada. Edward desembainhou a própria arma. Os dois homens ficaram parados num espaço que subitamente se esvaziou.

Aquilo estava acontecendo rápido demais. Era como um pesadelo que ela não podia impedir. O cômodo ficou em silêncio, e rostos se viraram avidamente diante da perspectiva do derramamento de sangue.

Os homens se cumprimentaram, erguendo as espadas diante do rosto; então, cada um dobrou levemente o joelho, com as lâminas diante de si. O jovem era mais magro e mais baixo do que Edward, e sua posição era conscientemente elegante, com a mão esquerda curvada num gracioso arco atrás da cabeça. Lillipin usava uma camisa de linho com renda belga, que balançava quando ele se movia. Edward ficou parado como uma pedra, e a mão desarmada estava estendida atrás dele para lhe dar equilíbrio, e não graça. O colete escuro tinha apenas uma linha fina de debrum preto em toda a beirada, e sua camisa branca não tinha enfeites.

Lillipin falou com desdém:

— *En garde!*

O jovem atacou. Sua rapieira se moveu com uma agitação reluzente.

Edward bloqueou o ataque. Sua espada deslizou e arranhou o oponente. Ele recuou dois passos quando Lillipin avançou, com a arma brilhando. Anna mordeu o lábio. Certamente, ele estava na defensiva, não? Lillipin também parecia pensar assim. Seus lábios se curvaram num sorriso irônico.

— Chilly Lilly matou dois homens no ano passado — gritou uma voz na multidão atrás dela.

Anna respirou fundo. Ela tinha ouvido falar dos rapazes de Londres que se divertiam desafiando e matando espadachins menos hábeis. Edward passava a maior parte do tempo no campo. Seria capaz de se defender?

Os homens se moviam num círculo pequeno, e o suor reluzia no rosto deles. Lillipin atacou, e sua espada vibrou contra Edward. A manga direita do conde rasgou. Anna gemeu, mas não se viu nenhuma mancha vermelha significativa. A lâmina de Lillipin se lançou de novo; era uma serpente atacando e mordeu o ombro de Edward. O conde gemeu. Dessa vez, gotas de cor escarlate caíram no chão. Anna deu um passo para a frente, mas Jock abocanhou o braço dela levemente, impedindo-a de seguir adiante.

— Sangue — gritou Iddesleigh, o que foi repetido no mesmo instante pelos padrinhos de Lillipin.

Nenhum dos duelistas vacilou. As espadas cantaram e atacaram. A manga de Edward aos poucos se cobriu de vermelho vivo. A cada movimento de seu braço, o sangue respingava no chão, gotas de cores fortes que imediatamente eram espalhadas pelos pés dos combatentes. Eles não deveriam parar ao primeiro sinal de sangue?

A menos que lutassem até a morte.

Anna enfiou a mão fechada na boca para abafar um grito. Ela não poderia distrair Edward agora. Ela ficou parada, e seus olhos estavam marejados.

Subitamente, Edward atacou, e então atacou de novo. O pé da frente bateu com força no chão com a ferocidade de seu ataque. Lillipin caiu para trás e ergueu a espada para defender o rosto. O braço de Edward fez um movimento circular controlado; sua lâmina reluziu para cima da arma do oponente. Lillipin soltou um guincho de dor. A espada voou de sua mão, deslizando com um estrondo do outro lado do cômodo. Edward ficou parado com a ponta da espada encostada na pele macia da base do pescoço de Lillipin.

O homem mais jovem respirou com dificuldade, a mão direita sangrava e estava aninhada na esquerda.

— Você pode ter vencido por sorte, Swartingham — arfou Lillipin —, mas não pode me impedir de abrir a boca assim que eu sair daqui...

Edward jogou a espada para longe e bateu com o punho no rosto do outro homem. Lillipin cambaleou para trás, com os braços balançando, bem abertos, e caiu no chão com uma pancada. Ele ficou imóvel.

— Na verdade, eu posso impedir você — resmungou Edward e balançou a mão direita.

Ouviu-se um suspiro agoniado vindo diretamente atrás de Anna.

— Eu sabia que você acabaria recorrendo aos punhos. — O visconde Iddesleigh deu a volta por trás de Anna.

Edward pareceu ultrajado.

— Eu duelei com ele primeiro.

— Sim, e foi uma atrocidade, como sempre.

O homem com os olhos verdes rodeou Anna pelo outro lado e, silenciosamente, se abaixou para pegar a espada do conde.

— Eu ganhei — disse Edward objetivamente.

O visconde deu uma risada irônica.

— Infelizmente, sim.

— Você teria preferido que ele me vencesse? — quis saber Edward.

— Não, mas, num mundo perfeito, a forma clássica venceria sempre.

— Graças a Deus, este não é um mundo perfeito.

Anna não conseguiu se segurar.

— *Idiota!* — Ela bateu no peito de Edward, mas depois se lembrou do que havia acontecido e, freneticamente, rasgou sua manga ensanguentada.

— Querida, o quê...? — Edward soou perplexo.

— Não basta você ter que lutar com aquele homem horroroso — arfou ela, com a visão semiobscurecida pelas lágrimas. — Você ainda deixou que ele o ferisse. Você está sangrando, seu sangue está escorrendo pelo chão todo. — Anna rasgou a manga e ficou tonta ao ver o terrível corte que desfigurava o belo ombro do conde. — E agora provavelmente vai morrer. — Ela soluçou enquanto pressionava o lenço, lamentavelmente inadequado, na ferida.

— Anna, meu amor, calma. — Edward tentou pôr os braços ao seu redor, mas ela os afastou com as mãos.

— E para quê? Para que duelar com aquele homem horrível?

— Por *você* — disse Edward baixinho, e a respiração dela ficou presa num soluço. — Você vale tudo e mais um pouco para mim. Inclusive sangrar até a morte num bordel.

Anna engasgou, incapaz de falar.

Ele passou a mão delicadamente ao longo de sua face.

— Eu preciso de você. Eu lhe disse isso, mas parece que você não acreditou em mim. — Edward respirou fundo, e seus olhos reluziram. — Nunca mais me deixe, Anna. Não vou sobreviver da próxima vez. Eu quero me casar com você, mas se você não puder fazer isso... — Ele engoliu em seco.

Os olhos dela se encheram de lágrimas de novo.

— Simplesmente não me deixe — murmurou ele.

— Ah, Edward. — Ela suspirou enquanto ele acariciava seu rosto com as mãos ensanguentadas e a beijava delicadamente.

Edward afastou o rosto dos lábios dela.

— Eu amo você.

Ao longe, ela ouviu um grito de encorajamento e vários assobios. Ali perto, o visconde fez um barulho, limpando a garganta.

Edward ergueu a cabeça, mas manteve os olhos fixos no rosto de Anna.

— Você não consegue ver que estou ocupado, Iddesleigh?

— Ah, de fato. Todo o Grotto pode ver que você está ocupado, De Raaf — falou o visconde secamente.

Edward ergueu o olhar e pareceu notar o público pela primeira vez. Seu rosto era uma carranca.

— Certo. Eu preciso levar Anna para casa e dar um jeito nisso. — ele fez um gesto com o ombro —, nisso aí. — E olhou para Lillipin, inconsciente, que agora babava. — Você pode cuidar disso?

— Suponho que vou ter que fazer isso. — O visconde pareceu aborrecido. — Deve haver um navio indo para algum lugar exótico hoje à noite. Você não se importa, não é, Harry?

O homem de olhos verdes sorriu.

— Navegar vai fazer muito bem a esse palhaço. — Ele pegou os pés de Lillipin. O visconde de Iddesleigh pegou a outra extremidade do homem, sem um pingo de gentileza, e, juntos, eles ergueram Chilly Lilly.

— Parabéns. — Harry acenou para Anna.

— Sim, parabéns, De Raaf — disse o visconde de modo arrastado enquanto passava pelo casal. — Espero que eu tenha feito por merecer um convite para as bodas.

Edward resmungou.

O visconde deu uma risadinha e saiu, caminhando lentamente enquanto levava metade de um homem inconsciente. Edward imediatamente agarrou o braço de Anna e começou a abrir caminho pela multidão. Pela primeira vez, ela percebeu que a própria Aphrodite a observava. A madame agora parecia mais baixa do que antes e seus olhos verdes, por trás da máscara dourada, eram semelhantes aos de um gato. Seu cabelo fora empoado com pó dourado.

— Eu sabia que ele iria perdoar você — ronronou Aphrodite enquanto Anna passava por ela. Então, a mulher elevou a voz: — Bebidas por conta da casa para todos, em comemoração ao amor!

A multidão berrou atrás deles enquanto Anna e Edward desciam correndo os degraus principais e entravam na carruagem à sua espera. O conde bateu no teto e caiu sobre as almofadas. Ele não soltou Anna nem por um segundo e agora a puxava para o seu colo e cobria sua boca com a dele, aproveitando-se de seus lábios abertos para explorar os lábios da amada com a língua. Passaram-se alguns minutos até que ela conseguisse respirar profundamente.

Ele se afastou apenas para dar uma série de mordidinhas no lábio inferior de Anna.

— Você vai se casar comigo? — murmurou ele tão perto dela que sua respiração era um sopro no rosto de Anna.

Mais lágrimas borraram os olhos dela.

— Eu amo tanto você, Edward — disse ela com dificuldade. — E se nunca pudermos ter uma família?

Ele pegou o rosto dela com as mãos em concha.

— Você é a minha família. Se nunca tivermos filhos, vou ficar decepcionado, mas, se eu nunca tiver você, vou ficar arrasado. Eu amo você. Eu preciso de você. Por favor, confie em mim o bastante para ser minha esposa.

— Sim. — Edward já estava beijando o pescoço de Anna, por isso foi difícil para ela pronunciar a palavra, mas a repetiu de qualquer forma, pois dizer aquilo era importante. — *Sim*.

Epílogo

"O Vento do Oeste voou com Aurea até um castelo nas nuvens cercado por aves que voavam em círculos. Quando ela desceu de suas costas, um corvo gigante pousou ao seu lado e se transformou no príncipe Niger.

— Você me encontrou, Aurea, meu amor! — disse ele.

Quando o Príncipe Corvo falou, as aves desceram lentamente do céu e se transformaram, uma a uma, em homens e mulheres novamente. Um grande grito de júbilo irrompeu dos seguidores do Príncipe Corvo. Ao mesmo tempo, as nuvens se dissolveram ao redor do castelo e revelaram que ele se encontrava no cume de uma imensa montanha. Aurea estava perplexa.

— Mas como isso é possível?

O príncipe sorriu, e seus olhos de ébano reluziram.
— Seu amor, Aurea. Seu amor rompeu a maldição..."

— O Príncipe Corvo

TRÊS ANOS DEPOIS...

— E Aurea e o Príncipe Corvo viveram felizes para sempre. — Anna fechou o livro de marroquim vermelho suavemente. — Ele dormiu?

Edward moveu a tela de seda para que protegesse o bebê da luz do sol da tarde.

— Hum. Já faz algum tempo, acho.

Os dois olharam para o rosto enganosamente angelical. O filho deles estava deitado em almofadas de seda vermelho-rubi, empilhadas no centro do jardim murado da abadia. Seus bracinhos e suas perninhas estavam abertos como se o sono o tivesse dominado em pleno movimento. Os lábios pequeninos de botões de rosa formavam um bico que envolvia dois dedinhos, e uma brisa soprava os cachos escuros. Jock estava deitado ao lado de seu humano favorito, sem se importar com a mão gordinha que apertava sua orelha. Ao redor deles, o jardim florescia em plena glória: as flores se derramavam sobre as trilhas em exuberância multicor, e rosas trepadeiras cobriam quase as paredes inteiras. O ar estava impregnado do perfume de rosas e do zumbido de abelhas.

Edward esticou o braço e pegou o livro da mão de Anna. Ele o pousou próximo às sobras de seu almoço; então, pegou uma rosa cor-de-rosa do vaso no centro da toalha de piquenique e moveu-se para mais perto da esposa.

— O que você está fazendo? — sibilou Anna, embora já desconfiasse.

— Eu? — Edward tentou parecer inocente enquanto roçava a rosa por cima dos seios expostos de Anna. Ele não foi tão bem-sucedido quanto o filho.

— Edward!

Uma pétala caiu no decote de Ana. Ele franziu as sobrancelhas, fingindo alarme.

— Oh, céus!

Os dedos compridos dele remexeram entre os seios dela, em busca da pétala, mas apenas a empurraram para mais longe. Ele não estava fazendo um bom trabalho para encontrá-la, e as pontas de seus dedos ficavam roçando os mamilos de Anna.

Ela afastou a mão dele de forma indiferente.

— Pare com isso. Faz cócegas. — E soltou um gritinho quando ele puxou um mamilo com dois dedos.

Edward franziu o cenho com ar sério.

— Shh. Você vai acordar o Samuel.

A parte de cima do vestido cedeu.

— Você tem que ficar muito, muito quieta.

— Mas Mãe Wren...

— Está vendo como Fanny está se saindo no novo emprego no condado vizinho. — Seu hálito fez cócegas nos seios nus dela. — E não vai voltar até a hora do jantar.

Ele pegou o mamilo com a boca.

Anna prendeu a respiração.

— Acho que estou grávida de novo.

Edward ergueu a cabeça; os olhos escuros brilhavam.

— Você acha ruim ter outra criança assim tão rápido?

— Eu adoraria — respondeu ela, e então suspirou, contente.

Edward estava recebendo a notícia de sua segunda gravidez muito melhor que da primeira vez. Desde o momento em que Anna tinha lhe contado que estava grávida, ele ficara terrivelmente mal-humorado. Ela havia feito o possível para confortá-lo na época, mas se conformara com o fato de que o marido só se recuperaria quando ela desse à luz com segurança. E, de fato, Edward ficara sentado, com o rosto pálido, ao lado da cama desde que ela entrara em trabalho de parto. A Sra. Stucker dera uma olhada no rosto ansioso do pai do bebê e pedira conhaque, no qual Edward se recusara a tocar. Cinco horas depois, Samuel Ethan de Raaf, visconde de Herrod, nascera. Possivelmente era o bebê mais bonito na face da Terra, na opinião de sua mãe. Edward havia bebido quase um terço da garrafa antes de se deitar na grande cama com a esposa e o recém-nascido e envolver os dois com os braços.

Agora, ele puxava as saias de Anna para cima e se ajeitava entre as coxas nuas.

— Será uma menina desta vez.

Ele cobria o pescoço dela de beijos. As duas mãos cobriam os seios e os polegares roçavam nos mamilos.

Anna arfou.

— Outro menino seria ótimo também, mas, se for uma menina, eu sei como vou chamá-la.

— Como? — Ele estava mordiscando a orelha dela, e Anna podia sentir sua ereção pressionando-a.

Era provável que ele não estivesse ouvindo, mas ela respondeu mesmo assim:

— Elizabeth Rose.

*Leia a seguir um trecho de
"O Príncipe Leopardo",
livro dois da Trilogia
dos Príncipes*

Para minha irmã, SUSAN.
Nenhum personagem imaginário foi ferido
enquanto este livro era escrito.

Capítulo Um

**Yorkshire, Inglaterra
Setembro de 1760**

Depois da destruição da carruagem e um pouco antes de os cavalos fugirem, Lady Georgina Maitland percebeu que o administrador de suas terras era um homem. Ora, naturalmente ela sabia que Harry Pye era um homem. Não tinha o delírio de que ele fosse um leão, um elefante ou uma baleia, nem, de fato, qualquer outro membro do reino animal — se é que seria possível dizer que uma baleia era um animal, e não simplesmente um peixe muito grande. O que ela queria dizer era que sua *masculinidade* de repente se tornara muito evidente.

Georgina, de pé na desolada estrada que conduzia a East Riding, em Yorkshire, franziu as sobrancelhas. Ao redor deles, as montanhas cobertas de tojo se estendiam no horizonte cinzento. A escuridão não tardava a cair; a chuva a trouxera precocemente. Os dois pareciam estar no meio do nada.

— O senhor considera a baleia um animal ou um peixe muito grande, Sr. Pye? — gritou ela para o vento.

Os ombros de Harry Pye se retesaram. Estavam cobertos apenas por uma camisa molhada que grudou nele de modo esteticamente agradável. Ele havia tirado o casaco e o colete para ajudar John Cocheiro a desenganchar os cavalos da carruagem que capotara.

— Um animal, milady. — A voz do Sr. Pye, como sempre, era invariável e grave, com um tipo de tom rouco no final.

Georgina nunca o ouvira elevar a voz nem demonstrar emoção de alguma forma. Nem quando ela havia insistido em acompanhá-lo até a propriedade de Yorkshire; nem quando a chuva começou, fazendo com que viajassem a passos de tartaruga; nem quando a carruagem capotou vinte minutos atrás.

Que coisa irritante!

— O senhor acha que vai conseguir endireitar a carruagem? — Ela puxou a capa encharcada por cima do queixo enquanto contemplava os restos do veículo. A porta estava presa por uma dobradiça, batendo ao vento, duas rodas haviam sido amassadas, e o eixo na parte de trás se encontrava num ângulo esquisito. Era uma pergunta totalmente tola.

O Sr. Pye não indicava por ato ou palavra estar consciente da tolice de sua indagação.

— Não, milady.

Georgina suspirou.

Na verdade, era praticamente um milagre que eles e o cocheiro não tivessem se ferido ou morrido. A chuva deixara as estradas escorregadias e enlameadas, e, na última curva, a carruagem começara a deslizar. Em seu interior, ela e o Sr. Pye ouviram o cocheiro gritar enquanto tentava estabilizar o veículo. Harry Pye havia pulado de seu assento para o de Georgina, como um grande gato. Ele a envolvera antes que ela pudesse sequer proferir uma palavra. Seu calor a envolvera, e o nariz dela, enterrado intimamente na camisa dele, tinha inalado o odor de linho limpo e de pele máscula. Nesse momento, a carruagem se inclinara, e ficara óbvio que eles cairiam na vala.

Lenta e terrivelmente, o veículo havia tombado com uma pancada e o barulho de algo sendo triturado. Os cavalos relincharam lá na frente, e a carruagem gemeu, como se protestasse contra seu destino. Georgina havia agarrado o casaco do Sr. Pye enquanto seu mundo se revirava, e ele resmungara de dor. Então tudo parou novamente. O veículo estava caído de lado, e o Sr. Pye cobria Georgina como um grande e quente cobertor. Mas Harry Pye era bem mais firme do que qualquer cobertor que ela já tocara antes.

O administrador havia pedido desculpas, muito corretamente desvencilhando-se dela e subindo no banco para forçar a abertura da porta acima dos dois. Ele se esgueirara pela saída e então puxara Georgina para fora. Ela esfregou o pulso que o Sr. Pye segurara. O homem era desconcertantemente forte — ninguém nunca teria imaginando isso ao olhar para ele. A certa altura, quase todo o seu peso pendera sobre o braço dele, e ela não era uma mulher pequena.

O cocheiro deu um grito, que foi levado pelo vento, mas foi o suficiente para trazê-la de volta ao presente. A égua que ele havia soltado estava livre.

— Vá com a égua até a próxima cidade, Sr. John Cocheiro, se puder — orientou Harry Pye. — Veja se há outra carruagem que possa mandá-la. Ficarei aqui com milady.

O cocheiro montou na égua e acenou antes de desaparecer no aguaceiro.

— Qual é a distância até a próxima cidade? — perguntou Georgina.

— Vinte ou vinte e cinco quilômetros. — Ele soltou uma das correias dos cavalos.

Ela o estudou enquanto ele trabalhava. Apesar de estar molhado, Harry Pye não parecia nem um pouco diferente de quando o grupo havia partido de uma estalagem em Lincoln, pela manhã. Ainda era um homem de altura mediana. Um tanto magro. O cabelo era castanho — nem escuro nem avermelhado —, apenas marrom. Ele o amarrara num rabicho simples, sem se importar em usar pomadas ou pó. E usava cor marrom: calça, colete e casaco, como se fosse uma camuflagem. Somente seus olhos, de um verde-esmeralda escuro que, às vezes, tremeluziam com o que poderia ser emoção, lhe davam um pouco de cor.

— Só estou com muito frio — resmungou Georgina.

O Sr. Pye ergueu o olhar rapidamente. Seus olhos foram para as mãos dela, tremendo em seu pescoço, e então se focaram nas montanhas ao fundo.

— Sinto muito, milady. Eu deveria ter percebido que sentia frio antes. — Ele deu as costas para o cavalo assustado que tentava soltar. Suas mãos deviam estar tão dormentes quanto as dela, mas continuavam se movendo. — Tem um chalé não muito longe daqui. Nós podemos ir neste cavalo e naquele outro. — Ele apontou um dos animais. — A égua está manca.

— É mesmo? Como o senhor sabe? — Ela não havia notado que o animal estava ferido. Os três cavalos estremeceram e reviraram os olhos com o assobio do vento. A egua que ele havia indicado não parecia mais estropiada que os outros animais.

— Ela está favorecendo a pata dianteira direita — resmungou o Sr. Pye e, no mesmo instante, os três cavalos se viram livres da carruagem, embora continuassem amarrados uns aos outros. — Ôa, docinho. — Ele segurou o cavalo da frente e o afagou, e sua mão direita morena se moveu delicadamente sobre o pescoço do animal. Faltavam duas juntas do dedo anelar.

Georgina virou a cabeça na direção das montanhas. Os criados — e, na verdade, um administrador de terras era simplesmente um tipo superior de criado — não deveriam ter gênero. Claro, sabia-se que eram pessoas com vida própria e tudo o mais, mas facilitava muito as coisas considerá-los assexuados. Como uma cadeira. Uma cadeira servia para se sentar quando se estava cansado. Por outro lado, ninguém nunca pensava muito nelas, e era assim que deveria ser. Como era incômodo se perguntar se a cadeira tinha percebido que seu nariz estava escorrendo, ficar curiosa para saber o que ela estava pensando ou notar que os olhos dela eram muito bonitos. Não que cadeiras tivessem olhos, bonitos ou não, mas homens tinham.

E Harry Pye tinha.

Georgina voltou a encará-lo.

— O que vamos fazer com o terceiro cavalo?

— Vamos ter que deixá-lo aqui.

— Na chuva?

— Sim.

— Isso não será bom para ele.

— Não, milady. — Os ombros de Harry Pye se retesaram mais uma vez, uma reação que Georgina considerou curiosamente fascinante. Ela ficou com vontade de lhe dar motivos para fazer isso com mais frequência.

— Talvez devêssemos levá-la conosco, não?

— Impossível, milady.

— O senhor tem certeza?

Os ombros dele se tensionaram, e o Sr. Pye lentamente virou a cabeça. No clarão de luz que iluminou a estrada naquele instante, ela viu aqueles olhos verdes brilharem, e um arrepio percorreu sua espinha. Então, o trovão seguinte caiu como o prenúncio do apocalipse.

Georgina se encolheu.

Harry Pye se empertigou.

E os cavalos saíram em disparada.

— Oh, céus! — exclamou Lady Georgina, com a chuva pingando do nariz fino. — Parece que estamos encrencados.

Encrencados, realmente. Aquilo estava mais para uma merda fenomenal. Harry estreitou os olhos para observar a estrada onde os cavalos desapareceram, correndo como se o próprio diabo os estivesse perseguindo. Não havia sinal dos tolos animais. E, pela velocidade com que galopavam, não iam parar antes de andarem um quilômetro ou mais. Não adiantava ir atrás deles naquele aguaceiro. Harry voltou a olhar para sua patroa de menos de seis meses. Os lábios aristocráticos de Lady Georgina estavam azuis, e a pele na borda de seu capuz estava em desalinho e encharcado. Ela mais parecia uma criança de rua em trapos de roupas sofisticadas do que a filha de um conde.

O que ela estava fazendo aqui?

Se não fosse por Lady Georgina, ele teria ido a cavalo de Londres até a propriedade em Yorkshire. Teria chegado a Woldsly Manor ontem.

Nesse momento, estaria desfrutando de uma refeição quente na frente da lareira em seu próprio chalé, e não congelando o esqueleto, parado no meio da estrada, debaixo de chuva, sendo rapidamente cercado pela escuridão. Mas, na última viagem de Harry a Londres para entregar a Lady Georgina um relatório sobre suas posses, ela decidira vir com ele para Woldsly Manor. O que significara viajar na carruagem que agora jazia num monte de madeira quebrada na vala.

Harry conteve um suspiro.

— A senhora consegue andar, milady?

Lady Georgina arregalou os olhos, azuis como um ovo de sabiá.

— Ah, sim. Faço isso desde que eu tinha 11 meses de idade.

— Ótimo.

Harry vestiu o colete e o casaco com um movimento dos ombros, sem se dar ao trabalho de abotoá-los. Suas roupas estavam completamente encharcadas, assim como o restante dele. Ele desceu de maneira desajeitada pelo barranco para recuperar as cobertas de dentro da carruagem. Por sorte, ainda estavam secas. Ele as enrolou e pegou o lampião, que ainda estava aceso; então segurou o cotovelo de Lady Georgina, para o caso de ela vacilar e cair sentada sobre a pequena bunda aristocrática, e começou a subir o morro coberto de tojo.

De início, Harry pensara que o desejo de ir até Yorkshire fosse apenas um capricho infantil. Um passatempo para uma mulher que nunca precisava se preocupar com a origem da carne em sua mesa ou das joias em seu pescoço. Para ele, aqueles que não trabalhavam para sobreviver frequentemente tinham ideias frívolas. Mas quanto mais tempo passava na companhia dela, mais começava a duvidar de que aquela mulher fosse assim. Ela dizia bobagens, era verdade, mas Harry percebera de imediato que fazia isso para o próprio divertimento. Ela era mais inteligente do que a maioria das damas da sociedade. Ele tinha a sensação de que havia um bom motivo para a ida de Lady Georgina a Yorkshire.

— Fica muito longe? — A dama ofegava, e seu rosto, normalmente pálido, tinha duas manchas vermelhas.

Harry examinou as montanhas, à procura de um ponto de referência na escuridão. Aquele carvalho retorcido que crescia contra uma rocha lhe era familiar?

— Não muito.

Pelo menos, ele esperava que não. Fazia anos que não andava por aquelas colinas, e talvez ele tivesse se enganado sobre a localização do chalé. Ou talvez o chalé tivesse desmoronado desde a última vez que o vira.

— Espero que o senhor saiba acender uma fogueira, Sr. Pye. — Seu nome vibrou nos lábios dela.

Lady Georgina precisava se aquecer. Se não encontrassem o chalé logo, ele teria de fazer um abrigo com as cobertas da carruagem.

— Ah, sim. Faço isso desde que tinha 4 anos, milady.

Isso lhe rendeu um sorriso atrevido. Os olhos de ambos se encontraram, e Harry desejou... Um relâmpago repentino interrompeu seu pensamento, e ele viu uma parede de pedra iluminada pelo clarão.

— Ali está. — *Graças a Deus!*

Pelo menos o minúsculo chalé ainda estava de pé. Quatro paredes de pedra com um telhado de palha escurecido por causa do tempo e da chuva. Ele forçou a porta lisa com um ombro, e, após um ou dois empurrões, ela cedeu. Harry entrou cambaleando e ergueu o lampião bem alto para iluminar o interior do chalé. Pequenos vultos fugiram para as sombras. Ele tentou não estremecer.

— Eca! Está fedendo aqui. — Lady Georgina entrou e balançou a mão diante do nariz rosado, como se pudesse espantar o fedor de mofo.

Harry bateu a porta atrás dela.

— Sinto muito, milady.

— Por que o senhor simplesmente não me diz para calar a boca e ficar feliz por ter saído da chuva? — Ela sorriu e tirou o capuz.

— Eu não faria isso. — Harry foi até a lareira e encontrou um pouco de lenha queimada pela metade. Estava tudo coberto com teias de aranha

— Ora, Sr. Pye. O senhor sabe que quer fazer i-is-isso. — Os dentes dela ainda batiam.

Havia quatro frágeis cadeiras de madeira ao redor de uma mesa torta. Harry pousou o lampião sobre a mesa e pegou uma das cadeiras. Ele a bateu com força na lareira de pedra, e ela se partiu; o encosto saiu e o assento se quebrou.

Atrás dele, Lady Georgina deu um gritinho.

— Não, não quero, milady — disse ele.

— Verdade?

— Sim. — Ele se ajoelhou e começou a colocar as pequenas lascas da cadeira junto com a lenha queimada.

— Muito bem. Suponho que tenho que ser boazinha então. — Harry ouviu quando ela arrastou uma das cadeiras. — O que o senhor está fazendo aí parece muito eficiente.

Ele encostou a chama do lampião nas lascas de madeira. O fogo pegou, e ele acrescentou pedaços maiores de madeira, tomando o cuidado de não abafar a chama.

— Hum. Isso é bom. — A voz dela soava rouca às suas costas.

Por um momento, Harry ficou paralisado, pensando no que as palavras e a entonação dela poderiam sugerir em outro contexto. Então ele afastou os pensamentos e se virou.

Lady Georgina esticou as mãos para as chamas. O cabelo ruivo estava secando em cachos finos em torno da testa, e sua pele branca reluzia à luz da fogueira. Ela ainda tremia.

Harry limpou a garganta.

— Creio que a senhora deveria tirar o vestido molhado e se enrolar nas cobertas. — Ele foi até a porta, onde deixara o que havia trazido da carruagem.

Atrás de si, Harry ouviu uma risada baixinha.

— Não creio que já tenha ouvido uma sugestão tão imprópria feita de modo tão apropriado.

— Não quis parecer impróprio, milady. — Ele lhe entregou as cobertas. — Me desculpe se eu a ofendi. — Por um instante, seus olhos encontraram os dela, tão azuis e risonhos; depois, ele virou as costas para ela.

Atrás dele, ouviu-se um farfalhar. Harry tentou controlar seus pensamentos. Não imaginaria os ombros pálidos e nus dela acima dele...

— O senhor nao foi impróprio, como bem sabe, Sr. Pye. Na verdade, estou começando a achar que seria impossível que agisse dessa forma.

Se ela soubesse. Harry limpou a garganta, mas não fez nenhum comentário. Ele se obrigou a olhar em torno do pequeno chalé. Não havia armário na cozinha, apenas mesa e cadeiras. Uma pena, pois seu estômago estava vazio.

O farfalhar perto do fogo parou.

— Pode se virar agora.

Ele se preparou mentalmente antes de olhar, mas Lady Georgina estava protegida pela coberta de pele. Harry ficou contente por ver os lábios dela mais rosados.

Ela liberou um braço nu e apontou para o outro lado da lareira.

— Deixei um para o senhor. Estou confortável demais para me mover, mas posso fechar os olhos e prometer não espiar se o senhor quiser tirar a roupa também.

Harry desviou o olhar do braço dela e encontrou aqueles olhos azuis e inteligentes.

— Obrigado.

O braço desapareceu. Lady Georgina sorriu, e suas pálpebras baixaram.

Por um momento, Harry simplesmente a observou. Os arcos avermelhados de seus cílios se agitavam contra a pele pálida, e um sorriso pairava na boca curvada. O nariz era fino e muito comprido, os ângulos do rosto um tanto pronunciados. Quando ela ficava de pé, era quase da altura dele. Não era uma mulher bela, mas Harry se flagrou tendo de controlar o olhar quando ela estava por perto. Havia alguma coisa no movimento dos lábios dela quando estava prestes a zombar dele. Ou no modo como as sobrancelhas se erguiam na testa quando ela sorria. Os olhos dele eram atraídos para o rosto de Lady Georgina como uma lixa de ferro perto de um ímã.

Harry tirou tudo menos as roupas de baixo e puxou a última coberta em torno dele.

— Pode abrir os olhos agora, milady.

Os olhos dela se abriram.

— Ótimo. E agora nós dois parecemos dois russos prontos para o inverno da Sibéria. Que pena que não temos um trenó com sinos também! — Ela alisou a coberta em seu colo.

Ele assentiu com a cabeça. O fogo estalava no silêncio enquanto Harry tentava pensar no que mais poderia oferecer a ela. Não havia comida no chalé; nada a fazer além de esperar amanhecer. Como a classe alta se comportava quando se via completamente sozinha em sua sala de estar palaciana?

Lady Georgina estava puxando os pelos de sua coberta, mas subitamente juntou as mãos, como se quisesse controlar o impulso.

— Conhece alguma história, Sr. Pye?

— História, milady?

— Sim. História. Contos de fadas, na verdade. Eu os coleciono.

— Mesmo? — Harry estava confuso. O modo de pensar da aristocracia às vezes era impressionante. — E como a senhora os coleciona, se não se importa de me contar?

— Perguntando. — Será que ela estava zombando dele? — O senhor ficaria impressionado com as histórias que as pessoas se recordam de sua juventude. Claro, babás idosas e pessoas assim são as melhores fontes. Creio que já pedi a cada um dos meus conhecidos que me apresentasse sua antiga babá. A sua ainda está viva?

— Eu não tive babá, milady.

— Ah. — Suas bochechas ficaram vermelhas. — Mas alguém... sua mãe? Ela deve ter lhe contado histórias na sua infância, não?

Ele se mexeu para pôr outro pedaço da cadeira quebrada no fogo.

— O único conto de fadas do qual me lembro é *João e o pé de feijão*.

Lady Georgina lançou-lhe um olhar de dó.

— O senhor não tem nada melhor do que isso?

— Infelizmente, não. — As outras histórias que ele conhecia não eram exatamente apropriadas para os ouvidos de uma dama.

— Bem, eu ouvi uma muito interessante recentemente. Da tia da minha cozinheira, quando veio visitá-la em Londres. O senhor gostaria que eu lhe contasse?

Não. A última coisa de que Harry precisava era tornar-se mais íntimo de sua patroa do que a situação já o obrigava a ser.

— Sim, milady.

— Era uma vez um grande rei, e ele tinha um leopardo encantado a seu serviço. — Ela remexeu o quadril na cadeira. — Eu sei o que o senhor está pensando, mas a história não é assim.

Harry piscou.

— Milady?

— Não. O rei morre logo no início, então ele não é o herói. — Ela o encarou em expectativa.

— Ah. — Ele não conseguia pensar em outra coisa para dizer.

Isso pareceu funcionar.

Lady Georgina acenou com a cabeça.

— O leopardo usava um tipo de corrente de ouro ao redor do pescoço. Ele fora escravizado, sabe, mas eu não sei como isso aconteceu. A tia da cozinheira não me contou. De qualquer modo, quando o rei estava morrendo, ele fez o leopardo prometer que iria servir ao rei *seguinte*, seu filho. — Ela franziu a testa. — O que não parece muito justo, não é? Quero dizer, normalmente eles libertam o criado fiel a essa altura. — Ela voltou a se remexer na cadeira de madeira.

Harry limpou a garganta.

— Talvez a senhora ficasse mais confortável no chão. Sua capa está mais seca. Eu poderia fazer um catre.

Lady Georgina lançou-lhe um sorriso radiante.

— Que boa ideia!

Ele estendeu a capa e enrolou as próprias roupas até formarem um travesseiro.

Lady Georgina se moveu com a coberta e se estatelou na cama rústica.

— Melhor assim. O senhor também poderia se deitar; provavelmente, ficaremos aqui até o amanhecer.

Jesus.

— Não creio que isso seja aconselhável.

Ela olhou por cima do nariz estreito para ele.

— Sr. Pye, essas cadeiras são duras. Por favor, venha se deitar na coberta, pelo menos. Prometo não morder.

Seu queixo trincou, mas ele realmente não tinha opção. Era uma ordem velada.

— Obrigado, milady.

Cautelosamente, Harry se sentou ao lado dela — com ou sem ordem, não iria se deitar ao lado daquela mulher — e deixou um espaço entre seus corpos. Ele passou os braços ao redor dos joelhos dobrados e tentou ignorar o perfume dela.

— O senhor é teimoso, não? — resmungou Lady Georgina.

Ele a encarou.

Ela bocejou.

— Onde eu estava? Ah, sim. Então a primeira coisa que o jovem rei fez foi ver a pintura de uma linda princesa e se apaixonar por ela. Um cortesão, mensageiro ou seja lá quem havia lhe mostrado o quadro, mas isso não importa.

Lady Georgina bocejou novamente, emitindo som dessa vez, e, por alguma razão, o pênis de Harry reagiu. Ou talvez fosse o perfume dela, que alcançava seu nariz, quisesse ele ou não. O aroma o fazia lembrar-se de especiarias e flores exóticas.

— A princesa tinha a pele branca como a neve, lábios vermelhos como rubis, cabelo preto como, ah, piche ou algo assim etc., etc. — Lady Georgina fez uma pausa e fitou o fogo.

Harry se perguntou se ela já tinha acabado e se aquele tormento terminara.

Então ela suspirou.

— O senhor já notou que esses príncipes de contos de fadas se apaixonam por lindas princesas sem saber coisa alguma sobre elas? Lábios de rubi são muito bonitos, mas e se ela sorrisse de um jeito estranho ou batesse os dentes enquanto comesse? — Lady Georgina deu de ombros. — É claro que os homens da nossa época também se deixam apaixonar por cachos escuros brilhantes, então eu suponho que não deveria me preocupar com isso. — Os olhos dele se arregalaram no mesmo instante, e ela virou a cabeça para fitá-lo. — Não quis ofender.

— Sem problemas — respondeu Harry, sério.

— Hum. — Ela pareceu em dúvida. — De qualquer forma, ele se apaixona por esse quadro, e alguém lhe diz que o pai da princesa vai dar a filha em casamento ao homem que lhe trouxer o Cavalo Dourado, que atualmente é propriedade de um ogro terrível. Então — Lady Georgina virou o rosto para o fogo e apoiou a bochecha na mão —, ele manda chamar o Príncipe Leopardo e ordena que ele busque o Cavalo Dourado. E o que o senhor acha que aconteceu?

— Não sei, milady.

— O leopardo se transforma num homem. — Ela fechou os olhos e murmurou: — Imagine isso. Todo o tempo, ele era um homem...

Harry esperou, mas, dessa vez, não houve mais história. Depois de um tempo, ele ouviu um ronco baixinho.

Ele puxou a coberta até o pescoço de Lady Georgina e a ajeitou ao redor do rosto dela. Seus dedos roçaram a bochecha dela, e Harry fez uma pausa, estudando o contraste de seus tons de pele. Sua mão era escura contra a pele dela, seus dedos, grosseiros, enquanto ela era macia e delicada. Lentamente, ele passou o polegar pelo canto da boca de Lady Georgina. Tão quente. Ele quase reconhecia seu perfume, como se o tivesse inalado em outra vida ou há muito tempo. O aroma o fazia ansiar por algo.

Se ela fosse uma mulher diferente, se aquele fosse um lugar diferente, se ele fosse um homem diferente... Harry interrompeu o sussurro em sua mente e retirou a mão. Ele se esticou ao lado de Lady Georgina, tomando cuidado para não encostar nela. E fitou o teto, expulsando todo os pensamentos, todos os sentimentos. Então, fechou os olhos, embora soubesse que demoraria até pegar no sono.

O NARIZ DELA coçava. Georgina o tocou e sentiu os pelos da coberta. Ao seu lado, alguma coisa farfalhou e então parou. Ela virou a cabeça. Olhos verdes encontraram os seus, irritantemente atentos tão cedo na manhã.

— Bom dia. — Suas palavras saíram como o coaxar de um sapo. Ela limpou a garganta.

— Bom dia, milady. — A voz do Sr. Pye era fluida e cálida, como chocolate quente. — Se a senhora me der licença.

O administrador se levantou. A coberta que o cobria deslizou pelo ombro, revelando a pele morena antes de ele se ajeitar. Caminhando em silêncio, o Sr. Pye saiu pela porta.

Georgina franziu o nariz. Será que nada perturbava aquele homem?

Subitamente lhe ocorreu o que ele deveria estar fazendo do lado de fora. Sua bexiga soou o alarme. Rapidamente, ela se levantou cambaleante e colocou o vestido ainda úmido e enrugado, fechando o máximo de colchetes possível. Ela não conseguia alcançar todos os ganchos, e o vestido devia estar aberto na cintura, mas pelo menos a roupa não iria cair. Georgina vestiu a capa para cobrir as costas e então seguiu o Sr. Pye até o lado de fora. Nuvens negras pairavam no céu e ameaçavam chuva. Não se via o administrador de terras em parte alguma. Olhando ao redor, ela escolheu um celeiro dilapidado para se aliviar e deu uma volta para encontrar o melhor lugar.

Quando ela voltou do celeiro, o Sr. Pye estava parado diante do chalé e abotoava seu casaco. Ele havia refeito o rabicho, mas as roupas estavam amassadas, e seu cabelo não estava tão arrumado quanto o habitual. Pensando em sua própria aparência, Georgina sentiu que abria um sorriso maldoso e divertido. Nem mesmo Harry Pye conseguia passar a noite no chão de uma cabana e não demonstrar os efeitos disso na manhã seguinte.

— Quando a senhora estiver pronta, milady — disse ele —, sugiro que voltemos à estrada. O cocheiro pode estar nos esperando lá.

— Ah, espero que sim.

Os dois refizeram o caminho da noite anterior. Durante o dia, seguindo morro abaixo, Georgina ficou surpresa ao descobrir que não era uma grande distância. Logo, eles ultrapassaram a última montanha e se depararam com a estrada. Ela estava vazia, salvo pelos destroços, ainda mais deploráveis sob a luz do dia.

Ela soltou um suspiro.

— Bem, acho que temos que ir andando, Sr. Pye.

— Sim, milady.

Os dois seguiram em silêncio pela estrada. Uma névoa úmida e terrível pairava acima do solo, com um leve odor de podre. Ela penetrava por seu vestido e subia por suas pernas. Georgina estremeceu. Ela queria muito uma xícara de chá quente e, talvez, um bolinho coberto com mel e manteiga. Georgina quase gemeu ao pensar nisso, e então notou um estrondo que aumentava atrás deles.

O Sr. Pye ergueu o braço e parou a carroça de um fazendeiro, que fazia a curva.

— Olá! Pare! Você aí, precisamos de uma carona.

O fazendeiro parou o cavalo. Ele afastou a aba do chapéu e os observou.

— Sr. Harry Pye, não é?

Harry Pye se retesou.

— Sim, isso mesmo. Da propriedade Woldsly.

O fazendeiro cuspiu na estrada e, por pouco, errou as botas do Sr. Pye.

— Lady Georgina Maitland precisa de uma carona até Woldsly. — O rosto do administrador de terras estava impassível, mas sua voz ficara fria como a morte. — Foi a carruagem dela que você viu lá atrás.

O fazendeiro olhou novamente para Georgina, como se tivesse notado sua presença só agora.

— Sim, senhora, espero que não tenha se machucado no acidente.

— Não. — Ela lhe deu um sorriso charmoso. — Mas nós precisamos de uma carona, se o senhor não se importar.

— Fico feliz em ajudar. Tem espaço na parte de trás. — O fazendeiro apontou um dedo sujo por cima do ombro para a caçamba.

Georgina lhe agradeceu e deu a volta na carroça. Hesitou ao ver a altura das tábuas. Elas alcançavam sua clavícula.

O Sr. Pye parou ao seu lado.

— Com sua permissão. — Ele mal esperou que ela concordasse antes de segurá-la pela cintura e erguê-la.

— Obrigada — falou Georgina sem fôlego.

Ela observou enquanto ele apoiava as palmas da mão na caçamba e pulava para dentro dela com a facilidade de um gato. A carroça começou a andar com um solavanco tão logo o Sr. Pye terminou de afastar as tábuas, e ele foi lançado em direção à lateral.

— O senhor está bem? — Ela esticou uma das mãos.

O Sr. Pye desprezou o gesto e se sentou.

— Muito bem. — Ele a encarou. — Milady.

O administrador nada mais disse. Georgina se recostou e observou a paisagem. Campos verdes acinzentados com muros de pedra baixos emergiam e, em seguida, voltavam a se esconder por causa da névoa sinistra Após a última noite, ela deveria ficar grata pela carona, por mais sacolejante que pudesse ser. Mas alguma coisa na hostilidade do fazendeiro com o Sr. Pye a incomodava. Aquilo parecia pessoal.

Eles chegaram a um cume, e Georgina observou, como quem não quer nada, um rebanho de ovelhas numa encosta próxima. Elas estavam paradas como pequenas estátuas, talvez congeladas pela névoa.

Somente suas cabeças se moviam enquanto comiam o tojo. Algumas estavam deitadas. Ela franziu a testa. As que se achavam no chão estavam completamente paradas. Ela se inclinou para a frente para ver melhor e ouviu Harry Pye xingar baixinho a seu lado.

A carroça parou com uma sacudida.

— Qual é o problema com aquelas ovelhas? — perguntou Georgina ao Sr. Pye.

Mas foi o fazendeiro quem respondeu, com a voz sinistra:

— Estão mortas.

Este livro foi composto na tipologia Minion Pro
Regular, em corpo 11/16, e impresso em
papel off-white no Sistema Cameron da
Divisão Gráfica da Distribuidora Record.